KB056645

마이의 산

마이의 산

초판 인쇄   2023년 4월 1일
초판 발행   2023년 4월 4일
지 은 이   김광휘
발 행 인   김춘기
발 행 처   (주)해맞이미디어
편   집   다담기획 02-701-0680
등록번호   제320-199-4호
주   소   서울시 관악구 조원로12길 20
전   화   02-863-9939
팩   스   02-853-2299

ISBN 978-89-90589-88-0 03800

값 22,000원

좋은 책 만들기 Since 1990 해맞이출판사
이 책은 저자와 (주)해맞이미디어 협의하에 출판되었습니다.
무단전재와 불법복제를 금합니다.

파이의 산

해맞이미디어

마이의 산은 베트남 중부 퀴논 항구도시 동북 해안가에
솟아있는 산이다. 베트남 사람들은 그 산을
푸카트산이라고만 부른다.
당시 25세 되었던 주인공 한재민은 그때 그 산의 밑에 펼쳐진
고보이라는 녹색 멀미나는 들판을 달리고 있었다.
이 글은 고 한재민의 일기장을 바탕으로 쓰여진 것이다.

• 한재민 소위

월남전 초기에 ROTC 포병장교로 파병된다. 포격연습을 하다가 뜻하지 않게 월남 어린아이 둘을 죽게 만든다. 그 일로 그는 죽은 아이들의 어머니인 마이라는 월남여성과 만나고 인연을 맺게 된다. 그리고 그는 그 일로 베트남전의 본질에 천착한다.

• 장자업 대위

한국군 중대장. 육사를 나온 전형적인 군인으로 베트남전에서 싸웠다. 훌륭한 군인으로 병사들과 장교들로부터 존경을 받는다.

• 하이 중사

사이공대학 출신의 중대 통역관으로 한재민과 장자업 중대장과 만난다. 그는 전쟁보다는 사랑을, 전투보다는 민족통일과 젊음을 사랑하였다.

• 마이

북부 하노이 출신의 베트남 아가씨. 디엠정권의 말기에 데모대에 뛰어 들었다가 운명이 바뀐다. 또 한재민이라는 한국군과도 만나게 된다.

• 아포린느

사이공에 있던 하이의 사치스러운 애인. 아름답지만 국가나 전쟁이라는 것은 잘 모르는 여인이었다.

• 지아오

마이를 베트콩으로 만든 사내. 월남 중부지역 베트콩 책임자. 운동권 학생출신으로 반정부 행위에 뛰어들었다.

• 지숙

한재민의 애인. 재민과 함께 교회를 다녔고 재민을 사랑했던 한국여인.

차 례

녹색 멀미

모두들 들판을 바라보며 쉬고 있었다.

"들판 한번 시원하구나."

누군가가 감탄하고 있었다. 퀴논 해안 쪽의 하얀 모래언덕과 멀리 푸카트 산 밑까지 단숨에 뻗어나간 주름살 하나 없는 들이었다.

담티만(灣)의 턱을 때리며 시퍼렇게 살아 굼실대는 남지나 해의 물결 위로 빠른 해풍이 스치면서 구름들을 푸카트 산 쪽으로 연신 밀어붙이고 있었다. 바다에다 들, 산 위의 구름, 일견 구색을 갖춘 그럴듯한 풍경이었음에도 불구하고 그것들을 바라보고 앉아 있는 이편에게 막연하게나마 금속성 같은 비정함을 풍기고 있었다. 그런 느낌은 순전히 들판을 뒤덮고 있는 한 가지 색상에서 오는 것이었다. 월남땅 전체를 뒤덮고 있는 한 가지 색상에서 오는 것이었다. 월남땅 전체를 뒤덮고 있는 그 징그러운 녹색… 벼, 바나나, 야자수, 열대관목, 대나무, 그 끝에서 꼬리를 바르르 떨고 있는 뱀부 스네이크(대나무 독사)에 이르기까지 타는 듯한 햇볕 아래 약이 오를대로 오른 지독한 암록색, 그것 때문이었다.

"자, 슬슬 시작해 보자."

한재민 소위가 말했다.

"돌산이라서 잘 파질 것 같지 않씹니더."

미군 101 공수여단 소속의 C중대가 가까스로 교두부로 확보해 놓은 고보이 강 언덕 위에서 105mm 포탄 떨어지는 소리가 들려오고 보급 헬리콥터는 부산하게 그쪽으로 날아갔다. 평야 속으로 미끄러져 들어가는 1차선 보급로 위로 미군 순찰용 짚차가 캐리버 50의 거창한 총신을 덜렁거리면서 꽁무니엔 뽀얀 먼지를 달고 내달렸다.

"아이고 이 놈의 냄새, 월남놈들도 없는디 왜 여기까지 따라와서 지랄이다냐."

무전병 박 상병은 허리를 펴면서 코 밑의 땀을 훔쳐 바위 쪽에다 후렸다. 들판을 가로질러 곧장 병사들의 후각과 모공에 달라붙은 그 메슥메슥한 냄새야말로 이 땅을 지배하는 토속신(土俗神)같은 것으로서 처음엔 그런대로 이국적인 풍물의 하나로 그럴싸하게 느껴지기까지 했었다. 하지만, 날이 갈수록 사정은 그게 아니었다. 베트남인들의 설명에 의하면 그 냄새는 늑멈(그들의 간장)과 야자기름내의 범벅이라고 했다. 허나 지금 그런 것들과 아무 상관이 없는 이 빈 들녘까지 그 냄새는 줄기차게 따라온 것이다. 숨을 들여 마실 때마다 폐로 들어와서 그것은 땀과 함께 모공으로 비죽비죽 기어나오고 있었다.

"보좌관님!(병사들은 자기들의 포병관측 장교를 그렇게 불렀다) 천막은 두 개면 되겠지예. 보좌관님꺼 하고 우리꺼 하고."

"그래, 두 개를 나란히 쳐봐. 돌산이라고 뱀이 많을 거다. 배수로를 깊이 파고, 석유하고 담배가루를 뿌려 둬."

"월남 독새는 정력에 좋답디다요. 매가지를 콱 밟아가지고 껍질을 홀라당 베껴가지고…"

"시끄러!"

한재민은 신경질을 내면서 들 쪽으로 고개를 돌렸다. 5만분의 1 군용지도에 나타난 그 야산의 표고는 184미터, 잡풀과 못자란 선인장으로 덮인 돌산이었다. 그 흔한 야자수 한 그루가 못자라고 있었다. 중대의 임무는 고지 위에 동그마니 올라서 있는 대대 CP(지휘부)와 개활지에 노출되어 있는 능선 너머의 차리(C) 포대를 지켜주는 것이었다. 그리고 부차적으로는 평야 속을 기고 있는 보급로를 지키는 일.

이윽고 퀴논 쪽에서 한 떼의 헬리콥터들이 요란히 날개소리를 끌고 들이닥쳤다. 그들은 중대기지 한가운데에다 보급품을 내던졌다. 콧수염을 기른 미군조종사와 선글라스를 낀 M60 기관총의 사수는 허리에 찬 45구경 권총 위에다 PX에서 파는 무지막지하게 큰 대검까지 덧거리하고 있었다. 벗어 붙인 웃통에다 두른 방탄조끼는 럭비선수들의 유니폼처럼 어깨가 잔뜩 부푼 모습이었다. 그들은 몹시 지쳐있는 듯 물건들을 아무렇게나 땅바닥 위에 내동댕이치고 있었다.

조종사들은 시큰둥하게 앞만 보고, 기관총 사수들은 신경질적으로 물건들을 내던지고 있었다. 헬기 밖으로 떨어지는 물건들은 철조망 뭉치, 박격포탄, 소총과 LMG(기관총)실탄, 크리모어(위장 폭발물), C레이션박스, 스페어깡에 담은 식수 따위들이었다. 귀를 째는 듯한 굉음과 회오리바람 밑으로 병사들은 납작하게 엎드려 보급품들을 날랐다. 일을 하며 그들은 줄곧 투덜댔다.

"재수 없게 왜 우리 중대만 선착순으로 걸렸다냐."

"우리 중대장이 육사 출신이라 전투를 제일 잘한다 아니가."

"웃기지 마. 1중대장이랑 2중대장도 다 육사 출신이야. 여기 온 중대장치고 육사 출신 아닌 사람이 없다구."

"화기 중대장은 육사 출신이 아닌가 붑던데."

"그 사람은 동기생들이 중령이랴. 아주 고참 사고뭉치라드먼."

"다른 중대는 막사에서 시에스타(낮잠)할 시간인데, 우리만 존나게 이게 뭐야."

…… 휘익!

어디선가 번들번들한 휘파람 소리가 도로 쪽으로 날아갔다. 도로 위엔 꽁까이(처녀) 하나가 자전거의 페달을 힘들여 밟고 있었다. 달리는 속도 때문에 농라(삿갓 모양의 모자)는 목 뒤로 넘어가고 발은 맨발인 채였다.

"한 번 하자, 꽁까이."

"야, 너 빤스는 입었냐?"

짚차가 남기고 간 먼지가 그녀의 얼굴을 핥고 병사들은 손에 든 작업도구랑 레이션박스들을 흔들어댔다. 페달 위에 얹힌 꽁까이의 갈퀴발이 힘을 쓸 때마다 까만 명주 바지 속의 궁둥이가 요란하게 움직였다. 그녀는 이쪽을 쳐다보지도 않고 곧장 먼지 속으로 사라져 버렸다.

"어라, 내 사타구니 속에 뭐가 들어왔어."

햇볕 때문에 코허리가 훌러덩 벗겨진 사병이 홀짝홀짝 뛰면서 바지를 털었다. 도마뱀 한 마리가 허리춤에서 톡 떨어지더니, 바위 속으로 날쌔게 들어가 버렸다.

"조까치, 첫날부터 김 팍 새네. 별게 다 사람을 놀래켜!"

중대장은 일차적으로 도로를 따라 전술용과 보조용의 두 겹 철조망을 쳐놓는 일에 신경을 쓰고 있었다. 헬리콥터가 뜨고 난 자리 옆에 레이션이 퀀셋막사 높이만큼 쌓여있었다.

튀김집 식용유처럼 자글자글 끓어대던 해가 19번 도로를 따라 안케 고지 너머로 스러지려 하고 있었다.

"해가 붉으작작해지니께 맴 또한 심란해지는디, 삭신 마디도 근질근질해오고."

박 상병은 불룩해진 사타구니께를 슬슬 쓸어내리며 일단 대화의 방향을 제시했다. 용변 보는 자세로 동송그리고 앉아 좀상스레 담배 연기를 풀어 올리던 천 하사가 고개를 돌렸다.

"아따, 천 하사님, 그 담배 피는 폼 좀 고치시요. 누가 뺏어간답디여. 천지에 쌔발린 게 양담밴디 뭐 그리 손아구에 감춰가지고 피시요. 요렇게 손가락을 쫙 피고 기발나게 펴 뿌리제."

"내사 십관이 돼사 그리는 안 된다. 근데, 니 사회에서 한가닥 했다 크능 거 증말이가, 우릴 기죽일라고 하는 건 아니제?"

박 상병은 가당찮다는 듯 산그늘이 넘어오는 뒷산 쪽으로 고개를 돌렸다. 도상에 PHUNG SON이라고 영자로 표시된 도로 앞의 월남인 마을에서 저녁 연기가 한가롭게 피어오르고 있었다.

"내가 천 하사님 기죽여서 어따 쓰겠오. 원제 뒈질지도 모르는 이 판국에 구라 쳐서 생길 것도 없고."

"하모, 그러키로 니 고향은 남쪽이제?"

"전남 함평이요. 왕년에 금송아지 안타본 놈 있겠소만 나도 그때는 경기 좋았어라우.”

“뭐, 쓰리꾼 왕초였다문서?”

“왕초라기보다는 학다리 이쪽에서 애들 몇 데리고 좀 놀았지라우.
다리 저 쪽은 마빡 형님이 있었으닝께.”

“그 이약 좀 해도고.”

“찬물도 위 아래가 있다는디 천하사님 이약부터 들읍시다.”

희디힌 해안 사구에 걸려 있는 붉은 노을이 스러지며 T28 편대 하
나가 송카우 쪽으로 낮게 떠갔다.

“그래도 이 몸이 부산 서면서 장농 공장 다닐 때는 까이들도 더러
따랐더라마는 이렇게 이역만리 오니께 말짱 도루묵이구마.”

눈을 가늘게 뜬 천하사는 문득 회상에 잠기는 듯 부드럽게 운을
뗐다.

“그러니께 작년 여름이었구마. 12자짜리 큰 자개농이 나갔다고 주
인이 기분으로 우릴 광안리 횟집에 안 데리고 갔더나. 물에 팔닥팔닥
날치는 아나고를 즉석에서 잡아가고 멍게, 해삼 같은 거로 진탕 먹어
뿌렸제, 쐬주하고. 돌아오는 길에 기분 한번 알싸하게 좋더마는, 그
사람들하고 헤어져 테샤 빙원께로 실실 방향을 잡았든기라.”

“테레사 병원일 낍니다. 거기가 남천동 아닙니꺼.”

같은 부산 출신 유선병 인웅이가 정정해 주었다.

“하모, 테레사제, 그 빙원 앞에서 그 지지바를 만났다 아이가.”

“뭐하는 안디요?”

기집애처럼 생긴 인웅이는 금방 생기가 돌며 다잡듯 물었다.

“난중에 알았지만 치약공장에 다니는 아아라. 내사 첫눈에 딱 보이
맴이 좀 붕 떠있더마는, 하여턴 히프짝이 확 퍼지고 키는 크지 않지

만 빵빵한 게 육덕이 삼삼한기라.”

“아이고, 그럼 키가 작아야지 천 하사님이 키가 얼만디 여자가 크
면 바란스가 맞겠어라우?”

“박 상병님, 초좀 그만 치이소.”

이 일병은 애가 달았다.

“한잔 묵은 김에 기분도 나긋다. 저, 실례합니다. 우리 조용한 데
가서 차 한 잔만 하십시다. ‘좋아요. 차 한 잔이야 뭐.’ 헌데 그 근
처에 다방이 없더라 이기야. 그래서 할 수 없이 빵집에 안들어 갔
나. 근데 하따마 웬놈의 식성이 그리 좋더노. 곰보빵, 앙꼬빵, 나마
까시…… 마구 조지삐리는 기라. 우유도 한 병하고, 화, 이 몸 본전
생각나더마는… 이년을 꼭 묵어야 되겠다 싶어 문을 나서면서 손을
꽉 틀어 잡았제. 그냥 끌고 테레샤 빙원 뒷산으로 간기라. 이 가시
나 영 안 줄라 카더만. 젖가슴을 더듬으니 아이 아이하고 몸을 트는
데…….”

“잡은 김에 쭉쭉 빨아뿔제.”

박상병이 번들번들한 목소리로 계속 끼어들고 있었다. 그는 계급
보다는 사회에서의 전력을 가지고 선량한 천 하사를 마구 깔아뭉갤
작전이었다.

“브라자는 꼭 달라붙어 있제…… 사람 환장하겠더만 급한 김에 스
카토 쪽부터 더듬었제.”

“아따, 따먹은 대목이나 빨리 읊어보시요.”

천하사는 그쯤에서 ‘으흐흐’하고 잠시 몸서리를 쳤다.

“이 가시나 꿈틀하믄서 또 다리를 오므리는데 가온데가 말랑말랑,
앙꼬빵 알제? …….”

"관측 장교님! 관측 장교님!"

저 아래에서 중대장 당번이 소위를 부르고 있었다.

"거 참, 천 하사 장가 드는 대목을 놓치게 됐군."

중대장은 과로 때문에 새까맣게 탄 아랫입술에 물집을 달고 있었다.

"행인지 불행인지 우리 중대가 제일 먼저 적성지역에 들어오게 됐는데 …… 매도 먼저 맞는 놈이 났다고 차라리 훈련 겸 일찍 붙어 보는 게 좋긴 하지만…… 만에 하나 우리가 당하는 날에는 한국군의 얼굴에 똥칠하는 격이고, 우선 집결지에 남아 있는 다른 부대들의 사기에 영향이 클거라 이거야. 내 생각에는 오늘밤에 틀림없이 놈들이 덤빌 것 같아. 행군 때문에 지쳐 있고 지형에 익숙치 않다는 점을 놈들이 놓칠 리가 없어."

"중대장님, 이 뒷산 쪽은 괜찮을까요?"

화기 소대장 김지영 중위가 물었다.

"나도 그걸 생각해 봤는데 그쪽은 괜찮을 것 같아. 산 뒷쪽엔 좀 멀긴 해도 미군 101공수여단 1대대가 있지. 뭐니뭐니 해도 이 산엔 나무가 없다 이거야. 놈들의 전술 원칙은 공격로도 중요하지만 도주로도 항상 중요시 하니까, 헬리콥터 한 번 뜨면 도망갈 수도 없는 뒷산으로는 절대 안 와. 하지만 만약을 위해 각 소대에서 청음초(전방에 매복하는 정찰조) 1개조씩만 8부 능선에 배치하라고. 그런데 저거 어느 소대 쪽이지?"

"뭐 말입니까?"

"저 담배불 좀 봐. 캄캄한 밤에는 빨 때마다 등잔불처럼 커 보이잖아."

"저희 2소대 쪽인데요."

2소대장 최인수 중위가 황급히 일어서면서 소리를 질렀다.

"담뱃불 꺼. 이노므 새끼야. 담뱃불 꺼. 전다알."

여기저기 골짜기의 개인천막에서 릴레이식으로 소리가 번져갔다.

"전다알, 담배불 꺼!"

마지막으로 일어서는 소대장들 등 뒤에다 중대장이 당부했다.

"적이 오면 바로 쏘게 하지 말고 충분히 끌어들여. 아주 지근거리에서 쏘게 하란 말야, 최대한으로 근접시켜 일발필살의 경우에만 사격하도록!"

한 소위가 바위 사이를 더듬어 막사로 돌아왔을 때 천 하사는 이미 치약 공장 아가씨를 먹어치운 뒤였다. 모두들 이상한 열기에 떠서 레이션에서 꺼낸 바둑껌만 죽자고 씹고 있는 중이었다.

"보좌관님, 무슨 전달 사항이 있었습니까?"

"오늘 저녁에 비씨들이 올지 모른다는 거야. 준비들 단단히 하고 있어. 박 상병, 포대하고 감 좀 잡아 봐."

박 상병은 호들갑스럽게 천막 속에서 P10 무전기를 꺼내왔다. 안테나를 세우고 몇 번 키를 눌러 본 다음 빗듬을 맞추기 위해 서서히 다이얼을 돌리면서 목청을 가다듬었다.

"하나, 둘, 삼, 넷, 오, 여섯, 칠, 팔, 아홉, 공, 다시 공구팔칠육오 넷삼둘하나…… 낙동강, 낙동강, 여기는 오리알 셋, 감 잡았으면 응답하라, 이상."

무전기에서는 "칙"하는 축음 외에는 응답이 없었다.

"어라, 이 씨바들 초저녁부터 꼬불쳐 자나. 낙동강, 낙동강, 감 잡았으면 응답하라. 여기는 오리알 셋, 이쌍!"

"아, 여기는 낙동강, 오리알 셋, 감 잡았다. 말하라 이상."

"이 씨발, 여기는 비씨들이 오락가락하는디 귀소 뭣 빨고 있나. 즉시 응답하지 않고, 이상."

"어! 미안하다. 잠깐 쉬 좀 하고 왔다. 욕은 삼가자. 앞으로 서로 고달플테니, 이상."

"알았다. 당소장(當所長)을 바꾸겠다. 귀소장을 바꿔라."

저쪽에서 포대장이 나오자 한 소위에게 폰을 넘겼다.

"맹호, 여기는 대충 자리를 잡고 정돈을 끝냈습니다. 오늘밤에는 상황이 있을 것 같습니다. 대기시켜 주십시오."

"수고 많았다. 이쪽 만반의 준비가 되었다. 아무 걱정 말고 사격 임무만 보내라. 무전기 계속 열어 놓겠다."

"교신, 끄을."

푸카트 산 너머에서 상당히 큰 폭음이 일고 땅이 흔들렸다. 아마 퀴논 앞바다에서 미 해군이 갈겨대는 함포가 아니면 B52의 꽁무니에서 떨어지는 대형폭탄일 것이다. 저렇게 큰 폭음은 야전포병의 것은 아니다. 어쨌든 이런 불길한 소리들과 하루빨리 친숙해져야 한다고 한재민은 마음을 먹었다. 거기다가 우선 수많은 소총 탄환들, 예컨대 스나이퍼(저격수)들의 타꿍총알, 정규 비씨들의 AK연발소총, 30mm 기관총알을 피해야 한다. 그리고 박격포탄, 정글 속에 이리저리 매어 놓은 부비트랩(위장 폭발물), 논바닥에 묻어 놓은 펀지스틱(대나무 끝에 독물을 칠해 놓은 것), 수제폭탄, 수류탄, 마을 입구의 함정, 우물 속의 독약, 잠든 사이에 목을 노리는 적의 단검까지도 기술껏 피해야 한다.

"시골놈들이야 보통 때는 쇳가루를 가지고 다닙니까. 장날이나 돼야 허리춤에 좀 찌르고 나오지요. 따라서 본관도 평소에야 화투목이나 만지다가 장날이나 돼야 거동을 하게 된다 이거지요."

콧등에 유난히 개기름을 얹고 있는 박 상병은 어둠 속에서 제 돌만이에게나 하듯 천 하사의 어깨를 녹녹하게 다독거려주며 입을 열었다.

"한번은 학삐리를 안창 땄지요."

"학삐리가 뭐꼬?"

"여학생을 그렇게 불러라우. 대개 학삐리는 힝이 백인디……."

"뭐라, 힝은 뭐고 백은 또 뭐꼬?"

"아따 돈이 없다 이겁니다. 근디 그년은 그날 학교에 낼 돈이든지 책갑인지 제법 두둑하게 챙겨갖고 있더라 이거예요. 학다리 못 미쳐서 슬쩍 뚜룩쳤지요. 점심 때 조금 지나서 이년이 두 눈이 퉁퉁 부어가지고 다리를 건너오는 거예요. '학생, 어디가 아퍼?' '돈을 잃어 버렸어요' '어허, 저런, 얼마나 되는디' '아이고, 오늘 울 아부지 제사상 차릴 돈인디 …' 고년 말을 못 잇고 목부터 메이든만. 본관 양심의 기탓줄이 울리드라 이거야. '학생, 멀 그런걸 가꼬 울고불고 하고 있어. 내가 찾아주면 될 거 아니여' '아이고, 그게 정말잉가요?' 글씨, 요년이 허리를 틀며 볼따구니에 금새 피가 돌대요. '우선 점심 요기나 하드라고. 내가 탕수육 한 그릇 살꺼여' 으슥한 중국집 골방으로 끌고 안 갔겄오."

"야, 참말로 병 주고 약 주네예."

이 일병이 분개했다.

"가만 있거라. 그래서?"

"그래선 멀, 거 있잖아요. 중국 쌀람이 하시는 말씀. '한국여자들탕수육 먹으면서 아파 아파해' 다 그런거죠 뭐."

"좀 자세히 이약 해 보래이."

한 소위는 자기 천막으로 들어와 벌렁 드러누웠다. 허리 밑에 깔린 고무침대가 갑자기 여인의 비곗살처럼 물신거려왔다. 천막 끝에 먹지처럼 까만 밤하늘이 삼각형으로 조각난 채 빠끔히 걸려 있었다. 그가 타고 왔던 미군수송선 제너럴 가이거 호가 월남 수역으로 들어설 때 갑판 위에서 보았던 눈부신 남십자성이 문득 생각났다. 수평선 위로 긴 꼬리를 달고 빛나던 그 찬란한 모습, 그는 바로 그 여자를 생각해 냈다. 월남으로 떠나오기 직전 그가 마지막으로 몸부림쳤던 홍천읍 변두리, 쓸쓸하던 개울가의 여자, 병사들이 원, 투, 쓰리 고지라고 부르던 사창가의 여자.

가을이 일찍 오는 강원도는 한여름 고비만 넘으면 금세 양덕원고개 이쪽저쪽의 기온이 판이하게 다르고, 초가을도 없이 곧장 본격적인 가을로 접어들었다. 그리고 개울가에는 웬놈의 갈대가 그리도 무성히 자라던지.

부대는 쩔쩔 끓고 있었다.

새로 온 대대장은 영내에서는 장사병을 막론하고 워커 착용을 금했다. 월남의 베트콩들은 순 맨발의 청춘들이므로 우리도 그렇게 해야 한다는 것이었다. 장교들은 전원 영내에서 거주했다. 새벽 5시에 기상해서 양덕원 중간 지점의 개울까지는 구보로 달리고 거기서 세수를 하고, 돌아와서는 부대 뒤의 야산 밑에 임시로 만든 사격장으로 곧장 향한다. 30발들이 M2카빈 탄창을 다섯 번 갈아낄 때까지 사격 연습을 끝내고야 아침식사를 할 수 있었다.

한재민은 부대 보급장교였다. 낮에는 보급수령 트럭을 몰고 훌쩍 부대를 떠날 수가 있었다. 원주 가는 검문소를 지나 S자형의 산굽이를 돌고 돌 때, 문득 왜 월남까지 가야 하나를 생각하며 가급적 그 강박감을 떨쳐버리려고 시원한 계곡 쪽으로 눈길을 던졌다.

그가 처음 포병대대에 왔을 때에는 OP(관측소)에 올라가 있었다. 어느 날 대대장이 불렀다.

"한 소위! 대대 보급장교 안 해 볼래?"

하지만 그건 묻는 게 아니었다. 보통 여느 포병대대에는 S4(군수장교:대위급)가 있어 재산관리를 하고, 소위급의 보급장교는 그냥 병참부대에 트럭이나 몰고 다니면서 보급품을 수령, 관리나 하는 것이 상례였다. 그런데 이 부대는 어찌된 셈인지 실권 없는 소위가 인감을 내고 모든 재산상의 책임을 몽땅 걸머지게 돼 있었다. S4는 그냥 감독만하고 때때로 고깃근이나 들고 나가면 그만이었다. 인수인계를 하던 날, 전임보급관 박 중위는 뭔가 되게 시원해 하는 눈치였다.

원래 군대 보급품 대장이란 것은 회사의 회계장부처럼 제대로 맞아 들어가는 것이 아니다. 어느 품목은 이상하게 남아 돌아가고, 어느 품목은 턱없이 모자라기도 하는 것이다.

아무튼 얼마 안 있어 부대는 월남으로 간다고 흉흉해지고, 월남을 가지 않겠다는 장교는 딴 부대로 즉각 전속 명령이 났다. 물론 대대장도 바뀌고, S4도, 전임 박 중위도 말 한마디 없이 사라지고 말았다.

새로 전입 온 S4는 재민에게 도장을 내놓으라고 하더니, 검열관처럼 품목 하나하나를 꼼꼼하게 체크해 나갔다. 그러다가 그는 펜대를 내던지면서 내뱉듯 한마디를 했다.

"어허, 참 당신 그동안 보급품 관리를 어떻게 해 온 거야? 이거 개판 오분 전 아냐? 이렇게 보급품 대장이 엉망일수가 있어?"

재민은 들어가는 소리로 겨우 한마디했다.

"인수인계한 지가 한 달도 안됩니다."

"이것 봐, 장교한테는 변명이 있을 수 없는 거야. 이 개판으로 된 대장을 제대로 맞추려면 몇 달 걸리겠는걸."

그는 뒤로 벌렁 기대면서 담배를 피워 물었다.

"좌우간 연구 좀 해보자고."

이삼일 후, S4는 재민을 다시 불렀다.

"폐일언하고, 우리 같이 월남으로 가자고. 가서 마저 정리를 해야지. 이것 월남 떠날 때까지는 도저히 결말이 안 나겠는데."

순간 재민은 그에게 가냘픈 생애의 소망을 걸고 있는 어머니의 얼굴이 보이고 까칠하게 여윈 지숙이의 얼굴이 떠올랐다.

"허지만, 월남에서는 정식 편제니까 보급관 TO(자리)는 없오. F·O(관측장교)로 따라와서 해결해 보자구."

순간 재민은 온몸이 달아 오는 것을 느꼈다. 가자. 그 녹색의 땅. 알 수 없는 곳으로 한번 가보자. 이 부대에 새로 도착한 모든 장병들이 발진을 서두르는 편대기처럼 모두 준비를 하고 있지 않은가. 나라고 해서 왜 굳이 이 대열을 빠져 나가려고 하는 것인가. 이런 것을 비겁이라고 부를지도 모른다. 그 전쟁은 어차피 진행 중이고, 한번쯤은 봐둘 필요도 있을 것이다. 누가 가도 가야 할 자리가 아닌가.

그는 그날 보급차를 끌고 나가 부대에 돌아오지 않았다. 보급하사에게 수령 일을 맡긴 채 트럭 밑 그늘에서 눈을 붙였다. 저녁 때, 보급차가 삼거리 검문소에 닿자, 재민은 내리면서 보급하사에게 말했다.

"내일 아침 9시까지 이리로 와. 군수장교가 날 찾으면, 아파서 삼거리 병원에 오늘밤만 신세를 진다고 해."

그는 삼거리 옆 구멍가게에 앉아 어두워지도록 술을 마셨다. 선반에 뽀얗게 먼지를 쓰고 진열돼 있던 오래된 맥주였다. 그 맥주는 냉동이 돼있지 않았었다. 주인 여자가 우물물에 채워 주겠다고 했지만 그냥 두라고 했다. 원주와 서울로 갈라지는 비포장 도로 위로 차량들이 끊임없이 먼지를 일으키며 달리고, 타이어에 튄 자갈들이 이따금 가게 문짝을 때렸다. 그는 완전히 어두워지자 자갈길을 터덜터덜 걸어 원투쓰리고지로 갔다. 병사들은 왜 이곳을 123고지라고 했을까. 하기야 오를 수 있는 곳이 세 곳 있긴 있지. 입 하나, 유방 둘, 다리 셋, 아니지 다리 셋은 여자에겐 이상하지 …… 헛헛.

그는 오른쪽 첫째 집으로 들어섰다. 방에는 웃목에 몸치 큰 알미늄 가방이 덩그마니 놓여 있고 남폿불이 가늘게 흔들리고 있었다. 여자는 아랫목의 칠 벗겨진 호마이카 화장대 옆에 쪼그리고 앉아 있다가 놀란 듯 일어섰다. 구멍 난 뒷문 쪽 개울가에서는 서늘한 가을바람이 갈대숲을 빠르게 가르면서 내닫고 있었다.

"불 꺼!"

처음 도입 부분에서 서툴고 난폭하게 취기와 자괴감을 이빨로 악물면서 남폿불의 끄을음이 목에 걸리는 것을 의식했다. 어두움 속에서 가뿐하게 들리는 그녀의 몸뚱이를 방향 모를 원한 쪽으로 마구 던지며 학대하기 시작했다. 그녀는 물을 많이 흘리며 소리 없이 따라와 주었다. 말 없는 속죄양처럼 이따금 어두움 속에다 한숨을 토할 뿐이었다. 주제에 의 한 변주 부문, 두 사람의 손놀림은 빨라지고 슬픔은 이미 그녀의 따뜻한 유방 위에서 녹아내리고, 이빨 사이에 악물었던 쓰디쓴 원한도 그녀의 흰 넓적다리 사이로 얌전히 순치되어 빨려 들어가고 있었다. 어두움 속에서 그들은 속삭였다.

"오빠 더 벌릴까?"

"됐다, 됐어."

새벽이 되어서야 두 사람은 서로를 끌어안고 있었다.

"오빠도 월남 가시는 분이죠?"

"그렇다."

"월남 가시는 분들은 다들 그렇게 사납게 굴다가 새벽엔 울고 떠나요."

"난 울지 않아."

"네, 멀리 가시면서 좋은 맘 가지고 떠나세요."

아침 햇살에 씻기는 그녀의 얼굴은 생각보다 훨씬 청결했다. 여린 몸뚱이에 걸친 때 묻은 슈미즈만 아니었다면, 더럽게 얼룩진 이부자리와 칠 벗겨진 호마이카 화장대만 아니었다면 오만해도 좋을 만큼의 청결한 구석을 용케도 남겨 가지고 있었다. 가슴의 융기와 빠른 허리의 흐름, 둔부에 모인 적당한 탄력은 미대생들이 가슴 두근거리며 기다리는 첫번째의 누드모델 같은 모습이었다. 그것은 참 억울한 일이었다. 그녀가 홍천의 그 더러운 개울가에 있었다는 사실. 그런데 처음부터 왜 홍천의 그 여자 생각이 났을까? 왜 지숙의 생각은 뒷전으로 물러서고 얼룩진 나일론 속옷만을 걸친 그 어린 창녀만 먼저 떠오르는 것일까?

탕!

어둠을 가르며 날카로운 M1소리가 도로 쪽에서 났다.

"비씨닷!"

누군가의 외마디 소리가 어둠을 잡아 찢었다.

"어느 쪽이야?"

재민은 개인 천막 안에 늘어진 나일론 모기장을 걷어차며 나왔다.

"3소대쪽 같습니다."

자지러지는 듯한 소총, 둔탁한 크레모어, 앙칼진 수류탄의 파열음들이 여기저기서 울부짖기 시작했다. 언덕 위에 알맞게 배치해 놓은 LMG의 붉은 예광탄이 화집점을 맞추기 시작했다.

"F·O, 포대 좀 불러 봐."

중대장이 다급한 소리로 외쳤다.

"포대 나와 있습니다."

"조명탄 좀 올려 줘."

"?"

VT탄이나 HE탄이라면 몰라도 느닷없이 조명탄이라니, 한 소위는 무전기를 움켜잡았다. 손이 떨려 키가 꽉 잡히지 않았다.

"낙동강, 낙동강 들리는가?"

"말하라, 무슨 일인가?"

저쪽에도 포대장이 직접 나와 있었다.

"비씹니다. 그런데 조명탄이 있습니까?"

"조명탄 말인가? 잠깐 기다려 보라."

확실히 포대장도 조명탄이란 말에 당황하는 눈치였다. 포탄 사정을 알아보는 듯했다.

"오리알 셋, 미안하다. 조명탄은 딱 세 발 있다. 미군 포병에게 연락해 보겠다."

중대장은 P10으로 육사 후배인 화기소대장을 부르고 있었다.

"지영이, 지영이, 우리 60밀리 조명탄 있어? 많이 있다구? 좋아, 쏘아 올려!"

이윽고 도로쪽 반공에 명도가 시원찮은 박격포의 조명탄이 풀석풀석 피어 올랐다. 하지만 그건 중대원들의 사기를 돋구는 데는 결정적인 역할을 하고 있었다. 도로 위에 엎드려 있던 그림자들이 황급히 이쪽 배수로 쪽으로 굴렀다. 그림자들은 조명탄이 꺼지면 또 움직였다. 소총탄환이란 기실 아이들의 딱총알만큼이나 시시한 것이라는 게 드러나기 시작했다. 영 맞아주질 않는 물건인 것이다. 우박처럼 쏟아지는 그 탄막 속을 그림자들은 악착같이 기고 있었다.

"잡았다!"

열에 들뜬 목소리로 누군가가 길게 외쳤다. 비씨를 맞춘 모양이었다. 때맞춰 105밀리 조명탄들이 고공에 꽃처럼 피어올랐다. 차리포대의 3발과 퀴논 쪽에서 날아온 미군포대의 풍성한 조명탄들이었다. 검은 밤하늘의 가슴을 열고 대낮같은 등불들을 달아놓고 있었다. 곡선을 그리며 느리게 떨어지는 그 불꽃들 사이로 LMG예광탄이 빠른 기하학적 수직선을 그었다. 그것은 축제였다. 국경일 남산 꼭대기에서 쏟아져 내리는 포물선의 불꽃, 해바라기 씨같이 재미있게 퍼지는 그런 불꽃놀이였다.

"사격 끝. 사격 끄읕"

어린애가 울음을 삼킬 때처럼 몇 번 여운이 끌리고 어둠은 이내 입을 다물었다. 재민은 중대장 막사로 뛰어 내려갔다. 중대장은 들떠 있었다.

"한 소위, 우리가 해냈어. 비씨(베트콩의 준말)를 때려 잡았단 말야."

26

"그렇군요. 해냈군요."

비씨란 도대체 무엇인가.

그들은 우선 암갈색의 얼굴이다. 검은 농민복과 칼끝 같은 눈빛을 가진 망령들이다. 그들은 증오 외엔 무기가 없다. 고로 우리는 그들을 멸시한다. 멸치처럼 깡마른 그들을 두려워할 이유는 없다. 단숨에 쓸어버릴 수 있다. 그런데 그것들은 연기이기도 하다. 손아귀에서 미끄덩 빠져나가는 미꾸라지, 모가지를 비틀어 버리려 해도 도무지 잡혀주지 않는 망령, 그리고 아무데서고 기어 나오는 벌레다. 그래서 때때로 등골이 스물스물하고 어깨가 으시시한 것이다.

재민은 새벽까지 깜빡 잠이 들었었다. 진땀이 그의 등판과 고무침대 사이에 고여 있었다.

"보좌관님, 보좌관님!"

인웅이가 흔들어 깨웠다.

"비씨구경 안 가세요. 중대장님이랑 소대장님들은 다 내려가셨는데요."

그는 서둘러 일어났다. 바위등을 타고 내려갈 때 어젯밤 그림자들이 집결했다가 퇴각했던 문제의 그 풍손 마을은 키 큰 야자수 사이로 한가롭게 아침 연기를 모락모락 피워 올리고 있었다.

중대장들이랑은 철조망을 조사하고 있었다. 철조망 밑부분이 교묘한 방법으로 절단되어 있었다.

"놈들은 어떤 일이 있어도 시체를 남기지 않는 주의인데 어젯밤은 원체 급했구만 그래."

중대장이 말하자 모두들 유쾌하게 웃었다.

시체 하나는 철조망 가까이에 있는 개울가에 얼굴을 처박은 채였고 나머지는 3소대장의 막사까지 거의 다 와서 하늘을 보고 반듯이 누워있었다. 개울가의 시체는 붉은 나일론 팬티에 까만 비닐 샌들, 손에는 미제 수류탄을 그러쥐고 있었다. 3소대 전령이 수류탄의 안전핀을 확인하고 시체를 바로 뉘었다. 머리를 박박 깎은 그 주검은 입술 위에 모래알을 잔뜩 묻히고 있었다. 마지막 피를 흘릴 때 몹시 목이 말랐던 듯 억지로 개울물을 헤집어 찾은 흔적이었다.

"얼굴을 좀 씻어 줘라."

중대장이 말하자 3소대 전령이 허리에 차고 있던 수통의 물을 시체의 얼굴 위에다 쏟아 부었다.

"이건 아주 어린 놈 아냐?"

시체는 속눈썹이 긴 십오륙세, 잘 먹었어야 열일곱쯤의 소년이었다.

"아이고 맙소사, 이런 쥐새끼 같은 놈들이 우릴 상대했다니."

화기 소대장은 뭔가 기대에 어긋난 듯 투덜거리며 나머지 시체 쪽으로 갔다. 놈은 허리에 가죽 케이스에 든 폭파용 TNT를 감고 있었다. 손에 뇌관 5개를 움켜쥔 어리디 어린 소년이었다.

"도대체 이놈들이 폭파하려 했던 게 무엇이었을까요?"

부중대장 김실근 중위가 물었다.

"보면 몰라서 그래, 이놈들이 저 레이션 박스와 방독면박스 더미를 탄약상자로 본 거야. 진지 한가운데에 있으니까 그걸 폭파하면 탄약도 없애고 살상효과도 클 거라고 본거지. 어제 낮에 철조망 칠 때 꼬마들이 얼씬거리며 뭐 삽삽(참참의 월남 발음)좀 달라고 떠들었잖아. 놈들이 정찰병이었다고 보고를 좀 엉터리로 해서 그렇지, 허헛!"

둘러섰던 소대장들도 일제히 소릴 내며 따라 웃었다.

"아무튼 죽으려고 환장한 놈들이에요. 아주 죽을라구 빽을 썼다구."

1소대장이 떠들자 중대장이 짤막하게 말했다.

"시체를 움직이지 말고 그대로 둬. 이따가 사령관님이랑 보도기관에서 올 거야."

중대장과 소대장들은 아침 식사를 하러 막사로 올라갔다.

재민은 시체를 찬찬히 내려다 보고 있었다. 푸카트산 산머리를 비켜 아침 해가 해안 쪽의 안개 속을 헤집고 올라오는 중이었다. 조금 있으면 달구어질 그 햇빛은 소년의 얼굴을 조금씩 자상하게 닦아주고 있었다. 그의 몸에서는 엷은 비린내가 나고 있었다. 하늘을 향한 이마는 희고 반듯했다. 콧날이 상큼하고 눈썹도 짙었다. 입바른 소리 잘하고 화를 잘 낼 듯한 얼굴이었다. 경련을 끝내고 축 쳐진 다리며 오랜 수림생활로 반들반들 윤을 내고, 수풀과 늪을 표범처럼 날렵하게 넘나들던 속도 때문에 아직도 야릇한 독기를 발하고 있었다.

대대 CP쪽의 능선에서 지휘관용 헬기들이 부산하게 오르내렸다. 일단의 VIP가 왕림한 것이다. 도로가에 나타난 사령관은 포사령관과 연대장을 대동하고 있었다. PRESS 표지를 단 특파원들과 카메라맨들이 이리 뛰고 저리 뛰며 설쳐댔다. 그 특파원들은 한결같이 군복을 입고 있었다. 키가 크고 눈썹이 숯검정 같은 사령관은 별 둘을 단 군복이 더 없이 잘 어울렸다. 그는 덩치 하나로도 거느리고 온 여타의 영관급 장교들을 사정없이 압도하고 있었다. 최초 공격개시선이 되었던 풍손 마을 쪽을 노려보다가 도로와 철조망을 찬찬히 점검했다. 대대장이 어젯밤 상황을 대충 브리핑하고 중대장이 보충설명을 했다. VIP들은 모두 만족한 듯 고개를 끄덕였다.

"아무튼 한국군 최초의 전과라는 데 의의가 있는 거야."

사령관은 웃으며 말했다. 그리고 그는 갑자기 생각난 듯

"참 최초의 발견자가 누구였지?"

"예, 이 사병들입니다."

중대장은 이미 이런 사태를 예견한 듯 그들을 대기시켜 놓고 있었다.

"맹호, 일병 고, 광, 배. 이병 안, 윤, 옥."

사령관은 병사들의 어깨에 손을 얹고 물었다.

"사격술은?"

"특등 사숩니다."

"무섭지 않던가?"

"네, 무섭지 않았습니다."

둘은 합창하듯 턱을 사정없이 빼고 소리를 질렀다. 보도요원들은 부지런히 스냅을 하고 사단 G3에서 나온 중위는 전사편찬과 전훈(전투교훈)을 위해 그의 노트에다 무엇인가를 열심히 메모하고 있었다.

"우리 병사들에게 필요한 것은."

사령관은 말했다.

"바로 이런 거야. 아주 지근거리까지 적을 유인하여 쏠 수 있는 담력, 그리고 쏘면 반드시 맞출 수 있는 일발필살의 사격술."

고보이

사단은 월남군 2군단 예하 22사단 지역 퀴논을 중심으로 험준한 산악과 정글, 그리고 월남의 중부평야의 눈(眼)에 해당하는 지역 1,400km를 TAOR(전술책임지역)로 할당받았다. 할당받았다고 말한 것은 지금까지는 이 지역을 미해병 7연대 2대대와 미101 공수사단 제1여단이 장악해 왔기 때문에 작전권을 그들로부터 넘겨받았다는 뜻이었다. 17도선 이남으로 뻗어 내려 온 안남산맥이 이 지역에서 갑자기 그 산세를 누그러뜨려 불란서 시절부터 남부 산간지대로 불리는 완만한 고원지대를 형성하고 있는 곳이다. 그 고원지대의 아름다운 석회암 사이를 뚫고 사이공쪽으로 해안선을 따라 곧바로 내려가는 도로가 유명한 1번 공로이며 라오스, 캄보디아의 어두운 정글 속에 숨겨진 호치민루트에서 콘툼, 플레이쿠의 고원을 널어 안케 고개의 열대관목 숲을 해안선으로 곧장 달려와 1번 공로와 만나는 도로가 작전도로 19번인 것이다.

TAOR내에서의 사단의 일차적 임무는 1번 공로와 19번 도로의 완전한 장악이었다. 도로는 작전의 핏줄이었기 때문이었다. 그 외의 사단임무로는 퀴논 열대의 항만시설, 비행장, 군수지원시설 등을 방호하는 것도 있었다. 하지만 이런 것들이야 도로의 완전한 장악과 함께 몇 개의 전략상의 거점만 확보해 놓으면 별 문제가 안 되는 것이다. 예컨대 동쪽은 고보이 강을 건너 언젠가 푸카트산만 점령해 놓으면 그 푸카트산이 깔고 앉아 있는 광활하고 비옥한 월남 중부평야를 쉽게 장악할 수 있고, 또 서쪽은 안케고지만 탈취하면 망쟝 고개를 넘어 콘룸, 플레이쿠에서 내려오는 적을 간단히 저지할 수가 있기 때문이었다.

중대는 사단의 동쪽, 그러니까 푸카트산의 턱 밑으로 기어들어 가고 있었다. 미 101 공수여단 1대대 C중대가 어렵게 확보해 놓은 고보이 강의 전술기지를 인계 받기 위해서였다. 3일 동안만 합동근무를 하고 그 진술기지를 인계 받아 그곳을 교두보로 해서 푸카트 산정까지 밀고 올라가겠다는 것이 사단의 전술 개념이었다.

풍손 마을에서 비씨 2명을 때려잡은 바 있는 중대원들의 사기는 대체로 양호한 편이었다. 더욱이 그들에게 고무적인 사실은 비씨를 조기에 발견하고 사살한 고 일병과 안 이병이 훈장과 함께 일계급 특진, 특히 고 일병은 사이공에 있는 사령관 공관의 위병으로 특별 차출되어 간 것이었다. 누구든 혁혁한 공훈만 세우면 적절한 보상이 뒤따른다는 것을 두 눈으로 본 것이다.

"개판 오 분 전이구면."

넓은 투이폭 들판길을 오전 내내 행군해서 고보이 마을의 입구로 들어설 때 중대장은 투덜댔다. 개울물에 빠져 질퍽거리는 군화하며,

오다가 한차례 저격병들의 따쿵 총소리에 놀라 논바닥에 엎드린 앞자락 하며 말씀이 아닌 한국군들의 몰골을 미군들은 멀거니 누운 채 올려다보고 있었다.

"헤이, 락아미(한국군) 수고 많다. 앞으로 고생문이 훤하구나."

그중에 나이 들어 뵈는 노랭이가 한마디 했다.

"헤이, 차리. 여긴 쓸만한 꽁까이들도 없다. 우린 연장이 녹슨 지 오래다."

흑인 병사 하나는 하체를 흔들면서 보탰다. 정자나무에 매단 해먹(흔들이) 위에서는 하사관으로 뵈는 치가 구렁이 문신을 한 털투성이 상체를 훌러덩 내놓고 약간은 깔보는 눈매로 지친 한국군들을 내려다보고 있었다.

"너의 중대본부가 어디인가?"

한재민 소위가 올려다보며 묻자 그는 심드렁하게 턱 끝으로 정자나무 바로 옆에 서 있는 이층집을 가리켰다. 정자나무 밑에서 마을 노인들이 한국의 장죽 같은 긴 담뱃대로 연신 몽롱한 연기를 뿜어 올리고, 그 곁에서는 흠집투성이의 꼬마들이 땟국이 졸졸 흐르는 알몸으로 미군들의 깡통 부스러기를 핥고 있었다. 마을 복판을 가로질러 강변으로 곧장 빠지는 한길 위로 누런 똥개들이 어슬렁거리고, 비번인 듯한 사병들이 판초우의를 펴놓고 카드놀이를 하고 있었다. 아오짱(시골 처녀의 흰 블라우스) 자락이 짧아 허연 허리통이 다 나온 꽁까이들은 대바구니에 바머이바(333이란 숫자가 상표로 쓰인 맥주) 월남맥주, 파란색 모낫 콜라, 코코넛 등을 챙겨 들고 G1들의 사이사이에 끼어 앉아 카드의 끗발을 지켜보고 있었다. 끗발이 시원찮은 놈은 아예 여자들의 허연 허리통을 슬슬 만지거나 꿩뎅(까만 바지) 위로 실팍하게 돋은 궁뎅이를 더듬고 있었다. 여자들은 한국군들을 호기심 어린 눈들로 쳐다보며, "린 다이항 독끄럼(한국군 멋져)" 어쩌고 하며 벌써부터 추파를 던지기 시작했다. 순 장삿속만은 아닌 것 같은 여자들의 눈웃음에 오전 내내 살갗을 벗기는 듯한 햇볕 속을 더듬어 온 한국군들은 슬그머니 피로를 놓고 있었다. 마을가의 바나나 숲 속에 싸인 초가에서나 담쟁이넝쿨로 둘러싸인 마을 복판의 벽돌 집에서나 미군들은 월남인들과 마구 뒤섞여 있었다. 이를테면, 중대 본부 앞의 의무대로 쓰이는 초가에서는 월남 아낙네가 애를 옆에 끼고 솥에 쌀을 안치면 미군은 머슴처럼 능청맞게 불을 지펴 주고, 봉당에서 미군이 준 깡통을 따는 그 집 처녀의 젖가슴을 의무대 하사가 눈치껏 주무르는 판국이었다. 새끼들은 울어쌓고, 파리 떼는 엉기고, 똥개들은 짖고, 방목하는 돼지들은 가리는 곳 없이 마을을 싸질러 다니면서 주둥이를 휘둘러댔다.

"웰 컴, 캡튼!"

자다가 일어나 눈알이 시뻘건 미군 중대장이 장자업 대위의 손을 잡고 흔들었다. 중대본부는 이층이었다. 베란다에서는 멀리 초등학교의 빨간 지붕이 내다보이고 햇볕은 그 위에서 자글자글 끓고 있었다.

"2개 소대가 강 건너에 교두보를 확보하고 있지만 밤에는 강 이남에도 놈들이 나타나오."

양키 중대장은 처음부터 겁주는 소리를 해댔다.

그날 오후에 한차례의 스콜이 내렸다. 빗줄기가 까맣게 몰려오자 갑자기 미군들은 서둘러 몸뚱이에 비누칠을 했다. 그리곤 신나게 후려치는 빗줄기 속으로 뛰쳐나가 장승처럼 우뚝 버티어 서는 것이었다. 하늘을 향해 느긋하게 흰 이빨을 드러내고 마구 떠들면서 샤워를 시작하고 있었다. 가슴패기와 넓적다리에 무성히 자란 털들, 어떤 것은 곱슬곱슬 노랗고 꼬불꼬불 검붉고 또 어떤 건 뻣뻣한 자주색이거나 까만색들로 빗물 속에서 모두가 지렁이처럼 꿈틀대고 있었다. 그들의 긴 다리 새에 처져 있는 그 엄청난 크기의 물건들은 빗줄기 속에서 서서히 고개를 들었다. 놈들은 끼들거리며 물건을 잡고 흔들며 장난질을 시작했다. 놈들의 그 장대한 물건들이 비누거품 속에서 성을 내고 뻣뻣이 서자 맥주랑 과일을 팔던 꽁까이들은 나무 밑에서 일제히 웃어젖혔다.

"렁, 렁헝 쭈오이(크네, 바나나보다 크네)"

꽁까이들의 둥근 웃음소리가 바나나 잎새 위로 데굴 굴러 떨어졌다.

"헤이 꽁까이. 라이라이 붐붐(야 가시나들 이리 와라 그것 좀 많이 많이)"

"헤이 락아미 카만 조인어즈(야 한국군들 너희들도 하자)"

"까구 있네 새끼들 느덜이나 많이 해라. 순 호로 같은 새끼들."

평소에 말이 없던 유선병 이인웅이가 얼굴을 붉히면서 미군들을 향해 눈을 흘겼다.

"야, 증말 말자지보다도 크다야 잉? 아주 고무호수처럼 건덩거리네!"

천 하사는 감탄한 듯 열심히 보는 중이었다.

"저 검둥이 것은 아주 번쩍번쩍 윤이 나네 그랴. 어라 얼씨구. 가시나들이 자릴 잡고 감상하고 있어."

성길이는 월남 꽁까이들의 반응이 더 신기한 모양이었다.

놈들은 바야흐로 꽁까이들 쪽에 대고 눈을 가느다랗게 내리깐 채 훑어 내리는 중이었다. 흰 포말들이 파란 바나나 잎새 위로 뚝뚝 떨어졌다.

"바싸울럼. 디바오냐(에이 망칙한 것들. 집으로 못 들어가!)"

그때 노파 하나가 나와서 꽁까이들을 집으로 몰아넣고 있었다.

"룽그람테(에이, 왜들 이러노)"

노파는 탄식했다.

그날 밤.

중대장 장자업 대위. 부중대장 김실근 중위, 관측장교 한재민 소위는 중대 본부미군들의 전투하는 모습을 견학하고 있었다. 비씨들은 초저녁부터 설쳐댔다. 강 건너에서는 성당 쪽으로, 강 아랫녘에서는 주로 초등학교 쪽으로 몰리고 있었다. G1들의 고함소리, 수류탄 터지는 소리, LMG의 연속음, M16의 간드러진 속사음들이 옆사람의 말소리까지 잡아먹고 있었다. 상황처리는 중대 선임하사가 하고 있었다. 배가 나오고 과장스럽게 카이젤 수염을 기른 능글능글한 치였다.

"1소대장, 손님들이 왔구나? 소총수들은 참호 속으로 대가릴 처박으라고 그러쇼. VT탄으로 지져 주겠오."

그는 연신 파이프 담배를 피우며 F·O에게 사격 요청을 했다. 금발의 앳된 미군 F·O는 지도를 보고 기계적으로 화집점(미리 약속한 포격지점)을 찾아 포대에다 사격 임무를 내렸다. 이내 성당 앞 숲속에서 VT탄들이 땅속으로 곤두박질치며 나무들을 뿌리채 하늘 위로 뽑아던지는 소리를 냈다.

"우린 낙오탄이 없으니까 우군 50미터 전방까지는 무난히 때릴 수 있오. 내가 갈 때 이 화집점이 표시된 지도를 주고 가지요."

금발이 한재민 소위에게 말했다. 베란다 밖으로 뽑아 놓은 무전기 안테나 끝이 파르르 떨리면서 감도가 너무 좋은 교신음이 방안 공기를 쩌렁쩌렁 흔들고 있었다.

"정말 부럽구만."

장 대위가 말했다.

"뭐가요?"

"이치들 장비 말야…… PRC 9, PRT 4, P25(이상 월남전 초기에 쓰인 미군 무전기), 30발이 단숨에 나가는 M16, 가벼운 M60(기관총) 모두 꿈같은 이야기야."

"그렇군요. 우리가 여기까지 기어 온 것은 사실상 저것들을 쟁취하러 온 게 아닐까요. 언젠가는 우리도 갖게 될테니까 말예요."

한 소위가 거들었다.

"2차대전때 유황도에서나 쓰던 M1이 뭐야. 소위 해외원정군이 말야. 무전기도 걸핏하면 고장나는 P6, P10, 엿이나 바꿔 먹을 걸 들고 왔으니 월남 민병대들도 우릴 껄 보구 웃더라구."

화기 소대장 김지영 중위가 한마디 했다.

소리가 뜸해지자 양키 부중대장이 진한 블랙커피를 한 잔씩 돌렸다. 장 대위가 양키 중대장에게 물었다

"중대 지휘를 중대장하고 선임하사하고 둘이서 교대하오?"

"그렇소."

한국군 장교들에게는 거만한 미군 하사관의 그 민첩한 지휘가 낯

설어 보였다. 한국군에서는 볼 수 없는 관행이었다.

"그런데 당신들은 왜 월남 민간인들과 마구 섞여 있소?"

"그게 문제이긴 한데, 아무튼 우리 스타일이오. 민간인들을 소개시키거나 집단 수용시킴으로써 생기는 말썽을 우리는 싫어하오."

"그것으로 생기는 피해가 많을 텐데?"

"있소! 마을 민간인들 중엔 비씨첩자가 있어 침투로를 유도하는 것 같소. 허지만 어쩔 수 없소. 우리는 베트남 민간인들과의 말썽이 제일 싫으니까."

그는 말썽(Trouble)이라는 단어를 말할 때 몸서리를 쳤다. 선임하사가 무전기 키를 놓고 돌아 앉았다. 그는 한국어 솜씨를 자랑하고 싶은 모양이었다.

"미, 코리아 푸평(부평) 에스캄에 있었어. 코리아 좋은 나라, 여자들 싸고 맛있어."

"아, 한국말 잘 하네. 맛이 아니고 멋이야 멋."

장 대위가 정정해 주자 그치는 한술 더 떴다.

"나 애인 있었어. 킴 쑨자. 참 좋은 포지였어."

미군들이 떠나던 마지막 날이었다.

강 건너 벙커 속에 있던 2개 소대도 보트를 타고 건너왔다. 대검으로 숭덩 짜른 상의깃에 볼펜으로 소위인지 중위인지를 그려 넣은 소대장이 5불짜리 싸구려 선글라스를 번쩍이며 소리쳤다.

"허리업, 너는 철모는 어따 두고 농라를 쓰고 있나?"

"철모는 요전 도하작전 때 없어졌구요. 농라가 훨씬 시원하네요. 헤헤."

"유휘킹 크라이스트 웬놈의 원숭이 새끼야. 그거 얼러 메고 행군할 수 있겠나?"

"요놈은 내 마스코트이자 애인입니다."

"너 토마스, 여자 나체문신을 자랑하는 것까지는 좋은데 웃통 벗고 행군하면 일사병 걸린다는 것도 모르나?"

"노스왯, 안심 놓십쇼. 일찌감치 목구멍에다 소금 좀 털어 넣었어요. 저기 콜라 파는 제 꽁까이가 보고 있으니까 이 육체미 좀 보여 줘야죠."

멀쩡한 군복을 대검으로 쏭덩쏭덩 잘라 핫팬티를 만들어 입은 놈, 월남 대바구니에 오리새끼를 담아 메고 나서는 놈, 비루먹은 강아지 새끼를 포탄 박스 끈으로 끌고 나서는 놈, 더욱 더 웃기는 건 그들의 헬멧밴드(철모에 둘러친 띠)에 꽂힌 온갖 잡동사니들이었다. 네 개비짜리 깡통담배, 성냥, 애인 사진, 핀, 꽃, 그리고 한결같이 갖춰진 물건으로는 택스(콘돔)가 있었다. 어디서 어떻게 쓰여질지 모를 그 은박지로 포장된 물건은 아침 햇빛을 받아 반짝반짝 빛나고 있었다.

"와, 거지발싸개 같은 놈들."

구경하던 김지영 중위가 드디어 한마디 내뱉었다.

"거지 중에도 상거지지. 이 떨거지들을 어디 대 유에스 아미라고 하겠어?"

부중대장 김실근 중위도 보기에 민망한 모양이었다.

"그래도 이 부대가 2차대전 때 노르망디에서 선두를 섰던 부대야. 붙었다 하면 화끈하게 지져 줄 능력은 있는 치들이야."

중대장이 두둔해 줬다.

"얼랠래. 저건 뭐야. 콜라 팔던 꽁까이들 아냐?"

미군들의 행군대열 후미에 일단의 월남 꽁까이들이 따라 붙고 있었다. 지금까지 이 마을에서 팔던 주종상품인 맥주와 콜라, 과일 등을 바구니에 몽땅 챙겨 넣고 미군들은 따라 나서는 게 아닌가. 한국군들은 보물을 뺏기는 둔한 아찔한 심정이 되어 허둥대기 시작했다. 귓불에 하늘하늘한 귀걸이를 매달고, 비록 맨발이긴 하지만 허리 하나는 끝내주게 생긴 꽁까이 하나가 이쪽으로 보고 혀를 쏙 내밀었다.

"아니 저년들이 우리한테는 장사를 안 하겠다는 건가?"

중대장 당번인 홍 상병이 눈꼬리를 세우며 말했다.

"야, 생각해 봐라, 3일 동안 우리가 팔아준 게 뭐 있니. 기껏해야 콜라 몇 병이었잖아. 그리고 주물렁탕이나 할려고 했으니까……."

의무대 이 병장이 웃으면서 말했다.

"니기미. 전투수당이라는 게 쥐꼬리만 하니 맥주 한 병 맘 놓고 사먹을 수가 있나. 저년들도 통빡 다 잰거지 뭐."

"갈 테면 가라. 쌍년들아. 양키 존만 조지냐."

"저년들 발가락 좀 보라구. 숫제 갈퀴라고 하는 게 낫지, 저걸 여자 발이라고 할 수 있어?"

"잘 보라고. 브라자는 걸쳤지만 아랫도리에 빤스 입은 년이 있나. 목욕두 생전 안 하는 년들이니까, 거기서 냄새 더럽게 날 거야."

3소대의 한옥환 하사가 병사들을 위로할 겸 적당히 말을 꾸미고 있었다.

"나 집결지 있을 때 푸타이 마을에 가서 한탕 뛰어 봤는데 월남년들 그건 너무 밑에 달려서 도무지 못하겠더구만. 맛도 없구."

코가 유난히 큰 2소대 선임하사가 싱겁게 한 마디 했다.

"난 맛 없어도 먹어나 봤으면."

누군가가 슬쩍 받았다. 늦게야 나온 양키 중대장은 장 대위에게 손을 내밀었다.

"자, 우린 봉손 계곡쪽으로 가오. 해브 굿 타임. 굿 럭!"

그는 그의 찬란한 중대를 돌아본 후 만족한 듯 퀴논쪽 들에다 대고 소릴 질렀다.

"렛쯔 고우!"

팍팍타타타타!

퀴논 쪽에서 헬리콥터가 낮게 떠 오고 있었다. 키 큰 대나무 숲이랑 잘 익어가는 투이푹 들판의 누런 벼들을 물결처럼 시원하게 가르면서 위세 좋게 날고 있었다. 굵은 시가를 문 사수들은 의심나는 숲쪽에다 몇 방씩 유쾌하게 갈기다간 재 빨리 7.62MM 총구를 성냥곽 같이 생긴 빨간 월남인 지붕 쪽에다 겨냥했다. 미군 전투병들의 구호는 '데이 숫, 위 숫(베트콩이 쏘면 우리도 쏜다)'이었다. 그러니까 선량한 양민들이 사는 동네라면 우리는 안 쏜다. 하지만 만에 하나 AK 총알이라도 따쿵하고 날아오는 날에는 너희들은 다 골로 간다는 뜻이었다. 헬기는 어디 우리 한번 건드려 봐라 하는 배짱을 과시하면서 퍽 유유히도 날고 있었다.

헬리포트(헬기이착륙장)에 폭풍을 날리면서 내린 사람은 뜻밖에도 보병대대 S2(정보장교)였다. 회오리바람을 피하여 허리를 낮게 구부리고 뛰는 그의 옆에 월남군으로 보이는 군인 하나가 따라오고 있었다. S2는 중대장의 육사 선배인 듯 말을 놓았다.

"고생했어. 미군 아이들 오늘 떠났지?"

"큰일 났습니다. 해야 할 일은 많고 걱정도 되고."

"우선 차근차근 주변정리나 하고 오늘밤부터는 포탄으로 둘둘 감고 자. 포탄이야 무제한 있으니까 안 그래 F·O?"

그는 갑자기 한재민 쪽에다 대고 소리를 질렀다.

"참, 꼭 필요한 것 같아 우선적으로 배당 받아가지고 왔어. 월남군 MIG(군사정보대) 소속인데 중대통역으로 배속됐어. 사이공 대학 출신이야. 계급은 중사구."

S2는 지금까지 보급품처럼 한쪽에 멀쑥이 서 있던 그 월남군을 소개했다. 핏기 없는 얼굴이 약간 신경질적인 인상으로 보였다. 허약해 뵈는 체구, 환상적인 눈매만 빼놓고는 한마디로 보잘 것 없는 친구였다.

그는 어색한 동작으로 중대장에게 거수경례를 했다.

"웰컴, 잘해 봅시다. 여긴 우리 부중대장 김 중위, 그리고 포병 관측장교 한 소위."

재민이 그 월남인에게 손을 내밀었다. 잡은 손은 야위고 길쭉해서 피아노를 치는 사람의 것처럼 사치스러운 느낌이었다. 가슴의 흰 명찰에 새겨진 이름은HAI, 고딕체로 앞뒤도 없이 그냥 간단히 쓴 것이었다.

"당신의 풀네임은 뭔가?"

"쩐 탄 하이 (TRAN THANH HAI)"

"아, 우리 외국 사람들이 '트란'이라고 발음하는 진씨로구먼."

소위가 한자로 陳자를 써 보이자 그는 만족하게 웃었다.

"베트남 왕조의 이름이기도 하죠."

그는 덧붙였다. 소위가 그를 위해 C레이션을 따 주었지만 그는 들지 않았다. 그 대신 그는 줄곧 담배를 물고 있었다.

"자, 그럼 난 헬기 떨어지기 전에 가 보겠어. 잘들 해 보라구."

S2는 타고 온 헬기를 되잡아 타고 가버렸다.

"하이 중사, 촌장 좀 불러줘. 지시할 게 있다."

다음날 하이 중사가 최초로 받은 중대장의 명령이었다.

소위와 하이 중사는 촌장을 찾으러 밖으로 나왔다. 정자나무 아래에서는 늘상 그렇듯 노인네들이 질펀하게 누워 낮잠을 즐기고, 잠이 없는 벌거숭이 몇 놈이 소위와 중사의 뒤를 졸랑졸랑 따라오고 있었다.

"아이들에게 촌장이 어디 있나 물어봅시다."

하이 중사가 빠른 월남어로 아이들에게 물었다. 아이놈들은 살 판이 난 듯 떠들어댔다. 한 떼의 파리들이 공중으로 떴다가 다시 꼬마들의 기계총 위로 내려앉았다. 그중 한 놈이 묘한 웃음을 지으며 손바닥 하나를 펴고 그 위에 또 손바닥을 얹어 붙였다 떼었다 하며 "붐붐"하고 외쳐댔다. 아이들은 '와'하고 웃었다. 중사는 목덜미가 붉어지며 소리를 꽥 질렀다. 소위도 그것이 무엇을 의미하는지 안다. 손바닥이거나 손가락 '엄지와 검지'을 붙였다 떼었다 하는 것은 붐붐을 의미하며, 촌장은 지금 한창 그것을 하는 중이라는 뜻이다. 붐붐을 발설한 놈이 앞장을 섰다. 정말 그런지 아닌지 가보자는 것이었다.

촌장은 마을 끝 트란 풀(TRANH 草:월남 초가를 이는데 쓰는 풀)로 지붕을 인 농가에 있었다. 물매가 빠르고 빈약한 채광의 그 초가 안에는 의례 나무로 만든 침대도 있기 마련이었다. 밖에서 꼬마들 소리가 왁자지껄하자 이내 안에서 바지를 추스르며 사내가 나왔다. 사내는 햇빛에 눈이 부신 듯 얼굴을 찡그리고는 다시 들어가 웃옷을 걸치고 나왔다. 허리춤에는 권총이 달려 있었다. 짓궂은 꼬마들이 안을 기웃거리자 열댓 살 먹은 소녀가 흐트러진 옷매무새로 콜라 바구니를 챙겨 들고 마을 쪽으로 냅다 뛰었다. 궁둥이가 조그만 행상 소녀였다. 촌장은 얼굴이 검고 팔자걸음을 걸었다. 월남인 같지 않게 몸 전체의 선이 굵고 두터운 입술은 유난히 푸르죽죽했다. 그는 멋쩍게 씩 웃으며 허리춤에 군용로프로 묶어 차고 있던 권총을 추슬렀다. 그 리볼버는 그가 걸을 때마다 개다리처럼 털럭거렸다.

"월남인 같지 않은데……."

"아마 바흐나르 족일 거요. 콘툼과 안케 지방에 흩어져 살지."

중대장은 촌장에게 단호하게 지시했다.

"모든 마을 주민들은 마을 한가운데에 있는 벽돌집들만 쓰도록 하라. 마을가에 있는 초가나 독립가옥에 거주하는 것은 금하겠다. 주간에는 나가 농사를 짓되 우리 초소와 군인들이 있는 곳에는 얼씬대지 말도록. 밤 10시 이후에 통금이다. 밤에 밖으로 나오지 말라. 만약 10시 이후에 밖으로 나오면 사살하겠다."

촌장은 고개를 갸웃하더니 불만스런 표정으로 항의를 했다.

"미군들은 주민들을 괴롭히지 않았다. 자유롭게 같이 살았다. 왜 한국군은 우리를 괴롭히는가. 군청에 가서 항의하겠다."

중대장은 계속했다.

"항의하고 싶으면 가서 하라. 우리는 미군과 싸우는 방식이 다르다. 미군들은 주민 중에 비씨가 섞여 있어도 몰랐다. 허지만 우린 그걸 용납 않겠다. 만약 우리 처사에 불만이 있으면 퀴논 시내에 있는 난민 수용소로 가라. 모두 철수시켜 버리겠다."

촌장은 어깨를 들썩하고는 담배를 꺼내 물었다. 미제 썰럼이었다.

허리춤의 권총을 한번 추스르고는 방구석에 쌓아놓은 C레이션박스를 노려보았다. 부중대장 김실근 중위가 얼른 열두개 짜리 한 박스를 내려 줬다. 그는 입이 찢어지게 웃었다. 니코틴에 절은 금이빨이 번쩍 빛났다. 그는 '깜언웅(감사하오)'을 연발하며 얼른 일어섰다. 하이 중사는 열이 뻗치는 시선으로 촌장이 내려 간 계단 쪽을 노려보았다.

낮에는 잠을 자 둬야 한다. 늘어지게 자 둬야 밤손님을 맞을 수 있으니까. 하지만 잠은 오지 않았다. 밤에 너무 마셔댄 커피 탓에 신경이 면도날처럼 일어서고 포탄소리는 귓가에 환청 같은 울림을 언제나 달아 놓고 있었다. 혓바닥에 두텁게 낀 백태가 입맛도 앗아갔다.

재민은 레이션에 든 푸딩과 닭고기를 깨작이다가 이내 플라스틱 수저를 던졌다.

"인웅아, 점심엔 뭐 국물 같은 걸 만들어 봐라."

"월남집에 가서 레이션을 주고 채소를 얻어 보겠습니다."

중대장과 부중대장은 모기장 속에서 정신없이 코를 골고 하이 중사도 책장으로 얼굴을 덮은 채 땀을 흘리며 자고 있었다. 그가 얼굴에 덮고 자는 책은 금발 미군 F·O가 한 재민에게 지도와 함께 주고 간 기독교 계통의 계간지였다. 표지엔 유명한 프란시스의 시구가 찍혀 있었다.

나를 당신의 도구로 써 주소서/ 미움이 있는 곳에 사랑을/ 다툼이 있는 곳에 용서를/ 분열이 있는 곳에 일치를/ 의혹이 있는 곳에 신앙을/ 그릇됨이 있는 곳에 진리를/ 절망이 있는 곳에 희망을……

소위는 관자노리가 계속 욱신거려 의무대에 가서 진통제라도 얻어 먹어야겠다고 생각하며 계단을 내려갔다. 갑자기 입구 쪽이 와자하니 시끄러웠다.

"보좌관님, 이 여자가 중대본부에 들어 가야겠다는데 어떻게 하죠?"

여자는 중대 보초를 제치고 소위 쪽으로 다가섰다.

"또이 라이 프럼 위녕. 디즈 하우스 마이 하우스. 또이 라이 데러이 늑멈."

퀴논에서 왔는데 이 집은 내 집이다. 늑멈 좀 푸러 왔다. 대충 그런 뜻을 월남어와 영어를 뒤섞어 떠들어댔다. 발은 벗은 채 손에 양동이를 들고 있었다. 아오짱에 꿩뎅을 걸친 전형적인 시골 소녀였다. 유난히 퍼진 궁둥이가 바지의 얇은 천을 양쪽에서 찢을 듯 잡아당기고 두터운 입술은 물기로 번질거렸다. 납작코는 큰 눈망울 때문에 그렇게 흉하게 보이지 않았지만 갈퀴처럼 사방을 향해 벌려있는 발가락은 여간 사나와 보이지 않았다. 소위는 웃음을 흘리며 물었다.

"늑멈 어더우?(늑멈은 어디있지)"

그의 서툰 월남어에 처녀는 반색하면서 발바닥으로 지하실 입구를 쾅쾅 굴렀다. 여자가 발을 구를 때마다 빈 공간이 아래에서 울려 왔다. 주인이 제 물건 가지러 왔다는데야 …… 사실 그녀의 집을 세 없이 강점하고 있는 우리야말로 미안한 일이지.

"저스트 원 미닛(잠깐 기다려)"

그녀를 세워 놓고 재민은 후레쉬를 가져왔다. 녹슨 지하실 문을 열자 늑멈 썩은 냄새와 곰팡이 내음이 한꺼번에 확 달려들었다. 거미줄 쳐진 계단을 내려 갈 때 여자는 휘청하며 재민의 어깨를 짚었다. 순간 여자가 숨겨 둔 단검 같은 것으로 찌르는 것이 아닌가 싶어 소위가 획 돌아서는데 여자의 묵직한 젖가슴이 팔꿈치에 걸렸다.

"우이짱!(아이구머니나)"

여자는 가슴을 안고 숨을 들이마셨다. 양동이가 벽에 부딪혀 왈그랑 소리를 냈다. 계단을 내려서며 소위는 여자를 안았다. 그녀의 뜨거운 볼이 그의 턱밑에서 닿고 있었다. 여자의 입술이 그의 코밑에 걸렸지만 그는 입술 대신 여인의 가슴을 더듬었다. 브래지어 속의 젖무덤이 큰 숨을 쉬고 있었다. 기차가 터널로 접어든 때처럼 지하실 안은 어둡고 칙칙했다. 두 사람의 달아오른 입김 때문에 기관차의 스팀 같은 끈근한 열기가 좁은 공간을 채웠다.

"냘랜 유 허리업.(빨리해)"

여자는 속삭이며 어느새 소위의 아랫께를 더듬었다. 아주 능숙하고 빠른 솜씨였다. 여자가 입을 벌려 말하는 순간 소위는 아주 고약한 구취를 맡았다. 썩는 늑멈 냄새보다 더한 냄새였다. 그는 갑자기 몸이 딱딱해졌다. 순간 그는 여자를 밀치며 소리를 질렀다.

"래이 늑멈 냘랜.(빨리 늑멈이나 퍼)"

여인은 히죽 웃고 허리를 구부려 늑멈을 푸기 시작했다. 소위는 계단에 걸터앉아 불만 비쳐 주고 여인의 번질거리는 둔부 쪽을 바라보지 않았다. 관자노리가 계속 욱신거리고 아랫도리는 형편없이 아파왔다. 그들이 밖으로 나왔을 때 여인은 묻지도 않은 자기 이름을 대줬다.

"뗀 또이라 땀(TAM), 마이 네임 이즈 땀."

정말 땀 같은 여인이다. 여인은 다시 웃었다. 재민은 아까 화를 낸 게 미안했지만 마주 웃진 않았다. 강 쪽으로 나가는 행길엔 눈부신 햇빛이 내리꽂히고 스콜을 예고하는 한줄기의 바람이 런닝셔츠에 묻은 땀내를 씻어갔다.

그 여인이 퀴논 쪽으로 사라지자 이번엔 촌장이 중대 본부로 올라왔다. 중대장은 이미 일어나 있었고 하이 중사는 아직도 자고 있었다.

"웰컴 칩(중대장은 편의상 촌장을 Chip라고 불렀다)"

"화이 유 슈트 미 앙? 유아 맨 슈트 마이 맨!"

피로 때문에 하이 중사의 눈엔 핏발이 서 있었다.

"그젯밤에 홍롱이 아버지 가 사탕수수 밭으로 용변 보러 갔는데 당신의 부하가 갈겼다. 어젯밤에는 후안 어머니가 대나무 밭으로 가다가 또 죽을 뻔했다."

하이 중사는 통역을 하고 나서 상당히 곤혹스런 표정으로 미간을 찌푸리고 자기 의견을 덧붙였다.

"내가 미처 생각 못한 게 있었소. 우리 월남 시골에는 화장실이 따로 없소. 뭐 위생관념이 없다기 보다는 그걸 구태여 만들 필요가 없기 때문이오. 보다시피 이렇게 뜨거운 날씨니까 밤에 수수밭 같은 데 용변을 봐 두면 아침나절이면 깨끗이 말라버리죠. 물론 거름도 되고…… 헌데 밤에 타이거(맹호부대원)들이 용변 보러 나가는 주민들을 비씨로 오인하는 것 같소."

중대장은 고개를 끄덕였다.

"대단히 미안하다. 우리가 여러분 집 옆에다 화장실을 만들어 주겠다. 제발 밤에 사탕수수 밭으로 나가지 말아 달라."

촌장은 이제 느긋하게 앉아 담배를 피워 물었다. 그는 그윽하게 레이션 박스를 올려다보고 있었다. 부중대장이 다시 그의 심중을 헤아렸다. 촌장은 레이션박스를 안고 일어서며 은근한 어조로 한마디 했

48

다. 하이는 통역을 할까 말까 하다가 차갑게 웃으며 그대로 전했다.

"요즘 일어나는 사고는 군청에 보고하지 않겠다."

흰 수염과 회색 수염이 멋들어지게 반반쯤 섞인 노인 하나가 중대
본부로 쓰이는 그 이층집 현관에다 무엇인가를 붙이고 있었다. 얌전
한 해서체로 깨끗하게 쓴 달필의 사은문이었다.

頓 首

韓國軍 保護人民良善
知恩韓國萬萬歲

"왜 느닷없이 이런 걸 써 붙이시오?"

하이가 묻자 노인은 간단히 대답했다.

"촌장이 써 붙이라고 했다. 오늘 군수가 온다."

아닌 게 아니라 점심 때 쯤 튜이폭 군수가 그의 보좌관인 소위와
미군 연락장교를 대동하고 그 넓은 고보이 들을 휘적휘적 걸어서 오
고 있었다. 군수쯤이면 헬기 하나 잡아타고 오는 건 문제가 아닐텐
데 민정시찰 겸 걸어온 모양이었다. 군수는 장난감 같은 모젤권총을,
두 사람은 M2 카빈을 들고 있었다. 햇볕에 탄 그 미군 대위의 얼굴
은 잘 익은 토마토였고 두 월남인의 얼굴은 가지장아찌였다. 중대장
과 한 소위는 아마 촌장의 보고 때문에 부락민들의 수용 상태를 보러
온 것이려니 생각하고 있었는데 군수는 뜻밖에 딴 이야기를 꺼내고
있었다.

"한국군은 여러모로 훌륭하다. 엄격하지만 군기가 있고 우리 촌민들에게도 잘 해 준다는 소식이다. 특히 촌민들의 화장실을 지어 주고 의료봉사도 해 준다는 보고를 받고 있다. 그런데 유감스러운 일이 생겼다. 어젯밤 귀부대에서 유도한 105밀리 포탄에 맞아 요 옆 킴타이 부락 민병대원 2명이 즉사했다. 저녁 먹고 다리 위에서 바람 쐬다가 그렇게 된 모양이다. 우린 문상 차 그리 가는 길에 들렀다."

군수는 검지로 코를 후비면서 월남말로 느릿하게 말했다. 물론 하이가 통역을 했다. 중대장 장 대위는 한 소위 쪽을 쳐다봤다. 엄숙해지는 중대장을 보고 군수는 화들짝 웃으면서 양손을 좌악 편 채 부러진 영어로 더듬거렸다.

"돈, 돈츄 워리 어바웃 노 수 왯, 자이야 마이 맨, 노 프로불럼. 위 기브 댐 라이스, 대이 윌 스마일."

말하자면 걱정 말라. 어쨌든 내 부하니까 문제없다. 유족들에게는 쌀로 보상하겠다. 아마 만족할 것이다.

촌장이 점심식사 준비가 되었음을 알려 왔다. 유지댁에서 초대한다는 뜻이었다. 군수는 중대장의 팔을 끌었다. 그러나 그는 완곡하게 거절했다.

"미안하오. 내게 당장 필요한 건 수면이오. 대신 우리 한 소위를 보내겠오."

군수는 일어서면서 그의 군복 상의에 꽂힌 빨간 글리스펜을 뽑았다.

"참 중요한 행정 사항을 빠뜨릴 뻔했다. 포병장교, 지도를 가져오시오. 당신에게 포를 맘대로 쏴도 좋을 지역과 금지구역을 표시해 주겠오. 앞으로는 반드시 자유사격지역(FREE FIRE ZONE)에만 사격하시오."

그는 지도 위에 킴타이 마을에서 시작하여 퉁장 마을을 지나 까이미강 하구에 이르는 타원형의 빗금을 그려 주었다.

"이 선 밖에는 맘대로 쏴도 좋소. 그놈들은 이 군수의 지시를 거부하는 놈들이오……. 비씨하고 내통하는 꼼미니스뜨들이오. 아마 포로 쏴대면 포탄이 싫어서라도 이 군수의 보호를 요청하여 투항할 것이요. 포의 사정거리가 허용하는 한 쏘시오."

군수를 초대한 집은 아까 사은문을 써 붙인 노학자의 집이었다. 벽돌담 위로 담쟁이가 운치 있게 기어가고, 잎 넓은 파초와 바나나 잎새들이 뜨락을 동굴처럼 시원하게 만들고 있었다. 안방으로 통하는 타일 깔린 복도 벽에는 한국 농가에서 그렇듯이 액자에 빽빽하게 가족사진을 넣어 놓고 단란했던 이 가족의 한때를 과시하고 있었다. 그곳에서 하관이 빠르고 지적으로 생긴 젊은이와 아오자이를 얌전히 입은 처녀가 나란히 웃고 서 있었다. 노인은 사진을 쳐다보는 재민의 등 뒤에서 월남말로 몇 마디 했다. 하이가 설명했다.

"남자는 이집 장자이고, 여자는 딸이다. 하지만 다 지난 얘기다. 그 아들은 대학을 졸업하고 보병 소위로 남부 늪지대에서 싸우다 죽었고, 딸은 지금 사이공에서 살고 있다.

노인의 짓무른 눈자위와 흰 머리칼이 아주 쇠잔하고 쓸쓸해 보였다. 현관 끝의 불단에서는 옅은 향내음이 났다.

안방에 차린 음식상은 격식을 한껏 차린 상이었다. 군수가 자리를 잡자 노인은 칠 벗겨진 자개상 가운데 꽂힌 상아젓가락을 나누어 주었다. 壽자가 새겨진 그 상아젓가락은 입 닿은 부분이 허옇게 피어 있었다. 담뱃대만한 길이 때문에 반찬 집기가 어려웠다. 왕성한 식욕의 소유자는 미군 연락장교와 촌장이었다. 미군 연락장교는 '딜리셔스, 원더풀, 판타스틱' 등의 찬사를 있는 대로 연발하며 이것저것 조금씩 집어먹는데 촌장은 불문곡직 닭다리부터 잡아 뜯었다. 재민은 가까운데 있는 노란 빛깔의 전 조각을 집어 겨우 입에 넣었지만 몹시 짤 뿐만 아니라 무엇보다도 허옇게 핀 젓가락 끝이 식욕을 가로 막았다. 하이는 재민의 거동을 눈 여겨 보면서 몇 가지 음식에 대한 설명을 해줬다.

"이건 오리 튀긴 것, 저 노란 것은 생선전이고, 당면 볶은 것, 상 가운데서 끓는 것은 월남 특유의 쇠고기 요리 '틱보고'인데 밑에 깔린 게 쌀로 만든 국수고, 조미료에다 당근과 시금치를 넣고 국물 없이 졸이는 것이다. 저기 돼지갈비에 양념해서 구운 것이 '썬능'이고, 요건 조금 고급 돼지고기를 오색으로 물들이고 잘게 다진 다음 소채로 싸서 구운 것이다. 그리고 이건 잘 아는 늑멈."

늑멈 이야기가 나오자 군수는 젓가락을 놓고 행정관다운 어조로 점잖게 설명을 시작했다.

"우리 월남 사람들의 반찬의 기본은 이 늑멈이다. 여자가 시집와서 늑멈 담그는 솜씨를 보면 살림솜씨를 알 수 있다. 늑멈 만드는 방법은 우선 생선을 소금물에 담가 돌로 눌러 놓고 생선에 서 나오는 웃국물을 다려서 만드는 것이다. 국물이 누렇고 탁하면 잘못 된 것이고 맑을수록 좋다. 봐라 이 늑멈은 얼마나 맑은가? 노인장 이것 한 5년쯤 됐지요?"

노인이 그렇다고 웃으면서 대답하자 그는 신나게 이어갔다.

"보통 행세하는 집에서는 5년 내지 10년 장을 즐겨 쓰고 있다. 지

52

금은 전쟁통이라 보관이 어려워 시장에 나가 사면 1년 장이 고작이지만 우리가 클 때는 20년 장도 있었다. 또 생선에 따라 늑멈 맛이 달라지는데 뭐니뭐니해도 새우늑멈이 최고다. 여기 고보이도 월남 중부에서는 알아주는 늑멈 산지다. 강 건너를 가봐라 집집마다 늑멈통이 다 있다."

"월남 전역에서 가장 유명한 늑멈은 어느 지방 것인가?"

미군 대위가 물었다.

"여기서 멀지 않은 냐짱 지방 것이다."

마지막으로 '후띠우'라고 불리는 돼지국물에 삶은 쌀국수와 흰떡이 나왔다. 그 흰떡은 쌀알이 완전히 짓이겨지지 않을 만큼 쩌서 둥글게 뭉친 것인데 보기에도 먹음직스러웠다. 미군 대위가 군수의 옆구리를 쿡 찌르면서 눈을 찡긋했다.

"헤이, 이거 티횡이 갖다 주지그래."

군수는 좌중을 둘러보며 헛기침을 하고 웃었다.

그들이 킴타이 마을을 향해서 떠나자 하이 중사는 군수 등에다 대고 쏘아붙였다.

"부패한 자식!"

그는 가이(guy)라는 표현을 썼지만 그 어조는 놈이나 새끼보다는 훨씬 강한 적의를 품고 있었다.

"나는 군청에 가 본 일이 있다. 그는 군수 막사에 첩을 세 명이나 거느리고 산다. 본 마누라까지 합치면 무려 네 명, 본 마누라는 30대고, 2호는 20대, 나머지는 10대였다. 2호 부인은 사이공에서 온 공군 파일럿의 미망인이라나, 3호, 4호는 피난민 처녀 중에서 반반한 것들을 고른 것이고, 아까 미군 대위가 티횡이 어쩌구 한 것은 그의 네번째 첩일 게다. 여고에 다니던 열여섯 살짜리, 그치는 하루에 한 번씩 시에스타 시간에는 그 여자들 방에 틀어박혀 있다 나온다."

"아니, 월남의 축첩제도는 고딘누 이후 법으로 금지된 것으로 아는데?"

"아, 나라 법이야 없는 놈, 약한 놈에게는 해당되는 것이지, 있는 놈들에겐 거미줄만도 못한 거지. 우리 아버지도 그런 축에 드는 작자지만."

"아니 아버지를 그런 식으로 말하다니."

"그 이야기는 그만 두자."

그들은 식곤증 때문에 나른해진 몸을 식히기 위해 강가로 나갔다. 강 건너 소대원들이 보트로 보급품을 나르고 있었다. 햇빛은 강물 위에서 가루처럼 부서지고 흐린 강물 속에서는 살찐 고기떼들이 빠른 속도로 오르내렸다.

"소위, 당신은 요즘 무슨 생각을 하는가?"

"주로 살아남은 일에 관한 거다. 포 소리와 총소리가 신경을 찢어놓고 있으니까."

"그건 전쟁터에서 누구나 하는 천박한 생각일 뿐이다. 도대체 당신은 이 전쟁에 왜 왔는가?"

수면을 바라보며 던지는 하이의 질문에 재민은 퍼뜩 고개를 돌려 그를 쳐다보았다. 유(you)라고 하는 영어의 중의성(重意性) 때문에 머뭇거렸다.

"나 말인가. 우리 한국군 말인가?"

"우선 당신 개인 이야기를 들어보자."

"처음에 출발하게 된 동기는 다소 애매하다. 난 보급장교였는데 여러가지 사무관계가 얽혀서, 아무튼 그 이야기는 하고 싶지 않다. 요컨대, 이 전쟁에 참가하게 된 것은 어차피 한국군 누군가가 치를 몫을 나도 감당하고 싶었을 뿐이다. 월남으로 오는 배 위에선 줄곧 추상적인 생각에 매달려 왔었다. 가령, 전쟁은 사람들로부터 모든 것을 앗아가지만 생각하기에 따라선 그 속에서 뭔가를 단단히 그러쥐고 나올 수도 있다는 것 같은 것이었다. 난 크리스천이니까 무슨 신앙적인 소득이랄까, 아무튼 고국에서 순탄하게 제대하고, 이 늪과 정글과 네이팜과 포탄의 폭음 속에서 문득 마주칠 신의 얼굴은 상당히 다르리라는 생각이었다."

하이는 고개를 천천히 끄덕였다.

"당신은 가톨릭인가?"

"아니, 신교다. 하이는?"

"어머니 때문에 어려서부터 가톨릭이었다. 유아세례를 받았으니까. 하지만 지금은 아니다."

"왜 그런가?"

"종교가 아편이어서는 안 되기 때문이다."

"그건 공산주의자들이 한 말이 아닌가?"

"누구의 말이든 상관이 없다. 종교는 아편(Opium)이 아니라 누룩(leaven)이어야 한다. 헌데 적어도 우리 베트남에서는 가톨릭은 아편이었다. 아니 민중의 독소(Poison)였다."

"무슨 근거로 그런 말을 하는가?"

"그 점에 대해서는 차차 내가 설명을 해 주겠다. 소위, 지도를 펴

봐라."

　재민은 가슴에서 지도를 꺼냈다. 습기를 막기 위해 비닐로 싼 것이
었다. 하이는 그것을 그들의 발아래 펴 놓고 강물 쪽을 쳐다봤다.

　"저 강물은 우리의 시야에 머무는 한 그냥 흐름이며, 물이며, 강숲
이며 혼돈일 뿐이다. 어디가 근원이고 어디로 흘러가느냐 하는 것을
전체적으로 파악하기는 대단히 어렵다. 하지만 그걸 알려고만 든다
면 그렇게 어려운 것이 아니다. 이 지도라는 게 있기 때문이다. 자,
봐라. 우리가 고보이강이라 부르는 이 강은 사실 그 이름부터가 푸강
(SONG PHU)이지 고보이 강은 아니다. 이 푸강은 쾅디엔 마을 앞에
가선 까이미강하고 만나고 이름도 탄안강으로 바뀐다. 륵네 마을 앞
에 가선 지류를 만나고, 더 올라가면 사이강이 되고 결국 안케와 플
레이쿠를 넘어 중부 고원으로 들어가면 이 강은 호치민루트 속으로
숨어버리고 만다. 이 전쟁을 가까이서 보면 그저 죽음이며, 아우성이
며, 네이팜이며, 105밀리 포탄이며, 헬리콥터의 날개소리다. 하지만
자세히 보면 이 전쟁이 어디서 시작되어 어디로 가고 있는지, 그 어
수선하고 혼돈된 흐름을 손쉽게 알 수 있을 것이다."

　이야기를 하는 동안 하이 중사는 그의 초라한 군복과, 전체적으로
왜소해 보이는 월남인의 허약함과 데모만 하고 별로 배운 것 없어 보
이는 약소국가 대학의 커리큘럼과, 제 삼국인들끼리 하는 엉터리 영
어의 어눌함과 그 어의의 모호성들로부터 서서히 해방되어 점점 거
인이 되어가고 있었다.

　"소위, 당신은 아까 우리 음식을 먹지 않았다. 비위생적일 것 같고,
입에 맞지 않았을 것이다. 그러나 그건 우리의 시달리는 농부가 최선
을 다해서 차린 상이었다. 밖에 있는 그 집 꼬마 놈은 몇 번인가 먹고

싶어 제 엄마에게 쥐어 박혔을 것이다. 당신이 그따위 어설픈 거리감을 떨쳐 버리지 못하는 한, 이 전쟁은 당신에게 관광이요, 신기한 놀이이며, 당신이 살아간다면 젊은 날의 하찮은 추억거리로 되고 말 것이다. 이왕에 이 전쟁 속에 발을 내밀었으니 이 전쟁의 정체를 한번 보고 가라. 그 큰 리바이어던(Leviathan:구약성서 의 커다란 바다짐승)의 얼굴을 보고 가란 말이야."

하이가 웅변조로 떠드는 동안 소위는 문득 땀이란 여인에 대한 기억을 더듬었다. 터무니없이 화를 낸 것에 대해서, 그리고 별 수 없었던 자기의 성욕…… 사실상 터진 비닐처럼 줄줄 샐 수도 있는…… 그날 갑자기 고상해질 수밖에 없었던 것은 순전히 여인의 구취와 늑멈 냄새 때문이었다는 것을, 그리고 자기에 비하면 그 여인은 훨씬 솔직했었다는 사실도.

"맹호!"

아래층이 소란해지면서 천 하사가 잠들어 있는 재민을 흔들어 깨웠다.

"뭐야?"

"사령관님이 오셨다아닙니까?"

중대장은 벌써 전투복위에 탄띠를 단정히 매고 있었다. 중대본부로 올라오는 계단이 쿵쾅거리는 동안 재민도 재빨리 상의를 걸쳤다.

"맹호!"

중대장이 절도 있게 경례를 부치자 전속부관을 데리고 온 사령관은 큰 손을 내밀면서 장군답게 웃었다.

"역시 장 대위는 수재다운 면모가 있단 말이야. 외곽의 LMG 진지

하며, 사계청소가 썩 잘 돼있더군. 전에 있던 미군진지하고는 천양지 판이야."

사령관의 아낌없는 칭찬에 쑥스러웠던지 중대장 장자업 대위는 자리부터 권했다.

"앉으시죠!"

그러다가 중대장은 생각난 듯 부관과 재민을 소개했다.

"저희 중대부관이고 F·O입니다."

"부중대장 김실근!"

"F·O 한재민!"

사령관은 두 사람의 손을 한 번씩 잡아주고 자리에 느긋이 앉았다. 사령관을 따라온 얼굴이 하얀 전속 부관은 수첩을 들고 자리에 앉으려 다가 얼른 중대장에게 인사를 했다.

"수고 많으십니다. 전속 부관 백 대위 입니다."

"와 주셔서 고맙습니다."

부관 김 실근 중위는 EE-8 전화기를 부리나케 돌려서 각 소대의 소대장을 신속히 불렀다.

화기 소대장과 함께 있던 하이 중사와 2소대장 최인수 중위 등이 먼저 들어오고 강 건너에 있는 1소대장 이영웅 중위와 3소대장 이윤구 소위는 늦게 들어섰다.

"자, 다들 모였으니까 말인데……."

눈썹이 숯검정 같은 소장계급장의 사령관은 젊은 위관 장교들을 둘러보면서, 감회가 깊은 듯 운을 뗐다.

"내가 육군 소위 때 말이야. 제주도 폭동이 났었다 이거야. 한라산 골짜기에서 신나게 싸우다가. 그래…… 그때가 여름이었지…… 원더워서 견딜 수가 있나? 사병들 안 보는 데서 벌거벗고 계곡으로 뛰어 들어갔다 이거야. 한참 신나게 개울물에 몸을 담그고 있는데, 숲속에서 공비 두 놈이 기어 내려오질 않나. 나 참! 아찔하더군…… 그래서 물속에서 꼼짝도 않고 있다가 놈들이 방심을 하고 지나칠 때, 벌떡 일어나면서 한 놈은 발길로 조져버리고 또 한 놈은 바윗돌로 내려쳤지. 지금 생각해 보면, 그게 다 오입도 못하고 참고 참았던 가운데 다리 힘이었다 이거야. 헛헛!"

냉커피를 마시던 모든 장교들이 기분 좋게 따라 웃었다.

"사령관님, 그 얘기 진짜십니까?"

중대장 장자업 대위가 정색을 하고 물었다.

"이 사람아, 내가 없는 말을 꾸며 내겠어? 요컨데, 위관 시절에는 깡으로 버티고 깡이 모자라면 가운데 다리 힘으로라도 밀어 붙이라 이거야, 알겠어?"

담배를 피우지 않는 사령관은 어린애처럼 바둑 껌을 얼른 입에다 털어 넣었다.

"참, 장 대위 애로사항은 없나?"

순간 장자업 대위는 고개를 숙이고 있다가 천천히 호흡을 가다듬고 오래 별렀던 내용인 듯, 군복 상의에서 수첩을 꺼내들고 건의를 시작했다.

"사령관님, 첫째, 우리 병사들의 기본 수당을 올려 주십시오."

"가만있자. 우리 일병 수당이 얼만가?"

"30불입니다. 미군들 허리에 차고 다니는 포리화이브(사오구경 권총) 하나가 40불에 암거래 되는데요. 우리 병사 목숨이 개네들 권총 한 자루 값보다 못해서야 되겠습니까?"

장대위의 말끝이 잠시 떨렸다.

그러자, 사령관은 고개를 천천히 끄덕이며 전속 부관을 돌아봤다.

"적어 둬! 이건 미군들하고 타협을 해서 시정을 해야겠어. 적어도 50%는 인상해야지, 더 요구할 사항 없어?"

중대장은 내친김이라고 생각했던지 기탄없이 요구사항을 털어놨다.

"저희들에게도 미군들이 쓰는 모기장을 주십시오. 그리고 목욕용 드럼통을 보급해 주시기 바랍니다."

전속 부관이 부지런히 적기를 다하자, 사령관은 갑자기 군복에서 지갑을 꺼내더니, 빳빳한 달러를 나눠주기 시작했다.

"장 대위, 적지만 내 성의야, 그리고, 소대장들도 받아둬."

사령관은 중대장에게 30불, 소대장과 재민에게 4불씩을 나눠주고, 하이 중사에게는 2불을 건네 줬다.

그날 밤, 그 돈을 모아 사병들에게 맥주 한 병씩을 돌리고 중대 본부에서 중대장과 부관, 화기 소대장 김지영 중위와 재민이 상황근무를 하고 있을 때 갑자기 사단으로부터 무전이 날아들었다.

"고보이 장 나오라! 고보이 장 나오라!"

아주 생소한 음성이 무전기에서 흘러나왔다.

"고보이 장이다 말하라."

그러자 그쪽에서 갑자기 혈압 높은 소리가 터져 나오기 시작했다.

"나 사단 참모장인데, 장 대위, 너 말이야, 전방에 나가 있다고 그렇게 나오기야? ……."

"무슨 말씀입니까? 다시 말씀해 주십시오, 오바."

"야! 그런 애로사항은 나한테 건의해도 되지 않았겠어? 왜 사령관님께 직접 건의하는 거야? 전방 사정을 모른다고 내가 오늘 똥이 됐다 이거야. 알겠나, 이쌍."

　사단참모장은 흥분했는지 무전기를 내팽개치는 듯했다. 무전기에서 돌아앉은 중대장은 어이없는 웃음을 웃었다.

　"참모장이 사령관님께 되게 당한 모양이군."

　이틀 후, 헬기편으로 지휘서신 한 장이 날아들었다.

맹호　　64 -857.

발신　　사단장

참조　　참모장 및 경리참모, 군수참모.

수신　　맹호 제1연대 제1대대 제3중대장

1. 귀하가 건의한 사병의 최저 전투 수당은 현행 30불에서 45불로 인상한다.

2. 모기장과 야전침대를 즉시 보급하겠다.

3. 급수용 스페어 깡과 목욕용 드럼통을 즉시 보내겠다. 물품 인수 즉시 보고 할 것.

1966년 1월 사이공(지금의 호치민시)에서 만났던 마이

북소리

퉁퉁 쿵더쿵 퉁퉁 쿵더쿵!

북소리였다. 처음엔 멀리 푸카트산 밑에서 들리는 듯하더니 포동과 뚜쿵 마을을 거쳐 퉁장 마을까지 와선 뚝 그쳤다. 그리곤 역순으로 메아리처럼 조용하게 되돌아가는 것이었다. 하이파이 전축같이 민감하게 일어선 신경을 슬쩍슬쩍 건드리며 사라지는 그 소리, 야자수와 우거진 관목 이파리를 헤집고 한밤중에 들려오는 그 정체불명의 북소리 때문에 중대 본부는 일단 긴장했다. 중대장은 마시던 맥주병을 내려놓고 물었다.

"지금 몇 시야?"

"두 십니다."

"저게 무슨 북소릴까?"

"절에서 예불시간을 알리는 소리가 아닐까요?"

화기 소대장 김지영 중위가 의견을 말했다. 그러고 보니 지도상에는 북소리가 나는 마을마다 절이 있다는 표시가 돼 있었다.

"틀림없습니다. 절에서 나는 소리군요."

이번에는 무전기 옆에서 신혼의 아내에게 편지를 쓰던 부중대장 김실근 중위가 이쪽을 보며 거들었다. 그는 하루도 거르지 않고 고국의 아내에게 일기처럼 편지를 써서 헬기편에 꼬박 부치는 순정파였다.

"아니 새벽 예불이라면 빨라도 세 시는 돼야 할 것 아냐. 밤중에 무슨 놈의 예불이야. 예불이. 저거 무슨 신호 같지 않나?"

딴은 그러고 보니 무언가 서로 부르고 대답하는 것도 같았다. 쿵쿵 쿵더쿵.

그 소리는 서부영화에 나오는 인디언의 것처럼 고요 속에 앉아 있는 사람들의 가슴에 기분 나쁜 상상과 불길한 예감을 지피고 있었다.

"이거 처음 이러는 건가. 그동안 우리가 정신이 없어서 못 들었나?"

사실 그것도 모를 일이었다. 그동안은 대포소리 때문에 못 들어 왔다가 늘상 있어 왔던 소리를 이제야 듣는 것인지도 모를 일이었다. 중대장은 EE-8 야전 전화기의 손잡이를 돌렸다. 녹이 슨 손잡이가 찍찍거리며 갔다.

"이봐, 이 중위, 이 중위. 저 소리 들리지? 이 소리 그동안에도 났던 거야? 아냐? 오늘 첨이라구? 음음, 멀리서는 가끔 들렸는데 이렇게 가깝게는 첨이야? 그럼 말야, 이따가 내가 신호할 때 그 성당 종 칠 수 있지? 그렇지, 종 말야. 내가 싸인하면 드립다 치라구."

중대장은 돌아앉으며 익살스런 소년처럼 눈을 가늘게 떴다.

"야, 홍 상병, 우리 중대 나팔 있지?"

"네?"

"트럼펫 말야. 돌격용이라고 지급 받은 거 있잖아."

"아, 예."

"그거 누가 불 줄 알아야 불지요."

화기 소대장은 금으로 해 박은 송곳니를 내보이며 싱글거리고 있었다.

"저 의무대 이 병장이 조금 불 줄 압니다."

홍상병에게 말했다.

"가서 깨워 와."

끌려온 이 병장은 졸리는 눈을 비비면서 수줍게 웃었다.

"전 나팔 못 불어유."

"야 저 몽고메리 클리프트가 눈물 흘리면서 부르는 거 있지. 그렇게 기분 내서 불어 봐."

부중대장이 거들었다.

"그건 취침나팔인가, 진혼곡인가 하는 건디 저는 기상 나팔 밖에는 못 불어유. 고등학교 2학년 때 단체로 빠따 맞고 밴드부 그만 뒀어유."

잠이 다 안 깨서 그런지 그의 충청도 사투리는 사정없이 느렸다.

"자, 자, 그거라도 불어 봐라. 기상나팔이라면 밥은 밥은 꽁보리밥 그거 아냐? 저 창문으로 해서 지붕 위로 올라가 봐."

중대장이 마구 서둘자 이 병장은 고개를 수그리고 지붕으로 나갔다. 삑삑 두어 번 음을 고르고 나서 바이브레이션이 전혀 없는 째지는 그 기상곡이 불안불안하게 울리기 시작했다. 하지만 한번 내지르기 시작한 그 서툰 관악병의 녹슨 악기는 드디어 신바람이 나서 폐

활량이 허용하는 한 한껏 야만적인 소리로 짖어대기 시작했다. '밥은 밥은 꽁보리밥 꼭꼭 씹어 다 먹어라……' 키 큰 대나무와 망고나무와 야자수와 열대수림의 끝을 밟으면서 소리는 평야를 가로질러 밤하늘을 날기 시작했다.

"이게 무슨 소립니까?"

소대장들이 황급히 유선으로 물어왔다.

"잘 들어보라구. 베트콩들의 북소리하고 우리 트럼펫 소리 중에서 어떤 게 이기나. 들어보라구 뭐, 합주라고나 할까? 심야의 블루스지."

중대장은 군납용 소형 맥주병의 꼭지를 빨면서 신나게 소릴 질렀다.

"자, 다들 마셔, 마시라구, 저 새끼들이 우리 김을 새게 할 모양인데 그렇게는 안 될 거야. 거 한 소위, 차이코프스키의 1812년이란 곡 알지? 조금 있으면 모스크바 교회의 종이 울릴 거야."

중대장은 흥분했다. 그런데 이놈의 북소리는 아직도 계속되고 있었다. 그는 EE-8의 손잡이를 부리나케 또 돌렸다.

"이 중위, 교회 종 흔들어. 신나게 쳐보라구."

이윽고 강 건너 둑 위에 서 있는 근엄한 카톨릭 교회의 종이 울리기 시작했다. 한밤중에 울리는 종소리. 질이 좋은 구리종의 해맑은 공명이 잠자던 평야의 목덜미를 잡아 흔들고 있었다. 서양신부의 손길로 오래 길들어져 있던 그 섬세한 성당의 종은 실로 오랜만에 이국 군인의 손길에 의해 야만스럽게 흔들리고 있었다. 그것은 푸카트산 밑의 빈 들녘에서 기독교의 신과 토착민들의 재래신이 한판 승부를 겨루기 위해 성의(聖衣)자락을 펄럭이는 소리이기도 했다.

"이봐, 한 소위. 내가 지휘한 1812년 어때?"

"네, 거기 대포소리도 나온다는 걸 아시지요."

"맞았어, 바로 그거야. 효과음으로 한 번 갈겨."

무전병 박 상병은 벌써 포대를 부르고 있었다. 이윽고, 퉁장 마을 쪽으로 폭음이 일고 끝내 북소리는 멎었다.

사방이 갑자기 조용해졌을 때.

그들은 지금까지 흥겨웠던 그들의 축제에 참여하지 않은 건방진 국외자가 있음을 발견해냈다. 미스터 하이. 자는 듯 침대 위에 번듯이 누워 있었지만 실은 자지 않고 있음이 분명했다. 그의 손끝에서는 담배 연기가 가늘게 타들어가고 있었으니까. 좌우간 이 친구는 이제껏 중대에 배속된 이후 신나게 수족을 놀려 일하는 걸 본 사람이 없다. 꼭 지시된 사항만 어기적거리며 마지못해 이행할 뿐, 만일 중대장이 하루 종일 한 마디의 명령도 안 한다면 깡통 따 먹고 담배 피우는 일 외에는 손가락 하나 까딱하지 않을 친구인 것이다. 사실 이 전쟁은 푸른 베트남의 정글 위에서 벌어지고 있는 비엣(Viet)족 끼리의 싸움이 아닌가. 태평양 건너의 흰둥이, 대만해협 훨씬 위쪽의 온대지방 사내들이 쫓아와 곶감 놔라 밤 놔라 할 성질은 아닌 것이다. 그럼에도 불구하고 이 친구는 만사에 심드렁한 채 언제나 이 전쟁에서 한 발 비켜 서 있는 형편인 것이다. 기껏 몽롱한 담배연기 속에서 은둔자처럼 가끔 고갤 내밀고 힐끔 이편을 구경하는 것이 고작인 것이다. 마치 축제의 주인공이 장구채를 남에게 넘겨주고 구경하듯이.

"새끼 게을러 터지긴. 우리가 나팔 불고 포 쏘는 동안 꼼짝도 않고 누워 있는 것 좀 보세요. 그냥 확 대갈통을……"

화기 소대장이 빠른 한국말로 쏘아붙였다. 하이는 아직도 눈을 감고 있는 중이었다.

"헤이 하이 중사. 아까 북소리 들었지?"

김지영 중위가 드디어 그를 일으켜 앉혔다.

"들은 것 같은데."

"어떻게 생각하나. 무슨 신호 같지 않던가?"

"글쎄. 그런 것 같기도 하고."

그는 만사 귀찮다는 표정이었다.

"이봐, 하이 중사. 도대체 이놈의 전쟁이 누구의 것이라고 생각되
나? 너는 한마디로 게을러 보인다. 늘 누워 있거나, 공상을 하거나,
책장을 넘기거나 아무튼 우리가 보기엔 마땅찮다."

김 중위의 매서운 말투에 그는 억울하다는 눈치였다. 서서히 상체
를 일으키며 늘어진 셔츠 자락을 풀석거려 바람을 만들고 있었다.

"중위, 먼저 한 말, 이 전쟁이 누구의 것이냐는 것에 대해 대답하겠
소. 이 전쟁은…… 그 어느 누구의 것도 아니오. 당신은 아마 우리 베
트남인들의 전쟁이 아니냐고 묻고 있는 거겠지만, 우리 베트남인들
은 이따위 지질증 나는 전쟁을 원한 바가 없소. 사실상 이 전쟁의 주
인공들은 당신네 외국사람들이 아닌가?"

"어렵쇼. 이 새끼 봐라. 뭣이 어째?"

김 중위는 우리말과 영어를 뒤섞어 가며 하이와 마주 앉았다.

"특히 미국인들. 그들은 정말 웃기는 친구들이다. 늪에 빠진 코끼
리처럼 마구 흙탕물을 뒤집어쓰면서 공연히 혼자 안타까워하고 있
다. 우리들에게서 고맙다는 말 한 마디 못 들으면서 말이다."

이젠 하이 중사도 말끔히 깨어 있는 카랑카랑한 목소리였다.

"따라서 당신들이 왜 여기에 온 건지도 나로서는 알 수가 없소. 당

신들이 부지런하다는 건 나도 인정하오. 늘 수족을 움직여 뭔가를 해야 직성이 풀리는 사람들 같더군. 나는 온대지방 사람들이 화끈하다는 사실을 역사에서 배워서 아오. 1940년에 일본군이 '랑손'과 '동당' 요새의 불란서군과 교전할 때 단 48시간 동안에 프랑스군 800여 명을 궤멸시킨 기록을 알고 있소. 당신들도 그런 능력이 있는 사람들 같소. 아마 당신네들은 넉넉하지 않은 식량과 좁은 국토와 빈약한 천연자원 때문일 것이오. 하지만 우리는 사정이 달라요. 우리에겐 연 3모작까지 가능한 비옥한 땅이 있소. 하지만 우린 2모작으로 만족하지. 전쟁만 아니라면 그것으로도 먹고 남기 때문이오. 당신이 나보고 게으르다고 했지만 그것도 우리 남방인들의 체질을 몰라서 하는 소리요. 우린 원체 좀 느린 편이오. 그건 기후 탓인지도 모르겠소. 같은 월남에서도 북부 사람들은 비교적 동작도 빠르고 활동적이지만 우리 남부인들은 비활동적이고 동작이 좀 뜬 편이오. 우리 베트남 음악만 예로 들어도 북부 음악은 듀박이라고 해서 빠르고 생동감이 있지만, 남부 음악은 듀남이라는 느린 박자의 감상적 음악이 주조를 이루고 있소."

하이의 이야기를 들으면서 재민은 퀴논 항에 상륙할 때를 회상했다. 부두 위로 올라서면 요란한 팡파르가 울려 퍼지고 비둘기 부대원들이 사이공에서 받았다는 것처럼 여학생들이 걸어주는 꽃다발이나 화환을 주체 못 하도록 목에 걸고 퀴논 공설운동장쯤에서 거행될 환영식이라도 참가할 줄 알았다.

그날 상륙주정이 모래톱에 철문을 깔았을 때 군화목을 적신 건, 더러운 바다 구정물뿐이었다. 깡통 부스러기가 굴러다니는 백사장 위에서 미군의 약식 밴드가 흔해빠진 콰이마취인가를 불러대고 있었다. 물색없이 큰 수자폰만 햇빛에 번쩍거리면서 미군 MP들이 빨리 차에 오르라고 소릴 질러댔다. 꽃다발은 있었다. 맨 처음 사단기를 꼬나들고 나간 기수에게 아오자이 차림의 여학생 몇이 수줍게 던지듯 건네고 달아난 시든 꽃다발이었다. 사단지역으로 들어올 때도 미군 칸보이(호송) 차량이 괜히 혼자서 대낮인데도 헤드라잇을 켜고 북새를 떨었지. 연도에 쪼그리고 앉아 행렬을 지켜보던 그들은 결코 웃지 않았었다.

이제는 그게 뭔지 정체를 알고 있지만 아이 새끼들만 손바닥으로 연신 붐붐을 읊어대며 쑥떡을 먹이고, 사탕수수밭의 농부조차 농라 밑으로 꼬나보는 눈빛이 섬뜩하기만 했었다. 잘들 해 보라구. 린다이항, 그들은 비웃고 있었다.

"그건 그렇다 치고 너희들은 공산주의자들을 물리칠 생각은 해야 할 게 아니냐. 우린 한국 동란을 통해 공산주의가 얼마나 자유세계와 이질적인 집단이며 화합하기 어려운 이데올로기인가를 체험으로 알아냈다."

"그 문제도 우린 다소 다르게 체험하고 있소. 한 소위에게 들어서 알고 있지만 당신들의 전쟁은 한 3년 되게 싸우다 일단 멈춘 상태지요? 다량 살상에 피차 대단한 출혈을 단기간 내에 했기 때문에 증오심이 외형화 내지 형상화되었을 게요. 그 증오심이나 희생은 수치(數值)로 환산할 수 있는 산술치를 가지고 있소. 하지만 우린 20년이 넘게 싸웠으며 전국 어디서나 서로 섞여 있고 심지어 한가족도 양분되어 있소. 이것은 다시 말해 한 몸뚱이에 두 가지 세균이 동시에 들어와 오랜 세월 같이 뜯어 먹고 같이 서식하여 이제는 어떤 놈이 어떤 놈인지 구분도 못 하게 면역이 되어 있는 상태라는 것이오. 그래서 우리는 이데올로기의 본질보다는 분단된 아픔만을 시시로 오관으로 직접 느끼고 있을 뿐이오."

그는 갑자기 신들린 사람처럼 빠르게 더듬거리며 열을 내뿜기 시작했다.

"아주 쉬운 말로 표현하자면, 이렇게 쓰리고 아플 바에는 아무 놈이나 빨리 뚝심 센 놈이 먼저 넘어뜨려 이 아픈 상처나 빨리 낫게 해달라는 바람이 누구의 가슴에나 응어리져 있다는 말이오."

"야, 이것 봐라. 하이 중사가 사람을 웃기네. 굼벵이도 재주넘는 기술이 있다더니 말 하나 청산유수구먼."

그동안 하이의 입놀림에 압도되어 깡통에 따른 냉커피를 마실 생각도 않고 멍하니 그의 입술만을 지켜보고 있던 부중대장이 드디어 한마디 했다. 사실 항상 말없이, 늘어진 엿가락처럼 축 처져만 있던 하이 중사의 어느 구석에 그따위 날카로운 요설을 숨기고 있었는지에 대해서는 부중대장 말고도 모두가 놀라는 눈치였다. 평소에 그와 말을 주고받았던 한재민 소위만 빼놓고는.

"조금 더 있어요. 우리 민족의 리더십에 관한 문제인데."

"들어, 들면서 이야기 해."

부중대장이 하이에게 커피를 권했다. 그는 깡통 가를 조금씩 핥으면서 국민학생들 앞에 선 선생처럼 이젠 현학적인 미소까지 띄면서 말을 이었다.

"한 소위에게 들었지만 잊었다. 당신네 나라 북쪽의 리더……."

그는 한 소위 쪽을 건너다 보았다.

"김 일 성!"

"오우, 낌 일쌩, 그래. 그 사람은 사실 그의 전력 때문에 한국인들에게 거의 씨가 먹혀들어가지 않았다는 사실, 새파랗게 젊은 소련군 대원가 소령인가였다니, 노 망명가였던 승만 리에 비하면 핸디캡을 느끼고도 남았을 것이다."

"그게 어쨌다는 거야?"

약간 후퇴한 듯한 화기소대장 김 중위가 하이에게 물었다.

"베트남에서는 그 점이 거꾸로 돼 있다는 게요. 가령, 북쪽의 호치민은 노 혁명가로 민중들에게 남아 있지만 이쪽은 항상 불안불안 하다는 거지요."

"어떻게 불안한데?"

"우리의 근세사에 바오다이 황제는 불란서의 앞잡이였고 호랑이 사냥이나 즐기던 쾌락주의자였소. 그래서 미국의 카톨릭 수도원에서 근신하며 미시간, 오하이오, 뉴욕 등의 주립대학에서 멋들어진 반공 강연을 했던 월남 중부 귀족 출신 고 딘 디엠을 미국은 월남의 남쪽 리더로 급조해 냈던 것이오."

"하지만 실패했다 이거지?"

"그렇소. 그는 민중과 유리되어 결국 민중의 손으로 끝나고 말았소. 그런데 문제는 지금의 남쪽 리더들, 즉 군인 출신의 키나 티우는 더더구나 국민들에게 미덥지 못한 존재들이라는 것이오. 내 개인의 견해인데 키는 오히려 좀 나은 편이오. 그는 하늘을 날던 멋장이고 비에트남에서는 소문난 플레이 보이니까."

키가 플레이 보이라고 하는 대목에 이르자 중대 본부의 분위기는 아연 활기를 띠기 시작하면서 색깔이 노리끼리하게 변하고 있었다.

"그치 물건 하난 대낄인 모양이죠."

"물건보다 분위기겠지. 젊은 나이에 공군 사령관을 거쳐 수상이라.

기마이 좋고 놀기 잘하고."

"키도 크고 잘 빠졌답디다요."

"아 요전에 사단 시찰 온 것 보니까 콧수염이랑 기르고 까만 조종
사복에다 흰 마후라를 척 걸쳤더만."

중대장이 한 마디 했다.

"그치 와이프가 그렇게 미인이라면서요?"

"언뜻 봤는데 월남년들처럼 깡마르지 않고 오동통한 게 복스럽게
생겼던데."

"에어 베트남의 스튜어디스 출신이라더군요."

재민도 한 마디 거들었다.

"아무튼 그치는 유부녀나 처녀나 찍었다 하면 끝난다누먼. 원체 기
술이 좋고 기동력도 있고."

"그래서 키가 나오는 파티에는 마누라를 데리고 가지 말라는 말까
지 생겼대요. 물론 무쪽같은 마누라야 상관없겠지만."

"좌우간 하이 중사, 계속해 봐. 우리끼리 떠들어서 미안하다."

"플레이 보이란 원래 물질에는 담백하고, 한다면 하는 박력도 있기
마련이 아닙니까? 그런 의미에서 내 개인적으로는 키가 티우보다는
낫지 않나 하는 생각입니다. 티우는 도대체 속을 모를 사람이라는 게
중론이오. 불란서 시절의 장교 출신에다 그 사람의 물욕에 관해선 알
만한 사람은 다 알고 있어요. 아무튼 결론적으로 키나 티우는 월남
국민에게 있어선 도토리 키재기 밖에는 안 된다는 것이죠."

"호치민하고는 애당초 필적이 안 된다는 거구먼. 하이 중사, 그래
당신이 알고 있는 호치민이란 자, 그에 대해서 말해 봐라."

원기를 회복한 김 중위가 다시 다그쳤다. 하이는 새 담배를 피워

물고 깡통 밑에 남은 커피 찌꺼기를 목구멍에 떨어 넣었다.

"국민학생들에겐 '붐붐'이라는 단어를 설명하려면 그것은 망측한 짓이며, 너희들이 크면 알게 될 거라고 얼버무리든가 우화적인 표현으로 완곡하게 표현해 주어야 하죠."

"그건 또 무슨 소리야?"

"즉 여러분들처럼 철저한 반공국가에서 온 군인들, 더구나 장교들에게 내가 지금부터 하려고 하는 말은 듣기에 거북할 거라는 말입니다. 아무튼 학술적인 접근태도를 가지고 들어 주기 바랍니다."

"아쭈, 우릴 가지고 놀고 있네. 까지 말고 읊어 봐."

김 중위는 다시 핏대를 올렸다.

"네 말을 듣고 해석하는 건 우리 측의 일이다. 이야기나 시작해 봐라."

중대장이 짧게 주의를 줬다.

"우리 형님 때까지만 해도 '어린이들은 호(胡)아저씨를 제일 사랑해'하는 동요를 부르면서 자랐소. 내가 어렸을 적에도 어른들의 입술 위에서 외경스럽게 오르내린 단어가 바로 호치민이라는 강직한 민족주의자의 이름이었죠. 그 사람에 대한 우리들의 기억의 뿌리는 아주 향수적이며 센티멘탈 하기까지 합니다."

하이가 새로 피워 문 팔말의 구수한 향수가 사내들의 땀냄새를 천천히 밀어내고 있었다.

"그 사람은 언제나 모택동 식의 국민복이나 쿠나오(월남 농민복)를 입고 국민 앞에 나타났소. 국민들을 호칭할 때 언제나 메(어머니)라거나 박(아저씨)이라고 불렀소. 따라서 국민들은 그를 정치 술수가 능한 고등 사기꾼이라고 단정하기보다는 자기들 옆에 있는 인정 많은 아저씨로 느끼고 있었죠. 역사를 배운 식자들은 그가 공산주의라는 피켓을 들기 이전에 피압박민족의 서러운 위치를 우리 월남인에게나 굴레를 씌운 프랑스인들에게조차 깨닫게 해 준 선각자라는 점을 잊지 않고 있죠. 그가 농민복을 입었다거나, 샌들을 신었다거나, 겸손하다거나, 박식하다는 사실은 사실상 정치하는 사람들이 만들어내는 신화일 수도 있어요. 그러나 한 가지 이상한 사실은 그의 신화는 보통 정치적 사기꾼들이 만들어내는 관제 팸플렛이나 화려한 홍보자료와는 달리 농민들과 노인들과 학자들과 관리들의 입에서 구전되어 오는 전설이라는 데에 특징이 있는 것이오. 티토가 항독운동을할 때 스탈린에게 못 얻은 원조를 미국에게서 얻었으며, 그로 인해티토는 스탈린과 아이젠하워를 동시에 잴 수 있는 잣대(척도)를 얻었듯이 호치민은 그의 발뒷꿈치로 흰둥이, 노랑이, 빨갱이들이 사는 땅을 다 돌아보고 그들을 잴 수 있는 커다란 잣대를 얻었다는 것이 그의 가장 큰 강점인 것이오."

"이 친구 사상이 영 이상한 친구 아닙니까? 말머리부터 뭔가 이상하잖아요?"

김 중위는 하이의 말머리를 자르면서 중대장 쪽을 향해 동의를 구했다.

"하이 중사, 너 혹시 베트민(월맹공산당의 약칭)의 선전원 아니냐? 어떻게 이 시점에서 그따위 말을 할 수가 있나, 지금은 전쟁 중이야."

"베트민의 선전원이라고? 허허허, 그러게 내가 아까 서두에서 말했잖소. 듣기에 좀 거북할 거라고. 이쯤이야 베트남 식자들의 기본 상식이오. 정작 내가 하고 싶은 말은 아직 멀었습니다."

"자, 토론은 이따 하고. 하이 중사, 계속해 봐."

중대장은 흥미 있는 듯 하이를 재촉했다. 그는 이제 제 몫을 하는 일꾼처럼 아주 등을 꼿꼿이 세우고 침대 위에 바로 앉아 있었다. 방 안의 분위기는 이미 그의 뜨거운 눈빛 때문에 약간 주눅이 들기까지 했다.

"호치민은 월남 국민들에게 이상한 믿음 같은 걸 심어 주었소. 그는 우리들에게 결코 패배하지 않는다는 베트남인의 자존심 같은 걸 나누어 주었다는 말이오. 그것은 1954년의 디엔 비엔 푸의 승리에서 입증되었소. 디엔 비엔 푸의 승리…… 그것은 하나의 신화이며 그가 우리 민족의 가슴에 달아준 찬란한 훈장이기도 하오. 70년에 걸친 프랑스 식민주의자들의 착취의 손을 일거에 도끼로 끊어버린 사건이었기 때문이죠. 그건 저 악명 높은 콘론섬(남부 해안에 있는 섬. 프랑스 시절부터 주로 정치범들을 수용했다)의 철제 족쇄를 벗는 것만큼이나 속 시원한 일이었소."

하이 중사는 손가락 사이에서 긴 재를 달고 있던 꽁초를 창문 밖으로 훌쩍 던져버렸다. 반딧불처럼 꼬리를 끌며 떨어지는 꽁초가 땅에 닿기도 전에 그는 얼른 또 새 담배를 꺼내는 중이었다.

"좌우간 유식해서 좋구만."

사람 좋은 부중대장은 껄껄 웃고.

"하이, 담배 좀 고만 피워라."

한재민이 주의를 주었다. 하지만 그는 못 들은 척 다시 담배에 불을 붙였다.

"아니 빨갱이 두목을 저따위로 치켜올리는 놈들과 동맹국이라고 할 수가 있습니까?"

김지영 중위는 얼굴이 시뻘개지며 다시 한 번 중대장 쪽을 바라보았다.

　"사실 이런 문제 때문에 미군이 월남군과 합동작전을 효과적으로 못하는 걸 거야. 안보의식이 투철하지 못한 저런 치들이 무슨 보안유지를 하겠어. 그러니까. 월남군들은 싸우기보다는 적당히 월급이나 타 먹고 뭉개는 거야."

　"월남인들은 우리들처럼 이데올로기의 2분법에 익숙하지 못한 게 사실이야. 붉은 것, 흰 것을 딱 부러지게 못 가르니까 노상 붉으죽죽하거나 허여멀겋다 이거야. 말하자면 색맹이거나 색약인 셈이지. 저 치들은 색깔보다는 가재는 게 편이라는 민족의 동질성에 오히려 비중을 두는 것 같아."

　중대장이 하이를 향해 물었다.

　"자네는 사이공 대학에서 무얼 전공했나?"

　"법과였습니다."

　"그럼 이담에 법관이 되겠구만."

　"적어도 내 경우엔 그런 확률이 전혀 없습니다. 나는 법을 전공한 것에 대해 후회하고 있죠. 우리 월남에서 법은 법관에게서라기보다 실권자들에 의해 언제나 적당히 주물렁탕이 되어 왔죠. 순전히 그들 편리한대로 말입니다. 대학에서 배운 게 있다면 최루탄 가스의 효용성과 부조리의 당위성에 대한 궤변이었습니다."

　"아무튼 이게 월남 지식인의 생각이라면 알아둘 필요가 있지. 우리가 지금 여기에 있으니까 말야. 자, 날이 밝았다. 눈들을 좀 붙여라."

　중대장은 토론의 종결을 선언했다. 하이는 중대장의 종결 선언에 약간 못마땅한 듯 담배를 침대 모서리에 사납게 부벼껐다.

"하이, 고만 자거라. 머리를 식혀 둬야 내일 움직일 수가 있지."

재민이 나직하게 이르자 그는 대꾸 없이 야전침대 위에 몸을 던졌다. 재민은 안다. 그가 얼마나 열렬한 호지명의 흠모자인 것을. 그는 틈만 나면 재민에게 호의 위대성에 대하여 전도를 했었다. 마치 사교에 미친 광신자처럼. 때로는 뜨겁게, 때로는 세미클래식 음반처럼 달착지근하게. 그는 호치민이 공산주의자가 아닐 거라고 말했었다. 약한 동물이 보호색을 뒤집어쓰듯 민족에게 편리할 때마다 옷을 갈아입는 요술사일 뿐이라고 했다. 그 증거로는 호가 미국의 OSS 대원과 일하기도 했고, 중국 공산당의 팔로군 암호 통신사로 일했는가 하면 중국 군벌과도 한때 손을 잡았었다는 것을 상기시켰었다. 민족의 이익을 위해서라면 원수와도 손을 잡았던 철저한 민족주의자로 하이는 호를 깊이 신뢰하고 있는 것 같았다. 하이는 호가 별다른 정규교육도 없이 미첼 보로딘(1920년대의 소련의 대(對) 중국 정치담당관)의 통역을 할 만큼 러시아와 중국어에 능통했던 점. 또 베르사이유 궁전의 국제회의장에 나타날 만큼 유창한 불어를 구사했다는 점과 영어까지 했다는 사실에 대해서도 극구 찬양을 아끼지 않았다. 사실 호가 뉴욕의 흑인 할렘가에 살았다는 얘기나 1920년에 흑백문제에 대해 〈흑인종〉이라는 소책자를 발간했다는 대목을 말할 때에는 재민도 놀란 일이 있었다.

재민 씨

더운 곳에 계신 분에게 얼마나 덥냐고 묻는 건 별로 의미가 없을 것 같구요. 대신 시원한 소식을 전해 드리겠어요.

어제 김장했어요. 교인들이 갖다 준 속살 좋은 배추에다 빨간 양념장을 차곡차곡 내면서 당신을 생각했죠. 얼큰한 배추 속을 쌀밥에다 척척 곁들여 식성 좋게 먹을 당신을 말예요. 어머님도 일손을 놓으시고 한참이나 먼 곳을 쳐다보시더니 옆에 계시던 임 집사님, 박 권사님들이랑 찬송가 '내 주는 강한 성이요'를 부르시더군요. 김장이 끝날 때까지 오후 내내 찬송이었어요. 어머님은 지난번 당신 편지 받으시고 많이 위로가 되셨는지 금식기도와 철야기도를 그치셨어요. 대신 당신이 드리고 간 군용담요를 늘 베고 주무세요. 지금 제가 편지 쓰고 있는 곁에 어머님이 계신데 꼭 전해 달라는 어머님의 말씀은 이런 거예요.

1. 다윗처럼 담대할 것.
2. 다니엘처럼 성별(聖別)할 것.
3. 솔로몬처럼 지혜로울 것.

이건 어머님과 저의 꼭 같은 바램인데요. 늘 기도하고 성경을 읽으세요. 풀무불 속에서도 다니엘을 건지신 하나님을 아시지요? 말씀 의지하시고 악한 무리들과 대적하세요. 하나님이 없다 하는 저 붉은 무리들을 이 땅에서 영원히 물리칠 때까지 담대하게 싸우세요.

뭐 필요하신 것 있으시면 말씀하세요. 우선 당신 좋아하시는 꽁치, 오징어 통조림 부쳐 드립니다. 김치를 한 통 부치려고 했더니 포장이 불량하다고 접수를 거절하더군요. 그리고 마음이 답답할 때는 노래를 부르세요. 큰 소리로 찬송가든, 가곡이든. 요즘도 송영반주는 〈주님의 뜻을 이루소서〉로 하고 있어요.

　당신을 생각하면서

　　　　　지숙

재민은 편지를 다 읽고 나서 하얀 마리아 고상을 올려다보았다. 성
모는 강물 쪽을 보며 미소하고 있었다. 한재민, 꼭 살아 가거라, 네
게는 세속적 의미로는 한없이 불쌍한 홀어머니가 계시다. 개척교회
에 매달려 박봉과 영향실조로 인생의 태반을 어렵게 살아온 어머니.
노후에 편안히 모셔 드려야 할 어머니가 아니냐. 지숙이, 그 귀여운
여자에게는 귀국할 때 다른 것 다 제쳐놓고 감도 좋은 전축 한 세트
만 사다 주거라.

마리아 고상이 내려다보고 있는 성당의 대나무 숲 쪽에서 강물 흐
르는 소리가 들려왔다. 성당 뜰에는 눈부신 열매꽃들이 쏟아지는 햇
빛 속에서 언젠가 빗물로 샤워를 하던 양키들처럼 옷을 벗고 있었다.
붉고 노란 그 원색의 꽃잎들은 타는 햇볕으로 찜질하며 창세기(創世
記)같은 소리를 지르고 있었다. 우리는 살아 있다. 찬란히 그리고 온
전히 살아 있다고.

"보좌관님, 사격 안 하실 거예요?"

사제관 복도에 걸터앉은 무전병이 맥 빠진 목소리로 묻고 있었다.

종탑으로 올라가는 사다리는 부서져 있었다. 할 수 없이 제대 뒤로
올라가서 지붕으로 빠져나갔다. 빨간색 기왓장이 햇빛에 프라이팬처
럼 징그럽게 달아 있었다. 무전병 박 상병을 먼저 올려 보내고 재민
이 무전기를 들어 올렸다. 푸카트산 쪽으로 빠끔하게 창문을 내고 있
는 종탑은 OP(관측소)로서는 최적지였다. 푸른 들과 야자수로 뒤덮
인 퉁장 마을이 한눈에 들어왔다. 푸카트산 산머리 위에 몰려 있던
구름 떼들이 퀴논 바다 쪽으로 한가롭게 미끄러지고 있었다. 산 밑에
풀어 헤치고 누워있는 윤기 나는 들판은 바야흐로 녹색의 입술로 햇

빛을 탐욕스럽게 빨고 있는 중이었다. 그리고 탄탄하게 확 퍼진 둔부를 벌리고 누워서 햇빛과 요란하게 교미를 하고 있는 중이었다. 재민은 그 비만한 녹색들 때문에 가벼운 구역질을 느꼈다.

"포대 불러."

박 상병은 건방기가 있는 콧소리로 감을 잡았다.

"제원기록 사격…… 양키 파파(YP) 삼오공(350) WP(연막)탄 포탄 하나 발."

첫 발은 마을 좌측에 먹었다. 마을을 뒤덮고 있는 초록색 위로 백린 연막탄이 하얀 독버섯처럼 피어올랐다.

"우로 둘공 더하기 하나 백."

두번째의 포탄이 정확하게 마을 한가운데로 들어갔다. 곤두박질하는 충격음과 함께 가스는 맹렬한 속도로 마을을 질식시켜 가고 있었다. 마을을 다 삼킨 그 구렁이는 들판 쪽으로 계속 또아리를 풀고 있었다.

그때였다.

그 흰 연막 속에서 무엇이 허우적거리고 있었다. 농무처럼 서려 있는 그 흰 연기 속에서 까만 것이 자맥질하듯 위 아래로 움직이고 있었다.

"야, 성길아. 저게 뭐지?"

"사람 같은데요. 이쪽으로 달려오고 있습니다."

"쌍안경 안 가져 왔지? 소대 본부로 내려가자."

종탑 벽을 기어 지붕 위로 내려설 때 투쿵 마을 쪽에서 소총 소리가 두 번 울렸다. 소위와 무전병이 뜨거운 지붕 위에 엎드리자 종탑 벽에 탄환이 박히면서 화약 냄새가 확 풍겼다.

"이 조까튼 새끼들, VT탄으로 팍 지져 버릴까요?"

"어서 내려갓!"

소대 본부로 쓰고 있는 사제관에 내려갔을 때 초소에서 보고가 오고 있었다.

"여잡니다. 애 둘을 안고 옵니다. 아, 애들이 다친 것 같습니다."

"통과시켜. 포탄에 맞은 것 같군."

소대장 이 중위가 재민을 돌아보며 말했다. 재민은 여자가 오고 있는 쪽으로 달려 나갔다. 여자는 두 아이를 양쪽 허리에 낀 채 달려오는 중이었다. 맨발에 마구 헝클어진 머리. 부릅뜬 두 눈은 허연 흰 창뿐이었다. 여자의 입가에는 거품이 물려 있었다. 재민이 아이 하나를 받아 안았다. 건들하고 목이 뒤로 넘어갔다. 포탄의 파편이 아이의 배를 찢어 헤집어 놓고 등 뒤로 나간 것이었다. 아이의 아랫배에는 닭내장 같은 내용물들이 마구 엉켜있었다. 여인의 흰 블라우스 위로 피가 죽죽 흐르고 있었다. 재민의 초록색 군복도 검붉게 물들기 시작했다. 강둑을 따라 핏물은 뚝뚝 뜨거운 모랫길을 적셨다.

"보트를 빨리 대."

보트가 강물 한가운데쯤 이르렀을 때 여인은 문득 강물을 손바닥으로 움켜 아이들의 얼굴을 훔쳐 주었다. 애들은 둘 다 사내였다. 벌거벗은 고추가 흐르는 피 속에서 힘없이 달랑거렸다. 첫돌이 갓 지난 듯한 쌍둥이였다. 의무대에 닿았을 때 아이 하나는 이미 숨을 거둔 뒤였다. 나머지도 새가슴으로 숨을 몰아쉴 때마다 목옆으로 쿨컥쿨컥 피를 쏟아내고 있었다. 위생병은 솜으로 출혈부위를 대충 틀어막고는 고개를 저었다. 여인은 코언저리가 하얗게 질린 채 숨만 헉헉 내쉬고 있었다. 알콜 냄새와 피비린내가 좁은 의무대 안을 가득 채웠다.

"나가, 이놈들아. 구경 난 거 아냐!"

중대장이 소릴 지르자 문간에 몰려섰던 사병들이 확 흩어졌다. 그런 데 흩어지는 그들이 시선을 거두어 간 곳은 아이들의 주검이나 부상부위가 아니었다. 바로 그 여자의 몸뚱이였다. 그 여자는 지금 옷을 입고 있는 게 아니라 건성으로 걸치고 있을 뿐이었다. 단추 터진 블라우스 새로 젖무덤이 그대로 나와 있고 허리와 둔부는 허옇게 드러낸 채 바지는 둔부의 볼록 부분에 겨우 매달려 있었던 것이다.

"하이 중사. 부인에게 전하게. 애기들은 전혀 가망이 없다고."

중대장의 말을 받아 하이가 짤막하게 말을 건네자 여인은 그제서야 두 손에 얼굴을 파묻고 흐느끼기 시작했다. 그러나 몸부림을 치거나 넋두리를 하지는 않았다. 손가락 새로 줄줄 흘러내리는 눈물을 손등으로 닦으며 짤막하게 외쳤을 뿐이었다.

"쩌이어이, 또이 응이엡 꽁또이(아아, 불쌍한 내 새끼들)."

그녀는 죽은 아이들의 손을 차례로 잡아 주었다.

"풍어이, 푸어이(풍아, 푸야)"

그는 고심했다.

그 부인—부인이라 부르기엔 너무 젊은 여자였지만—을 앞으로 어떻게 해야 할지, 어떤 식으로 뒤처리를 해야 할지 중대장까지도 좋은 생각이 없는 듯했다. 우선 여자를 중대 본부 아래층에 있게 했다. 중대장 당번 홍 상병이 물을 떠다 주며 몸을 씻도록 했지만 그녀는 꼼짝도 안 했다. 들 쪽으로 난 창문을 바라보며 이따금 흐느끼면서 머리칼을 조금씩 쥐어뜯을 뿐이었다. 그녀가 자살이라도 하는 게 아닌가 싶어 재민은 귓속말로 하이에게 그녀 곁을 떠나지 말도록 했다. 흩어진 여자의 머리칼과 피 묻은 옷자락이 재민의 가슴을 정면으로 찔렀다. 한밤 중 그녀가 흐느낄 때 재민은 그녀가 그의 등줄기를 잘게 저미고 있다고 생각했다. 문간에 섰던 중대보초도 연신 담배를 갈아 태우며 어깨를 떨었다. 하이는 자다가 몇 번인가 뛰어 내려가 뭐라고 어르고 달랬다.

그녀는 화장실에 가는 것 외에는 사흘 동안 꼼짝도 하지 않았다. 입에 아무 것도 대지 않으면서. 사흘째 되던 날 아침에야 피 칠갑한 옷들을 대충 빨아 입고 입속을 헹궜다.

"조또이 껌 깐쭈어(밥과 간국물 좀)."

그녀는 하이를 향해 처음 입을 열었다. 마을에 나간 하이가 흰 쌀밥과 간국물 그리고 야채들을 동네 노파의 손에 들려 들어왔다. 그녀는 천천히 밥알을 씹으면서 간간히 물을 마셨다. 물그릇을 들 때 그녀의 손끝이 형편없이 떨렸다. 물방울을 훔친 입술은 까칠하게 갈라져 있었다. 그릇을 밀어 놓고 할머니 쪽을 향해 부탁했다.

"짜이라우(빗)."

할머니는 그릇들을 챙겨들고 마을 쪽으로 달려갔다. 재민이 하이에게 말을 전해 줄 것을 부탁했다.

"내가 아이를 죽인 사람이오. 어찌했으면 좋을지 말해 주시오."

여인은 그를 똑바로 쳐다보았다. 짧은 시간이었지만 재민은 뜨거운 무엇이 등골을 타고 흐르는 걸 똑똑히 느끼고 있었다. 여인은 짤막하게 말했다.

"아이를 죽이려는 군인은 없겠지요."

노파가 살 빠진 커단 대빗을 들고 들어왔다. 여인은 돌아 앉아 헝클어진 머리칼을 빠른 솜씨로 빗어 내렸다. 머릿결은 풍성하게 어깨

위에서 출렁였다. 여자가 빠진 몇 올의 머리칼을 옮히면서 천천히 돌아앉았다. 전혀 딴 사람 같은 모습이었다. 여자의 덩치는 월남 여자의 평균치보다는 큰 것이었다. 발은 맨발이었지만 각질이 전혀 발달되어 있지 않고 발가락도 퍼지지 않았다. 흰 살결과 살집이 있는 어깨와 둔부, 대가지처럼 한들한들한 남방 여인의 몸매와는 사뭇 다른데가 있었다. 중국계처럼 완강하고 단단한 체구에 큰 눈망울만 남방 여인의 특유한 애수를 담고 있었다. 그녀의 쌍가풀진 큰 눈망울만 아니었다면 그녀는 엄격한 여선생 같은 느낌이었다. 아무튼, 갑자기 여인이 생기를 찾자 방안은 이상하게 그녀에게 압도당하기 시작했다. 물기 머금은 그 여인의 큰 눈망울을 재민도 하이도 만만히 쳐다 볼 수가 없었다.

여인은 반듯이 앉아 재민에게 물었다.

"장교님, 날 퉁장 마을로 돌아가게 해줄 수 있겠지요?"

"그 문제에 대해서 중대장과 상의해야 하오."

중대장은 여인이 돌아가겠다는 이야기를 듣고는 좀 난처해했다.

…… 그 여자가 그 곳을 가려고 하는 것은 당연하겠지. 남편도 있을 것이고, 생활의 근거가 그곳일 테니까. 하지만 그 곳은 적성지역이 아닌가? …… 하루에도 수십 번씩 포탄이 날아가는 그곳에서 지금까지 살아온 것만도 다행이다. 조금 있으면 어차피 우리의 전술지역을 넓히기 위해 그 마을을 점령해야 된다. 그때까지만 참도록 설득을 시켜봐라…….

"중대장님, 사실 그 여자를 돌려보낼 수는 없습니다. 우리의 병력배치라든가 진지 상황을 이미 보았으니 보안상의 이유로도 안 됩니다."

부중대장의 의견이었다.

"제 생각으로도 부중대장님의 의견과 같고요. 한 가지 더 의심이 가는 건 그 여자가 무식한 여자 같지가 않다는 점입니다. 왜 날이면 날마다 포탄이 떨어지는 그곳에서 버티면서 살았는지 그 이유를 MIG(포로심문대)로 후송시켜 알아보면 어떨까요?"

화기 소대장의 의견이었다.

"그건 인정상 말이 안 돼. 자식을 잃은 것도 억울한 판에 심문까지 받게 할 수야 없지."

중대장은 단호히 잘라 말했다.

한재민이 하이 중사에게 장교들의 의견을 대충 설명해 주자, 그가 뜻밖의 의견을 내놓았다. 실은 퀴논 시내에 이모네가 있다. 지아롱 거리에서 약방을 하는데 연로한 이모 내외만 계셔서 마땅한 사람을 진작부터 찾고 있었다. 그곳에 데려다 놓으면 사람 구경도 하고 약방 일도 거들다 보면 아이를 잃은 시름도 잊을 수 있을 것이다. 퉁장 마을이 완전히 아군 지역이 될 때까지 그곳에 있도록 하자. 내가 데리고 나가겠다.

모두들 찬성이었다.

"그 여자만 오케이하면 그렇게 하자. 댓즈 굿 아이디어!"

중대장은 하이의 어깨를 치고 엄지손가락을 펴 보였다.

지숙에게

우선 어머님의 건강에 대해 말씀 드리고 싶소. 어머님은 철야기도나 금식기도는 주님께서 힘을 주시기 때문에 건강과는 무관한 것이라고 늘 말씀하시지만 나는 그 점이 걱정이오. 마루 위에서 온 밤을 새우시고 새벽 집회까지 인도하시려면 너무 무리란 말이오. 잡숫는 것도 시원찮은데 낮에는 교인들의 집까지 심방하셔야 하니! 아, 제발 육체는 때때로 영혼을 사정없이 반역한다는 사실을 이해시키도록 몸이 강건해야 주를 위해 봉사도 할 수 있다는 식으로 말이요.

김장. 그래, 양념이 빨갛게 묻은 지숙의 손가락을 생각해 보았어. 이곳에서 느닷없이 가끔 생각나는 것들로는 청포묵, 봄쑥국, 냉이, 더덕무침, 마늘장아찌, 도라지나물, 담북장, 어리굴젓, 겉절이 김치 같은 것들이지.

지숙이, 안 디 뮤직(성악곡: 음악에)의 두 번째 절가사를 적어 보내줬으면. …… 도무지 기억이 안 나서…… 우리 중대에 HAI라는 월남인 통역하사관이 하나 와 있소. 굉장히 유식하고 날카로운 친구야. 좋은 세월을 만났더라면 큰 일을 할 수도 있을 사람같소만. 아무튼 나하고는 아주 재미있게 매일 어울리는 편이지, 나를 위해 기도해 주시오. 때로는 두렵기도 해.

우리 중대가 있는 곳은 아주 경치가 좋은 곳이야. '푸'라는 이름의 강이 흐르고 대나무 숲에 덮인 강변 오솔길도 있고 전쟁 냄새만 없다면 시인의 마을 같은 그런 곳이라오. 오솔길의 끝에 천주교 성당이 있는데 고딕식으로 제대로 지은 건물이요. 알록달록한 모자이크 유리와 뜰에 서 있는 마리아상이 아름답지. 일전에 그곳에서 기념품 몇 가지를 주웠소. 옆이 금박으로 칠해진 라틴어 성경. 놋쇠 촛대, 마리아 상(야광임)등등. 갈 때 가지고 갈게. 꽁치, 오징어통조림 잘 먹었소. 교인들에게 안부 전해줘요. 그럼!

당신의 재민으로부터

그는 당신이라는 단어를 쓰면서 묘한 생각이 들었다. 우리가 언제부터 이런 말을 썼던가. 그렇다. 지난번 지숙이가 보낸 편지에서 처음 그녀는 대담하게 그 말을 쓰고 있었다. 같이 있을 때는 한 번도 못 써봤던 부끄러운 단어 …… 여자들은 사랑에 있어서는 남자보다 훨씬 더 용감한지도 모를 일이다.

그가 편지를 쓰는 동안 아래층에서 하이와 이야기를 주고받는 여자의 목소리가 제법 또렷하게 계단을 통해 들려오고 있었다. 지숙에게 아이들의 죽음이라든지 아이들을 죽게 만든 나 자신의 과오에 대해 적는다면 그녀는 이 전쟁을 얼마나 처참하고 무섭게 볼 것인가. 그렇지만 지금 이곳엔 밝은 햇빛이 쨍쨍 바나나나무 잎새들 위에서 구슬처럼 흩어지고, 중대 본부 뒷마당에 핀 열대화도 붉은 입술로 배시시 웃고 있다. 밤 사이에 흘린 눈물들은 낮에는 흔적도 없이 말라버리는 것이니까.

퀴논 쪽에서 웬 람브레타(합승택시보다 큰 승합차) 한 대가 탈탈거리며 굴러 오고 있었다. 그 장난감 같은 차는 뽀얀 먼지를 꽁지에 달고 보급로 위를 슬로우비디오의 동작처럼 느리게 기어오고 있었다. 베란다 너머로 보이는 초등학교의 운동장과 보급로 위로 햇빛은 분말처럼 쏟아지고 그 속을 기고 있는 그 조그만 삼륜차의 움직임은 현실감이 없는 아득한 모습이었다. 조금 후에 삼륜차가 정자나무 밑에 멈추어 서자, 그 속에서 대바구니와 각양의 용기를 든 여인들이 왁자하게 떠들며 쏟아져 나왔다. 퀴논의 난민수용소에서 지리한 날을 보내던 이곳 주민들이 자기집 헛간에 감춰둔 쌀이나 늑멈을 가지러 오는 것이었다. 언젠가 소위의 아랫도리를 아프게 했던 땀이란 여인도 왔을지 모른다. 웃을 때 까만 이빨이 보이는 할머니, 머리띠를 두른 아낙네, 브래지어는 했지만 팬티는 안 입은 맨발의 처녀들…… 아무튼 성냥갑만한 그 차체에서 2개 분대 가량의 여인들이 쏟아져 나왔다. 어깨 위에 얼러 맨 바구니 때문에 그네들이 걸을 때마다 어깨, 허리, 엉덩이들은 묘하게 빠른 박자의 율동을 만들어내고 있었다.

계단이 울리고 하이가 올라왔다.

"소위, 저기 온 람브레타 편에 여인을 데려다 주고 와야겠다. 중대장에게 말 좀 해줘."

"그럼 오늘 저녁은 이모네 집에서 자고 내일 보급 헬기편에 들어오면 되겠군."

중대장은 여인 몫으로 쌀 60킬로짜리 2부대와 행정비에서 30달러를 내놨다. 소위는 소대장들이 가지고 있는 미화를 있는 대로 빌어 100불을 만들었다. 한달치 봉급. 이번 달의 송금은 생략하기로 하자. 미안하구나. 지숙아.

아랫층에 내려가 하이가 빠른 월남말로 뭐라고 여인에게 떠들었다.

소위가 아래층으로 내려가자 여인이 다가왔다.

"우리 아기들을 어디다 묻었어요?" ("Where did you lay my children to rest?")

분명하고 빠른 영어였다. 소위는 이상한 충격을 받았다. 곁에 있던 하이도 놀라고 있었다. 그 충격은 방심한 가운데 얻어맞는 재빠른 카운터펀치 같은 거였다. 이런 여자가 영어를 하다니.

"강 건너 성당 옆이오."

"데려다 주세요."

소위와 하이는 여인을 데리고 강가로 나갔다. 강둑에 섰을 때 그녀는 잠시 멈추어 서서 강물을 내려다보았다. 강물은 흐렸지만 도도한 유속이 깊은 수심을 말하고 있었다. 소위는 문득 여자가 강물 속으로 뛰어들 거라고 생각했다. 허지만 여인은 이번엔 건너편 강둑을 바라보았다. 둑 위에 초병처럼 일렬로 선 키 큰 야자수들이 먼 푸카트 산을 향해 건들건들 흔들리고 있었다. 둑 밑으로 어지럽게 얽힌 용설란, 대나무, 트란풀, 파초 등은 푸르다 못해 검은 색깔들이었다. 그 사이에서 지독하게 빨간 열대화 몇 송이가 쏟아지는 햇빛을 정면으로 안고 있었다. 징그러운 녹색 사이에 유별나게 돋아난 그 몇 송이 꽃들은 너무나 뚜렷한 색상의 대비 때문에 풀숲에서 널름대는 독사의 혀끝같이 섬뜩한 느낌을 발하고 있었다.

고무 보트를 탔다. 여인은 피 흘리던 아이들을 안고 건널 때를 생각해선지 눈을 지그시 감았다. 재민과 하이가 로프를 잡아 당겼다. 보트가 건너편 언덕에 닿아서야 여인은 눈을 떴다.

강 건너 마을은 철저하게 부서져 있었다. 건물들은 거의 예외 없이 지붕과 함께 폭삭 내려앉았고 견고한 붉은 벽돌담과 타일 붙은 바닥만 화려했던 옛 모습을 조금씩 말해주고 있었다. 이를테면 이층 베란다는 강 쪽을 보고 나 있고 아래채의 부엌에서 강변으로 나가는 통로는 모자이크 타일을 깔고 등나무를 올린 아치형 터널 밑을 통과해서 곧장 강수면까지 이르도록 설계가 되어 있었다.

"어쩌면 이렇게 아름다운 집들을 이처럼 철저하게 부숴놨을까요,"
그녀가 탄식했다.

"지난번 이곳에 있던 미군들이 교두보를 확보하면서 그랬을 거요. 이렇게 부수려면 야전포병으로도 힘들고 아마 T28편대가 와서 폭격을 한 모양이오."

재민이 말했다. 대나무 숲 사이로 난 오솔길을 걸으며 재민은 다시 피 흘리던 여인의 아기들을 생각했다. 팔과 가슴께를 적시던 그 어린 것들의 피, 마른 땅에 뚝뚝 듣던 핏방울. 자그만 몸뚱이의 중량, 여인의 입가에 괴었던 흰 거품. 아아, 전쟁이란 얼마나 뒤죽박죽인가. 아기를 둘씩이나 죽이고도 난 여전하다니. 눈먼 포탄을 날리면서 나는 언제나 그것들이 정확하게 떨어져서 많은 전과를 올려 주기만을 바랐었다. 느닷없이 어린아이가 맞았다고 시치미를 뗄 수는 없다. 포탄이라는 것이 베트콩만 골라 정확히 맞춰 줄 신통술을 가진 것이 아니라는 것쯤은 이미 그때 알고 있었으니까. 하지만 난 아기나 이 여자를 향해 포탄을 날린 것은 결코 아니었다. 이 여자는 왜 그런 속에 있었는가.

"저, 묻고 싶은 것은 말입니다. 왜 그처럼 폭탄이 날마다 비 오듯 하는 곳에 살았었는지, 더구나 아기들까지 데리고 말입니다. 난 그 점이 알 수 없소."

갑작스런 소위의 질문에 여인은 잠시 생각하는 표정이더니 이내 말했다.

"말해도 당신은 이해 못 할 거예요. 당신은 우리 머리 위로 포탄을 날리는 사람이고 우리는 맞아야 하는 사람인 것처럼 우리의 위치는 상반돼 있어요. 이해를 하려면 많은 시간이 필요할 거예요. 언제든 서로 말할 수 있는 기회가 오겠지요."

"아, 제발 그러길 바라겠소."

"맹호!"

갑작스런 1소대 초병의 경례 소리 때문에 셋은 잠시 놀랐다. 성당을 지나 퉁장 마을이 보이는 길목에 아직 풀이 안 돋은 납작한 봉분이 있었다.

"여기요."

여인은 멈추어 서서 숨을 들이마셨다. 그리고 소맷자락으로 이마의 땀방울을 찍고 나서 갑자기 돌아섰다.

"됐어요. 돌아가요."

여인은 앞장을 서서 보트가 매어 있는 강둑으로 서둘러 걸었다.

돌아오는 보트 안에서 재민이 물었다.

"이름이 어떻게 됩니까?"

"마이라고 해요. 레티 마이."

1966년 1월 사이공으로 휴가를 떠나던 한재민 소위

반 짱

"한 소위, 이것들 보고 연구 좀 해 두라고."

"당일치깁니까?"

"아냐, 일박 코스야."

중대장이 던지고 간 것은 1호짜리 엽서만한 항공사진 3장과 작전요도가 그려진 오버레이(투병지)였다. 오버레이 상단에는〈비호 #8212-1〉이라는 근사한 작전이름도 적혀 있었다. 군인들은 그럴 듯한 형식이거나 이름 같은 걸 좋아한다. 미군들도 걸핏하면 피닉스니 스노우볼이니 레인보우 같은 근사한 작전의 이름들을 쓰는 걸 들었다. 아무튼 항공 사진이라면 판독기 위에 올려 고 봐야 할 텐데, 이건 육안으로 보라는 약식용이었다. 하지만 해당지역의 항공사진은 대단히 유용하다. 가령 지도에는 나타나지 않는 웅덩이라든가 마을을 싸고도는 견고한 용설란이나 선인장의 숲덤불, 그리고 최근에 생긴 실개천 등등, 비씨들의 퇴로가 될 만한 것들을 상세히 알려주니 말이다. 지도에 오버레이를 씌우자 작전의 개념이 의외로 크다는 걸 알수 있었다. D+1일에 도착할 중대의 최종 목표는 푸카트산 밑에 붙어 있는 롱하우 마을이었다. 프랑스 군 시절부터 비씨의 성역으로 일컬어지던 푸카트 산록, 포탄으로만 매일 건드려 보던 그 마을들을 실제로 가보게 된 것이다. 2대대 6중대가 적의 후미, 그러니까 푸카트산의 발톱에 랜딩(헬기로 착륙하는 것)하여 적의 도주로를 차단하고 중대는 인근 1,2중대와 어깨를 나란히 하여 몰이만 해주면 되는 것이었다.

으르르 쾅, 쾅……

새벽공격 준비포격이 시작되었다. 628포병의 155밀리포는 거의 산 밑까지 날아가 호아동 룽하무, 찬호이, 찬딘 마을들을 짓이기고 60포병의 105밀리는 가까운 마을들—틴호아, 룽빈, 포동, 록디엔 마을들을 자근자근 밟기 시작했다. 불귀신이 되어 날아가는 그 포탄들은 집과 개울과 야자수와 가축들과 그 속에 엎드려 있는 비씨들과 적성주민들을 들쑤셔 짓바술 것이었다.

"중대장님, 공격 준비 사격이란 거 좀 우습지 않아요. '마치 우리가 지금 쳐들어가겠다. 느희들은 이제부터 피해라'하는 식의 통보같잖아요?"

재민은 우기가 끝나 탄탄하게 굳어진 논둑을 밟으며 말했다.

"허긴 그래, 이건 아마 참호 속에서 완강하게 저항하는 적의 고개를 숙이게 하는 전법일 거야. 여기선 맞지 않는 것 같아."

푸카트산 허리에서 붉은 혀끝처럼 쏘옥 아침 해가 솟고 있었다. 추수가 끝난 투이폭 들판의 우거진 잡초 끝엔 이슬방울들이 투명하게 매달려 있었다. 앞서 가는 선두 소대에서 사격이 시작되었다. 벌써 1

94

번 목표인 포동 마을에 붙은 것이었다. 문짝 부서지는 소리, 옹기그 릇 깨지는 소리, 방목하는 돼지들은 미친 듯이 들판 쪽으로 뛰고 똥 개들은 낯선 외국 군인들을 보고 이를 갈며 짖어댔다.

"양민들은 다치지 말아라. 도망가는 것만 쏘도록."

중대장은 P10에다 대고 소대장들에게 지시했다. 마을에 들어가서 놀란 것은 우선 집집마다 불단과 함께 요새화한 참호가 하나씩 있다 는 사실이었다. 채광이 안 된 어둑한 초가 안에서 향내가 물씬 풍기 고, 늘어진 붉은 불기(佛旗)밑에 놋으로 만든 촛대와 제기들이 가지 런히 놓여 있었다. 그리고 바로 그 아래 방바닥 한가운데에 탄탄한 방공호가 아가리를 벌리고 있었다. 방공호는 한국의 봉분만큼이나 큰 덩치의 찰흙더미로 단단히 뚜껑을 한 요새였다. 야전삽 끝이 탁탁 튀는 질 좋은 찰흙이었다. 옳거니, 이래서 155밀리나 105밀리로 밤 낮 지져대도 움쩍도 않고 견뎠구만."

"와, 지독한 친구들이야. 이쯤 해 놨으니 견디었지."

중대장이 입을 딱 벌렸다.

"혼 꼬방 여 따이런 라이 라이.(쏘지 않을 테니 손들고 나와)"

하이 중사가 가르쳐 준 월남말대로 병사들은 벙커의 아가리에다 대고 소리를 질러댔다. 소리는 항아리 속에서처럼 와앙 울리면서 아 래로 내려갔다.

"져요이, 등 방. (아이고, 쏘지 말아요)"

젖가슴이 늘어진 아낙네들, 눈곱이 다닥다닥한 할머니와 비쩍 마 른 조무라기들이 손을 들고 비실비실 기어 나왔다. 동네 한가운데 있 는 벽돌집 마당에다 몰아 놓고 하이가 다짐을 받았다.

"비씨 코?(비씨 있어?)"

"험 꺼!(없소)"

"자, 시간이 없다. 앞마을로 나가야 한다."

중대장이 재촉했다. 일행이 돌아서려고 하는데, 할머니 곁에서 가슴께를 긁적이던 꼬마 놈이 냅다 소리를 질렀다.

"조 또이 앙!(먹을 것 좀 주세요)"

"조 또이 삽삽."

할머니도 쪼글쪼글한 손을 벌렸다.

"점심 때 먹을 C레이션 좀 줘라."

재민이 말하자 천 하사가 짊어지고 있던 배낭에서 레이션 깡통을 꺼내 아이들에게 건넸다. 아이들은 벌떼처럼 덤비고 병력들은 서둘러서 마을을 빠져 나갔다. 들판을 조금 지나서였다. 벼 벤 자리가 울퉁불퉁하게 솟아올라 조금 편편한 곳만 골라 디디고 있는 재민에게 무전병 성길이가 말했다.

"보좌관님, 저거 좀 보세요."

그는 방금 지나온 마을을 손가락질하고 있었다.

"……?"

지붕 위로 올라간 농부가 벼를 널고 있는 중이었다. 멍석을 널찍이 펴놓고 느린 동작으로 벼를 서서히 흩뜨려 말리고 있었다. 푸카트산 산머리로 쑥 솟아오른 신선한 햇볕이 그의 등짝에서 낭실낭실 흔들리고, 벼들은 그의 발밑에서 옅은 안개를 뿜어내고 있었다. 새벽부터 후려대던 포탄, 마을가의 무성한 바나나 잎사귀가 거의 다 떨어지도록 갈겨대던 기관총 탄환, 성급한 외국 군인들의 군화목들이 마을을 다 빠져나가기도 전에 농부는 벼를 널고 있는 것이었다. 그것도 아주 유유히 그리고 도보하게. 그건 보는 편의 기를 팍 죽이는 짓거리였다.

"하이, 도대체 이 사람들은 포탄이 떨어지는 이 곳에 왜 붙어 있는가. 그리고 저런 짓거리…… 유탄이 날고 있는 이런 곳에서…… 저따위 행동을 하는 것은 삶 자체를 너무 하찮게 생각하는 행동이 아닌가?"

"농민들을 이곳에 비끄러매고 있는 힘에 대해선 나도 잘 모르겠다. 쭉 사이공에만 있었으니까."

그는 묵묵히 논두렁만 쳐다보면서 띄엄띄엄 말을 이었다.

"다만 저런 모습은 아마 지쳐서일 게다. 포탄과 총소리야 프랑스군 시절부터 익숙히 들어온 터이고 외국 군인도 당신네들 말고도 프랑스군 일본군 미군……."

작전 지역 최후미인 94고지에서 6중대의 랜딩이 시도되고 있었다. 퀴논 129 미군 헬기 중대에서 장비지원을 하고 미 101공수여단 차출 병력이 랜딩존(착륙지점)을 설치하는 데까지만 지원하게 돼 있었다. C&C쉽(지휘관용 헬기)은 헬기 중대장이 직접 몰고 2만 천분의 1 지도를 든 한국군 대대 S3와 미군 연락장교를 태우고 있었다. 1번기가 94고지 정상을 향해 기수를 숙이자 양쪽에서 엄호하고 따라오던 건쉽 2대가 곤두박질을 하며 먼저 내려 갔다. 4정의 7.62밀리 기관총이 입을 열자 측면에서 연달아 캐리버50이 맹렬하게 흔들어댔다. 까맣게 솟아오르는 화염 속을 향해 건쉽들은 으르렁대며 오르내렸다. 아침 하늘을 무시무시하게 잡아 찢으며 내달리는 그 건쉽들은 이를테면 불을 달고 하늘을 나는 아폴로의 불수레였다. 고지 아래에서는 비씨들의 30밀리 기관총인 듯싶은 몇 발의 연속음과 AK47들의 소리가 얼마간 울리다가 2번기가 고개를 숙일 때쯤에는 제풀에 잠잠해지고 말았다. 건쉽들이 계속 산허리를 지지고 불태우는 동안 헬기 속에서 한오리의 레펠이 내려갔다. 레펠은 서서히 땅에 닿는가 싶더니 M16을 거머쥔 패스 파인더(선발대)조가 빠른 동작으로 줄을 타고 내려갔다. 까만 베레모를 쓰고 눈에 착 붙는 레이벤을 낀 특전대원들이었다. 정글복은 아주 몸에 착 달라붙어 그들의 완강한 상체가 잘 드러나 있었다. 군복 깃에 붙은 계급장은 다 같은 소위였다. 그들이 레펠을 흔들자 헬기 위에서 다시 중위 둘이 씩 웃으며 내려왔다. 폭약을 안고 있는 공병 폭파조였다. 그들은 눈 깜박할 사이에 줄을 타고 내려와 바위와 장애물 사이에 떡밥을 붙였다. 폭파장치를 완료하고 청색 스모그를 피우자 1번기가 와서 그들을 가볍게 낚아채 갔다. 헬기 위에 7명씩 분승되어 지상에서 벌어지는 정교한 쇼를 구경하고 있던 6중대원들은 한 마디씩 뱉었다.

"새끼들, 장교 계급장 달만 하고 만."

"양키들도 동작이 빠른 놈은 상당히 빠르단 말야."

"멋있는 쎄이들."

이어 요란한 폭음이 나고 고지 상단부는 대머리처럼 홀러덩 까지고 금세 그럴 듯한 헬리포트가 생겼다. 드디어 공중에 떠있던 6중대 병력들이 고지 정상으로부터 쏟아져 내리기 시작했다.

"어어, 저 개놈으 새끼들잇!"

중대장은 꺾어지는 기수 쪽을 바라보면서 외마딧 소리를 지르고 있었다. 짝 벌린 날개의 양편에서 삐각삐각 불꽃이 일고 캐리버50의 기총소사가 시작된 것이다. 허지만 먼지를 일구면서 떨어지는 착탄지점은 마을가에 붙어 있는 우군의 어깨 위였다.

"혜산진, 혜산진. 미군 폭격 즉각 중단하라. 오폭이다. 오폭이야.

우릴 때리고 있어. 우리 아이들을 때리고 있다고."

하지만 이미 2번기도 같은 각도에서 대가리를 꼬나박기 시작했다.

중대장은 숫제 눈을 가렸다.

"아이고 맙소사. 혜산진, 미군 FAC(전방항공통제관) 나와 있는가?"

"알았다. 지금 얘기중이다. 즉각 중지시키겠다."

오후.

다이안 강 지유가 어지럽게 싸고도는 찬딘 마을 어귀에서 중대는 돈좌되고 있었다. 마을을 싸고도는 대나무 숲 밑둥걸 사이에 교묘하게 구축해 놓은 개인호 속에서 비씨들은 완강하게 저항하고 있었다. 우군 피해를 줄이기 위해 포격을 할까도 생각해 봤지만 한 소위의 판단으로는 이미 우군과의 거리가 너무 접근해 있어 포탄 사용은 불가능했다. 무전을 받던 중대장이 미군들이 에어스트라이크를 해주기로 했다면서 미소를 보내왔다. 대대에 나와 있는 미군 FAC대위가 선심을 쓴 모양이었다. 이윽고 퀴논 쪽에서 날아 온 주둥이가 뾰족한 썬더취프기 2대가 마을 상공을 휙 한 바퀴 돌고 나서는 알았다는 듯 날개를 한번 흔들어 보이고 기수를 숙인 결과가 이따위로 된 것이었다.

2번기의 오폭으로 1소대의 선두 분대가 산산조각이 났다. 전사 2명, 부상 3명, 우군이 엉뚱한 오폭으로 우왕좌왕하는 사이 비씨들은 마을 뒤쪽으로 날쌔게 사라지고 말았다.

"양키 새끼들 하는 짓이라니 ……

헬리콥터에 전사자와 부상병이 실리는 걸 지켜보며 중대장은 논바닥에다 침을 탁 뱉었다. 그의 얼굴은 한나절 사이에 팍 늙어버린 중늙은이의 모습을 하고 있었다. 철모 밑으로 흐르는 땀을 씻을 때 그의 눈 밑에 돋아난 기미가 보였다.

"마을을 샅샅이 뒤져라."

불붙은 마을 끝의 초가 때문에 해안 쪽에서 불어오는 바람을 타고 매캐한 연기가 온 마을을 뒤덮었다. 똥개들은 여전히 짖어대고 아이들은 울부짖었다. 소위가 초가들 사이로 꼬불탕거리며 뒤틀어지는 사잇길을 지나칠 때 뜰이 넓은 초가 안에서 까부러지는 듯한 아이들의 울음 소리가 터져 나왔다. 울 안으로 들어서자 그 소리는 변성되지 않은 소년 합창단의 발성연습처럼 심한 불협화음으로 그의 귀청을 때렸다. 집안은 몹시 어두웠다. 한참만에야 눈에 들어 온 것은 누워 있는 여인과 그 위에 달라붙어 울고 있는 아이들이었다. 여인은 유탄에 맞아 공교롭게도 양쪽 다리에서 피를 흘리고 있었다. 대퇴부의 관통상이었다. 움쩍도 못하고 비지땀을 흘리면서 입술만 달달 떨고 있었다. 젖먹이는 그때까지도 여인의 시든 젖꼭지를 비틀어 쥐고 있었다. 그 옆에서 악을 쓰고 있는 고만고만한 것들이 자그만치 여섯, 거의 연년생 같은 그것들이 제일 큰 놈은 열살 안팎의 사내, 여인은 의식이 없었다.

"위생병을 불러 와."

천 하사가 뛰어 나가자 아이들은 또 왕머구리 떼처럼 울어재꼈다. 방구석엔 푸다만 밥솥과 흩어진 사기그릇, 기다란 젓가락 짝들이 마구 흩어져 나뒹굴고 구석에 나무 침대 하나가 벽에 붙어 있었다.

"양쪽 다 대퇴부 관통이예요."

위생병은 피 때문에 떡이 되어 붙어 있는 바지를 가위로 잘라내며 말했다.

"중상인가?"

"엑스레이를 찍어 봐야 알겠죠. 우선 지혈을 시키고 소독이나 하는 수밖에는 할 일이 없어요."

"아까 우리 부상자 실을 때 같이 보냈어야 하는 건데."

재민과 천하사가 대퇴부에 압박붕대를 조일 때 여인의 사타구니에서 역한 냄새가 피어올랐다.

"화농하지 않게 항생제라도 놔 줘야 하는 거 아냐?"

"네. 우선 몇 대 찔러 줘야죠."

아이들 울음소리 때문에 그곳에서는 더 견딜 재간이 없었다. 토방을 내려서는데 퀴논 쪽에서부터 노을이 물결처럼 번져오고 있었다. 파초담 밑에는 키 작은 열대꽃들이 선명한 핏빛깔로 나부끼고 있었다.

그날 밤은 그 마을에서 숙영하기로 했다. 장교들은 낮에 시달린 탓에 초저녁엔 몇 번 팔뚝에 모기약을 바르는 듯하더니 월남인들의 침대 위에 그대로 나가 떨어져 정신없이 코를 골았다. 하이는 눈을 못붙이고 있었다.

"하이, 잠 안 오면 나하고 이야기나 할까. 모기 약 가지고 뜰로 나가자."

보초는 샌드백 대신 배낭이랑 레이션 박스를 싸놓고 어둠 속에다 총구를 겨누고 있었다. 밤하늘을 가르며 한 떼의 스카이레이더들이 1번 공로를 따라 안온 군청 쪽으로 달려갔다. 19번 도로의 빈케쪽에서 예광탄이 오르고 대공기관포의 연속음이 비행기의 후음을 쫓고 있었다. 푸카트산 밑에서도 LMG의 속사음이 검은 하늘 쪽을 쑤셔대는 중이었다. 아침에 랜딩한 6중대의 소리일 것이다. 하이는 습관처럼 담배를 찾았다.

"좀 참았다 들어가서 피워라. 저격수가 있을지도 모르니까."

재민이 모기약을 바르면서 말했다.

"저 마을 끝의 아이들 엄마는 어찌 될 건지 원."

재민이 중얼거리자 하이는 심드렁하게 받았다.

"고통 받다가 죽겠지."

"참으로 알 수 없는 전쟁이다. 이놈의 전쟁은 왜 죄 없는 부녀자들까지 저렇게 끌고 들어가는 건지."

"그래서 난 애당초 이 전쟁을 반대해 온 사람이다. 소위, 실은 난 기피자였어. 아버지 빽으로 사이공에서 기피하다가 집안이 망하는 바람에 통역으로 들어온 거야. 그래도 전투요원이 아니라는 데 난 의미를 두고 있어."

"아니, 기피를 하다니, 우리 한국에서 같으면 곧장 감옥행이야."

"여기선 돈만 있으면 기피야 얼마든지 할 수 있는 거고…… 원래 전쟁이란 명분이 있어야 되는 게 아닌가."

"그럼 이 전쟁은 명분이 없단 말인가?"

"물론이지. 이 전쟁의 성격을 한마디로 표현하면 부패와 증오의 대결일 뿐이야. 사이공의 한 줌밖에 안 되는 장군과 의사와 지주와 거상들, 그리고 그들에게 빼앗겼거나 당했거나 아니면 당했다고 생각하는 불평분자들이 밀림으로 들어가서 지금 맞붙고 있는 중이야. 푹푹 썩는 돗자리 속에 묻어둔 황금을 지키려는 자들과 아무거나 푹푹 쑤셔야 속이 시원한 하얗게 독이 오른 치들의 싸움…… 말하자면 그런 종류의 명분 없는 싸움이지, 그 북새통에 죽어나는 건 죄 없는 사람들뿐이야. 저 초가에서 다리가 썩어가고 있는 애엄마도 그 중에 하나일 뿐이지. 그들은 도망 다니다가 공연히 붙잡히고 의심받고 골방에 끌려가 고문받고……

하이 중사는 자기 목소리가 너무 격했다고 생각했는지 어둠 쪽을 향해 잠시 숨을 들이쉬고 있었다.

"소위는 사이공쪽의 델타 지역을 날아본 적이 있는가?"

"아직 못 가 봤다."

"언제 기회가 있으면 눈 여겨 봐라. 우리 월남에는 불란서 놈들이 그처럼 놓기 싫어하던 아시아의 곡창 남부 메콩델타와 또 북쪽엔 통킹평야가 있다. 그래서 어떤 이는 우리나라를 통간(얼러매는 대나무) 끝에 달아 논 두 개의 쌀자루라고 말했다. 하지만 지금은 이놈의 전쟁 때문에 죽음과 눈물밖에 없는 땅으로 변했다. 어딜 가나 화약 냄새와 송장 썩는 냄새다.

"모든 게 전쟁 탓이다. 전쟁은 어디서나 거의 같은 모습으로 잔인한 거니까. 우리나라도 동란 중에 남쪽의 큰 산 밑에서는 죄 없는 양민이 떼죽음을 당한 일이 있었다. 마을 전체가 집단적으로 죽음을 당한 일이 허다했지."

"그런 고통의 역사를 같이 맛본 한국군들이 왜 때때로 우리와 아주 먼 곳에 있는 사람들처럼 으스대는가? 같은 아시아인이라기보다는 양키의 친동생처럼 말이야. 너희들은 마구 거드럭거리면서 때때로 우릴 멸시하기까지 한다. 마치 우리를 문화도 없는 야만인 대하듯 말이야."

"무지한탓이지."

"소위, 기회가 오면 후에(Hue:順化)에 꼭 가 보라고 권하고 싶다.

그 아름다운 성곽, 누각과 왕릉과 강변에서 위대한 베트남의 영광을 봐두라고 하고 싶어. 사실 사이공은 우리 것이 아니다. 식민주의자들이 만들어 논 모조보석에 지나지 않지. 저 고원도시 다라트도 소개하고 싶다. 그 테니스코트나 골프장, 호화로운 별장 말고, 안개 짙은 호수와 폭포와 그 산록에 자연처럼 순화되어 사는 고산족을 보라는 뜻이다"

하이가 담배를 피고 싶어 몸을 뒤트는 걸 보고 재민은 안으로 들어가 커피와 철모를 들고 나왔다.

"자, 여기다 숨겨가지고 조심해서 피워라. 오늘밤에 잠자기는 다 글렀다."

팔뚝에 바른 모기약 냄새가 하이의 담뱃대와 섞여 역스럽게 몰려다녔다.

모기는 주로 소위 쪽으로 달라붙는 편이었다. 깊이 담배를 들이마신 하이는 아편장이같이 황홀한 목소리로 입을 열었다.

"아, 그 여자가 보고 싶다. 한 잔 하고도 싶고."

"그 여자라니, 퀴논으로 나간 마이여인 말인가?"

"천만에, 그런 불쌍한 여자가 아니다. 아주 화려한 여자다."

"어디 있나?"

"사이공에."

"애인?"

"그래. 베트남어로 연인은 '응 어이 예우' 또는 '반 가이'라고 한다. 그 여잔 술도 퍽 셌지. 실은 난 술을 그 여자에게 배웠다구."

"미인인가, 대학생인가, 어떻게 알았는데?"

재민은 갑자기 호기심이 발동하는지 계속 캐물었다.

"대학은 안 갔어. 집안 사정 때문에. 하지만, 대단히 복잡하고 근사한 여자야. 우리말로 꼬(예쁘다) 독끄럼(멋지다) 또는 뙤이유(미려하다)라는 말을 몽땅 합쳐놓은 요정 같은 여자야. 대학이 휴교하는 동안 영어 공부나 해 둘까 해서 외국어 학원에 다닐 때 만났어. 그 학원에는 미군부대에 취직하려고 기를 쓰고 영어를 배우는 여학생들이 꽤 많았는데 아포린느는 그중에서 아주 뛰어났었어."

"아포린느라니. 그 여자 이름인가?"

"카톨릭이었으니까. 세례명이지. 마리퀴리라고 불란서 정부에서 직영하는 여학교의 학생이었지."

"아니, 학교 이름이 마리퀴리란 말인가. 그 노벨상 탄 여자?"

재민이 흥미있게 물었다.

"그래, 내가 다닌 고등학교는 장 자크 루소 고등학교였어. 이름들이 웃기지. 불란서 교사진들이 직접 가르치는 학교였어.

"그럼 강의도 순 불어로 하나?"

"대부분이 그렇지. 베트남어나 국사시간을 빼놓고는. 베트남어 시간은 1주에 4시간뿐이야. 사이공대학도 문과대는 1955년에, 자연계는 1961년에야 베트남어로 강의가 시작됐다구. 불과 4년 전이야."

"그러니까 아주 귀족 학교로구먼."

"그런 셈이지. 어쨌든 요즘 뭔가 이상한 예감이 날 괴롭히고 있어. 벌써 반년이 넘도록 못 만났지. 편지조차도 없고. 투덕 보병학교에서 훈련 받을 때 한 번 면회 오곤 끝이야. 우린 삼 년 동안이나 끈질기게 사랑했었는데."

하이가 들고 있는 철모 안에서 담뱃불이 빠른 속도로 타 들어가고 있었다. 아릿한 팔말 냄새가 코끝에 와 닿았다.

퀴논으로 나가던 날. 람브레타 안에서 들판 쪽을 우두커니 내다보고 앉았던 마이의 정갈한 얼굴이랑 커다란 눈망울이 떠올랐다. 그 여자의 출렁이던 머리칼은 윤이 나고 검었다. 허지만 그 여자는 늪 같고 안개 같다. 그림자처럼 등 뒤에 끌고 다니는 그 여자의 우수가 그의 발목을 슬그머니 잡아 저 어둠 속으로 볼모처럼 끌고 갈 것만 같다. 그 여인의 슬픔과 억울함 때문에 끝내는 오지 같은 어디론가로 끌려가고 말 것이다. 재민은 추위를 타는 사람처럼 약간 떨었다. 아아, 차라리 지숙이를 생각하자. 나의 지숙이를.

두 사람이 밟는 자갈과 침목 위에는 낮의 지열이 그대로 남아 있었다. 지숙이는 레일 위로 올라서서 위태롭게 몇 자국을 떼다가 소릴 질렀다.

"제 손 좀 잡아 주세요."

재민이 지숙의 손을 잡은 게 그때가 처음이었을 것이다. 지숙이의 손바닥은 자그마한 새끼 오징어 같았다. 식장산 쪽을 향해 완만하게 구부러진 철길을 따라 두 사람은 계속 걸었다. 지숙이는 레일 위에서 재민은 침목을 건너 뛰면서.

"아이 재미있어."

지숙이는 끝이 떨리는 목소리로 말했다. 이미 두 사람의 그러쥔 손바닥 사이엔 끈끈한 타액 같은 땀이 고이고 있었다.

"이대로 끝없이 가버렸으면……

지숙이 한숨처럼 말하고 재민은 억지로 부드럽게 말을 이었다.

"우리가 있는 3차원의 어느 구석에는 4차원으로 슬그머니 빠져버리는 구멍이 있다는 거야. 재수 있으면 우리가 그런 4차원의 터널 입구를 발견할지도 몰라. 영원히 증발해 버릴 수 있는."

둘이서 철둑길을 내려서서 실개천을 건널 때까지 계속 손을 맞잡고 있었다. 포도가 열리기 시작하는 과수원 옆 철조망 가에서 재민은 지숙을 안았다. 처음 그의 가슴에 부딪친 것은 지숙이의 엷은 흰색 블라우스 속에 감춰진 융기 부위였고 입술은 부드럽게 젖어 있었다. 포도잎사귀들이 조용히 흔들리고 달빛이 너무 밝아 두 사람은 황급히 떨어지고 말았다. 지숙이는 조금 뛰는 것 같이 앞서 가고 재민은 문득 포도밭의 철조망을 그러쥐고 있었다. 그는 마음속으로만 부르짖고 있었다. '너를 결코 놓치지 않겠다.'

두 사람이 과수원이 내려다보이는 야산을 오르고 있을 때 그 포도밭 끝에 붙어 있는 초등학교에서 갑자기 노랫소리가 들려오기 시작했다. 달빛이 눈부시게 밝았지만 사람은 보이지 않고 굵고 느린 바리톤 소리가 운동장을 가로질러 포도밭쪽으로 흘러가고 있었다. 소리는 게으른 손놀림처럼 느릿느릿하게 여름밤의 적막을 흔들고 있었다. 숙직하다 심심해진 젊은 선생 같았다.

…… 오늘밤도 지났네. 보리수 곁으로/캄캄한 어둠 속에 눈감아 보았네./가지는 흔들려서 말하는 것 같이/그대여, 여기 와서 안식을 찾아라 ……

"아주 좋은 목소리네요."

도토리나무인지 참나무인지 잎이 적은 나무 밑에 자리를 잡았을 때, 지숙은 운동장의 그 노랫소리에 대해 말하고 있었다. 재민은 지숙을 뜨겁게 껴안았다. 지숙도 그의 어깨를 힘껏 마주 안았다. 길고 황홀한 입맞춤이었다. 밝은 달빛이 하얗게 나뭇잎 사이에서 웃고 있었다. 나무 그늘 때문에 지숙이의 얼굴은 얼룩이 졌지만 흰 블라우스는 눈처럼 빛나고 있었다. 재민은 성급하게 서둘러서 그녀의 블라우스 단추를 따고 있었다. 몇 번째 단춧지 툭 실밥 터지는 소리를 내면서 떨어져 나갔다. 지숙은 그냥 눈을 감고 있었다. 지숙이의 흰 젖무덤 사이에서 아기 속살 같은 살내음이 피어오르고 있었다. 재민이 그 젖무덤 사이에 얼굴을 묻을 때 달빛도 그 융기 사이에서 어지럽게 흔들리고 있었다.

"이렇게 행복할 때 왜 갑자기 죽음 같은 게 생각날까? 이대로 흐르지 않는 죽음의 늪으로 가라앉았으면 좋겠다."

"왜 그런 생각을…… 사랑해요 재민씨."

지숙은 그의 머리칼을 움켜쥐고 울고 있었다. 달빛이 그녀의 눈물방울을 따라 또르르 풀잎 위로 구르고 있었다.

D+1 일의 클라이막스는 롱하우 마을에서였다.

AK자동소총과 CAR이 반반쯤으로 상당한 저항을 받고 들어간 그 마을의 집집에서는 허연 수염을 날리는 호치민(한국군들은 그때 그를 호지명이라고 한자식으로 불렀다)의 사진과 별과 청록의 베트콩 깃발들이 쏟아져 나왔다. 하지만 어느 누가 베트콩인지를 골라내는 건 애당초 불가능한 일이었다. 분명히 총격전 끝에 점령한 마을인데 집에서 끌려 나온 사내들의 손에는 쇠꼬챙이 하나 들린 게 없었다.

"자, 시간도 없고 우리 재주로는 골라낼 수도 없으니 군청으로 일단 후송하겠다. 하이 말하라. 남자들은 일단 군청까지 데려 가겠다고. 거기 노인네들하고 꼬마들은 들어가도 좋다."

중대장 장자업 대위가 엄숙하게 잘라 말했다. 남자들은 웅성거리며 눈끝을 모로 세웠다. 그중에 유난히 동작이 날렵한 사내가 앞으로 나섰다.

"우린 선량한 농민들이다. 비씨는 하나도 없다."

"당신들과 논쟁할 시간이 없다. 우린 철수해야 하기 때문이다. 일단 군청까지 가서 죄 없는 사람은 풀려날 것이다."

그때 경쾌한 날개 소리와 함께 헬리콥터가 날아오고 있었다. 점심용 레이션과 식수를 싣고 오는 중이었다. 재민이 중대장에게 말했다.

"중대장님, 상황은 일단 끝난 거죠?"

"그렇지. 이제 점심 먹고 철수만 하면 되니까."

"어제 있던 찬딘 마을 좀 다녀와야겠는데요."

"아니 왜?"

"그 부상당한 여자 말예요. 놔두면 죽을 겁니다. 저 헬기편으로 후송시켜 봐야겠어요. 어쩌면 이미 죽었을지도 모르지만요."

"쟤들이 말을 들을까?"

그는 날아오는 헬기 쪽을 바라보면서 말했다.

"한번 말해 보죠.'"

논 가운데 앉은 헬기의 조종사는 면도를 말끔히 한 대위였다. 날개 소리 때문에 소리가 안 들리자 그는 헤드셋을 벗고 윈드씰 밖으로 고갤 내밀었다.

"저기 들 건너 마을이요. 잠깐이면 돼요."

"월남 민간인인가?"

"애엄마요. 애가 여섯이나 됩니다. 그냥 놔두면 죽습니다."

"하지만 우리 임무는 당신들 중식을 날라다 주는 것뿐이다."

그는 부조종사인 준위와 뭐라고 쑤군대더니 윈드씰을 탁 닫고 조종간을 잡았다.

"개새끼!"

소위는 솟아오르는 헬기에다 대고 침을 뱉았다.

"저기 오는 2번기에다 부탁해 보자."

하이가 손가락질했다. 두번째의 덥석부리 중위는 싱겁게 고개를 끄덕였다.

"우리 병원에서 받아 주려나 모르겠는데, 안 되면 내가 아는 간호 장교에게 맡기겠다."

그는 간호장교라는 말을 하곤 눈을 찡그려 윙크를 했다.

"야, 위생병 같이 가보자."

헬기에 마주 앉은 하이는 하얗게 웃고 위생병은 구급낭을 손바닥으로 토닥거렸다.

"빨리 갔다 와."

밑에서 중대장이 외쳤다.

찬딘 마을 앞에서는 개울 때문에 몇 번인가 자리를 보다가 겨우 마을 끝에 내려앉았다. 대나무 숲 사이로 난 골목길을 달릴 때 세 사람의 발자국 소리가 유난히 가슴을 울렸다. 그 집 안에 다다르자 아이들은 여전히 울고 있었다. 소위가 들고 온 레이션 박스를 아이들 앞에 내 놓자 놈들은 울음을 그치며 그것을 움켜잡느라고 정신이 없었다. 여인은 끙하는 외마디 소리를 내며 몸을 모로 틀었다.

"살아 있었구나."

재민이 소리쳤다. 여인은 비지땀까지 말라버린 상태였지만 눈까풀을 조금 들었다 놨다. 위생병은 구급낭을 만지려다가 그냥 여인의 상체를 잡았다.

"빨리 옮기는 게 좋겠어요."

소위와 하이가 상체를 잡고 위생병은 다리를 든 채 마을을 빠져 나왔다. 논가에서 아직도 맹렬하게 날개를 돌리고 있던 헬기에서 사수가 뛰어 내려와 그들을 도왔다. 다시 롱하우로 돌아와 소위 일행이 내릴 때 덥석부리 중위는 또 한 번 창문 밖으로 윙크를 보냈다. 헬기가 뜰 때, 재민은 손으로 나팔을 만들고 외쳤다.

"땡스 소 머치, 프렌드!"

그는 그 덥석부리를 친구라고 불러주었다.

"자, 출발이다."

중대장이 소리치자 맨발의 사내들은 이를 악물면서 잔뜩 부어오른 얼굴로 한국군들을 노려 봤다.

"헤이, 무브 무브."

병사들이 총 끝으로 건드리자 그들은 서서히 움직이기 시작했다. 끓는 들판을 쳐다보며 앙상한 종아리로 논바닥 위를 걷기 시작했다. 햇볕이 논바닥의 물기를 이미 빨아들일 대로 빨아들인 뒤라 걸을 때마다 한국군들의 워커 끝에선 먼지가 일었다. 그들은 맨발임에도 일단 걷기를 시작하자 한국군보다 훨씬 빠른 속도를 냈다. 가시 돋은 선인장과 억새풀 사이를 맨발로 끄떡없이 내닫고 있었다. 어쩌다 헬리콥터를 타고 들판을 내려다보면 아예 비씨지역이거나 자유월남지역인 곳은 들판의 색깔이 융단처럼 푸르고 농부의 손이 간 것을 한눈에 알 수 있다. 하지만 이편도 저편도 아닌 포탄만이 지배하는 들판은 주검 같은 잿빛이었다. 일행은 햇빛 때문에 지쳐서 조금 흐느적거리며 그런 회색의 들판을 지나치는 중이었다.

"아니, 저 할망구는 뭐야. 처음부터 따라오고 있었잖아?"

8km 실히 걸었음직했을 때 중대장이 뒤를 돌아다보고 외쳤다. 떨어진 검은 농민복에 맨발의 초라한 노파가 부침개처럼 넓적한 쌀떡 '반짱'으로 연신 햇빛을 가리면서 허우적허우적 행렬의 뒤를 따라붙고 있었다. 주름진 볼 위랑 짓무른 눈꼬리 사이로 땀방울이 엉망으로 질척이고 있었다.

"하이, 왜 따라오나. 물어 봐라."

소위와 하이가 다가가자 노파는 멈칫 서서 두려운 눈초리로 몸을 사렸다.

"따이 싸오 바 디 태오?(할머니 왜 따라오는 거요')"

"음, 음. "

할머니는 수줍게 머뭇거렸다.

"노이(말하세요)."

"내 아들놈이 저기 있어요. 걘 베트콩이 아니에요. 황달이 걸려 요즘 누워 있었는데 아침도 못 먹었어요. 이따가 이것 좀 먹이려고."

노파는 햇빛 아래 종잇장처럼 얇아빠진 쌀떡을 들어 보였다.

"아드님이 정말 아픕니까? 비씨가 아니에요?"

"야, 하이, 하이(그럼요. 그럼요.)"

아직 소년티가 가시지 않은 그 젊은이는 정말 얼굴색이 노랗게 떠 있었다. 이마엔 남들보다 배나 되는 땀을 흘리고 있었다.

"뭘 주려고 했다고요?"

"군청에 가면 이걸 좀 먹이려고……

그 쌀떡은 마분지처럼 우툴거리고 햇빛이 훤히 비칠 만큼 얇아빠진 것이었다. 도무지 음식 같지 않은 그것을 노파는 아직도 소중히 들고 있었다.

"하이, 군청에 가면 이 친구들은 어떻게 되나?"

"대부분 월남군 MIG로 후송되지."

"거기 가면."

"뭐 뻔하지. 난 베트콩 심문실을 구경한 적이 있다. 그 야전천막 속에 숨겨 둔 몸둥이와 물 주전자 그리고 야전 전화선이 무얼 하는 건지는 소위도 알겠지."

"하지만, 월남군은 부드러운 심리전을 쓰고 있지 않나?"

"월남군의 심리전에 추호히(환영)계획이라고 귀순자를 위한 프로젝트가 있다. 하지만 이런 친구들은 귀순자가 아니고 포로 신분이니까, 풍 호앙(봉황)계획, 즉 베트콩의 색출엄단이라는 적극적 프로젝트의 대상들이다."

중대장은 잠시 노파 쪽을 쳐다보다가 고개를 돌렸다.

"하이 중사, 아들은 데리고 가라고 말하게."

아들이 노파 쪽으로 가자 노파는 중대장 쪽에다 대고 깜언옹을 수 없이 뇌면서 허리도 구부리고 손도 합장했다. 늙은 어머니가 아들 손을 거머쥐자 누가 누구에게 의지하는 건지 모르게 서로의 어깨를 맞댄 채 둘이는 들판을 걸어갔다.

바다 쪽에서 한 줄기의 바람이 불어오자

중대장은 들 쪽을 바라보며 말했다.

"할망구랑 이 해안 풍경이 꼭 고향땅을 생각나게 한단 말이야. 허참."

"중대장님은 고향이 남쪽 바다쪽이시죠?"

"전남 고흥쪽이야."

"반도 아니에요?"

"그렇지. 소록도가 저쪽 퀴논 반도처럼 바라다 뵈는 곳이야…… 에이, 할망구…… "

중대장은 월남 노파가 사라져 가는 모습을 다시 한 번 지켜봤다.

1966년 1월 사이공 식물원에서 만났던 마이

사랑의 진주

　헬리콥터는 퀴논 해안가의 미군 제8HUS(헬리콥터) 중대의 착륙장에 내렸다.

　철조망 너머의 흰 모래톱과 짙푸른 바닷물 위로 마구 흩어져 내리는 햇빛이 어지러웠다. 재민은 가벼운 현기증을 누르면서 헬리콥터에서 내렸다. 뒤따라 내린 하이도 잠시 바다 쪽을 보면서 심호흡을 했다. 위병소를 빠져나올 때 미군 위병이 재민을 향해 기분 좋게 경례를 붙여주었다. 그들은 총신이 긴 M14를 들고 있었다. 하이는 걸을 때마다 군화 위로 하얗게 피어오르는 먼지를 보면서 이마를 찡그렸다.

"땅이 메마르군."

재민이 말했다.

"건기니까."

하이가 계속 찡그리며 대답했다.

위병소를 빠지자 바로 바라크 촌이었다. C레이션 박스와 맥주깡을 우그려 바른 벽, 그리고 루핑으로 씌운 지붕은 6.25의 판잣집 그대로였다. 좀 다른 게 있다면 문간에 알록달록한 비닐줄로 발처럼 드리운 게 있다는 것뿐이었다. 문간에 써 붙인 BEER나 BAR 등의 영자체는 아주 조잡한 솜씨였다. 바다 쪽에서 이따금씩 비린내가 풍겨왔다. 오른편 해안 쪽을 막아서고 있는 끝이 없는 철조망 사이사이에 〈접근금지〉, 〈통제구역〉등의 팻말들이 영자와 월남어로 걸려 있었다.

보안등과 망대로 보호된 철조망 안에 산더미 같은 타이어, 공병용 목재, 시멘트, 유류, 포장된 포탄들이 라트(LOT)단위로 묶여진 채 야적돼 있었다. 그 철조망을 나란히 바라보면서 해바라기처럼 일렬로 바라크들이 서 있었다. 구두를 닦는 미군 하사관, 대롱으로 콜라를 빨고 있는 검둥이, 맥주깡통 하나만을 앞에 놓고 바다 쪽을 하염없이 바라보고 있는 흰둥이, 그 중에서 제일 볼만한 것은 덩치 큰 미군 하사관이 구두를 닦으며 동시에 어깨에 마사지를 받는 장면이었다. 정글모를 쓴 꼬마 하나는 항공모함처럼 거대한 워커 앞에 무릎을 꿇고 손질을 하고, 팬티만 걸친 두 놈은 어깨쭉지 하나씩을 주무르고 있었다.

소위가 바라크 쪽을 바라보자 꼬마 놈들이 주둥이를 나불댔다.

"캄 온, 따이한, 남바 원 붐붐 부꾸 붐붐."

"띠띠 달라, 부꾸 붐붐(적은 돈으로 그것 많이)."

놈들의 여린 손가락 사이에 끼워진 꽁초들이 한결 같이 연기를 내고 있었다.

'……아서라. 놈들아. 키 안 클라.'

하이는 바다 쪽만 보면서 걷고 있었다.

"기분 내라. 오랜만의 외출인데."

재민이 말했다.

"알았어. 내 걱정은 말아."

재민은 포장도로가 시작되는 네거리에 서서 미군 PX가 어디쯤 있을지를 가늠해 보았다. 대대급 이상의 부대에는 어디든 다 있을 테고, 하지만 좀 한가한 곳이라면 좋겠는데…….

햇빛 때문에 종려나무가 축 쳐져 있었다. 그들 앞에 흑인병사가 모는 지프 한 대가 브레이크 소리를 내며 멎었다.

"루테넌, 어디까지 가시오?"

"PX를 찾고 있어."

"타세요. MACV(주월미군사 원조단)까지 가니까 거기 PX를 이용하시죠."

"고마워."

재민은 운전병 옆에, 하이는 뒤로 올라탔다. 지프가 해안을 따라 포장된 도로 위로 빠르게 달릴 때 바닷바람은 종려가지를 가볍게 흔들어댔다. 노란 성청(省聽) 건물의 샌드백 옆에서 월남 순경이 하품을 하고 있었다. 담장이 덮인 고급 주택가를 지나 시장 입구로 들어섰다. 자전거포, DP점, 레코드가게, 난전 끝의 닭장에서는 심한 닭똥 냄새와 더불어 놈들의 날갯짓 소리가 정신없이 시끄러웠다. 흑인 운전병이 한마디 했다.

"까땜. 딩크즈 스멜(에이 이놈의 월남놈들 냄새;딩크는 월남인을 얕잡아하는 말)."

일순 하이의 얼굴 근육이 뻣뻣해지다가 해안 쪽으로 슬그머니 고개를 돌려버렸다. 흑인병사가 핸들을 세차게 꺾는 바람에 하마터면 옆 골목에서 나오는 그린베레들(캄보디아, 라오스 쪽을 지키는 미 특수부대)의 지프와 정면으로 충돌할 뻔했다. 그쪽 지프의 큐브레이크가 정확하게 작동했기에 망정이지 피차 박살날 뻔한 순간이었다. 흑인병사가 어깨를 들썩하자 그린베레는 차갑게 일별하고 지나가 버렸다.

"저쪽 흰 건물이에요."

"고마워."

"월남군은 출입금지야."

미군 위병이 하이를 가로막았다. 하이는 위병소 건물에 남았다.

PX 안은 시원하게 에어컨이 돌아가고 있었다. 어딘가에 숨겨놓은 스피커에서 은은한 음악이 흘려 나오고 있었다. 바로크풍이었다. 누구의 곡이더라⋯⋯. 재민은 곧 그 음악을 생각해냈다. 비발디의 현음악. 비발디라니! 이 뜨겁고 지루한 나라에서.

마이라면 저런 음악은 좋아하지 않을 것이다. 그녀는 조금 더 어둡고 음울한 차이코프스키나 시벨리우스, 아니면 스메타나쪽일 것이다. 재민은 스프레이 식의 향수 하나를 골랐다. 형광등 불빛 때문에 볼펜처럼 생긴 병뚜껑의 도금 부분이 귀금속처럼 번쩍였다. 비닐봉지에 싸인 하얀 침대용 시트 하나와 팔말 두 케이스를 더 집어 들었다. 음악은 사계(四季)의 가을을 긁어대고 있었다. 낙엽 지는 가을을, 저 부분은 지숙이가 좋아하는 것이다. 언제나 저 곡을 들을 땐 코끝이 찡하다고 했어. 카운터의 월남 아가씨는 끝에 남은 몇 센트를 콘돔으로 가져가라고 했다.

"콘돔 말고는 없소?"

"음 그럼 추잉껌으로 하세요."

그녀는 별 시시한 놈 다 보겠다는 투로 빠르게 말했다.

해풍 때문에 망그로브와 빈랑수의 가지들은 바다 반대편 쪽으로 마구 흔들리고 있었다. 하꼿길의 아오자이 차림의 여학생들이 해안 길을 따라 웃으며 뛰어갔다. 햇빛 아래 아른거리는 얇은 곳사머(얇은 비단) 천 속에서 브래지어 끈이 신선하게 움직였다.

"저기 행길에 나가서 람브레타를 잡아 타고 가자."

"담배 하나는 네 것, 하나는 이모부님 드려."

시장 입구에서 북문 쪽으로 나가는 람브레타를 잡아탔다. 차가 털털거리며 로터리를 돌고 있었다.

"오랜만에 나오니까 기분이 이상하군."

햇빛이 먼지와 함께 범벅이 되고 있는 로터리의 녹지대쪽을 바라보며 하이가 말했다.

"저기야. 알미늄 샷시를 한 집."

"간판에 쓴 글자는?"

"지아롱 약방."

약방은 북문으로 빠지는 로터리 바로 옆에 있었다. 둘이 들어설 때 손님은 없었다. 여인은 진열대에 기대어 서서 멍하니 행길 쪽을 내다보고 있었다. 그녀는 난데없이 선글라스를 끼고 있었다. 엷은 스모그였다. 실내에서까지 끼고 있는 것이 좀 우스웠지만 금속테가 그녀를 사뭇 지적으로 윤색하고 있었다.

"오우, 짜오웅. 튜위(소위), 하이!"

그녀는 우선 반겨 주었다.

"나는 이제 약사가 다 됐다구요."

쾌활한 음성으로 그녀가 말했다.

"이모님은 계시죠?"

"안에 계세요."

하이의 이모님은 조금 뚱뚱하고 여유 있어 보이는 초로의 부인이었다. 아오자이가 아니고 보기 드문 원피스 차림이었다.

이모부는 흔들의자 위에서 자고 있었다. 피부는 까무잡잡하고 정강이가 아주 말라 있었다. 재민을 이모에게 인사시키는 동안 이모부도 깨어났다. 아주 빠른 월남어로 서로들 떠들어대더니 이모가 재민의 어깨 위에 손바닥을 얹어 쓸어 주었다. 아주 부드러운 손길이었다. 이모부는 재민과 악수할 때 불어로 말했다.

"비앙부뉘, 솔닷 꼬레엥. 메므시 보트로 따바꼬(어서 오시요. 한국 군인. 담배 고맙소.)"

"죄송합니다. 전 불어를 못해서요."

이층에 올라가서 셋이 됐을 때 소위는 PX에서 사온 물건을 마이에게 건넸다. 그녀는 물건을 받으면서 몹시 당황해했다.

"왜 이런 걸……."

"여자분이니까 향수하고 침대 시트요."

창문에서는 해안 통의 미군부대와 뉴질랜드 의무대가 한눈에 들어왔다. 하지만 바다는 건물들에 가려서 보이지 않았다.

이층의 방은 둘. 두 방 한가운데를 흰 커튼이 가르고 있었다. 기타가 벽에 걸려 있고 책장 옆에 덩치 큰 전축이 있었다.

"저 기타는 누구 거야?"

"내가 쓰던 거야. 가지고 다닐 수가 없어 여기다 뒀어. 이 방은 내가 쓰던 방인데 마이 씨 방은 그쪽인 모양이죠?"

"그쪽은 보지 마세요."

그녀가 웃으며 말했다. 두 방을 가르는 흰색 커튼 너머로 싱글 침대 하나가 탁자 옆에 얌전히 누워 있었다. 책장 위에 꽂혀 있는 책들은 주로 월남어 소설과 불어 소설류였다. 농촌작가 호 뷰 찬(Ho Bieu Chanh)의 소설, 조안국시, 증기엠마우, 증끼앤들의 소설이었다. 그녀는 그중 소설책 하나를 뽑아 들며 웃었다.

"제가 요즘 숙독한 소설이에요."

응엔 티 호앙(Nhuyen Thi Hoang) 여사의 작품이 아니오?"

하이가 말했다.

"그래요. 다라트의 쩡홍다오 고등학교의 국어선생이죠."

"그 여자, 자기 얘길 쓴 것 아니오?"

"하이 씨도 읽었어요?"

"연애 얘기니까, 제자 아이와 어린 여선생과의 이룰 수 없는 사랑의 이야기……."

마이는 하이 쪽을 향해 수줍게 웃고 있었다.

"이 책들은 하도 심심해서 헌 책방에서 사왔을 뿐예요."

그녀는 책장에서 비켜서며 화제를 바꿨다.

"저건 내가 이곳에 온 이후 제 주치의 노릇을 해온 거구요."

그녀는 좀 낡은 그 전축을 가리키며 말했다. 여기저기 긁힌 자국과 뿌연 먼지가 앉은 그 전축은 일제 니비코의 상표를 또렷이 달고 있었다.

"전에 이 집이 은성할 때 달라트에 있는 우리 외삼촌이 PX에서 사

보낸 거야. 이모님 내외도 그때는 음악을 즐겼으니까. 이젠 그런 즐
거운 것들 하고는 담을 쌓고 지내지만."

"이모님 내외는 늘 이렇게 조용하세요?"

"네, 하루 종일 거의 한마디도 안 하세요. 주일날 성당 가시는 것
외에는 꼼짝도 안 하시구요."

마이는 소위 쪽을 향해 설명을 하고 나서 발끝을 들고 계단을 내려
갔다.

"그분들은 말하자면 전쟁에게 모든 걸 빼앗기고 실어증에 걸린 분
들이지. 지금은 거의 알아볼 수도 없지만 이모님은 굉장한 미인이셨
다구. 이모부는 남불(南佛) 어디에선가 교육을 받고 젊어서는 알제리
에도 꽤 오래 계셨던 모양이야. 아들 둘만 낳고 단산할 만큼 진보적
인 분들이었지. 월남에서 자녀 둘로 단산한다는 건 거의 파격적인 용
단이야. 헌데 전쟁이 그 귀한 두 아들마저 앗아갔어. 맏아들은 파일
럿이었는데 반메투오트 시 교외에 있는 훈스구 비행장에서 이륙 직
전 공산군 로케트 포에 맞아 죽었고, 둘째는 굉장한 학구파라서 다라
트 육군사관학교 교관이 되어 베트남사 강의를 맡았었는데, 부근 바
오록에 있는 국립농과대학에도 출강했던 모양이야. 어느 날 바오록
에서 강의를 마치고 차를 타고 돌아오던 길에 베트콩이 묻어 논 지
뢰에 차와 함께 폭사해 버렸어. 아무튼 모든 게 그 모양이야. 뒤죽박
죽."

하이가 이모네집 사정을 이야기하는 동안 마이는 하얀 사기잔에다
녹차를 받쳐 들고 올라왔다. 조선백자의 표면처럼 질박한 면 위에 하
늘색으로 그려진 신선도가 고풍스러웠다. 찻잔 속의 녹차 밑에는 몇
개의 찌꺼기가 가라앉아 있었다.

"녹차는 정말 오랜만이군."

하이가 눈을 가늘게 뜨며 말했다.

"얼굴이 조금 좋아지셨습니다."

재민도 홀짝이며 여인에게 말을 건넸다. 마이는 볼에다 두 손바닥을 갖다 댔다. 그러고는 약간 부끄럽다는 표정이었다.

"우리 해안 쪽으로 나가 바람이나 쐽시다."

차를 다 마시자 재민이 말했다.

로터리 건너편의 극장은 입구가 지저분해 보였다. 병사와, 여인과, 꽃이 그려진 간판은 어쩐지 처량한 느낌이었다. 마이는 햇빛 아래에서 선글라스를 한번 건드리고 공연히 주위를 살폈다. 중국식 포목상이 즐비한 골목 입구에서 재민은 마이에게 말했다.

"실은 마이 씨 옷을 사고 싶은데 어떨지…… 바꿔 입을 옷도 없지요?"

"천만에요. 신경 쓰지 마세요. 옷은 다행히 이모님과 내가 비슷해서 얻어 입기로 했어요. 이 옷도 이모님 거예요."

그녀는 조금 단호하게 잘라 말했다.

화교촌이 시작되는 레코드 가게 앞에 사람들이 웅성웅성 모여 서 있었다. 재민도 어깨너머로 고개를 들여 밀었다. 머리를 짧게 깎은 GI가 길거리에 내놓은 스피커 옆에서 음악에 맞춰 춤을 추고 있었다. 문어다리처럼 흐믈거리는 쏘울이었다.

"요일람! 미써우(잘 한다, 미국놈)"

"른 미 메이 리엉 하(야, 미국놈 너 미쳤지?)"

"리 콩가이 콤(색씨한테 안 갈래?)"

"오카이 살램 살램.(담배나 던져)"

둘러선 꼬마들은 멋대로 떠들며 GI의 율동에 박자까지 맞춰 주었다. 벙거지를 눌러 쓴 꼬마가 재민을 보고 공중에다 동그라미를 그렸다. 저 친군 돌았어요. 갑자기 미군이 소릴 질렀다.

"아이 킬드 씩스티인 비씨, 유 씨? 아이 킬드 이븐 씩스티인?(난 비씨를 16명이나 죽였다구 새끼들아!)"

그는 수류탄을 던지는 시늉을 하면서 한길을 따라 달려 나갔다. 꼬마들은 그 뒤를 쫓아 와르르 달려갔다. 그는 이번엔 대검으로 찌르는 몸짓을 하며 번화가 쪽으로 내달았다. 셋은 걸음을 좀 빨리 했다. 화교학교가 있는 중국인 거리는 형편없이 지저분했다. 바둑무늬의 포장도로와 채색이 벗겨진 사당건물, 그을음이 올라 있는 커다란 구식 목조건물들이 이상하게 세 사람을 위축시켰다. 그들은 시가 동편에 있는 구석 건물들을 거의 다 빠져 나가서야 겨우 반반한 음식점을 찾아냈다.

"하이, 그리구 보니 우리 아침 이후엔 먹은 게 없군 그래."

"그래, 배가 고파오는군."

프랑스풍의 그 건물 위아래 층에서는 깔끔하게 차린 남녀들이 냅킨을 두르고 양식을 들고 있었다. 창문 밖으로 앞 건물 위에 걸려 있는 싱거미싱과 쉘 석유회사의 입간판이 커다랗게 내다보였다. 그 너머로는 바다였다.

"아니, 양식집이잖아?"

"위생적인 음식이라면 이런 곳 외에는 없을 거야."

재민은 야채와 스프를, 그녀는 스파게티를, 그리고 하이는 스테이크를 시켰다. 페퍼민트 색깔의 모낫콜라가 나왔다. 색깔이 고운 음료

수 잔을 입술에다 대며 마이가 말했다.

"이집 이름이〈미 쵸우〉예요."

"미 쵸우? …… 무슨 뜻인가요?"

"그 이름에 얽힌 전설이 있어요."

콜라가 묻은 그녀의 입술은 창문으로 스며든 햇빛을 받아 검은 윤기를 내고 있었다. 그녀는 그제야 색안경을 벗어 식탁 위에다 조심스럽게 올려놨다.

"우리 조상 비엣족의 전설의 왕조 뉴옹 봉 시절 ……."

그녀의 목소리는 착 가라앉아 있었다.

"…… 예쁜 공주가 있었더래요. 아주 선녀처럼 예쁜……. 하지만 운명의 어느 날 원수 같은 한(漢)족의 트루다가(家)의 왕자와 만나게 되었지요. 젊은 그들은 그만 정신없이 사랑에 빠지게 되지요. 사랑이란 원체 눈이 먼 게 아니겠어요?"

그녀는 잠시 여자답게 상냥하게 웃었다.

"야심에 찬 왕자는 정복의 꿈을 안고 뉴옹 봉 왕가의 기밀을 요구하지요. 공주는 사랑 때문에 국가를 팔았어요. 패전한 부왕은 격노하여 공주를 끌어냅니다…… 해변가로 끌어내어라…… 바닷물이 공주의 아름다운 옷을 적셨어요. 공주는 무릎을 꿇었습니다. …… 목을 쳐라! …… 허리까지 내려오던 머리채가 공주의 피 흐르는 머리를 싸안고 굴렀습니다. 해변은 공주의 선혈로 온통 물이 들었지요. 그때 바닷가의 진주조차도 빨갛게 물이 들었더래요. 선혈을 머금은 진주, 그 피로 물든 심홍의 진주를 사람들은 '사랑의 진주'라고 불렀지요. 그 사랑의 진주라는 말이 미 쵸우예요."

그녀는 음유시인처럼 전설을 읊고 재민은 고개를 끄덕이었다. 그

때 갑자기 간이무대에서 검은 피부를 가진 사내가 앰프기타를 치기 시작했다. 흑인 혼혈아인 듯했다. 느리고 흐느적거리는 가락이었다. 그 악사는 실내인데도 짙은 레이 밴을 끼고 있었다.

나 여기 해변서 퍽도 쓸쓸히/서글퍼 당신을 그리며/빠지는 물결 지켜보고 서 있네 ……

"하이. 저 노래 알지?"

"음, 해변의 길손, 아커 빌크의."

바다로 나가는 당신의 배/내 모든 꿈! 내 모든 걸 앗아가는/당신의 배 지켜보며 ……

"마이 씨, 미 쵸우의 전설과 똑같은 전설을 우리도 가지고 있소. 우리의 것은 반대로 한족의 공주와 우리 왕자에 관한 이야기인데, 공주는 죽고 왕자는 슬퍼하지요. 그것은 스스로 울리는 드럼에 관한 전설인데……."

재민이 낙랑공주의 사연에 관한 이야기할 때 마이는 그녀의 얇은 지갑 속에서 손수건을 꺼내 눈자위랑 입가의 불그스름한 시럽 자국을 훔쳤다. 하이는 입간판 너머의 바다를 보고 있었다.

햇빛은 바다의 중심을 타고 앉아 환각 조명처럼 물결이 움직일 때마다 번쩍였다. 살아 움직이는 상어의 지느러미같이 세차고 민첩한 생명력을 내뿜으면서 바다는 끓고 있었다. 이 전쟁하는 나라의 온갖 시끄러움을 다 받아들여 그것들을 수심 깊은 뱃속에서 용해해 버리면서 그렇게 뜨겁게 열정적으로 꿈틀거리고 있었다. 마이도 잠시 무릎 위에 손을 깍지 낀 채 일렁이는 수면을 보고 있었다.

"루테넌, 저쪽을 좀 보세요."

그녀의 손끝이 가리키고 있는 외항 쪽에는 덩치 큰 연합군들의 병력 수송선이랑 화물선들이 수심 얕은 내항 쪽을 바라보면서 작은 섬처럼 움직이지 않고 정박해 있었다.

"보이는 것 같소."

"그게 하나로 보여요, 둘로 보여요?"

"글쎄 하나 같기도 하고, 둘 같기도 하고."

"그건 감비르 섬인데요. 날씨가 오늘같이 좋을 땐 하나로 보이고 조금만 흐리면 두 개로 보이다가 사라지는 섬이에요."

"내가 여기 올 때 출발했던 우리나라 남쪽 항구에도 저런 섬이 있소."

"그건 다섯 개로 보였다가 여섯 개로 보였다가 하지요."

재민이 계속했다.

"난 대학 때 여름방학을 ROTC훈련으로 보냈소. 3학년과 4학년 때 서울 근교의 산 속에서 훈련을 받는데, 그때 우리 부대에는 근사한 보컬 4인조가 저 해변의 길손과 아이 캔트 스탑 러빙 유를 아주 멋들어지게 불렀어요. 공대 아이들인데, 그때 그 아이들의 화음은 같은 남자가 들어도 뭔가 짜릿한 관능적인 음색을 풍기곤 했었소. 그리고 요란한 천연색같이 화려하기도 했고. 어느 날 그 아이들이 부르는 스키더 데이비스의 이 세상 끝을 듣고 났을 때 우리 담당 중위가 엄숙한 얼굴로 우리들에게 말했어요……. 제군, 제군들에게 대단히 슬픈 소식을 전하겠다. …… 우린 뭔가 불길한 예감을 가지고 숨을 죽였지요. 같은 훈련생 중에서 사고가 났다든가 아니면 우리 대학총장이 교통사고를 당했다든가, 그는 드디어 말했어요. …… 오늘 마릴린 먼로가 죽었다!"

마이도 웃고 하이도 따라 웃었다.

"그런데 하이, 너는 집안 얘기를 통 안 하던데 그 이야기를 좀 해줄 수 없겠나?"

"그야 뭐 특별히 숨길 것도 없지. 아버지는 부자, 어머니는 미인, 하핫."

그는 잠시 생각에 잠기는 듯 손가락 끝으로 테이블 귀퉁이를 톡톡 톡 두들기며 뜸을 들였다.

"지금 우리 집은 사이공에 있어. 아버지만 그 여자와 살고 있지."

"그 여자라니."

"아버지의 일곱 번째 부인이야. 나보다 다섯 살이나 어리지."

"아니, 일곱 번째 부인이라니?"

"서두부터 그렇게 놀랄 건가?"

그는 다소 자조스러운 미소를 띠며 재민을 건너다 봤다.

"미안."

"사실 사이공에 모여 사는 사람들이란 사이공 토박이를 내놓고는 거의 고급 공무원, 장성, 의사, 지주 그리고 각 지방에서 내노라 하는 유지들이 아니겠어? 그러니까 저마다 자기 가정 이야기라면 만다린 계급(월남의 귀족 계급)이라거나 대학자라거나 명문거족이라고 살을 붙이기 마련이지 …… 내 이야기에도 다소의 과장은 있다고 생각하라구."

그는 굉장히 근사한 반어법으로 자기 이야기의 신뢰도를 높이고 있었다.

"아버지는 미토에 큰 고무농장을 가지고 있었지. 그 외에 논도 있었구. 디엠 정권 이후에 지주는 100헥타르 이상은 못 가지게 돼 있었지만 아버지는 남의 명의로 해서 500헥타르도 넘는 땅을 가지고 있었어. 중학교까지 그곳에서 다녔는데, 미토는 정말 아름다운 도시라구. 메콩 강과 숲, 그리고 사철 피는 초 그래서 사람들은 그곳을 녹색의 장원이라고 부르지 …… 키 큰 고무나무 밭에서 이복형제들하고 술래잡기를 하던 기억이 선해. 형제들은 모두 스물 네명이었어."

"와, 스물 네명이라! 반개 소대가 넘은 숫자구나."

"저 미토라고 하셨죠?"

마이가 끼어 들었다.

"저도 국민학교 때 엄마하고 그곳에 놀러간 일이 있어요. 메콩 강의 뿌연 강물과 푸른 나무 색깔이 너무나 뚜렷한 대조를 이루던 기억이 나요. 하지만 제겐 좀 끔직한 사건도 있었다구요."

"미토에서 말입니까?"

하이가 물었다.

"네, 그곳에 제 어머님 쪽으로 친척이 있어서 갔었는데요, 그 집에 내 또래 사내아이가 있었어요. 나보고 강가로 놀러 가자고 해서 따라 갔지요. 도시 끝쯤에 그 강물 속에 웬 녹슨 배가 하나 쳐 박혀 있더군요."

"아하, 그 배 …… 유명한 아이들의 놀이터죠. 2차대전 때 일본군이 몰고 왔던 배죠. 연합군의 폭격에 부서진 채 아직도 그곳에 있어요."

"아무튼 그 사내아이하고 그 배안으로 들어가서 놀았는데, 좀 부끄러운 이야기지만 그 사내아이가 자꾸 내 옷을 벗기려고 그러는 거예요. 할 수 없이 도망친다는 것이 두꺼운 쇠문을 닫고 말았어요. 그 쇠문은 꼬마의 손으로는 어쩔 수도 없는 거 아니에요? 그 깜깜한 선실 속에서 하루 종일 갇혀 울고 또 울었어요. 정말 천행으로 지나가던

군인아저씨에게 구조가 됐지만요. 그 녹슨 철판을 손으로 온종일 때
려서 집에 와보니 내 손등과 손바닥이 다 벗겨졌더라구요."

"지금도 배만 보면 끔찍하겠군요."

재민이 말했다.

"그 후론 가끔 꿈을 꾸어요. 언제나 혼자 남겨지는 꿈이에요. 캄캄
한 곳이거나 황량한 곳에 말예요. 하이 씨, 죄송해요. 계속하세요."

"우리 아버지라는 분은 바오다이 황제 때부터 부자였다네. 어렸을
때 기억으로 농원에 딸린 테니스코트에는 항상 프랑스 사람들이 와
서 들끓었지. 집안사람들도 전부 불어를 했구. 불란서 손님들이 사다
준 캔디 덕분에 늘 치과에 다니던 기억도 있지."

그는 잠시 이를 내놓고 밝게 웃었다.

"어머니는 후에시(市)출신이었지. 후에는 왕도지만 여자들이 아름
답기로도 옛날부터 유명한 곳이야. 난 우리 어머니가 미인이었다는
건 자신 있게 말할 수 있어."

부대 위에 악사는 아주 지루한 표정으로 이따금씩 바다 쪽을 훔쳐
보면서 기타 줄을 퉁겼다. 앰프기타는 비정한 금속음을 내면서 느리
고 지루하게 흐느적거렸다. 악사의 바지는 너무 꼭 껴서 그가 하체를
움직일 때마다 볼록 부분이 도드라져 보였다."

"참, 소위님의 영어는 뛰어났어요. 어디서 훈련받은 거지요?"

마이가 묻자, 하이의 이야기는 중간에서 끊기고 화제가 바뀌었다.

"대학 때 기독학생회 일을 맡았었는데 선교사를 좀 도왔어요."

"가톨릭?"

"아니, 개신교. 장로교의 성경 연구만을 했었지요. 마리안 맥케이
라는 노처녀였는데 그녀하고 누가복음을 다 마스터했었으니까."

"가족은 어떻게 되시나요?"

"어머님 한 분뿐이라오. 그분은 시골에 교회를 세우고 거기 매달려 계시죠."

재민은 문득 어머니와 함께 있는 지숙을 떠올렸지만 그 얘기는 하지 않았다.

"어머니가 교회를? 여자가 어떻게?"

하이가 물었다.

"신교에서는 여자도 교회 일을 보더군요. 사이공의 갓망가(街)에는 아주 큰 침례교회가 있어요. 여자 미셔너리도 있고요. 사이공에 있는 제7안식교 병원에는 여자 의사들도 많더군요."

마이가 대신 대답했다.

"마이, 마이는 사이공에서 왔소?"

마침 악사의 연주는 끝나 있었고, 바다 쪽에서 습습한 바람이 실내로 몰려오고 있었다. 하이의 목소리는 날카로웠다.

"기회가 있으면 서로 자세히 이야기 할 기회가 있겠죠."

"학교도 거기서 나왔소?"

"네, 국민학교는 우엥 타이 혹, 고등학교는 보데(BODE:菩提)예요."

"아, 다이남 극장 지나서 있는? 그 학교는 전통 있는 불교 학교지요?"

"네, 전에는 우엥 반 쿠에라고 불렀댔어요."

"하이 씨는 어느 학교를 다니셨어요?"

"장 쟈크 루소요."

"어머, 식민주의자들이 세운 학교 아네요? 대학은 물론 사이공대학이시겠네요."

"그렇소."

"아주 환한 길로만 다니셨군요. 훤히 트인 길 말예요."

셋은 잠시 웃었다. 악사가 사라진 무대 뒤에서 전축이 대신 시끄러운 전자음악을 토해내고 있었다. 새로 들어온 흑인 셋이 무대 앞의 간이 플로어에서 하체를 흔들고 있었다. 둔부의 비만한 비계덩이가 꼭 끼는 진바지 속에서 움직일 때마다 밀려다녔다.

"마이 씨는 어디서 그런 매끄러운 영어를 배웠소?"

재민이 물었다.

"고등학교 졸업하고 바로 취직하고 싶어서요. 사이공에서 학원엘 다녔어요."

"어디에 있는 거였소?"

이번엔 하이가 물었다.

"우엥 딘 지우 가에 있는"

"아, 카지민 학원 말이요?"

"네."

"묘하군, 나도 가길 다녔는데."

"언제 다녔어요?"

"학생혁명 다음 해부터."

"전 훨씬 전에요. 고등학교 1학년 때부터였어요."

"나보다 선배군."

"하이, 헬리콥터 시간에 늦지 않을까?"

"이모님께 전해 줘요. 크리스마스 때 나오겠다고."

음식점을 나설 때 멀리 송카우 바다 쪽에서부터 노을이 곱게 밀려오고 있었다.

"마이 씨, 밝게 대해 줘서 고맙소. 우린 고보이에서 옮겼오. 숭풍이라는 마을에 있소."

재민이 여자 쪽을 향해 짧게 인사했다.

"저도 즐거웠어요. 숭풍이라면 수녀원이 있는 마을이지요?"

"바로 그 수녀원이오."

노을이 밀려오고 있는데도 여자는 선글라스를 다시 꼈다. 붉은 햇빛이 안경테 위에서 번쩍 부서졌다. 여자는 프랑스풍의 신시가지 쪽으로 해서 사라지고 있는 사내들의 등을 묵묵히 쳐다보고 있었다.

두 사람이 서둘러 헬기 중대에 들어갔을 때는 전방 중대에 나가는 보급편 헬기는 이미 떠난 뒤였다. 할 수 없이 해안 통에서 북문으로 빠지는 람브레타를 탔다. 차가 로터리를 돌 때 두 사람은 동시에 약방 쪽을 쳐다봤지만 마이는 보이지 않았다. 퀴논 장터에 나왔다 들어가는 시골 사람들 때문에 람브레타의 안은 만원이었다. 지붕 위에서 날갯짓 하는 닭떼들의 아우성이 퍽 시끄러웠다. 검문소에서 검문하는 시간이 길어져 차는 한참만에야 다시 움직였다. 군청으로 꺾어지는 간선도로 옆에서 둘은 내렸다. 노을은 이번엔 안케 고지로 올라가는 19번 도로를 타고 빨갛게 타들어가고 있었다. 북쪽으로 향하는 군용 트럭들이 바퀴를 요란하게 흔들면서 달려가고 있었다. 하이가 담배 두 개비를 피우고 나서야 대대 CP가 있는 풍손 마을까지 들어가는 람브레타가 터덜거리며 멈춰 섰다. 차가 달리자 저녁연기가 피어오르는 군청 마을 풍경이 멀고 아득하게 흔들렸다. 풍손 마을 앞에 내렸을 때는 해가 산그늘 속에 완전히 묻혀버린 뒤였다.

"고보이로 들어가기 전에 우리 중대는 여기서 비씨 2명을 잡았었지."

중대 베이스가 있었던 산기슭이 어둠 속에서 희끄무름하게 엎혀 있었다.

"소위, 여기서부터 쭉 걸어가야 돼."

"걷지. 뭐."

"무섭지 않아?"

"무서워."

평야 쪽으로 난 보급로 위를 걸으면서 재민은 하이에게 말을 시켰다. 말을 하면 무섬증이 조금 덜한 것 같았다.

"저격병이 있다면 우린 골로 가는 거다."

"그렇지."

…… 월남에서 돈푼깨나 있다고 자부하는 사내들은 거의 예외 없이 첩을 두고 있다. 오죽해야 마담 누가 법령으로 금했으랴. 중앙시장의 식품점 사내도 두 명쯤은 거뜬히 두고 있을 정도니까. 월남 사내들은 그들이 처해 있는 사회의 구조적 기득권—전쟁하는 나라에서는 언제나 남자보다 여자가 절대적으로 많다는 행운을 십분 누리고 있는 것이다. 더위 때문에 사시장철 노출하거나 가벼운 옷차림으로 방어력이 약화되어 있는 진지에 대한 공격군으로서의 요행수. 햇빛을 기피하는 낮은 채광도, 도어가 든든하지 못한 월남 가옥 구조의 취약성, 남녀가 혼거하는 남방인들의 개방성과 조숙성, 한낮에도 철제 셔터를 내리고 밤을 만드는 시에스타라는 또 하나의 기회 등등 아무튼 월남 사내들의 축첩동기에 대하여는 '있을 수 있다'든가 '그럴 수밖에 없다'등의 동정론으로 기울어지는 것이 사실이기도하다. 유

교권에 속해 있는 이 나라의 조강지처들은 남정네의 어쩔 수 없는 이 상황론적 축첩에 대하여는 관대하기도 하고 '……어쩌겠소. 이미 엎질러진 물이고 그녀의 뱃속엔 우리 가족의 씨가 자라고 있는데' 따위의 변명에도 부인은 기꺼이 따라 나선다. '갑시다. 제가 얘기해보죠' 첩을 맞아들일 때는 반드시 본처의 승인(?)이 있어야 한다. 대개의 경우 부부가 정답게 첩이 될 여자의 집을 방문하여 정중히 청혼을 한다.

하이는 주위를 살피면서 낮은 목소리로 얘길 계속했다.

"나는 고등학교 때 불어로 된 모파상의〈여자의 일생〉을 읽고 아버지를 혐오하기 시작했어."

아버지의 둘째 부인은 사이공 무슨 카바레의 댄서 출신이었다. 하지만 자기는 전통 발레리나 출신이라고 늘 우기는 여자였다. 언제나 착 달라붙는 슬랙스에 굽 없는 신발을 신고 다녔다. 쥬떼니, 아라베스크니 하는 무용 단어를 떠들어대던 여자였다. 셋째 부인은 사이공 구호 병원의 간호원 출신, 이 여자는 철저한 배금주의자이며 별로 두드러진 특기도 없어 보였다. 다만 큰 히프를 가지고 있었다. 넷째는 사이공의 콘티넨탈 펠리스 호텔에서 샹송을 부르던 불란서 혼혈녀였다. 금발에 갈색 눈을 가진 미녀였다. 그녀의 우상은 루시엔느 브와예 (Lucienne Boyer)였으며 자클린느 프랑스 같은, 요컨대 사랑의 노래(샹송, 상티망탈)가 전공이었다. 언젠가 키 큰 고무나무 아래에서 〈파리의 아가씨〉를 부를 때 하이는 숨이 막히도록 황홀했던 기억을 가지고 있다. 이 여자는 외부 손님이 올 때, 파티가 열릴 때, 아버지의 간판 노릇을 해줬다. 다섯째 여자는 하이가 늘 수치스럽게 생각하는 여자였다. 어머니라고 불러본 일도 없는 여자. 고무농원에서 일하던, 전체적으로 가무잡잡하고 입술이 두터워 소위 남성들이 말하는 관능미에서는 어떨지 몰라도 일견하여 혐오감 외에 지성미라고는 눈곱만큼도 없는 여자였었다. 그녀는 플레이쿠에서 흘러온 산악족 자라이(Jarai)의 혼혈녀였다. 말끝이 흐리고, 그녀의 말투는 표준어와는 거리가 먼 변방어였다. 허지만 아버지는 그 여자를 첩으로 맞아들였다. 여섯째 부인인 메를린은 정말 아버지의 첩이 되기에는 아까운 여자였다. 다라트 출신으로 명문 옐신고등학교(다라트에 있는 명문 고등학교 남녀공학)와 가톨릭대학을 졸업한 음악도였는데, 한때 수녀였었다는 말도 있었지만 그 점에 관해선 확인할 길이 없고 다만 늘 우수에 찬 큰 눈과 차갑고 매끄러운 긴 손을 가지고 있었다. 그녀는 피아노가 전공이었다.

아버지는 그녀를 위해 스타인웨이 그랜드 형을 들여왔다. 그녀는 대학을 졸업하고 본격적인 연주자가 되기 위해 프랑스로 유학을 가려고 했지만, 마침 사이공 교향악단의 피아노 주자로 발탁이 됐고 잠시 연주생활을 하다가 그 교향악단의 악장하고 눈이 맞아 그만 프랑스행을 포기하고 말았다. 그 악장은 기혼자여서 그녀는 그의 첩으로 들어앉기를 원했다. 일이 그렇게 되리라 믿고 있던 차에 어느 날 아르바이트로 나가던 카라벨 호텔에 연주 도중 수류탄이 날아들어 그 남자는 폭사하고 만다. 그녀는 비탄에 빠졌고 거의 자포자기 상태에서 자주 앓았다. 그녀가 사이공의 트롱 부옹 여고에 음악선생으로 나갈 때 의사로부터 폐결핵의 진단을 받았다. 그래서 삼촌댁이 있는 미토에 요양차 왔다가 몸이 웬만해지자 심심풀이로 토 디미가 다니던 엔 디우 체우 여중의 음악강사로 오게 되었다. 아버지는 그 학교의 후원회 회장이었다. 처음엔 지금 하이의 일곱 번째 어머니가 된 토 디미의 개인레슨을 부탁했다. 그녀는 토 디미에게 본격적인 연주 실기를 가르쳐 줬다. 가령, 페달 쓰는 법, 피아노 연주 예의, 손가락의 각도, 강도, 호흡 고르기. 그리고 가장 중요한 곡을 해석하는 방법, 심지어 스테이지 매너에 이르기까지. 처음엔 일주일에 세 번씩 오던 그녀는 네 번, 다섯 번 자진해서 왔고 끝내는 주저앉고 만 것이다. 그녀는 말했다. 클라라 슈만 같은 여자가 됐으면, 그렇게 비극적으로, 그렇게 아름답게 살다 죽었으면…… 그러나 무엇보다도 죽을 때까지 연주여행을 다닌 그런 정력을 갖고 싶다고. 그러나 그녀는 탄식했다. 우리 남방인에게는 그런 힘이 없다고, 일찍 늙고 일찍 추해질 뿐이라고 손가락에 힘이 있어야 피아노를 치지하면서.

문제는 아버지의 일곱 번째 부인 토 디미에게 있었다. 디미는 아버지의 절친한 친구의 딸이었다. 그 친구는 가까운 칸토 시의 고등학교 교장이었다. 아버지와는 하노이대학 동창이기도 했으나, 교장은 불운한 사내였다. 위로 장성한 세 아들이 모두 남부 메콩델타 지역의 정글로 도망가고 만 것이다. 아들 셋이 카마우 반도의 서부지역, 즉 메콩강 상류에 있는 베트콩 소굴로 도망한 후 집안은 그야말로 쑥대밭이 되고 만다. 경찰과 보안대원들이 매일 집안에 들락거리고 교장은 끌려 다니느라 학교도 그만두었다. 어느 날 교장이 아버지에게 지팡이를 짚고 찾아왔다. 좀 도와 달라는 거였다. 아버지는 4군단장 두옹 반 툭 장군을 찾아갔고, 그 집에 대한 수사는 일단 종결됐다. 하지만 그 와중에 교장의 부인은 죽고, 교장 자신도 걷잡을 수 없이 꺼져 들어가고 있었다. 그는 죽기 전에 어린 두 남매를 아버지에게 맡겼다.

"여보게, 이놈들을 맡기네. 저 막내 쿠옥동이는 적성만 허락하면 반드시 이과공부를 시켜 사상 운운하는 것하고는 멀게 해 주게. 형놈들과는 이담에도 절대 만나게 해서는 안 되네. 그리고 토 디미는 하던 대로 피아노를 시켜 주게. 제 유일한 낙일 테니까. 얼마 안 되는 재산은 자네가 처분해 주게 그리고 열다섯이 되면 건강한 청년과 짝지어 주게. 해군이나 지상 근무하는 공군장교로 말일세."

디미가 열다섯이 되어 아버지가 첩으로 삼으려 할 때, 다섯 시앗을 군말 없이 받아 주었던 어머니가 단호하게 말했다.

"여보, 이건 도리에 어긋나는 짓이에요. 그 애 아버지가 부탁했잖아요. 건강한 청년과 짝지어 달라고. 그리고 애는 우리 하이보다도 다섯 살이나 어려요. 말이 되는 소리예요? 그 애는 당신 친구의 딸이에요. 그리고 무엇보다도 당신은 이미 여섯 명의 처가 있어요. 그만하면 됐지. 뭘 더 바라세요? 당신은 이미 많은 것을 가지고 있어요."

어머니는 다아로이(이미)라는 말을 여러 번 강조했다. 하지만 아버지의 대답도 앞뒤가 딱 맞는 말이었다.

"이 나라에 남아 있는 건강한 젊은이 치고 군복 안 걸친 놈 있나? 군복을 걸친 이상 언제 죽을지 모르는 목숨. 저 메콩 강을 오르내리는 순시선을 타는 해군도 베트콩 정크선이 던지는 수류탄으로 언제 죽을지 모른다. 유명한 불란서의 해군 돌격대 〈디나쏘〉 부대도 공산군들의 조각배에게 언제나 당했다는 걸 모르는가? 비행기 정비하는 공군장교는 이미 부대 철조망 옆에 두세 명씩 마누라를 거느린 놈들이야. 공군장교란 놈들은 비행기를 타는 놈들이나 지상 근무하는 놈들이나 믿을 수 없는 플레이보이들이라구. 어떤 놈들에게 우리 디미를 맡기겠소. 이미 키운 정이 들대로 든 그 애를 어떤 낯 모르는 놈팽이들에게 줘서 전선을 헤매게 만든단 말이오. 사이공 같은 안전지대에 사는 놈 치고 기피자 아니면 배 나온 중늙은이밖에 더 있소? 그런 놈들보다야 내가 열 배는 낫지. 어차피 남의 첩으로 보낼 바에야 내가 십자가를 지지. 먹던 밥상에 수저 하나만 더 놓으면 되니까 안 그래?"

그런데 디미가 아버지의 첩이 되던 날. 그녀의 열 세 살짜리 남동생 쿠옥동이가 없어지고 말았다. 그가 형들의 발자국을 따라 정글 속으로 갔는지는 단언할 수 없었다. 그 뒤로 2년쯤이 지난 어느 날 고무농원에 만들어 놓은 야외용 화덕에 일곱 부인과 아버지가 둘러서서 바베큐를 만들고 있을 때였다. 그날은 당시 푸옥롱 성장으로 있던 하이의 외삼촌이 잡아 보낸 노루고기를 양념해서 굽고 있던 중이었다. 잘 익은 노루고기 냄새가 고무나무 사이로 퍼져나갈 때, 문득 검은 농민복의 사내가 고무나무 사이에서 성큼성큼 걸어 나오고 있었다. 이미 구레나룻이 약간 돋은 소년이었다.

"오호, 동이야!'

외마디 소리를 지르고 달려간 것은 디미 여인이었다. 소년도 떨며 손을 내미는 듯 하더니 이내 몸이 딱딱하게 굳으면서 소리를 질렀다.

"더러운 년, 가까이 오지 마. 썅년아!"

소년은 아직도 잘 타고 있는 노루고기 화덕과 여덟 사람의 얼굴을 훑어보고는 칼날같이 차가운 잇몸을 내보이며 웃었다. 그 웃음은 햇빛에 반짝이는 고무나무 잎처럼 매끄럽고 징그러웠다. 대나무 끝에 달린 뱀부 스네이크처럼 싸늘하고 섬뜩했다. 순간 소년의 손에서 미제 수류탄이 보이는가 싶더니 안전핀을 뽑고 있었다. 그와 동시에 하이의 어머니가 몸을 날렸다. 도무지 믿을 수 없는 기민한 동작으로 소년의 몸을 감싸 안고 뒹굴었다. 정구를 칠 때는 한 세트 이상은 쳐

본 일이 없고 늘 굼뜨게 보이던 어머니가 어느 곳에 그런 날렵한 동작을 숨겨 두었던지 정말 불가사의한 일이었다. 폭음, 나무 찢기는 소리, 비명, 간호원 출신의 셋째 부인이 달려갔을 때는 소년도 어머니도 걸레처럼 찢긴 뒤였다.

어머니의 죽음과 더불어 하이의 집안은 끝났다. 그처럼 왕성하게 먹고 마시며 거두어들이던 아버지는 갑자기 쇠잔해 버리고 이빨이 빠진 호랑이처럼 변해 버렸다. 애첩들에게 선선히 날개를 달아 주며 날아가도록 했다. 댄서인 둘째와 샹송가수 넷째는 사이공으로 보냈다. 식물원이 있는 옹웬주 거리에 아담한 이층 양옥을 사주고, 아래 위층에 살도록 해 주었다. 그녀들은 다시 옛날로 돌아가 춤추고 노래 불렀다. 특기가 없는 간호원 출신은 미토에 남아 시장에서 사채놀이를 시작했고, 산악족 여인은 농장에 남았다. 고무농장과 전답의 대부분은 처분되었다. 우아한 피아니스트 메를린 부인은 미토에 얼마쯤 남아 있다가 월남군 4군단 군사고문으로 와있던 미군 젠킨즈 대령에게 다시 시집가고, 아버지가 사이공으로 데리고 간 여인은 그 어린 디미 여인뿐이었다. 하이는 사이공에 아버지가 왔을 때 결코 만나지 않았다. 어머니의 죽음과 함께 아버지와의 인연도 이미 끝난 것으로 생각했기 때문이었다.

"난 전적으로 어머니의 자식이었던가 봐."

그들은 한 시간 반쯤 평야 속의 보급로를 헐떡이며 걸었다. 월남인 마을이 나타날 때는 발소리를 죽이며 날렵하게 지나쳤다.

"누구얏!"

두 사람의 상의가 흠뻑 젖었을 때 반가운 한국말 수하 소리가 대나무 숲속에서 들려왔다. 수녀원의 종탑이 희끗하게 보이는 지점에서였다.

"나 한 소위다."

"아이구, 보좌관님 얼마나 걱정했다구예."

천 하사와 유선병 이 일병의 정글화 소리가 어둠 속에서 부산하게 이쪽으로 달려왔다. 플래시 불빛을 번뜩이면서.

한재민과 함께 싸웠던 전우들

수녀원

　수녀원에서 첫번째 사고는 어느 날 해거름녘에 일어났다. 남쪽 개활지로 난 후문에서 몇 발의 총성이 울렸다. 단발로 긁는 LMG의 소리였다. 이미 키 큰 대나무들의 그늘이 논바닥에 촘촘히 쳐놓은 철조망 위를 덮을 때였다.

　"어디야?"

　중대장이 당황한 목소리로 물었다.

　"후문 쪽입니다."

　조금 있다 EE-8이 울렸다. 2소대장의 보고였다.

　"LMG진지에선데요. 여자가 얼씬거리다 맞았습니다."

　"죽었어?"

　"죽진 않았습니다."

　"의무대로 데려와. 월남인들 눈치 못 채게 조용히 데려와."

　"야 홍 상병, 대대 불러가지고 군의관 올 수 있냐고 물어봐."

담가에 실려 온 여자는 까만 바지의 중년여인이었다.

"수하를 해도 자꾸 접근해와서요……

담가를 같이 들고 온 지 상병이 말했다.

"네가 쐈어?"

"네, 단발로 갈긴 게 그만…….."

"위생병, 상태가 어때?"

"복구 관통인데요. 출혈 때문에 ……

"야, 홍 상병, 대대 군의관은 온대, 안 온대?"

"오늘 밤에는 안 된답니다. 헬기가 올 수가 없다구요. 내일 아침에 오겠답니다."

"위생병 응급조치 해가지고 저기 성모상 옆에 있는 부서진 람브레타 있지, 그곳에다 뉘어 놓으라구. 의무대 안에 들여 놓지 마라. 막사 안에서 시체 나오면 곤란해. 그리고 오늘밤엔 수녀들도 눈치 못채게 해."

부서진 람브레타 안에 내려놓자 여인은 꿈틀하며 뭐라고 한마디를 입술 새로 흘렸다.

"의식이 들지도 모르죠. 캄풀을 놨으니까."

위생병 이 병장이 중얼거렸다. 피 칠갑을 하고 누워 있는 여인을 보며 재민은 고보이에서의 마이를 연상했다. 그리고 찬딘 마을의 그 여자, 양쪽 대퇴부를 관통 당했던 여자도 후딱 머리에 떠올랐다. 지금쯤 살아 있는지, 그때 후송되어 바로 죽었는지, 아니면 두 다리를 쏭덩 잘라 버린 건지, 그리고 아이들, 여섯 명이나 되던 그 아이들은…… 아무튼 이놈의 전쟁은 사람의 골통으로는 감당하기 어려운 모습들을 쏟아놓고 있다. 자기 일이라면 물론 부르짖을 것이다. 살려 달라고, 아프다고. 하지만 남의 일인 경우엔 가급적 빨리 고개를 돌린다. 제 몸뚱이를 요행 비켜간 그 어두움의 신에게 그저 몸서리를 치면서.

"이 병장은 고만 들어가서 쉬어, 더 할 일도 없잖아?"

"네, 내일 아침 헬기를 기다리는 것 밖에는 도리가 없죠 뭐."

그는 응급키트를 챙겨 들고 의무대쪽으로 사라졌다.

"인웅아, 너도 홀어머님에 여동생 하나라고 했지?"

"하모예."

유선병 인웅이와 둘만 남았을 때 재민이 그에게 물었다.

"짐이 무겁겠다."

"보좌관님도 그러시면서요 뭘."

"그래도 우리 어머님은 교회 봉사를 하시니까 나한테만 전적으로 매달리시진 않아."

"이런 말씀 드리고 싶진 않았지만…… 전 요즘 집일만 생각하면 미칠 것 같습니다."

"무슨 일이 있었어?"

"여동생이 편지를 했는데에…… 지가 걱정한다고 어머이는 편질 못하게 하셨다지만서도…… 그 지지바도 너무 걱정이 되이께 편지에 그만 쓴 모양이라예."

"무슨 일이야?"

"어머니가 앓아 누우셨다 아닙니꺼. 원래 자갈치 시장에서 생선을 받아다 파셨는데 늘 무거운 것을 이고 댕겨서 늑막끼가 좀 있었어예. 이분에 그게 도진 거 같애예."

드디어 여인이 람브레타 안에서 조그맣게 뭐라고 외치고 있었다.

플래시를 비추자 열에 들뜬 눈동자로 똑바로 불빛 쪽을 올려다보고 있었다.

"늑, 죠또이 늑!(물, 물 좀 줘요)"

여인은 혀를 빼서 입술을 핥았다.

"지가 다녀 오지예."

인웅이가 자리를 뜨고 여자는 무섭게 앓았다. 의식이 살아나니까 통증도 살아나는 모양이었다. 여인의 이마와 콧등에는 마마 자국 같은 커단 땀방울들이 송글송글 솟아오르고 있었다.

"물을 줘선 안 돼. 수건에다 적셔 입술에만 그냥 발라 줘."

여인은 인웅이의 손등을 물었다. 그는 놀라서 손을 뗐다.

"못 보겠네예."

'할 수 없어. 내일까지 견디면 사는 거고."

아침 일찍 헬기 소리가 나고 대대에서 군의관과 연대 군목이 왔다. 그런데 문제는 여인의 배가 이상하게 불러 있는 점이었다.

"야 위생병, 처음부터 이렇게 불러 있었나?"

"글쎄요. 실려 와서부터 더욱 불러진 것 같습니다."

군의관은 청진기로 여인의 남산만한 배와 가슴께를 여기저기 짚었다.

"총격을 받았을 당시 복부로 공기가 들어간 것 같군요."

여인은 탈진하여 노랗게 된 얼굴로 하르르 떨었다.

"주여!"

군목은 여인을 내려다보며 뇌었다.

"오, 주여!"

중위 계급장을 단 신참 군의관이 청진기를 대는 모습이나, 면도 자

146

국이 파란 군목의 주여는 둘 다 생경하고 실감이 안 나는 짓거리들이
었다. 여인을 헬리포트로 실어 나를 때 수녀들이 알고 달려 나왔다.

"하이, 사고였다고 알려주고 신원이 어떻게 되나 알아 봐."

중대장이 빠르게 지시했다.

"안동네 사는 여잔데요……, 까이미강 하구의 투옹티엔 마을 친척
집에 갔다 오던 길이었대요."

하이도 빨리 수녀들의 말을 전달했다. 수녀들이 여인의 배를 만지
며 뭐라고 연신 떠들었다.

"뭐라고 그러는 거야, 하이?"

"쌍둥이 같다고……, 아무튼 임신 8개월째랍니다."

"아이구, 우리가 낙태수술을 시켰구먼, 이봐, 군의관. 뭐? 복부에
공기가 들어갔다구?"

중대장이 농치자 군의관은 얼굴이 벌게져 있었다.

"중대장님, 제가 언제 여자 환자 임상을 해봤습니까? 의대 졸업하
자 임관해서 곧장 여기로 온 걸요 뭐. 허헛."

"하이, 저 여자 애기 몇인가 수녀님께 물어 봐."

"일곱이랍니다."

모두는 조금 얼굴들을 펴고 헬기가 대나무 숲 위로 솟아오르는 걸
지켜보고 있었다.

"군의관, 오진하느라고 수고했어. 일찍 오느라고 밥도 못 먹었지?
목사님은 어디 가셨나?"

중대장이 한시름 놓은 소리로 말했다. 군목은 본당으로 들어가려
는 마리아 수녀를 붙잡고 사진을 찍자고 실랑이를 하고 있는 중이
었다.

"저 친구, 안 찍겠다는 사람을 붙잡고 왜 저렇게 치근거려."

중대장이 웃었다. 마리아 수녀는 할 수 없다는 듯 성모상 앞에 포즈를 취해 주었다. 군목이 그녀의 어깨를 슬그머니 안자 그녀는 미간을 찌푸리고 그의 손을 탁 쳐냈다. 군목은 그냥 허여멀겋게 웃으며 사진기를 든 병사에게 외쳤다.

"잘 찍어봐. 폼 나게시리."

"저 목사도 나만큼이나 나이롱이예요. 연대에 들어가면 텐트 아래에서 맨날 참모들하고 섯다판이라구요."

군의관이 군목 쪽을 바라보며 더듬거렸다.

상황병들이 복도에서 창문 밖으로 안테나를 뽑아 놓고 떠들어대고 있었다. 드디어 아래층 수녀실에서 그네들의 만도(晚禱) 소리가 들리기 시작했다. 라틴어 기도문을 월남 발음으로 읊는 기묘하고 낯선 에스페란토 같은 소리. 무엇인가를 흉내 내는 의성어의 흐름, 그 소리들은 두꺼운 회벽 복도와 석주를 공명시키며 호곡소리처럼 불길하게 울려왔다.

야―이 야―어 냐―니 냐―너 갸―기 겨―기 댜―디 뎌-디……

그건 재민이 언젠가 들었던 범패 소리 같기도 했다. 긴 음절, 짧은 음절, 한없이 늘어졌다 끊어졌다, 식었다, 더웠다…… 거기에다 상황병들의 너절한 잡담, 귀소 당소 냐―니 녀―니 애로사항 좀 이해해 주라, 레이션 국물만 빠는 놈들에게 가끔야―이 여―이 레이션 날려 보내라. 따리 뎌리 크리스마스 때 그건 있다구? 로저 좋을시구…… 소리들은 신경에 걸렸지만 몸이 형편없이 피곤하여 곧 자장가처럼 그를 수면의 늪으로 밀어 넣고 있었다.

그가 처음 만난 여자는 뜻밖에도 원주 가는 고개에 외롭게 살던 화전민 부락의 소녀였다. 어두운 봉당에서 소위에게 올라오라고 손짓했다. 윗방의 쌀가마니, 고구마부대 그 사이에서 소녀가 벌렸다. 그가 손을 대자 그곳은 따뜻하고 봉긋할 뿐이었다. 어라, 구멍이 없어. 구멍이 없다니, 그가 어쩔 줄 몰라 하자 소녀는 웃으며 그의 손을 끌어다가 거기에 넣어 주었다. 그럼 그렇지. 아주 질퍽한 동굴이었다. 그런데 얼굴은 그 소녀가 아니었다. 징그럽게 웃고 있는 여자의 얼굴은 그가 가정교사를 했던 삼청동의 종이 도매상집 아줌마였다. 그의 바지를 허겁지겁 벗기면서 열에 들떠서 이를 딱딱 부딪치며 말했다…… 그이가 오기 전에 빨리 해…… 하지만 이번엔 그의 것이 말을 안 들었다. 그녀가 눈을 하얗게 뜨고 돌아눕는데 벌거벗은 둔부가 물기에 젖어 번질거렸다. 그가 문 밖으로 나가자 다른 여자가 서 있었다. 포병대대 앞에서 하숙할 때의 안집 아줌마였다. 주근깨가 많고 히프가 크던…… 어떻게 왔어?…… 자갈이 많은 개울가에 그대로 그녀를 뉘었다. 그녀는 그를 따뜻하게 안아 주었다. 그가 넣자 신음소리를 내며 다리를 꼬아 허리를 안았다. 그는 몇 번 움직이다가 참지 못하고 쏟아내고 말았다. 아, 아, 그가 길게 늘어지자 밑에 있던 여자가 슬프게 웃었다…… 좋았어요? 그래! 희디흰 웃음, 깨끗하고 정갈한 웃음이었다. 그런데 그건 홍천 개울가 원투쓰리 고지에 있던 소녀였다.

"지금 몇 시야"

"4시 5분 전입니다."

무전기 앞에서 엎드려 졸던 상황병이 코맹맹이 소리로 대답했다.

재민은 손을 넣어 팬티를 만져보았다. 팬티에 묻은 사정물은 웬만

치 말라 있었다. 몽정은 한밤중에 된 모양이었다. 몸이 나른하고 정
신이 몽롱했다. 싫은 기분은 아니었다. 결코 상쾌하다 할 느낌도 아
니었지만 비릿한 쾌감이 발끝에서 숨 쉬고 있었다. 수음을 하고 났을
때보다는 훨씬 나은 기분이었다. 수음…… 그건 정말 기분 나쁜 작업
이다. 언제나 자기비하의 삭막한 혐오감과 싸우면서 손끝에 흔들리
는 정욕과 이빨 사이에 묻은 자제력과의 씨름일 뿐, 사정할 때의 기
분은 언제나 패배감이었다. 그러나 몽정은 그것과는 조금 다르다. 봇
물이 넘칠 때처럼 자연스러운 것이니까, 차라리 그쪽에 의존하고 싶
다. 자연스럽게 그 여인들이 자주 찾아 준다면 좋겠다. 그는 침대 밑
에 사물함에서 새 팬티를 꺼내고 수건을 목에 건 채 본당 건물 뒤의
우물을 향해 계단을 내려갔다.

　재민은 그날 아침밥을 먹지 않았다. 속이 거북하고 열이 조금씩 났
다. 더운 나라에서의 체열은 곤란하다. 간밤의 몽정 때문에 소화불량
이 생긴 것 같았다.
　"한 소위, 오늘 해안코스로 패트롤 나갈 텐데 남아서 쉬고 있어."
　"아닙니다. 나갈 수 있습니다. 저도 가겠습니다."
　"아니야, 상황이 있으면 무전으로 부를 테니까 좌표대로 때려주기
만 해. 화기 소대장하고 나갔다 오겠어."
　중대장은 늘 관대했다. 이상적인 야전 지휘관이 되는 것이 그의 꿈
이었다. 롬멜이 그의 텍스트였다. 그는 언제나 FM(야전교법)처럼 정
확하고 아랫사람의 속사정을 알아주었다.
　"하이 중사도 한 소위하고 쉬고 있어."
　하이는 어린애처럼 좋아서 대답했다.

"예쓰, 써!"

중대원들이 베이스를 빠져나가고 나자, 그는 재민 쪽을 돌아보며 물었다.

"많이 아파?"

"조금 있으면 낫겠지."

병력들이 빠지고 난 수녀원은 정말 수녀원답게 조용해졌다. 마을에서 수녀원으로 들어오는 길 양편의 대나무 숲과 헬리포트쪽의 숲, 그리고 수녀원 뒤로 흐르는 까이미강 지류를 덮고 있는 관목 숲들이 온통 방음벽이 되어 수녀원을 고국의 절간만큼이나 조용하게 만들고 있었다. 각 소대의 경계병으로 남아 진지에서 있는 한두 명의 병사들이 흩어진 배낭을 베고 누워 잡담을 하며 깡통을 뜯고 있었다. 수녀원 후문 끝 LMG진지에는 2소대 공용 화기사수 2명이 잔류병으로 남아 있었다. 지 상병과 정 일병이었다. 지 상병은 들판 건너 까이미강 숲 쪽으로 지향돼 있는 캐리버 30의 노리쇠를 느닷없이 후퇴시켰다가 놓으면서 한마디 했다.

"지겨운 날이구먼. 차라리 수색 나가는 게 낫다고. 재수 있는 날은 한코 먹을 수가 있으니까."

"화기소대 구멍망이랑 양자피새끼 말예요. 지난 번 해안 마을 수색 나가서 한탕 잘 조진 모양이더만요."

"뭐야, 베트콩 년들이야?"

"알게 뭐예요. 거, 절 있는 마을 있었잖아요. 사탕수수 밭 한참 지나서 나참 꼴려서 재수 있는 놈들은 다르다고요. 절깐을 뒤지고 나오는데 부처님 모셔 논 데 있잖아요. 누런 천으로 둘러놓고."

"불단 말이야?"

"예, 글쎄 두 년들이 그 속에서 빠끔 얼굴을 내놓고 있더래나요. 점심용으로 가져간 레이용 하나씩을 던져 주니까 날름 받더라 이거예요. 그래서 부처님 밑에서 신나게 조져버린 모양이에요. 첸지코트 해가지고 또 한탕하려고 하는 판에 밖에서 소대장이 철수라고 소리를 지르는 통에 나와 버렸지만, 하여튼 열댓살도 안 되는 년들이 담배까지 빨면서…… 웃기는 건 두 놈들이 위에서 한참 신나게 구르는 동안 그년들은 아래에서 즈들끼리 담배를 바꿔 피면서 낄낄 웃드래나요…… 시작할 때 택스 없냐고 묻기도 하더래요……."

"와, 땡잡은 새끼덜, 우리한테는 그런 구찌 하나 안 걸리나."

두 병사는 갯벌 위의 게처럼 옆으로 뭉기적거리며 아랫도리를 레이션박스 조각으로 만든 자리에다 슬슬 비벼댔다. 들 건너 키 큰 망고나무 위에서 날것들이 목청껏 울어재끼고 있었다. 그때 진지 바로 옆으로 뭔가 움직이는 소리가 났다.

"들었지?"

지 상병은 재빨리 M1을 거머쥐고 샌드백 옆으로 기었다.

"얼씨구, 우리 오늘 용꿈 꿨다. 난 지난번처럼 생사람 쏴가지고 또 혼나는 줄 알았는데."

"저도 그때 십년감수 했어요. 수하를 해도 자꾸 기어드니."

"짜오옹 린(안녕 군인 아저씨들)"

언제나 초소 주변에 얼씬거리는 뛰약이라는 행상 여인이었다. 스물이 넘은 월남 여인은 나이를 가늠하기가 힘들다. 아무튼 한물 간 생선처럼 흐느적거리긴 해도 그런 여인이 풍기는 매력도 색다르기 마련, 바구니에 든 바이마 맥주나 펩시콜라 깡통 위엔 뿌연 먼지가 앉아 있었다. 뭐 야자 열매를 사라구? 그래 그게 정력에 좋다는 말은 들었다. 하지만 그 물은 비릿해서 싫고 속을 파 먹을래도 뜨뜻해서 싫더라. 아무튼 햇빛이 뜨거울 테니 들어 와라. 아쭈 입술에 뭐까지 발랐는데, 너 왜 우리 둘이만 있는데 왔냐? 앙? 아아 땡잡은 날이다.

"이것도 기동훈련 때 따라다니는 모포부대 같은 거겠죠?"

"아무튼 흥정을 시작해 보자."

지 상병이 그녀의 까만 바지를 슬슬 쓸며 수작을 부렸다.

"유 하우마치?"

그녀는 빌빌 틀며 웃었다.

"유 해브 머니?"

흐음, 현금 박치기로 나오누만. 지 상병은 아랫바지 주머니께를 딱딱치며 말했다.

"아무튼 이년아 하우마치?"

그의 하의 군복 가운데가 이미 일어서고 있었다.

"화이브 달라."

"좋아하네, 퀴논 가서 일류로 해도 숏타임은 4불이라드라, 이년아."

"유 남바 텐. 바싸울럼. 막꽈. (나쁜 사람 비싸)"

"오카이. 휘 달라."

그녀가 까만 바지를 내릴 때쯤이었다.

하이는 원장수녀와 마리아 수녀를 데리고 올라왔다.

"소위, 좋은 의사들이 왕진왔어."

"의사라니?"

"가만있어 봐요."

땅땅하고 건강해 봐는 원장 수녀가 익숙하게 재민의 상의를 벗겼다.

"유 씨크 아? 웰, 웰, 이지 이지. (아프다고? 자, 자)"

아기를 다루는 엄마처럼 그녀는 재민을 침대 위에 엎드리게 했다. 마리아 수녀는 소위의 목과 어깨를 가름으로 문질렀다. 재민은 거북스러워 꿈지럭거렸다.

"릴랙스.(긴장을 풀고)"

마리아 수녀가 조용히 말했다. 그녀의 손놀림이 등뼈를 타고 내려갔다. 뭔가 시원한 것이 등뼈 위에 발라지고 안티푸라민 냄새가 났다.

"무슨 약인가 하이?"

"홍콩제 타이거 밤즈다."

이번엔 원장이 등뼈의 중심부를 살짝 땄다. 트림이 나왔다. 그들은 웃으면서 일어섰다.

"점심 때 오리알 스프를 보낼 테니 들어봐요, 소위."

"깜언꼬 시스터즈.(고맙습니다. 수녀님)"

재민은 일어서서 깍듯이 인사를 챙겼다. 월남 온 덕분에 별 호강을 다 해보는군, 고아원 쪽에서 아이들의 웃음소리가 바람결에 묻어왔다. 재민은 혁대를 추스르며 건물 뒤쪽을 내려다봤다. 뒷마당에선 여인들이 멍석 위에다 벼를 말리고 있었다. 언젠가 전투하던 날 아침 지붕 위에 벼를 널던 농부처럼 느슨한 동작이었다. 농원 같은 느낌이었다. 그 중세풍의 목가적인 한가함, 농경문화권의 근면성, 그리고 뚜렷한 주종관계의 엄격함 사이를 수녀들이 수도복 자락을 휘날리며 싸다녔다.

"빨리 하세요 빨리."

마당에 깔린 멍석, 널려 있는 쟁기, 삽, 쇠스랑, 벽에 걸린 광주리랑 소쿠리, 호미들이 수녀들의 고함소리에 조금씩 놀라는 것 같았다. 뽀얀 먼지가 원장수녀와 마리아 수녀 쪽으로 날아갔다.

"조심하세욧."

원장수녀가 창고에다 벼를 재는 남자에게 큰소리로 주의를 줬다.

"저 많은 쌀이 다 수녀원 것인가?"

"물론."

"수녀원에도 농토가 있나?"

"까이미강 이남. 수녀원 위쪽이 다 수녀원의 농토라고 들었다."

"그네들은 농토를 어떻게 얻었나?"

"그 점에 대해 알고 싶나?"

하이는 입술가에 예의 그 현학적인 웃음을 올리고 나서 서서히 안광을 빛내기 시작했다.

"자 편안히 앉자."

그는 상의에서 팔말을 꺼내서 천천히 불을 붙였다.

"언젠가 고보이에서 소위에게 월남의 가톨릭이 누룩이 아니고 아편이었음을 말했었다. 아니 이 나라를 망친 독소였다고 단정을 했었다. 기억나나?"

"기억해."

"소위도 알다시피 이 나라의 가톨릭 신자들은 대부분 북에서 남하한 사람들이 다."

"그들은 17도선을 어떻게 내려왔나? 싸우면서 내려왔나, 아니면 몰래 도망쳐 왔나?"

하이는 담배를 입술에서 떼어내며 픽 웃음을 날렸다.

"소위는 아무래도 외국인이니까 우리 역사에 대해선 무지하군. 싸우거나 도망쳐 온 일은 없다. 제네바 휴전협정에 의해 쌍방 군대가 이동하고 재집결을 완료하는 기간, 즉 300일 동안에 이주를 원하는 주민의 자유 의사에 따라 자유롭게 남하한 사람들이다. 300일도 모자라 1개월쯤 연장하여 스스로 제 발로 걸어 내려온 사람들이지."

창고 쪽에서 원장수녀의 고함 소리가 또 들려왔다. 창문으로 내려다보니 남자가 벼부대를 잘못 다뤄 창고 입구가 엉망으로 되어 있었다. 마리아 수녀도 덩달아 소리를 지르고 있었다.

"우리나라도 많은 기독교인들이 38도선을 넘어 북에서 내려온 사실이 있다. 하지만 그들은 대부분 목숨을 걸고 몰래 탈출했거나 남쪽 군인들이 북진했을 때 같이 내려 온 사람들이다."

"북쪽 신자들을 나른 수송선은 프랑스 배들과 그것을 지원한 미군 함대였다. 어쨌거나 남하자의 총수는 86만쯤이고, 그중에 카톨릭 신자는 60만쯤으로 추산된다. 가톨릭 신자 외의 20만 명은 대부분 프랑스 시절, 프랑스 식민지 행정기관이나 군대에 종사했던 사람, 그리고 그 가족들이었다."

"너희 나라 사람들은 좀 웃기는 친구들이다. 그렇게 고이 보내 주고 나서 이제 와서 또 그 등 뒤에다 총부리를 겨누는가?"

"사람이 웃기는 게 아니고 역사가 웃기는 거지. 어쨌거나 내가 하고 싶어 하는 말은 정작 지금부터다."

그는 고보이에서 호지명에 대한 강의를 하던 날 밤의 폼을 잡는 중이었다. 이미 허리를 펴고 정렬적으로 턱을 떨기 시작했다.

"이들이 남하하고 나서 북에서는 붉은 혁명이 시작되었다. 많이 가진 자의 것은 빼앗아 적게 가진 자에게 주었고, 높이 앉은 자를 끄집어내려 눌렸던 자들의 기분을 상쾌하게 해주는 작업이었지. 기독교인들은 물론 공산주의자들의 그 무지막지하고 피 묻은 혁명을 싫어했지. 그런데 기독교인들은 북쪽에서 남으로 내려와 그럼 무엇을 했는가 바로 그게 문제였다 이거야. 그들은 북에서 짊어지고 온 낡은 보따리를 남쪽에다 그대로 펴놓고 냄새나는 장사를 시작했지."

"좀 쉽게 얘기를 해봐라."

재민이 얘기를 잘 못 알아 듣는 듯하자 하이는 담배를 새로 태워 물고 다시 흥분하기 시작했다.

"프랑스 식민주의자들 밑에서 무언가 덕을 봤다면, 새나라 새질서 아래서는 민족에게 사죄를 해야 하고, 그런 의미에서 자숙해야 할 족속들이 고개를 독사처럼 들고 더 설쳤다 이거지. 북에서 내려온 그들은 제일 먼저 사이공, 달라트, 후에 근방에 대규모 정착촌을 건설하기 시작했다. 서구식 교육을 받은 가톨릭 신자들은 사실 여우처럼 민첩하고 구변도 좋아서 민중들을 쉽게 매료시키고 마침내 그들을 자기네 멍에를 끄는 들소들로 만들기 시작했다는 얘기야."

"구체적으로 증거를 대라구."

"들어봐 우선 쌀이나 밀, 밀가루, 식용유 같은 구호물자는 가톨릭 구호 기구에 의해서만 배급이 되었다. 즉, 세계구호본부(CARZ)거나 가톨릭구제 봉사회(CRS)가 다 천주교 신자에 의해 철저하게 통제되었다. 그들은 처음엔 그것들을 실제로 배고픈 사람에게 잘 나누어 주었었다. 하지만 차츰 변심하여 암시장의 상인들을 뒷문으로 불러 들였지. 구호물자를 팔아 자기들 배를 채우고 더 많은 교회도 짓고 달라트에 가톨릭대학까지 세웠지. 결국 그들은 자선의 천사에서 교활한 장사꾼으로 둔갑하게 된 거지. 특히 후에에서는 문제가 많았다."

"후에라면 당신 어머니의 고향이 아닌가? 여인들이 아름답다는……."

"그렇지. 그곳은 보수적인 왕도인데다 불교 세력의 총 본산지이다. 그곳에 디엠 대통령의 형인 고 딘 툭 대주교가 가톨릭의 아성을 만들기 시작했었다. '주교의 부하(The Bishop's Boys)'라 불리는 사병들이 미군 고문관에 의해 훈련되고, 미제 무기를 든 채 주교의 명령 하에 움직이고 있었다. 더욱이 주교의 동생이기도 하고 대통령의 동생이기도 한 고 딘 칸은 선박, 농원, 공장 등 후에 일대의 부를 다 거두어 가졌다. 디엠 정권은 교회의 토지, 재산 소유에 대해서는 방치해 두면서 불교의 사찰 재산에 대하여는 유독 까다로운 제한 조치를 취했었다. 월남 민중의 혼을 일깨우는 민족각성운동이거나 기독교에서 말하는 전 민족회개운동을 일으켜야 했던 그 시점에서, 민족 앞에 떨어진 먹이를 가로채는 일에만 골몰했으니 이런 종교가 독소가 아니고 무엇이겠는가. 그들이 그런 먹이를 얻는 대신 그들에게 먹이를 준 사육사에게 무언가 반대급부로 이바지했을 것이라는 것은 자명한 논리다. 그들은 독주하는 디엠 대통령에게 우익적 반공이론을 제공했지만 들어서 약이 될 충언은 하지 않았다. 심지어 어떤 신부는 악마 같은 고딘 누(비밀경찰 책임자, 디임의 동생)에게 안보용 첩자노릇을 해 주면서도 민중의 아픈 곳, 배고픈 속은 알리지 않았었다."

"말하자면 그들은 잔칫상에는 즐겨 나타났었지만 나단이나 엘리야, 이사야, 예레미야처럼 베옷을 입거나 막대를 들고 쓴말을 하러 나오지는 않았다는 말이구먼."

"그들은 누구인가?"

"구약성서에 나오는 선지자들이야, 그들은 필요할 때 나타나서 군

158

주를 꾸짖거나 백성을 일깨웠지."

"월남 가톨릭이 집단적으로 자기들의 사육사에게 아첨한 것으로 악명 높은 칸 라오를 들을 수 있다. 어용정당으로 '국민혁명운동당'과 쌍벽을 이루면서 '고딘 누'의 직접 지시를 받던 것인데, 한마디로 고딘 디엠의 독재체제를 보호한 방파제였지."

계단에서 발소리가 나고 마리아 수녀가 빼꼼 얼굴부터 내밀었다. 그녀의 손에는 약속했던 죽그릇이 들려 있었다. 찹쌀에 오리알을 풀어 쑨 미음이었다. 하이의 몫으로는 삶은 달걀과 잘 익은 바나나도 있었다.

"메르시 보꾸!"

재민은 일어서서 다시 한 번 허리를 구부렸다. 하이가 증오해 마지 않는 이 가톨릭의 거대한 역사적 과오가 마리아의 조그만 죽그릇 속에서 안개처럼 부서지는 순간이었다. 마리아 수녀가 나가자 재민은 웃으며 말했다.

"네 말은 몽땅 거짓말 같군. 이 죽사발을 보니까 말이야."

둘은 웃었다. 햇빛은 뜰 앞에 열대 활엽수 위에서 싱싱하게 몸부림치고 성모상은 멀리 1번 공로 쪽을 향하여 미소 짓고 있었다.

"누가 이렇게 떠들어. 신새벽부터."

중대장은 투덜대며 일어났다. 성모상이 서 있는 본당 앞뜰에 짙은 안개가 깔려 있었다. 해안과 까이미강 하구에서 몰려온 농무의 떼였다.

"원장수녀 같군요."

부중대장이 하품을 하면서 대답했다. 바나나 옆의 노천화덕에서 취사병들이 원장수녀와 뭔가를 다투고 있었다.

"한 소위, 하이 좀 깨워."

안개는 바나나 잎새 위에 자디잔 이슬이 되어 맺혀 있었다. 성모
상 옆의 관목 잎사귀는 물기 때문에 더욱 싱싱해 보였다. 그들이 내
려갔을 때까지도 늙은 원장 수녀는 고성으로 취사병들을 질타하고
있었다.

"뭐래?"

"기도실 문짝 부서진 거랑 성당 장궤틀 조각을 취사용 나무로 썼다
는군요."

하이가 더듬거렸다.

"안개 때문에 나무가 다 젖어서요…… 우물 뒤에 있는 창고 속에서
나무 조각들을 좀 주어다 뗐습니다."

취사병이 변명을 했다. 중대장은 화가 났다. 도대체 이놈의 할망구
가 망령이 들었나, 수녀원에 오던 날부터 앞뒤로 다니면서 잔소리만
퍼붓더니, 뭐, 문짝이 어떻고 복도가 어떻고.

"하이, 말 좀 전해. 지금은 전시다. 우린 당신들을 지켜주고 있다.
이곳에 만약 비씨가 있다 하자. 이곳은 당장 그들의 정치집회소로 징
발될 것이 아닌가. 수녀들은 미사나 드릴 수 있겠어 제발 잔소리 좀
하지 말라고 해. 그까짓 나무 조각이 무슨 문젠가! 병사들은 당신 부
하가 아니다. 큰소리로 말하지 말 것. 만약 할 말이 있으면 중대장에
게 직접 와서 따지도록."

원장 수녀는 중대장의 서슬에 놀랐는지 두말없이 본당 건물로 사
라져 버렸다. 이윽고 부식용 대형 국솥에서 영계백숙 냄새가 솔솔 피

어오르기 시작했다.

"아침 메뉴는 닭곰탕인가, 냄새가 괜찮은데."

"내일이 크리스마스 아니가, 특별 부식이 있을 끼고만."

늦게 일어난 천 하사와 유선병 이인웅이 바나나 숲 쪽으로 코를 벌름거리며 말했다.

"닭곰탕이 아니고 터키, 즉 칠면조 고기라고 합디다. 양놈들이 크리스마스라고 보내준 모양이요."

무전병 성길이가 두 사람에게 알려 줬다.

"중대장님, 저것 좀 보세요. 저놈의 할망구가 저렇게 얌체라구요."

화기 소대장이 이층유리창 문으로 뜰을 내려다보며 말했다. 취사병의 배식 대열에 나무 조각 땠다고 떠들던 원장수녀와 마리아 수녀, 고아원의 키 큰 수녀가 일착으로 서 있었다.

"지들 나무 때는 건 아깝고 끼니때마다 밥 타 먹는 건 조금도 미안하지 않다 이거지."

국솥 옆에서 또 원장수녀의 높은 소프라노 소리가 들려오고 있었다. 취사병이 어처구니없는 듯 칠면조 고기를 듬뿍 퍼 주었다.

"저분은 천성이 잔소리군인 모양이지요. 금방 혼나고도 저렇게 큰 소리를 치니."

"아무튼 월남 사람들은 이해할 수가 없다고, 얻어먹는 주제에도 큰 소리를 치니."

아침 식탁에 오른 칠면조고기는 엉망이었다. 강아지 다리만큼씩이나 불어 오른 뒷다리는 무작정 퍼석거리기만 했다.

"여기다가 들큰하게 마늘이나 많이 다져 넣었더라면……."

"무슨 요리 방법이 있을 텐데?"

중대장도 질리는지 다리 하나를 다 뜯지 못하고 상을 물렸다.

성모상 옆에 팔을 벌리고 서 있는 열대 활엽수 위에 병사들은 레이션박스로 오려 만든 글자들을 붙이고 있었다. 은박지로 싼 글자들은 싱싱하게 푸른 잎사귀들 사이에서 햇빛을 받아 반짝이기 시작했다.

'MERRY X-MAS'

"야, 썩은 미소 좀 지어 봐라."

"잘 찍어 다오. 태현실에게 보낼 거다. 누나 좀 삼자고."

"화기소대 구병신 알아줘야 된다고. 그 새끼 똥구멍으로 호박씨 까는 놈이야. 가수 이금희에게 누나 삼자구 해가지고 오늘 제깍 답장이 왔어야. 사진하구 말여. 나의 사랑하는 맹호 동생 어쩌구, 사진 뒷장에다 싸인까지 싹 했더라구. 질투나서."

"무조건 보내 보는 거야. 우리한테 편지 답장 안 하는 년들은 삼천만의 역적이야. 베트콩보다 더 나쁜 년들이라구."

찰칵 찰칵 50불짜리 미놀타, 35불짜리 캐논들이 바빠지기 시작했다. 레이션과 쌀밥, 된장으로 잘 먹어 활배근이 튀어나온 병사들이 나무 밑에서 웃통을 벗어부치고 사진을 찍고 있었다. 언젠가 사령관은 병사들에게 말했다…… 너희들은 세계에서 제일 잘 먹는 군대다. 봐라. 월남군은 쌀밥만이지, 미군들은 레이션뿐이지, 하지만 너희들은 레이션+쌀밥+한국산 깡통까지.

"야, 내 이두박근 잘 잡아줘. 그리고 저 메리크리스마스도 같이 넣어줘."

"편지 쓸 때는 말이야. 무조건 덥다고 쓰는 거야. 달걀을 햇볕에다 내놓으면 5분 후면 후라이가 된다든지 닭털을 뽑아 밖에다 내 놓으면 10분이면 통닭이 된다든지, 그리고 말이야 베트콩이 득시글득시

글해서 막 육박전을 해가지고 태권도로 싹 때려잡았다. 그래서 무지
무지하게 피곤하다. 그리고 난 외롭다."

고국에서 온 선물―비누, 수건, 치약, 휴지, 편지지, 볼펜 등
등…… 별로 달갑잖고 쓸모없는 것들, 그런 것들이라면 군용품도 얼
마든지 있으니까 차라리 반반한 잡지들이었다면 훨씬 환영을 받았
을 것이다.

부대에서 나온 선물―군납용 크라운 맥주 각 소대에 한 박스
씩…… 아주 부족했다. 미군들이 보냈다는 덩치 큰 터키…… 이놈의
칠면조 고기는 첫째 양념이 없고, 취사병들이 요리하는 방법을 몰라
오늘 아침 식탁에서 완전히 스타일 구김.

위문 편지들―대부분 맞춤법이 한두 군데씩 틀리고 조심스럽게 쓴
한자도 삐끗하면 틀리는 것이 공통점, 거짓말같이 '명복을 빕니다'도
나오고 '선생님이 수업시간에 쓰라고 해서 할 수 없이 쓰는데'도 간
간 나옴. '정글, 베트콩, 공산군, 붉은 무리, 섬멸, 자유, 평화' 등의
상투어. '아저씨 돌아오실 때 바나나 한 무더기' '돈 많이 버시고' '미
제 PX물건' 등의 현물주의, '그곳 월남 아가씨들은 허리가 가늘다는
데'식의 귀여운 질투, '부산 부두에서 손이 아프게 깃발을 흔들고 돌
아섰지만 부둣가에 흩어진 깃발조각들을 밟으며 왜 가야하며 보내야
하는지'는 답장을 하고 싶은 좋은 글이었다.

"소위, 우리 앞으로도 하나 왔다."

하이가 소포뭉치 하나를 들고 왔다.

"우리라니?"

"퀴논의 마이에게서야."

"우리 APO(군사우편번호)를 어떻게 알고?"

"내가 가르쳐 줬어."

APO 96491
TiGer Div
1st Reg, 3rd co.
To : Mr. HAI & LT. HAN

"수신인이 복수라는 게 특색이군."
편지는 영문으로 씌여 있었다. 베트남 글씨처럼 묘하게 꼬부려 쓴
글씨체가 우스웠다.

하이 씨.
해변 음식점에서의 이야기는 여러 가지로 유익했어요. 저를 위해
두 분께서 신경을 써 주시는 것도 고마웠구요. 시간도 없고 아직은
마음이 내키지 않아 깊은 이야기는 서로 못했지만 두 분 다 좋은 분
들인 것 같았어요. 젊은 사람들만이 서로 나눌 수 있는 재치(Esprit)
나 양식(good Senses)이 즐거웠었구요. 크리스마스 때는 가능하면
꼭 나오세요. 제가 읽었던 도스토예프스키의 '가난한 사람들' 중에 있
는 글귀를 적습니다.
'고통과 슬픔 속에 사는 우리 인생은 아무 것 모르고 창공을 훨훨
나는 새들을 부러워하나니'
(We mortals who dwell in pain and Sorrow might with
reason envy the birds of heaven which know not either.)
조그만 성의입니다만, 선물을 보내 드립니다. 이모님께서 그동안

일한 보수를 주시더군요. 그걸로 샀어요.

　레티 마이

　소위의 선물은 두 권의 책이었다. 영문으로 된 베트남 역사책, 버나드 펄의 두 베트남(The Two Vietnams), 두리 티 에이의 우리를 악에서 구하소서(Deliever us from Evil). 하이에게는 상아로 된 파이프였다.

　"래 양슨(축 구주강생), 메리 크리스마스."

　원장수녀가 중대장에게 올라와 크리스마스 인사를 했다.

　"우린 연말까지 퀴논에 있다가 올 테니까 수녀원 좀 잘 지켜 줘요. 고아원 아이들까지 가니까 여긴 당신들 군인뿐이라오."

　원장수녀는 집을 떠나는 어머니처럼 또 잔소리를 시작했다.

　"중대장님, 사병들 기도실 문짝 부시지 못하게 하구요. 취사병들 의자 빠개지지 못하게 하구요. 바나나 나무들 함부로……."

　"알았습니다. 원장님, 안심하고 다녀오세요. 절대로 그런 일 없을 겁니다."

　중대장은 서둘러 노수녀의 입을 막았다.

　베트콩들이 12시간 휴전 제의를 했다고 소니 라디오는 떠들어댔다. 웃기는 놈들. 쌈도 쉬어 가면서 하나, 하지만 약간은 귀여운 놈들. 덕택에 우리도 좀 쉴 수 있으니까.

　"중대장님, 저도 하이하고 퀴논에 나가 하루 저녁 쉬고 올랍니다. 비씨들이 휴전하자니까요."

　재민이 말했다.

"그래, 다녀와. 별 일 있겠어? 휴전이라는데."

그는 본당 이층으로 올라와 이 일병을 찾았다.

"인웅아, 나 하이 중사하고 퀴논 나갔다 올 테니까 자리 잘 지키고 있어."

"다녀 오십시요."

"이건 약소한 건데 내 성의야. 동생에게 부쳐 줘. 어머님 약값에 보태 줬으면 좋겠다."

"아니 보좌관님 ……"

그는 끝이 알록달록한 항공봉투를 얌전히 접어 인웅이에게 건넸다.

"보좌관님!"

"겨우 30불이야."

재민과 하이의 출발은 약간 늦었다. 수녀원 입구에 자리 잡은 2소대에서 소동이 벌어졌기 때문이었다. 평소에 전혀 말이 없고 코만 엄청나게 커서, 재민이 '시라노 드 베르쥬락(에드몽 로스탕의 작품에 나오는)'이라고 별명을 붙였던 선임하사, 염 중사가 사라졌던 것이다. 재민은 2소대장 최인수 중위에게 물었다.

"중대장께 보고했어?"

"조금 더 기다려 보고 보고하려고."

"언제 나갔는데?"

"아까 오후 5시쯤 나갔다는 거야. 애들을 시켜서 이 근처 마을은 다 뒤졌는데, 총을 들고 대대본부 쪽으로 나가더라는 거야."

"대대본부라, 대대본부라면……"

이미 재민의 부대가 최초로 전과를 올렸던 곳이다. 적어도 이 수녀원으로부터 8km 이상은 되는 곳이다. 대대 CP앞에 있는 풍손마을까지만 가자고 해도 길가에는 스나이퍼들이 득실거리는 미깐과 쑹미 마을, 미트렁 마을을 지나야 된다.

날은 점점 어두워지고, 어디선가 단발의 총소리가 들려왔다. 베트콩의 AK 저격용 총소리였다. 최 중위는 그제야 서둘러서 염 중사의 실종을 중대장에게 보고했다.

"못난 놈 같으니라고 아, 그렇게 하고 싶으면 깡통이라도 듬뿍 들고 나가서 아무 년이나 붙들고 사정해 볼 것이지. 이 밤중에 그 먼데까지 나가? 저 총 소리는 뭐야?"

중대장은 잘 피우지 않은 담배를 입에 물었다. 그날 밤이 지나고 새벽 3시가 돼서야 청음초의 수하를 받으며 쓰러질듯 시라노 드 베르쥬락은 들어섰다. 팔팔한 최 중위가 앞으로 나섰다.

"염 중사, 너 어디 갔었어?"

"네, 저, 그냥 몸이 근질근질해서요."

"뭐라구? 이 새끼가……"

최 중위가 카빈의 개머리를 들자, 중대장이 말렸다.

"최 중위, 염 중사 얘기부터 들어보자구."

"어디까지 갔었나?"

"네, 대대 CP를 지나서, 링수완 마을까지 갔었습니다."

"뭐? 링수완? 미군들 물탱크가 있는 곳 아냐? 응, 알겠어. 거기에 물건 파는 꽁가이들이 더러 있드만, 그래 재미는 봤나?"

중대장이 웃으며 묻자 염 중사는 그 큰 코를 한번 만지고는 물에 빠진 듯한 옷 쪽으로 시선을 떨궜다.

"꽁가이는 구경도 못 했구요, 오다가 스나이퍼들한테 딱쿵 총알만

맞을 뻔 했습니다."

"에이, 코값도 못하는 사람 같으니라구. 가서 눈 좀 붙여."

중대장은 돌아서며 웃었다.

조각난 크리스마스

"씬 머어이 봐오!(어서 오세요)"

진열대에 기대 서서 밖을 보고 있던 마이는 들어서는 두 사람을 향해 활짝 웃었다. 예의 엷은 스모크 레이 밴 밑에서 고른 치열이 하얗게 빛났다.

"나는 크리스천이 아니니까 메리 크리스마스는 않겠어요. 하지만 잘들 오셨어요."

그녀가 새로 입은 아오자이는 엷은 옥색 곳사머였다. 많이 희어지고 적당히 살이 오른 속살이 파진 아오자이의 네크라인 사이로 대담하게 나와 있었다.

"많이 예뻐졌오, 마이."

하이가 말했다.

"머리를 좀 쳐봤어요."

그녀는 머리칼을 손으로 만지며 말했다.

"이모님, 하이 오빠랑 오셨어요."

안에다 대고 소리 지르는 그녀의 월남말 톤은 맑고 투명했다. 이모님은 재민이 PX에서 사다 준 흰 타올지의 가운을 입어 보이며 그들이 녹차를 다 마실 때까지 깜언을 연발했다. 크리스마스 때문인지 로터리 옆에 유난히 사람들이 복작거렸다. 이윽고 마이의 이층방에서 셋이 자리를 잡았을 때 그들은 이상한 단란함에 사로잡히기 시작했다.

"아아, 대단히 사치하게 느껴지는 저녁이군요."

느닷없이 그녀가 말했다. 복작대는 로터리의 소음이 창문 너머로 참새소리처럼 날아 들어왔다.

"크리스마스니까."

하이가 말했다. 마이는 레코드판을 집어 들었다.

"하이, 참 이상하다."

"뭐가?"

"내가 여기에 있다는 사실, 온대지방에 있던 내가 왜 여기 남쪽 나라, 그것도 하이의 이모네 집 이층에 와 있는가 하는 게 말이야."

"바그너예요."

"난 마이 씨는 시벨리우스나 스메타나가 아니면 차이코프스키를 좋아할 거라고 생각했소."

"요컨대 비극적이거나 암울하다는 뜻?"

"아니, 딱 그런 건 아니지만."

"난 이래봬도 정열적이라구요. 바그너의 열정을 사랑해요. 그가 플레이보이였다거나 빚투성이였다는 점만 빼놓고는 그의 행적도 흠모하구요."

170

"어떤 점을?"

"가령 그가 혁명을 위해 모험을 했다는 것 같은 점, 안일한 삶보다는 항상 드릴을 추구했다든가."

"아, 바그너에게 그런 게 있었나? 난 히틀러가 그를 좋아했다는 것밖에는 몰랐소."

"하긴 이스라엘에서는 지금도 그의 연주가 금지돼 있다고 하더군."

이번엔 하이가 끼어들었다. 탄호이저의 합창이 끓어오를 때 재민이 말했다.

"저 부분은 교회 다닐 때 성가로 불러 본 일이 있어."

"네, 찬송가 같은 느낌이에요."

마이는 얌전히 고개를 끄덕이고 나서 말했다.

"듣고들 계세요. 맛있는 것 많이 장만해 드릴 게요"

그녀는 계단을 소리 내며 내려갔다.

합창이 끝나고 다시 관현악이 시작될 때 하이는 말했다.

"그건 말이야. 소위가 우리집 이층에 와 있는 건 말이야. 음음, 온 세계가 월남이란 땅덩이 위에 달라붙어 싸우기 때문이야. 알겠어?"

재민이 말했다.

"사실 내가 베트남이란 나라를 처음 알게 된 것은 〈디엔 비엔 푸〉의 함락 때니까"

"1954년 5월 7일?"

"그렇지 그 무렵, 그러니까 내가 중학교 2학년 때쯤일 거야. 사실 그땐 베트남이란 이름조차 알지 못했지만 그때 우리 영어 선생은 별명이 임퍼씨블이었는데……."

재민은 편의상 그렇게 표현했다. 사실은 우리말로 그 선생의 별명은 '안 된다는 거시'였다, 왜냐하면 그 선생은 건뜻하면 수업시간에 공부는 제쳐놓고 타임이나 뉴스워크 같은 잡지에서 본 토막상식을 곧잘 이야기 해줘서 지루한 영어시간을 잘 넘겨줬다. 하루는 이야기 도중에 덴마크나 노르웨이 같은 북구 여성들은 하도 잘 먹고 덩치가 좋아서 우리 빈약한 한국 남성들은 그 여자들을 껴안으려 해도 '안 된다는 거시'하면서 껴안는 시늉과 함께 닿혀지지 않는 팔을 벌린 채로 있었다. 그 후 그의 '안 된다는 거시'는 팔 흉내와 함께 그의 별명으로 남았다.

"아무튼 이 선생이 수업시간에〈디엔 비엔 푸〉라는 남쪽 나라의 어느 지점을 칠판 위에 그려가면서 일주일 분의 전황을 상세히 릴레이식으로 알려 주었다. 우리는 영어 시간이 되면 그 남쪽의 야만인들이 세계 제일의 문화국민인 프랑스인들을 목졸라가는 전황을 안타까이 듣고 있었다. 나쁜 야만인들, 왜 그처럼 찬란한 문화를 가진 국민들을 공격할까. 얼굴은 아주 새까맣고 반들반들한 놈들일 것이다. 우리들은 고지들이 차근차근 점령될 때,"

"가브리엘 고지, 베아트리스 고지, 아주 아름다운 이름들이지."

"우린 정말 안타까웠어. 마지막으로 요새사령관."

"드 카스트리 대령, 후에 준장이 됐지만."

"그래, 그 사람이 마지막 벙커에서 항복하기 직전 무전기에다 대고……. '우리 벙커로 적이 들어오고 있다. 그럼 조국 프랑스여 안녕!' 어쩌구 하는 말까지 그 영어 선생은 중계를 했었는데, 그 대목은 너무 장엄했어."

"요즘 그 프랑스인들이 기쁨 없는 길 위에서 많이 죽어가고 있지. 포로로 잡혀서 갖은 학대를 당하면서."

"그 책 내용 말인가? 거의 끝부분이겠구먼."

요즘 하이가 읽고 있는 책은 '기쁨 없는 거리(STREET WITH OUT JOY:버나드 벌著의 프랑스군 패전사)였다.

바그너가 끝나자 재민은 턴테이블에 바이올린 콘체르토 하나를 골라 얹었다. 막스 부루흐였다. 아래층에서 음식 냄새가 나고 밖은 어두워왔다. 마이가 앞치마에 음식냄새를 묻힌 채 올라와서 색색의 꽃초 위에 불을 밝혔다. 일렬로 맞춰 놓은 그 8피아스터짜리 월남산 꽃초는 은성하고 화려한 축제 분위기를 방안 가득히 채워 주고 있었다.

"여러 가지로 폐가 많습니다."

"원 별말씀을, 음악이 바뀌었군요. 나머지 바이올린 곡 두개도 마저 들으세요."

마이의 볼이 불빛에 붉게 일렁이고 있었다.

사실 그날 저녁, 한재민 앞에 놓여진 식탁은 그가 머리털 난 후 처음 대하는 성찬이었다. 우선 그가 숭풍 수녀원에서 비닐봉지에 넣어 가지고 온 칠면조가 화려하게 둔갑하여 나타났다. 다리 부분은 구워져 은박종이에 싸인 채 빨간 리본에 묶여 파슬리 옆에 얌전히 놓이고 가슴 부분은 따로 저미어져 나왔다.

"이건 칠면조 가슴 고기만 쓴 냉전채(冷前菜)예요. 오르되브르라고. 이건 푸아그라, 쇠고기의 안심, 햄 등을 파이의 껍질로 써서 구운 거구요."

마이는 그 외에도 새우와 생선을 가리키며 뷔야베스아라로와이야르 어쩌구 하는 어머어마하게 긴 불란서 요리 이름을 댔다.

"이것도 좀 드세요. '숩망'이라고 우리 월남 요리 중의 일품이에요. 죽순과 바닷게의 속살로 만든 거지요. 요건 '짜조', 쌀가루 전병에 돼

지고기, 닭고기, 새우, 계란, 버섯 등이 들어간 군만두구요. 이 밥은
요 '코예빤'이라는 중국식 밥이에요. 이 속에 든 것은 새우, 닭고기,
연뿌리, 밤, 건포도, 죽순 그리고 버섯이에요. 원래는 연잎으로 싸야
하는 건데 바나나 잎으로 쌌어요."

마이 여인은 설명을 하면서 간간히 수줍게 웃었다. 요컨대 이날의
요리는 월(越), 중(中), 불(佛)의 치열한 일대 회전이었다.

식사가 끝날 무렵, 그녀는 나는 듯 가벼운 발걸음으로 미제 커피를
내왔다. 이모는 재민의 어깨를 쓸면서 물었다.

"그래, 한국군인 양반, 부모님들은 다 계시우?"

그녀의 느린 월남말을 하이가 통역했다.

"아버님은 안 계시고 어머님 한 분 뿐이에요."

"저런, 아버님은 언제 돌아 가셨노?"

"제 초등학교 때였어요. 한국동란 때죠."

"군인이셨나?"

"아닙니다. 조그만 공장을 운영하고 계셨습니다."

"한국동란이라니 그 나라에서도 남북전쟁이 있었나?"

이번엔 이모부가 물었다.

"아버님은 어떻게 돌아가셨소?"

"전쟁이 나자 북에서 붉은 군대가 내려 왔지요. 저희 집도 서둘러
남쪽으로 내려갔지요. 남쪽 어느 고개 밑의 대나무 밭 옆이었어요.
아버지는 대나무 밭에 숨어 계셨는데, 어느 날 밤 그들에게 잡혔어
요. 공원(工員) 중에 찾아다니던 공산주의자가 있었어요."

그는 기억하고 있다. 대나무 밭을 에워싸고 휙휙 불어대던 호각소

리, 단발의 장총소리, 그때 어머니는 국민학교 4학년짜리의 아들을 품에 안고 부르짖고 있었다…… 하늘에 계신 아버지여/저희를 시험에 들지 말게 하옵시고/악에서 구하옵소서/구하옵소서/……. 어머니와 아들이 서로를 꼭 껴안자, 어머니의 가슴이 새처럼 콩당콩당 뛰고 있었다. 구하옵시고, 구하옵시고!

"여기 있다. 손 들고 나왓."

그때 어머니는 그의 귀를 틀어막았다. 자기는 울부짖으며 소년의 귀만을 한사코 틀어막았다.

"한국도 어쩜 우리하고 그처럼 똑같았는지."

이모는 다시 한 번 소위의 어깨를 쓸면서 이모부 쪽을 봤다.

"그러니까 우리 듀안이하고 같은 또래지요?"

"그렇구면."

이모부는 파이프에 불을 붙이며 일어섰다. 듀안이라면 하이가 말하던 둘째아들일 것이다. 달라트 육사의 교관이었던.

"여보, 그만 일어섭시다. 크리스마스는 젊은이의 날이니까."

이해심 많은 이모부 내외는 이내 자리를 떴다.

딩동댕.

이층으로 올라온 하이는 벽에 걸린 기타를 내려서 줄을 골랐다. 그는 정확하게 코드를 짚기 시작했다.

"아아 이런 때 아포린느가 있었으면…… 그 애는 종달새처럼 노래도 잘 불렀는데."

하이는 독백하듯 말했다. 즐거운 때, 아름다운 경관을 대했을 때, 맛있는 음식을 먹을 때, 사랑하는 사람을 그리워하고 아쉬워하는 것

은 얼마나 자연스런 일인가. 하이는 '파리의 다리 밑'을 부르기 시작
했다. 재민은 가사를 몰라 허밍으로 따라했다. 하이의 음색은 다소
우울하고 가라앉은 것이었다. 그는 기타의 현을 피치카토식으로 퉁
퉁 몇 번 퉁기고 나서 자기가 이어 부를 노래를 소개했다.

"주이 칸이라는 젊은 작곡가의 것인데, 이 나라 젊은이들의 아픈
전쟁 이야기다. 제목은 비엣 짜아 러이 사오.(무어라 대답할까)"

그때 마이가 중국식으로 된 까만 소반 위에 술상을 차려 가지고 올
라왔다.

"하이, 오늘 같은 날 그런 단조의 노래는 싫어요. 더구나 전쟁 냄새
나는 그런 노래는요."

"그래? 그럼 다른 노래로 합시다."

하이는 기타를 슬그머니 치우면서 술상을 찬찬히 쳐다봤다.

"오, 구하기 힘든 베르뭇 포도주에다 치즈 안주라. 이거 놀랬는
데."

"오늘은 특별한 날이니까요."

그러자 하이는 문득 생각난 듯 베란다 쪽으로 나갔다.

"내가 오늘 깜박할 뻔했네. 우리 귀여운 릴리를 굶길 뻔했어. 이 기
쁜 성탄전야에 말이야."

"어머, 그러고 보니, 릴리에게 밥을 안 줬었군요."

릴리는 털이 노란 복슬 강아지였다. 암놈인지 수놈인지 분간도 안
가지만 애완용으로 잘 키워온 듯 윤기가 자르르 흐르는 녀석이었다.
촛불이 일렁일 때마다 등과 엉덩이 쪽의 털이 유난히 반짝였다.

마이가 놀라서 물었다.

"아니, 그동안 릴리는 어디 있었어요?"

"우리 파티에 방해가 될 것 같아서 베란다 끝에 묶어 뒀었지."

"어마나 세상에."

마이는 서둘러서 술잔을 재민과 하이 앞에 밀어 놨다.

"같이 건배해야죠."

재민이 얘길 하자 마이는 상 밑에 있던 자기 몫의 잔도 올려놨다. 술잔도 프랑스제 크리스탈이었다.

"자, 오늘밤은 아주 긴긴 밤일 거요. 우리 서두르지 맙시다."

의외로 하이는 능치면서 마치 성탄예식을 베푸는 신부처럼 세 사람의 잔에다가 가득 그 예쁜 자색의 액체를 붓기 시작했다.

"자, 건배합시다. 하지만 소위, 우리 월남식 건배방식은 달라요. 첫 잔을 입술만 대고 내려놓는 거요."

"어머? 그게 어디 식의 주법이에요?"

마이가 묘하게 되받았다.

"내가 자란 미토지방의 관습이죠. 자 아까운 치즈와 크래커지만 그동안 굶었으니 릴리 너부터 먹어라."

하이는 자개가 박힌 검은 상 위에서 안주를 꺼내 아까부터 상다리를 긁는 릴리에게 던져 주었다.

"아니 그런 법이 어딨어요? 차린 사람의 성의도 생각해야죠. 강아지에게 안주를 먼저 주다니, 기분 나빠요."

갑자기 마이가 몸을 일으켰다.

"잠깐이면 돼요. 앉아서 기다려 봅시다."

하이는 재빠르게 계단 입구를 막고 마이를 움직이지 못하게 했다. 순간 릴리는 재채기를 하듯 코를 한번 크게 불더니 갑자기 방안을 기기 시작했다. 강아지의 눈동자가 이상하게 불빛에 번쩍이더니 그만

캑캑대며 요동하기 시작했다. 몸부림치는 강아지의 꼬리에 걸려 촛불이 하나 휙 꺼졌다.

순간 마이의 허리춤에서 번쩍하는 금속성 물체가 번득이는가 싶더니 그녀는 갑자기 재민에게 달려들었다.

"칼끝을 조심해! 독이 묻어 있어."

하이는 재빠르게 마이의 손목을 움켜잡고 그녀의 명치끝을 팔꿈치로 질렀다.

"윽!"

마이가 나둥그러지면서 베란다 쪽으로 단검이 튕겨져 나갔다.

"독한 년!"

하이가 마이의 머리채를 휘어잡고 커튼 너머 건넛방으로 건너갔고 둔탁한 소리가 나면서 마이의 비명소리가 들렸다. 그들이 지껄이며 몸부림치는 소리들은 한마디로 알아들을 수 없는 빠른 월남말이었지만 재민은 녹음테이프를 거꾸로 돌릴 때처럼 대충 의미를 알 것도 같았다.

…… 나쁜 년 …… 죽여라 이놈아, 날 죽여 …… 이년이 그래도…… 이놈아 넌 어느 나라 백성이냐?……매국노 같은 놈…… 닥쳐 이년아……배은망덕한……

재민은 뛰어 건너가 두 사람을 일단 떼어 놨다. 재민이는 이상하게 침착해지면서 국외자처럼 가라앉은 목소리로 얘길 꺼냈다.

"하이, 우선 참아라."

마이의 옥색 아오자이는 가슴과 옆구리가 터져 있었다. 입술에서는 피가 스며 나오고 윗입술이 흉하게 부어 있었다.

"유 워나 킬 미?(날 죽이려 했소?)"

"오브코즈, 와이 낫!(그럼요, 그럼요)"

여인은 이를 갈고 있었다.

하이는 어느새 담배를 피워 물고 있었다. 하지만 그의 손끝은 형편없이 떨고 있었다.

"이해할 것도 같소."

재민이 말하자 여인은 차갑게 웃었다.

"그렇다면 죽어 줘야지."

여인이 으르릉 거리자 하이가 짧게 소릴 질렀다.

"봐라 넌 소위를 죽이고 싶었지만 죽은 건 애꿎은 릴리야, 저것 좀 봐!"

아직도 일렬로 서서 불꽃 춤을 추고 있는 각색의 촛불 밑에서 황색의 강아지는 마지막 경련을 하며 작은 네 발을 힘껏 뻗고 있는 중이었다.

"소위가 대포를 쏜 건 네 자식들을 향해 쏜 것이 아냐. 네가 오늘저녁 릴리를 죽이려고 계획한 게 아닌 것처럼."

하이는 타다 만 담배꽁초를 로터리 쪽으로 힘껏 던졌다. 그들이 2층에서 요란하게 떠들고 쿵쾅거렸지만 다행히 로터리를 도는 군용차량이 그날 밤 따라 많았고 뉴질랜드 의무부대에서 들려오는 캐롤 소리 때문에 아래층에서는 전혀 눈치를 못 채고 있었다.

"네 정체가 뭐냐?"

하이가 여인을 향해 묻자. 그녀는 헝크러진 머리칼을 손가락으로 쓱 넘기면서 태연자약하게 대꾸했다.

"몰라서 물어? 이제 날 어쩔 테야? 난 민족의 배신자인 네 모가지도 가져가려고 했어!"

해안 층에서 불어오는 습습한 바람이 하얀 레이스를 단 커튼을 다시 간지럽게 흔들고 있었다.

하이는 오래 전에 준비하고 있었던 듯 바지 뒷주머니에서 네모나게 접은 종이쪽지를 꺼냈다. 베트공들을 귀순시키기 위한 심리전용 전단이었다. 그 전단은 월남어로 적혀 있지만 내용은 재민도 아는 것이었다.

* 베트공 부대에 있는 나의 친구들에게 *

나는 투이폭군 푸옥록 마을의 레베이 입니다. 나는 베트공 부대의 연락원이었습니다. 6월 5일 〈추호이〉 전단을 본 후 4정의 베트공 카빈총을 가지고 귀순했습니다. 지금은 정부 측의 따뜻한 배려로 잘 있으며 귀순하면 고문당하고 나중에 살해된다는 것은 거짓말임을 알았습니다. 정부 측으로 귀순하는 것을 주저하지 마십시오. 추호이의 문호는 널리 개방되어 있습니다.

당신의 새 삶을 찾으십시오.

빈딩성 추호이 본부 레베이.

"일당 18 피아스터, 200 피아스터의 정착금, 2벌의 양복, 신생활촌 정착, 그게 어쨌다는 거야. 나는 월남군에다 절대로 꽝(베트콩 대원끼리의 상호 호칭)들의 정보를 팔수가 없어."

"아무튼 앞으로 일은 네가 결정해. 대신 절대로 우리 이모님 내외에겐 내색하지 말고."

여인은 갑자기 침대 위로 풀썩 쓰러지며 오열을 터뜨렸다. 시트자락을 꽉 움켜쥐고 소리를 죽이며 어깨를 들썩였다. 그리고 외쳤다.

"오이 메어이!(불쌍한 우리 엄마)"

밖은 서서히 밝아오고 해안통의 뉴질랜드 의무대의 라우드 스피커가 '첫번째 크리스마스'를 부르고 있었다. 재민과 하이의 크리스마스는 지난 2월에 폭파당한 퀴논의 미군 숙소만큼이나 산산이 부서져 있었다.

우리 중대를 성실히 취재해준 UPI통신의 마틴기자

불임약

해가 바뀌었다.

중대에도 드디어 이동 명령이 내려졌다.

"푸타이 마을 가까이 간다며?"

"훨씬 지나가나 보더라."

"아이고 신나는 거. 이 몸 삭신 마디마디 맺혔던 몸살 좀 풀고 꽁까이 년들 가랭이 속에서 수영 좀 해야지."

"조때가리 조심해. 월남산 국제매독에 걸리면 영 끝나 버리는 거야."

"낭중에사 산수갑산을 가드라도."

중대의 차량이 1번 공로로 나가 다리를 건널 때, 병사들은 반쯤 넋이 나가 있었다. 퀴논 시가지를 서쪽으로 비켜 덜컹거리는 목제다리를 건너고 월남군 훈련소를 지나자 거기서부터 그놈의 바라크촌이 시작되었기 때문이었다. 다리 위를 지날 때 뒤따라오던 월남군 드리쿼터에서 신병으로 보이는 젊은 월남군 사병들이 한국군들에게 손을 흔들었다. 병사들은 뜯고 있던 C레이션 깡통을 그들을 향해 던져 줬다. 그들은 적재함 위에서 그걸 서로 받으려고 법석이었다. 드리쿼터가 훈련소로 꺾어져 들어갈 때까지 깡통이 계속 날아갔다. 바라크의 울긋불긋한 비닐 발 앞에 여인들은 널따란 대나무 평상을 내다 놓고 퍼질러 앉아 있었다. 인근부대에서 나온 비번 GI(미군)들이 대낮부터 잔뜩 오른 얼굴로 그네들을 끼고 앉아 있었다. 더러 임자 없는 여자들은 지친 몰골로 월남 골패 바이드 이싹을 만지작거리고 있었다. 차가 바라크의 얇은 함석지붕과 활주로에 까는 구멍 뚫린 쇠붙이로 만든 날림벽들을 마구 흔들면서 지나칠 때, 여자들은 신기한 듯 헤실거리며 이쪽을 쳐다보았다.

"유 다이항 띠띠 피닛. 부링 부꾸 달라. (야, 꼬치 작은 한국군들. 달라나 듬뿍 가져와)"

포주인 듯한 풍뚱한 여편네가 차량의 꽁무니에다 대고 냅다 소리를 질렀다. 평상 위에서 골패 짝을 만지고 있던 계집 하나가 느닷없이 스커트 자락을 들었다 놓았다.

"와, 미치겠고만. 저년 속에 아무 것도 안 입었어."

"저년 좀 봐. 미국놈 그걸 쥐고 앉았네 그랴."

트럭 운전병도 한눈을 파는지 차체가 기우뚱하고 흔들렸다.

"좋다, 꼭 오마. 타임으로 줄줄이 대여섯 년들씩 교대해 가며 조져주마."

우린 배가 고프다. 곱빼기로 먹어야 하니까.

사실 저 허름한 판잣집 속에서 이루어질 사항이란 뻔할 뻔자다. 하지만 그 홀 안의 어두컴컴한 구석, 화끈한 맥주, 손끝에 녹는 여인들의 팬티끈, 잘록한 허리에 확 퍼진 엉덩이…… 그리고 그 홈에서 안으로 이어지는 조그만 쪽문이야말로 병사들의 가슴을 두방망이질 치게 만드는 마의 동굴인 것이다. 혁대를 풀고 여자를 눕힌다. 헐떡이는 입김을 쐬면서 허리운동을 하는 시간이야 굶주린 탓에 길수도 없을 게다. 10분, 20분, 아니 이를 악물고 1시간쯤 한다고 하자. 종당에는 나자빠져서 여자들의 바지 끈 올리는 소리를 귓전에 들을 것이다. 언제나 똑같은 짓거리, 더구나 그녀들이 벌려줄 늪지대란 흰둥이, 검둥이, 노랭이들이 만국기를 펄럭이며 뛰놀던 100m트랙, 국제적으로 배양된 그놈의 병균들은 그까짓 테라마이신이나 칸트리신 정도로는 끄떡도 없을 것이다. 하지만, 그까짓 복잡한 이론이나 질서정연한 생각들은 저놈의 빠끔히 벌린 판잣집 문을 쳐다봄으로써 산산이 조각나고 마는 것이다. 당장 팬티 안에서 요동치는 이 물건이 문제니까. 저 번질거리는 바라크의 아가리는 아랫도리를 자석처럼 사정없이 잡아당기고 있다.

그러나 한 가지 병사들을 조금 불안하게 만드는 것은 여자들이 어쩐지 배부른 장사를 하고 있다는 느낌이었다. 한국의 용산이나 오산 같은 기지촌 양색시들이 보여 주는 걸신들린 표정들이 그네들에게는 없다는 점이었다. 미군부대 철조망가에 매달리지도 않고, 애써 목마르게 애원하는 기색도 없는 바로 그 점이 이쪽 구매자 편의 김발을 새게 하는 것이었다. 아까 다리통을 잠깐 들어 보인 색시도 한낮의 무료함을 겨워한 나머지 슬쩍 해보는 짓거리였지, 너 아니면 굶어 죽을 것 같다는 절박한 표정은 결코 아니었다.

차는 창녀촌 푸타이 마을을 지나자 면사무소, 그리고 언덕마루의 미군 공병 대대를 지나 갑자기 호젓한 계곡으로 들어서고 있었다. 그 산길의 길섶에 듬성듬성 키 큰 나무들이 나타나기 시작했다. 그 나무들은 각선미 좋은 서양여자들의 종아리처럼 곧장 미끈하게 올라가 햇빛과 만나고 있었다.

"한 소위, 저것 봐라. 저 나무들이 바로 고무나무다."

하이가 갑자기 높은 소리로 말했다. 나뭇잎들은 햇빛과 바싹 엉켜 붙어 반짝반짝 윤을 내며 속살거리고 있었다.

"하지만 어림도 없다. 미로에 있던 우리집 농원의 나무들은 이런 것들의 배쯤은 된다. 여기만 해도 중부라서 기후 때문에 나무들이 왜소하구나."

하이는 고무나무들이 멀어져 가자 아쉬운 듯 시선을 떼지 않고 있었다. 차는 계속 거대한 탄약고가 늘어선 계곡을 빠져 꼬불탕거리는 고갯길을 오르고 있었다.

"어이, 하이 중사. 저기 연기 나는 것은 무엇인가?"

앞의 선임 탑승 좌석에 앉은 중대장이 적재함 쪽에다 대고 소리를 질렀다.

"차콜(숯) 만드는 곳이요. 차콜."

"음, 숯막이구먼. 숯막이야. 웃기는 친구들이야. 전쟁하는 산 속에서 능청스럽게 숯을 굽다니."

연기는 모락모락 골짜기 쪽에서 키 작은 정글을 뚫고 깨끗한 옥양목띠처럼 하얗게 피어오르고 있었다.

고갯마루에서 중대원은 모두 하차했다. 고개는 키 작은 정글로 덮인 평범한 산마루였다. 여인의 젖무덤처럼 얌전히 솟아오른 두 개의 고지 사이로 포장된 도로가 구릉을 가르며 남쪽 해안 쪽으로 빠지고 있었다. 중대원들이 각 소대 별로 잡목 사이의 그늘에 흩어져 앉자 중대장은 들도록 큰 소리로 설명을 시작했다.

"이 고개의 이름은 꾸몽(Cumong)이다. 서쪽에는 안케 고지가 있듯이 이 꾸몽 고개는 우리 사단 티에이오알(TAOR)의 최남단이다."

여러분이 보고 있는 이 고개는 얼핏 보면 평범한 고지지만 월남 전역을 통해서 유일하게 베트콩과 싸우지 않고 만날 수 있는 지역인 것이다. 다시 말해 여기는 월남의 판문점이라고 할 수 있다…… 이 고개를 점령하기 위해서 미군들이 얼마나 힘들여 싸웠는가는 저 계곡을 보면 알 것이다.

중대장이 손가락질하고 있는 베트콩 지역 쪽의 넓은 계곡 사이는 웬일인지 나무가 모두 말라비틀어진 채 잎새 하나 없이 벌거숭이로 서있었다. 뻘건 색깔로 타버린 나목들이었다. 손을 들고 타버린 그 나무들 사이로 건조한 열대성 바람이 빠르게 스치고 있었다.

"저 나무들이 타 죽은 건 여러분이 들어서 알고 있겠지만 월남전에서 처음 쓰인 고엽제 탓이다. 그 무시무시한 화학약은 B57기에서 투하되는데, 한번 그 약에 얻어맞은 땅은 3년 동안 아무 것도 자라지 못하는 것이다. 그러니까 미군들은 이 고개 위에서 베트콩 지역을 감제하기 좋도록 일찌감치 사계청소를 해놓은 것이다. 봐라. 여기서는 비씨지역을 소상하게 바라볼 수 있지 않은가!"

녹색을 태우고 그 불임약은 베트콩 지역의 전답까지도 빨갛게 물들이고 있었다. 회임력을 잃고 질식된 땅들은 해안선을 따라 펼쳐져 있는 또 다른 논밭들과 대조를 이루며 흉칙하게 넘어져 있었다.

"여러분 앞으로 해서 저 해안선을 따라 송카우 쪽으로 계속 내려가고 있는 이 도로가 유명한 1번 공로다. 이 도로를 따라가면 물론 사이곳까지 갈 수 있다. 우리는 당분간 저 동쪽 능선의 6부쯤에다 중대 베이스를 설치하고 머물러 있을 것이 다. 여러분은 이곳에서 충분히 휴식할 수 있을 것이다."

중대장은 한재민 쪽을 보며 다시 말했다.

"한 소위는 저기 바위와 큰 고목이 있는 곳에다 포대경을 설치하도록, 앞으로 베트콩 지역에서 장사꾼들이 올라오면 우리 측에서도 상인들을 내보내야 되니까."

이상한 일이었다. 매일 할 수만 있다면 서로 쏘고 많이 죽이는 것이 장땡인 이 땅에서 경계를 긋고 서로 침범하지 않는 땅도 있다니 …… 아무튼 자유 만세, 평화 만세다. 당분과 이곳에선 쉴 수도 있고 전쟁의 냄새를 맡지 않아도 된다.

…… 바람이 불면 산 위에 올라 노래를 띄우리라. 그대 창까지/달 밝은 밤에 호수에 나가 가만히 말하리라. / 못 잊는다고/못 잊는다고/아아/진정 이토록 못 잊을 줄을/세월이 물같이 흐른 후에야 ……

화기 소대장 김지영 중위는 골짜기 물을 막아 만들어 놓은 간이 목욕탕에서 노래를 부르고 있었다.

"흠, 저 친구도 신이 났어. 노래가 다 나오구."

중대장은 웃었다. 부중대장은 손에 책을 들고 있었다.

"무슨 책입니까?"

한재민이 물었다.

"클라우 제비쯔의 전쟁론이야."

그가 볼펜으로 밑줄을 그은 부분이 보였다.

〈전쟁의 특성〉

1. 맹목적인 증오와 적의

2. 개연성과 우연성이 개재된 도박성

3. 정치적 도구라는 종속성

중대장은 등의자에 기댄 채 선글라스로 눈을 가리고 잠이 들어 있었다. 고개 아래 공병대대에서 놀러온 미군 소위가 한 소위에게 물었다.

"이 건물은 어떻게 지었나?"

정자처럼 트란 풀로 지붕을 인 중대 지휘소를 손가락질하면서였다.

"우리 병사들이 산에서 나무를 해다 지은 것이다."

"근사하다. 아무튼 놀랐다."

"뭘?"

"한국군들의 손재주. 당신네 병사들은 벌목도(伐木刀) 하나만 들면 뭐든지 만들 수 있는 것 같더라. 아무 자재도 보급 받지 않고도 말이야. 저 중대 베이스 좀 봐라. 단 3일 만에 산허리를 다 베어냈다."

한 소위는 '그걸로 밤송이를 까라면 깠지 무슨 놈의 이유가 있어'라는 한국군 특유의 명령법을 생각하면서 혼자 웃었다.

"왜 웃나?"

"아무것도 아니다 …… 그 대신 너희들은 기계로 하는 건 우리보다 훨씬 빠르지."

"와, 사슴 봐라."

그때 난데없이 왕관처럼 찬란한 뿔을 가진 사슴 한 마리가 김 중위가 노래를 부르고 있는 샤워장 옆에 나타났다. 잠자던 중대장도 눈을 번쩍 떴다.

"야, 김 중위, 네 노래 소리 들으러 사슴이 다 내려왔다. 명창은 명창이구먼."

부중대장이 웃으며 외쳤다. 김 중위는 알몸으로 샤워장에서 뛰어
나왔다. 사슴은 벌거숭이 사내를 물끄러미 바라보면서 커다란 눈망
울을 띠룩거렸다. 부중대장이 카빈을 거머쥐며 중대장에게 물었다.

"한 방 놔서 잡을까요?"

"안 돼, 쏘지 마. 쌈터에서 짐승을 잡으면 재수 없다는 징크스가 있
다구."

김 중위가 알몸으로 다가가자 사슴은 서서히 몸을 돌려 고엽제가
묻지 않은 녹색 정글 쪽으로 유유히 걸어가고 있었다.

"중대장님, 아이들이 모두 심심해하는데 묘안이 있습니다. 이건 파
월 육군의 사기에 관한 중대 안건입니다."

김 중위가 바지를 꿰며 말했다.

"무슨 서론이 이렇게 거창해?"

"각 소대 대항 미스터 물건 대회를 하면 어떻겠습니까?"

"뭐, 물건 대회?"

"이번 기회에 대대 군의관을 불러다가요. 우선 일차적으로 검진 좀
해보죠. 저희 소대에도 요새 이상하게 긁적거리는 놈들이 많구요. 어
기적거리는 놈들도 있습니다. 물건에 이상이 있는 놈은 물론 탈락이
구요. 건강하고 모양 좋고 큰 놈으로 등위를 매기는 거죠 뭐. 뭔가 아
이들 스트레스를 해소해 줘야지 안 되겠어요. 요전에 푸타이 마을을
지나올 때 아이들이 발광하는 것 보셨죠?"

"거 아이디어 좋았어. 부중대장 들었지? 내일 대대에 나가서 애들
상품도 사고 군의관 좀 데려와."

헬리포트에 헬기 내리는 소리가 들리고 대대 군의관이 내렸다. 송

풍 수녀원에서 엉터리 진단으로 웃겼던 그치였다. 그리고 재민과 하이에게 우편물이 한 보따리씩 왔다. 지각한 것들이었다. 재민에게는 지숙이가 보낸 편지와 선물—조미료 통, 마늘장아찌, 맛김—등이고 하이에게는 월남군 MIG에서 보내 준 인쇄물 뭉치였다. 그가 뒤적이는 인쇄물들은 USIS발행 콘셉트지(Concept:월남 지식층을 위한 홍보 책자), 마닐라에서 발간된 베트남어판 자유 세계(Free World), 영자 사이공 포스트 묶음 등이었다. 하이는 자기에게 온 보따리의 정체가 너절한 인쇄물뿐임을 확인하고는 화가 나서 나무 밑으로 가 담배를 피워 물었다. 몽글몽글 피어나는 담배 연기자락 속에서 새록새록 살아 나오는 여자, 아포린느를 생각하고 있음이 분명했다. 편지한 장 없는 여자, 그럼으로 해서 더욱 그리운 여자, 괘씸한 여자, 그래서 더욱 신비해지는 여자.

　재민 씨,

　이 편지가 크리스마스 때까지 갈 수 있으려나 모르겠네요. 요즘 바빴어요. 크리스마스 준비하느라구요. 뭐 있잖아요. 해마다 하는 것. 시루떡, 떡국 등 밤새우고 새벽송 돌기 전에 떡국 먹는 맛은 언제나 좋았었잖아요.

　주일학교 애들 유희하고 짧은 성극, 학생들과 성인(대부분 공병대대 군인들이지만) 합동성가대도 조직해 봤어요.

　거룩한 밤(아돌프 아담 곡)을 연습 하는 데 어려움이 많군요. 소프라노 파트는 너무 소리를 치르고 엘토 파트는 소리가 안 나오고, 테너와 베이스는 서로 엉겨서 뭐가 뭔지 모르겠어요. 특히 공병대대에 있는 양 소위라는 분은 무척 열성인데 혼자 소리를 지르려고 해서 우스워 죽겠어요. 게다가 이분은 음치거든요. 그래도 이분이 교회 앞까지 불도저를 동원해서 길을 닦았구요. 교회 블럭담도 해 줬어요. 비공식적으로 슬쩍 해 준 모양이던데, S-3 보좌관이라나 봐요. 제가 송영 반주할 때는 눈도 안 감고 뚫어지게 나만 봐요. 그래서 몇 번 반주가 틀렸어요. 어머, 재민 씨 화낼 소릴 하고 있네요.

그곳 햇빛과 녹색의 땅에서의 크리스마스는. 어떤 건지요? 춥지 않은 크리스마스는 상상할 수가 없네요.

재민 씨,

그곳 여성은 예쁘다지요? 잡지나 뉴스에 나오는 여자들을 보니까 아오자인가 하는 옷을 멋있게 입고 아주 큰 눈이 이국적이던데요. 불안해요. (제 생각이 천박한가요?)

엄마는 신년 초에 신령하신 목사님을 모셔다가 부흥사경회를 하실 모양이에요. 신도 배가운동을 벌여 주를 모르는 이들에게 그리스도를 전파하고 이 땅을 하루속히 그리스도의 왕국으로 만드는 게 엄마의 소원이시니까요. 위해서 많이 기도해 주세요. 어서 당신 계신 월남 땅에도 붉은 무리들이 물러가고 그리스도를 믿는 자유의 천지가 속히 이뤄지기를 기도하겠어요. 특히 그곳의 베트콩은 악독하기로 유명하지 않아요? 아마 얼굴색도 검고 흉악할 것만 같군요. 주일 대예배 때 대표 기도를 하시는 집사님이나 권사님께서도 당신을 위한 기도, 월남의 평화를 위한 기도는 빼놓지 않으신답니다. 교회 집사님들이 당신 드릴 것 몇 가지를 보내 오셨어요. 같이 보냅니다. 다음 편지에 그분들께 감사하세요.

지숙으로 부터―

P.S)안디 뮤직 가사는 별지에 적어 보냄. 교회 앞에 있는 개울에서

찍은 사진 한 장도 보내 드립니다.

사진 속에서 지숙이가 웃고 있었다. 교회 앞을 돌아 흐르는 넓고 맑은 개울가에서 두 발을 물에 담그고 치마를 조금 든 채 싱그럽게 웃고 있었다. 아, 아, 지숙이의 두 다리와 그 속살은 얼마나 깨끗했던가? 양 소위라구? 양 소위라…… 재민은 어머님이 계신 그 개척 교회에 한 주일도 안 빠지고 나오는 단골 얼굴들을 떠올려 봤다. 늘 허리가 아프다고 골골하는 늙은 박 권사, 스물 몇엔가 아들 하나를 낳고 소박을 맞았다는 뚱뚱한 임 집사(사실 교회는 그녀의 입김 하나로 좌지우지될 만큼 언제나 교회 안에서 사는 여인이었다. 입심도 세고 열성도 있고 실수도 많은 여인이었다), 약방집 차 집사, 그리고는 거의 낯모르는 군인들이었다. 지역이 경기도 끝의 전방지대였으니까, 아마 양 소위도 그곳 공병대대에 배치된 신참 ROTC일 것이다. 나만큼 얼굴도 희고 의지도 박약한 바보티씨일 것이다. 아니다, 이과 계통이라면 차분하고 박력도 있을 것이다. 오르간을 켜는 지숙이를 보고 얼마나 가슴 두근거릴 것인가. 지숙이는 늘 갈래 머리를 하고 있었다. 재민이 언젠가 그녀에게 물었다.

"왜 늘 그렇게 머리를 땋고 있지?"

"불만이에요? 풀어 버릴까요?"

"아냐, 그냥 이상해서 그래."

"머리 간수하기가 쉬워서 그래요. 머리칼 같은 데는 신경 쓰고 싶지가 않아요."

오르간을 켜거나 기도를 드리는 그녀의 옆얼굴을 훔쳐보면서 그는 언제나 씻은 차돌을 연상했다. 말끔히 씻기어진 그녀의 옆얼굴엔 흐트러진 선이 붙어 있지를 않았다. 차갑고 매끈한 옆모습…… 그는 그녀의 그 정갈한 분위기가 늘 자랑스러웠다. 차가운 여자의 뜨거운 사랑. 차디찬 술잔에 담긴 도수 높은 알콜 같은 그녀는 그가 원할 때는 점화할 줄도 안다. 우리의 알몸과 땀내는 얼마나 향기로웠던가. 하지만, 난 지숙이를 아낀다. 내 신앙의 한 부분처럼, 내가 처음 열어야 할 문처럼, 양 소위, 미안하이. 길 닦느라고 수고했어. 하나님을 위한 봉사라고만 생각하게. 지숙이는 나를 향해 그녀의 온 가슴을 다 태워 불꽃처럼 타오르기도 하고 마지막 한 방울까지 기울여 준 기름 방울 같은 여자야. 우리의 만남이 어떠했는지 들어 보겠나?

그 해 여름엔 느닷없는 홍수가 도시 전체를 휩쓸고 지나갔다. 왜식 목조건물이 많던 고향 도시의 전체가 곰팡이가 핀 듯 습습한 냄새를 내뿜고 있었다. 도시의 한가운데를 가로지르던 하천 위로는 검붉은 황토물이 힘센 악어처럼 꿈틀거리며 흐르고 있었다. 지숙이의 어머니를 본 것은 그때가 처음이었다. 재민이 교회를 가다가 둑 위에서 물구경을 하고 있는 모녀를 만난 것이었다. 키가 크고 야윈 부인이었다. 지숙이와 팔짱을 끼고 물줄기를 조용히 내려다 보고 있었다. 물줄기는 도도하게 언덕을 때리면서 으르렁거렸다. 물살이 센 한가운데에서는 포말이 일기도 하고 부서진 문짝과 판자와 각목들이 수면 위로 떠내려 오고 있었다. 모녀는 정답게 낀 팔짱에다 힘을 꼭 주면서 우리 안의 힘센 동물을 구경하듯 짜릿한 시선으로 물줄기를 바라보고 있었다. 지숙이가 먼저 재민을 발견했다.
　"어머, 벌써 교회 갈 시간이에요? 엄마, 이분이 교회 학생회 회장이에요."

"아, 학생이 재민이라는 학생이유?"

"저희 엄마세요."

재민은 그녀의 어머니가 그의 이름을 이미 알고 있다는 사실에 이상한 감동을 느끼면서 모자를 벗어 인사를 했다.

"교회 좀 나오시죠."

재민은 상투적인 말을 하고 있었다.

"내가 몸이 성칠 못해서 말이유…… 나가고 싶어도 못 나간다우."

부인은 숨이 찬 듯 말을 끊었다가 이어갔다.

"학생은 졸업반인데두 가정교사를 한다문서…… 딱하기두 하지…… 얼마나 고될까. 어머님은 댁에 계시지도 않고 어디 임시 전도사 일을 하신다구?"

재민이 모자를 쥐고 우물쭈물하고 있을 때 지숙이가 얼른 말을 가로막았다.

"엄만 별얘길 다 하슈……

지숙이가 예쁘게 엄마를 향해 눈을 흘겼다. 모녀의 말투는 매끄러운 서울 말씨였다. 그네들도 그 흔하던 서울서 내려온 피난민이었다.

"언제 우리집에 놀려 오우, 학생."

재민의 뒤에다 대고 지숙이의 엄마가 해 준 말이었다. 하지만 사실은 그게 재민이 마지막으로 들은 지숙엄마의 목소리였다.

"애인인가?"

하이가 다가오며 묻고 있었다.

"아주 예쁘군. 한국 여자들은 다 이렇게 예쁜가?"

그는 지숙이 사진을 꼼꼼히 들여다보며 감탄하고 있었다. 하이에게 은 사이공 포스트 지에는 온통 전쟁 이야기뿐이었다.

※ 우리 땅에서 숨진 노여기자, 뉴욕헤럴드 트러뷴지의 마가리트 히킨스

'노병은 죽지 않고 시들어 간다'는 말이 있다. 그러나 세계에서 가장 이름난 노장급 여류종군기자 '마가리트 히킨스'는 시들기도 전에 죽었다. 허리에 때때로 권총을 차고 다니던 그녀는 노병의 모습을 방불시킬 수도 있었지만 아쉬운 나이 45세에 갔다. 눈부신 한국전쟁 취재활동으로 '퓰리처'상까지 탄 관록을 자랑하며 이곳 베트남전 취재를 한참 하다가 정글의 벌레에 쏘여 '레이시마니아시스'라는 병으로 지난 주 본국의 '월터 리드'병원에서 눈을 감은 것이다.

빈 두옹 성 챠우 단 지구 푸 호아 부락 푸반 촌의 팜 디 도이 양 납치, 베트콩들은 잔인하게 그녀의 목과 오른팔을 절단, 이유는 푸로이 경비대를 위해 그녀가 취사와 빨래 등으로 봉사해 줬다는 것.

'추라이 4일발 AP 전송' 맥나마라 종군 목사가 4일 추라이 부근의 미해병대 작전에 종군 중 지뢰폭발로 치명상을 입고 임종을 기다리는 미국의 내셔널 옵서버지 특파원 디키 챠펠 양을 위해 마지막 기도를 올리고 있다.

전송 사진은 목사가 모로 쓰러진 여기자의 등 뒤에서 기도를 하고 그녀 머리맡에 그녀의 정글모가 덩그마니 뒹굴고 있는 모습이었다.

재민은 햇볕이 핥고 있는 아스팔트길을 내려다보았다. 사이공으로

곧장 내려가는 길. 아포린느가 살고 있는 사이공, 마이의 어머니도 있고 하이의 아버지가 어린 첩과 함께 살고 있는 그곳. 사이공으로 내려가는 저 1번 공로는 고개만 내려가면 다리목부터 베트콩의 초소에 걸린다. 토막토막 잘린 월남 제 1국도. 절단된 팜 디 도이 양의 수족과도 같이…… 하이도 도로 쪽을 넋을 놓고 바라보고 있었다.

그날의 대회는 군의관의 약간 공갈 섞인 성병 강의로 시작되었다.

"여러분은 대한 남아다. 귀국하여 제대하면 꽃다운 대한 여성과 결혼하여 아들 낳고 딸 낳고, 하루에도 열두 번씩 하면서 재미있게 살아야 할 장래가 창창한 맹호부대의 용사들이다. 남자에게 가장 중요한 것은 무엇인가. 바로 튼튼한 물건인 것이다. 마누라가 조금 떠들고 바가지를 긁는다. 그런 것 문제가 아니다. 가죽 빠따로 조지면 그만인 것이다. 제 아무리 잘난 체하는 마누라도 가죽 빠따 한 대면 끝나는 것이다. 왜 웃나? …… 조용, 조용히! 본관이 오늘 3중대 용사들의 물건을 쭉 검사해 본 결과 대체로 양호한 편이었다. 그러나 개중에는 냄새나는 연장들이 몇 있었다. 우선 여러분들도 아리랑이나 야담 실화 같은 잡지의 약 광고란을 보고 약간의 상식은 있겠지만, 성병에는 대체로 매독, 그리고 임질이 있다. 간단히 말해 매독은 데쓰까부도가 벗겨지거나 허는 것이고 임질은 파이프가 새는 것이다. 하지만 본관이 여기서 강조하고자 하는 것은 월남엔 보통 약으론 들지 않는 국제 매독이 있다는 사실이다. 이거 한번 걸리면 머리털이 다 빠지고, 코는 뼈째 삭아 문드러지고, 자손 만대에 걸쳐 유전하는 것이기 때문에 장가도 물론 못 간다."

군의관이 여기까지 주워 섬기자, 화기소대의 구멍망이와 양장피,

2소대의 LMG 사수 지 상병, 조수 정 일병, 그리고 3소대에서 해안 수색 때 재미 본 친구들은 고개를 푹 숙이고 한숨을 내리쉬었다. 그리고 그들은 물건을 내려다보았다. 그 대가리랑 접속부분에 진물이 나고 헌 데가 사정없이 따끔거리는 것 같았다. 아, 저놈의 원망스러운 군의관은 계속 썩은 미소까지 띄우면서 떠들어 대누나.

"또한 여러분이 가장 주의할 것은 월남산 연성하감이라는 것인데 전문용어로는 샹카로이드라고 한다. 이건 촛대 같이 막 녹아떨어지는 것이다. 처음에는 습진처럼 가렵지만 슬슬 녹아떨어지기 시작하면 나중에 대가리만 똑 떨어진다. 자 여러분들, 조때가리 함부로 놀려선 안 되겠다는 걸 알았는가?"

"네-엣!"

아주 힘차고 순진한 함성이 계곡의 타 죽은 열대 나무 사이로 꼬리를 끌며 빠져 나갔다. 군의관은 계곡 쪽을 한번 힐끔 내려다보더니 그의 명 강의를 끝낼 준비를 하고 있었다. 그는 승풍에서의 망신을 만회할 심산이었다.

"그럼 끝으로 우리가 지켜야 할 안전 수칙을 말하겠다. 물속에 들어갈 때는 장화를 신어야 한다. 무슨 말인지 알겠나? 알았으면 다 같이 복창하라, 텍스(콘돔)!"

"텍스"

중대장은 안경다리가 곧은 파일럿용 선글라스를, 화기 소대장은 아미타잎을 걸친 채 한 소위랑 그늘 의자를 내다놓고 일렬로 앉아 있었다. 부중대장 김실근 중위가 심사 규정을 말했다.

"에, 선수는 저 드럼통 위의 가설무대에 올라가서 미스터 코리아 할 때처럼 이두박근, 삼두박근을 자랑해도 좋고 각 소대는 자기 소대 선수가 나오면 응원가, 삼삼칠박수 등으로 분위기를 살릴 것. 끝으로 선수가 물건을 세우면 이 부중대장이 손수 재겠다. 길이, 그리고 둘레, 1등엔 15불짜리 야외전축, 2등은 10불짜리 트랜지스터, 3등은 5불짜리 선글라스, 그리고 각각 맥주 한 박스씩이다."

와! 신나는 함성이 계곡 아래 베트콩 지역까지 쩌렁 울려갔다.

추근추근 러브레터 제발 하지 마세요 …… 한글의 철자법도 모르는 나에게 …… 아이 러브 유, 유 러브 미. 내가 알 게 뭐예요?…… 싫어요. 정말 싫어요…… 착, 착, 착, 착,착,착—

트위스트, 쏘울, 비비 트는 춤, 어기적거리는 놈.

1소대에서는 3명의 선수가 출전했다. 3명이 동시에 트위스트 동작을 하다가 아랫배에 힘을 주고 가운데 다리를 세웠다. 많은 사람 앞에서라 수줍은 오른쪽의 물건은 고개를 들지 못하고 있었다.

"야 박 이병, 너 맥주 너무 마신 거 아냐? 더 흔들어봐."

출전 선수들은 물건을 세우기 위하여 맥주를 몇 병씩 마신 모양인데 박 이병의 것은 너무 마신 탓인지 끝내 고개를 들지 않았다. 박 이병은 슬그머니 단 위에서 내려갔다.

…… 닐리리야, 닐리리. 맘보…… 임 계신 곳을 알아야…… 나막신 우산 보내지. 보내 드리지 ……

"남쪽 나라 시리즈로 읊어."

…… 남 나아암쪽 상하 나라/월남의 달밤/십자성 저 별빛은 어머님 얼굴/그 누구가 불러 주나/하모니카에 아리랑 멜로디가/향수에 젖네/비에 젖네. …… 남쪽 나라 십자성은 어머님 얼굴/ 누운에 익은 너에 모습 꿈속에 보오면/꽃이 피고 새가 우는/바닷가 저 편에/고향

산천 가는 길이 …… 절로 보이네 …….

부중대장은 엄숙하게 선수들에게 다가가 줄자로 재고 있었다.

"장, 이백 오십 오 미리. 환, 백 육십 삼 미리."

"와, 물건 좋고 학벌 좋고!"

함성이 오르자 화기 소대장은 복창하고 받아썼다.

2소대 선수들은 식용유를 올리브 기름대신 번들번들하게 바르고 나왔고, 3소대 선수들은 그곳에다 눈에 뜨이게 모두 잉크를 쳐 바르고 나왔다. 화기 소대 선수 김 상병은 대기실로 쓰인 간이 샤워장에서 너무 흔들다 내용물이 엎질러지는 바람에 기권하고 말았다. 결국 우승은 2소대의 키 작고 땅딸막한 김천만 이병이 차지했다. 중대장은 15불 짜리 빨간 야외전축을 수여하면서 한마디 했다.

"사나이는 키가 작아도 그게 커야 한다. 김천만 이병 축하한다. 에, 중대원 여러분들의 애로사항을 중대장은 알고 있다. 애로사항이 무엇이냐(이때 열중에서 키득키득 웃는 소리가 났다). 애로사항이 무엇이냐…… 알고 있다. 기회 있으면 소대별로 교대해서 외출을 실시하겠다. 푸타이 마을은 가깝다."

와! 병사들은 앉은 자세로 풀썩풀썩 뛰고 있었다.

"조용, 조용, 김천만이 우승 기념으로 노래나 해라."

김천만은 드럼통의 판대기 위에서 폼을 잡았다. 과연 그의 짧은 두 다리 사이에 우뚝 선 그것은 가운데 다리라고 부를 만했다.

"맹호! 2소대 이병 김, 천, 만, 선배님들을 물리치고 우승의 영광을 독차지하게 되어서 대단히 죄송합니다. 못 부르는 노래지만 한 자락…… 어머님의 손을 놓고 돌아설 적에/ 부엉새도 울었다오/나도 울었오/가랑잎이 휘날리는 산마루 턱으을/ 넘어오던 그날밤이 그립습니다/맹호!"

대회가 끝나자 소대별로 드럼통에다 군의관이 처방해 준대로 벤질
조이트 용액(하얀색의 소독약)을 만들어 한 번씩 들어갔다가 나왔다.
군의관은 연성하감자 명단과 약 처방을 의무대 이병장에게 넘겨주며
말했다.

"페니실린은 쓰지 말아라. 효과가 없으니까. 스트렙터마이신을 두
알씩 6시간마다 주고 국소에 썰파제를 뿌려 주도록."

천 하사와 무전병 박성길이 어정거리며 한재민 쪽으로 다가왔다.

"보좌관님!"

"왜?"

"저희들 미군 부대 쇼에 좀 데려다 주십시오."

"가구 싶어?"

"꼭 가고 싶은데요."

"좋아, 같이 가도록 하지."

지숙에게

크리스마스 준비하느라 고생이 많았겠소. 안 봐도 눈에 선해. 언제
나 모든 일에 열성적인 지숙이 길 안 들여진 성가대를 끌고 낑낑대는
모습이 눈에 보이는 듯해, 우리는 또 옮겼소. 이번엔 베트콩 주민들
과 자유 지역 주민들이 서로 만나 물물교환을 하는 고개마루 턱이라
오. 아주 희한한 구경을 할 수 있는 곳이오. 이곳에서는 전투는 안하
니까 안심해도 좋소.

지숙이 편지에 공병소위, 혹시 지숙이 편에서도 관심이 있는 것 아

냐? 편지에 온통 그 얘기뿐이니…… 송영 반주할 때 눈뜨고 지숙이만 본다는 것 어떻게 알았소? 하지만 이런 얘기 길게 하면 피차 유치해질 것 같아 그만 두겠어.

나는 아주 멋있는 크리스마스를 보냈지. 지난번 편지에 말했던 우리 중대의 통역관 미스터 하이네 이모님댁에서였소. 내 생전 처음 먹어 보는 불란서 요리에다 고급 월남 요리, 향내 나는 포도주, 참으로 분에 넘치는 대접이었다오.

당시 편지에 베트콩은 얼굴이 검고 흉악한 살인마들일 거라고 했지만, 그건 공산당은 머리에 뿔이 돋치고 얼굴이 빨갛다는 이론과 같소. 그들도 베트남 역사가 남겨놓은 사생아들일 뿐이오.

이 전쟁의 성격을 기독교 신자의 입장에서 본다면 구약의 세 가지 사건과 연관을 지을 수 있겠소.

첫째는 에서와 야곱의 사건이요. 주일학교 때 배운 야곱은 축복받은 하나님의 아들이며 형의 유업을 뺏을 만큼 지혜로운 사람이었소. 그렇지만 성경을 다시 보면 억울한 사람이야말로 간교한 어머니와 아우로 인하여 장자의 유업을 빼앗긴 형 에서이며, 아버지를 위하여 성실하게 산에 사냥을 나간 사이 나쁜 음모를 꾸민 엄마와 아우야말로 규탄을 받아야 할 존재들인 것이요. 야곱의 탐욕을 보시오. 외삼촌 집으로 도망가서도 그의 두 딸을 제 아내로 취하고 그것도 모자라 그녀들의 몸종까지도 빼앗아 갖질 않소?

둘째 사건은 아름다운 누이동생을 능욕당한 왕자 압살롬의 분노요. 누이가 능욕당하고 억울하게 취급당할 때 복수를 결심하는(사무엘下13)이 압살롬의 처사에 대해서도 종래의 성경 해석은 악한자의 단순한 복수로만 일방적으로 매도하고 있소.

세번째 사건은 아내 밧세바를 왕에게 빼앗기고 끝내는 자기의 목숨까지도 빼앗기는 우리아 장군의 이야기요. 그는 끝까지 피해자이며 돌이킬 수 없는 파멸과 함께 패배만을 맛본 영원한 희생자였소.

첫째 사건은 에서가 세월이 흘러 분노를 풀고, 돌아온 야곱의 어깨를 안고 입맞춤함으로서 해피엔딩으로 끝날 수 있었소. 하지만 두 번째 사건은 압살롬이 분노에 떨며 불의를 저지른 이복형제 암논을 죽이고 드디어는 아버지의 왕권에까지 도전하고, 아버지의 후궁들까지 짓밟아 욕을 보이는 거요. 물론 이것은 철저한 복수이며 그 복수는 자기 자신이 죽음으로서 끝나게 되오.

세번째 사건은 복수도 화해도 없는 일방적 피해요. 다윗은 선지자 나단을 통하여 회개하지만 우리아는 지하에서 아름다운 자기 아내 밧세바가 옷을 벗고 다윗을 위하여 솔로몬을 낳아 주는 또 하나의 치욕까지 감내하지 않으면 안 되오. 도대체 이런 억울함은 어떻게 보상을 받아야 하는 거요?

이 전쟁이 앞의 어느 경우에 해당할지는 두고 봐야 알겠소. 제발 첫 경우처럼 해피엔딩으로 끝났으면 하는 것이 우리의 바램이요. 하지만 그렇게 된다는 보장은 전혀 없을 것 같애.

부흥회에 대하여.

'삼천만을 그리스도에게로!' 이런 표어야 어렸을 때부터 보아 온 것 아니오? 배가 운동, 삼 배가 운동, 땅 끝까지 복음을 선포하고……하지만 지숙이, 이런 것은 역사적으로 이미 이루어졌던 때가 있었잖소? 유럽 전체가 교황의 칙서 하나로 움직여지던 때, 예수를 믿지 않는 건 고사하고 이상한 믿음만 가져도 화형을 시키던. 하지만 역사상 그 시대가 어떻게 평가되었나 하는 것은 르네상스와 더불어 판명이 나지 않았소? 수적인 배가 운동, 얼마나 의미 없는 작업이요? 그리고 부흥회의 그 화끈한 효과, 기독교가 미신이 아니고 수천 년 내려온 깊고 높은 신앙이거늘 어찌 화덕 위에 올려놓은 냄비처럼 끓기만을 바라겠소. 초대 교회 하루에 삼천 명씩 회개시킨 베드로…… 강한 바람 같고 불의 혀 같은 성령, 그것은 그리스도 교회를 인류의 역사 위에 처음 세울 때의 형상을 주조하는 풀무의 불 같은 것이요. 역사의 궤도 위로 떠오르는 로켓의 연료 같은 것이지. 하지만 기독교가 2천년쯤 자란 지금은 조금은 다른 형태의 성령을 갈구해야 하는 게 아닐까? 이 무섭고 어두운 상황을 밝힐 수 있는 지혜라든가, 이웃의 아픔에 동참하려는 강한 연민, 모든 걸 빼앗기고 우는 억울한 이들에 대한 의분 같은 것만으로도 족할 것 같소.

지숙, 내가 말하고 싶은 것은 성령은 혼자만의 영혼의 세계로 영원히 침잠해 버리는 미신의 불꽃이 아니라는 점이요. 금새 의인이 되고 하루아침에 구원에 참여하는 우연과 공짜의 세계가 기독교의 구원관이 되어서는 안 되겠다는 거요. 부흥회가 끝나면 금방 양산되는 소위 은혜 받은 자라든가 은사의 제자들이 몇 달 지나면 시들시들해지다가 산중기도, 안수, 유명한 집회 등을 전전하며 끝내 이상해지는 것, 그것이 과연 기독교의 진면목이겠소? 민족이 역사의 바퀴에 깔려 앓고 아파할 때, 저 혼자 피안에서 비춰오는 이상한 불빛에 홀려 흥얼거리고 혼자만의 길로 달려간다면, 그래서 아내나 자식이나 이웃과 민족도 다 떨쳐버리고 드디어 움켜 쥔 그 존 번연('천로역정'을 쓴 작가)식 구원이라는 게 얼마나 값이 있는 걸까? 극도의 이기주의, 형의 유업을 팥죽 한 그릇으로 훔치는 야곱의 약삭빠름이 우리 기독교인의 핏속에는 없을까? 우리 기독교인들은 성경을 읽는 짬짬이 국사책도 반드시 읽어 둬야 된다고 생각하오.

　재민은 크리스마스 전날 밤의 소란, 마이가 자신을 죽이려 했던 극단적인 상황에 대해서는 단 한마디도 쓰지 않았다. 어찌 그녀가 그런 복잡한 이쪽의 속사정을 알 것인가? 또 알려 줘서는 뭣할 것인가…… 포대경 옆의 샌드백 위에서 편지를 쓰던 그는 퍼뜩 눈을 들어 계곡을 살폈다.

　지역 계곡에 하얀 아오짱 차림의 행렬이 나타났다. 그는 포대경으로 숫자를 헤아렸다. 너무 멀어서 제대로 셀 수가 없었다. 마지막 검문소에서 장총을 맨 비씨가 '따라 나서는 게 보였다. 그 비씨는 우군 사정거리인 다리까지 와서는 행렬과 떨어져 되돌아섰다. 다리를 건너는 여인들을 헤아렸다.
　"열여덟이군."
　재민은 하이에게 말했다.
　"우리 편도 열여덟만 들여보내시오."
　하이는 고개 뒤쪽으로 내려가 콜트형 권총을 차고 있는 월남 경찰에게 말했다.
　"열여덟만 들여보내시오."
　경찰은 엄숙하게 대열을 정돈시켰다.
　" 자, 자, 순서대로."
　하지만 그가 손가락질해서 들여보내는 여인들은 비교적 젊고 예쁜 공까이들이었다.
　"저기 저 처녀는 만날 들어가잖아."

뒷줄에 선 노파가 불만스럽게 말했다.

"할망구, 자꾸 그따위 소리하면 여기 얼씬도 못하게 할 거야."

경찰은 허리춤의 권총을 들썩하며 엄한 표정을 지었다.

베트콩 지역에서 온 여인들은 서쪽에, 자유지역 상인들은 동쪽에 일렬로 앉았다. 그녀들은 빠른 월남말로 서로 수인사를 건넸다. 자유지역 여인들은 옷차림도 가지가지—까만 바지, 흰 바지, 연두색 아오자이, 분홍색 아오자이, 그러나 비씨지역 여인들의 것은 유니폼 비슷한 흰 아오짱과 흰 바지 일색이었다. 그네들은 가운데 앉은 조장인 듯한 여인의 눈치를 보아가며 조심스럽게 행동했다. 자유지역 상인들이 웃고 떠들 때, 그네들은 농라를 벗고 흘러내리는 땀을 묵묵히 닦고 있었다. 자유지역 상인들이 고개턱까지 람브레타를 대절하여 타고 올 때 그네들은 맨발로 계곡을 기어 올라온 탓이었다. 그것도 대바구니에 가득 물건을 얼러 맨 채.

서쪽 열에 놓여있는 상품은 잘 익은 바나나 코코넛, 파인애플, 아주 작지만 매운 월남 고추, 마늘, 양배추, 햇빛 아래에서 젓국물이 보글보글 끓는 생선젓갈 등이고, 동쪽에 차려진 상품은 플라스틱제 그릇, 바가지, 쌀, 우유 가루, 가정상비약, 등속이었다. 재민과 하이는 상인들의 상품을 슬쩍슬쩍 들춰 보았다. 왜냐하면 비씨지역에서는 때때로 순금괴가 나오고, 이쪽 지역에서는 교환금지 품목인 항생제나 군수품이 나오기 때문이었다. 그들이 지나칠 때 비씨지역 여인들의 몸에서는 역한 젓갈 냄새가 풍겨왔다.

"자, 교환해도 좋소."

하이가 소리를 지르자 장바닥은 갑자기 들끓기 시작했다.

"안 돼요. 그럼 내가 밑져요."

"요만큼은 덤으로도 되잖아요."

"안 돼요. 안 돼."

"조금만 더

점심 때 조금 못 돼서 인도인 기자들이 시장풍경을 스냅하여 가고, 연대장 당번이 김치감을 사러 지프를 타고 다녀갔다. 중대장 당번 홍 상병도 김칫거리를 샀고 한 소위의 당번 인웅이도 양배추와 고추를 샀다. 아스팔트에서는 숨 막히는 지열이 올라오고 둘러 친 철조망과 바위에 거치해 놓은 LMG총신 위에서는 햇빛이 지글지글 끓고 있었다.

점심때가 되자 동쪽의 자유지역 상인들은 돌아앉아 자기들끼리 싸 가지고 온 밥들을 먹고 있었다. 서쪽에 앉아 있던 여인들은 멀거니 앉아 허리춤에서 꺼낸 담배만 풀썩거리고 있었다. 토꼬탑이라 불리는 막담배였다. 중대장이 부중대장을 불렀다.

"아이들 시켜서 레이션 좀 내다 주지. 반드시 깡통은 따서 줘야 해. 가져가면 곤란하니까."

깡통을 받아 쥐자 그네들은 가운데의 조장 눈치를 살폈다. 그 여자가 고개를 끄덕이자 정신없이 퍼먹기 시작했다. 푸딩을 싼 종이까지 알뜰하게 빨아먹고 있었다.

"깜언웅!"

조장이 중대장에게 인사했다.

"여봐, 부중대장. 이왕이면 그 홍보용 달력도 나눠 주지."

한국식 그림이 알록달록하게 그려진 심리전용 달력이었다. 여인들은 신기한 듯 호로록 종잇장을 넘겨보면서 이번에도 조장의 얼굴을 쳐다봤다. 그 여자는 이번에도 눈으로 말했다, '받아 둬' 여자들은 달력으로 확확 달아오른 얼굴을 부치기도 하고 더러는 그 속에 쓰여진 월남어 설명을 읽고 있었다.

1월 2일 : 색동옷을 입은 어린이들이 연을 날리고 있습니다. 자유 우방들은 우리 한국의 자유와 평화를 위해 싸웠습니다. 그래서 우리도 오늘날 이와 같은 목적을 위하여 월남에서 싸우고 있는 것입니다.

5월 4일 : 음력 4월 8일에 불교인들은 석가탄일 불공 준비에 분주합니다. 월남의 자유는 월남을 부유하게 하고 오래도록 번영하게 할 것입니다. 공산주의자들은 신앙의 자유를 박탈하였고 국민을 빈곤에 빠트렸던 것입니다.

하이가 서쪽 열의 끝을 지나갈 때 여인 하나가 슬쩍 쪽지를 건네주었다.

'귀순 희망, 조치 바람'

하이는 쪽지를 중대장에게 보였다.

"정말 귀순하는 걸까? 위장 귀순이면 오히려 간첩이 침투하는 거라구."

장이 파할 때쯤 귀순 희망자의 정반대 끝에서 양쪽 여인 사이에 시비가 붙었다. 악다구니가 일고 머리채를 잡았다. 귀순 여인은 군인들에게 둘러싸여 슬쩍 철조망을 빠져 나왔다. 싸움이 끝나고 짐을 다 챙긴 비씨조장은 여인들을 헤아렸다. …… 하나가 없다…… 한국군이 우리 동무를 빼돌렸다. 통역관 말하라. 한국군에게 우리 동무를 내놓으라고.

208

중대장은 어깨를 들썩하고 월남말로 말했다.

"또이 꽁비약(난 몰라)."

"안 내놓으면 안 가겠다."

중대장은 안남 산맥 쪽으로 기울어진 태양을 가리키며 말했다.

"해지기 전에 가라. 가서 너희들 책임자에게 말하라. 슬그머니 없어졌다고."

우리는 알고 있다. 당신네는 비씨검문소를 3개 지나야 하고, 오늘 수익금의 10%를 세금으로 내야 할 테니까 할 일이 많을 것이다.

조장은 지는 해를 힐끗 올려다보곤 마구 투덜대면서 바구니 통을 얼러 맸다. 계곡에 떨어진 산 그림자가 빠른 속도로 내려왔다. 비씨 쪽 마을에서 저녁연기가 오르고 여인들은 구르듯 계곡을 내려갔다.

"무신 놈의 쇼가 그 무양입니꺼. 지집아들이 다리통을 번쩍번쩍 드는 거 그런 건 줄 알았는데."

천하사가 투덜댔다.

"그러게 말이다. 서양년들 늘씬한 다리 밑 좀 구경하려구 했더니 웬 동양년처럼 조그만 기집년 하나가 나와 가지고 한 시간 내내 구라만 치고 있어 …… 한 소위, 뭐라고 하는 거여? 왜 이들이 느닷없이 일어나서 소릴 지르구 야단이야?"

1소대장 이 중위가 물었다.

"그 여자 대단합니다. 500명이 넘는 공병대대 군인들을 한 손에 쥐고 한 시간이 넘도록 미국 전역을 샅샅이 누비고 다녔으니까요. 뭐 미국판 팔도유람이지요. 자, 동부에서 출발합니다. 뉴우욕…… 이때 뉴욕 출신 장병들이 일어나서 소릴 지르는 거예요……"

세계의 메트로폴리스, 돈 많은 멋쟁이, 세계의 오입쟁이들이 한 곳에 모이는 곳/보스톤, 문화와 역사의 도시, 나이아가라. 절승의 동북부를 지나/제2의 도시 시카고, 공업의 심장부, 5대호를 지나/세계의 수도 워싱턴, 길고 긴 미시시피를 따라 뉴올리언즈에서 재즈 한 곡 듣고/황금의 주 캘리포니아로, 새크라멘토와 요세미티 공원을 구경하고 그랜드 캐년으로/ 외로운 별 텍사스주 오스틴을 가로질러 록키산은 숨차구나/ 덴버를 지나 꽃 피는 샌프란시스코, 차이나타운, 상하의 낙원 로스앨젤레스 …… 가만 있자. 또 뭐가 있었더라. 음, 군사도시 산디에고, 라이와 무우무우의 꿈 와이키키……

"보좌관님 그러니까 저거들 고향 이야기가 나오면 그 아아들이 고함을 지르고 일어나는교?"

"그렇지. 게다가 향수를 불러일으키는 각 주의 별명과 고향 노래를 불러주니까."

재민은 그 조그만 여자의 앙증맞은 노래솜씨를 생각했다. 대형 트레일러 위의 가설무대, 캄캄한 밤하늘, 하몬드 오르간과 외로운 반주자, 철조망을 훑던 써취라이트. 여자는 공연도중 뒷산에서 포소리가 들리자, '설마 나를 환영하는 예포는 아니겠지요?'라고 애교를 떨었다.

푸타이 마을 가까이 오자 미군 병기 부대 쪽에서 사격하는 소리가 들렸다.

"써취라이트가 뒷산을 훑는 걸 보니 그쪽에 뭔가 온 모양입니다."

재민은 천하사와 무전병 박 상병에게 텍스를 나누어 주었다.

"이거 오는 날이 장날이라고 김발 새게 왜 지지고 볶고 지랄들이야."

이 중위가 투덜댔다.

"총소리를 들으니까 어째 아래께가 더 근질거리네요."

"씨바, 양놈들이야. 뒈지든 말든 오늘 저녁은 몸 좀 풀어야 쓰겠어."

홀 안에는 미군 상사 하나하고 사병 몇 명이서 맥주를 홀짝이고 있었다. 후줄근한 한국군들이 들어서자 미군들은 못마땅한 듯 묘하게 이맛살을 찡그렸다. 구석에서 길쭉한 골패짝을 만지고 있던 계집들이 눈을 휘둥그렇게 뜨고 엉거주춤 일어섰다. 카운터에 있던 마담이 다가왔다.

"오우 다이항, 웰컴므, 위 해브 베리 휴유 꼬리앵 히어, 헛 두 유 웡? (어서오세요. 우리 가게엔 한국군들이 자주 안 와요. 뭘로 하실까)"

"비어 앤 꽁까이(맥주 하고 여자)."

"오우, 오우 아이 씨."

마담은 입을 막고 웃었다.

"남자들이란 세계 만국이 다 꼭 같지요. 입으로는 마시고 아래로는 여자의 생식기를 헤집고, 손으로는 쏘고, 죽이니."

마담이 맥주를 가져오자 재민은 나직하게 그녀의 귀에다 대고 물었다.

"하우 머취 퍼 숏타임?(한 번 노는 데 얼마?)"

그녀는 자리에 앉으면서 설명했다. 미군은 타임당 6불, 한국군은 4불, 월남군은 잘 오지도 않지만 온다면 단 1불이다. 왜 그렇게 동일 상품에 정가가 다르냐고요? 그야 간단하죠. 미군들은 제일 부자고 당신들은 외국군이고 우리 월남 군발이들이야 돈이 없으니까.

마담이 빈병을 들고 카운터로 돌아가는데 미군 상사가 그녀의 둔부를 손바닥으로 철썩 갈겼다. 얇은 원피스 위로 봉긋하게 솟은 부위였다. 마담의 눈꼬리가 갑자기 올라가기 시작했다.

"유 올드 몬스터(이 늙은 괴물)."

그녀는 들고 있던 맥주병을 쟁반 째 콘크리트 바닥에다 내던졌다. 유리병이 박살나고 파편이 튀었다. 갑작스런 마담의 발광에 미국상사는 그큰 손을 벌린 채 어쩔 줄을 몰라 했다.

"마마상, 테리블리 쏘리, 쏘리(아줌마 되게 미안해)."

"싸징. 유 리쓴 마이 허즈번 깹땡, 에이 휘즈 파이럿. 히 파이트 브래이브. 히 다이, 쏘 아이 깜 히얼, 벗 아이 엠 마담므 낫 붐붐걸. 유 씨?"

마담은 작은 앞가슴을 탕탕 치며 거품을 물었다. 그 암팡진 몸뚱이가 독기로 파르르 떨렸다. 말인즉, 상사 들어라. 이래 뵈도 내 남편은 월남 공군 조종사였다. 대위였다고. 용감히 싸우다 전사했단 말이야. 내 비록 오늘날 이곳에 와 있지만 싸구려 갈보가 아니라 어디까지나 마담이라고…

미군 병기부대 뒷산에서 LMG 소리랑 로켓포 터지는 소리가 나고 드디어 건쉽이 타타거리며 기총소사를 하기 시작했다. 상사는 거스름돈도 안받고 꽁무니를 빼 버리고, 김발 샜다는 듯 나머지 미군들도 한두 명씩 엉덩이를 들기 시작했다.

"홧따, 거 고추처럼 맵다잉. 돈 주고 오입하면서 이거 워디 기죽어서 쓰겠나."

"어이, 한 소위, 빨랑 시작해 보지."

마담이 다시 봄바람처럼 살랑거리며 다가왔다.

"뚜 이, 난, 통, 흥, 이리들 와라."

그녀는 소녀들을 불렀다. 자 너희들 맘대로 골라 봐라. 웃었다. 이 건 남자가 여자를 고르는 게 아니라 계집들이 사내를 골랐다.

"아아, 나는 아니요, 나는 맥주나 마시겠소."

소위는 자기 옆에 온 피부가 흰 소녀를 밀어냈다.

"내가 맘에 안 들어요?"

"아니야, 그냥 피곤해서 그래."

소녀는 입을 삐쭉하고 돌아가서 골패짝을 잡았다.

"아니 왜 그래 한 소위, 같이 와서 김새잖아."

소대장 이 중위가 투덜댔다. 천 하사와 박 상병은 첫번째 방으로 같이 들어가고 선임하사와 중위는 각각 다른 방으로 들어갔다.

"아이고, 공동탕 아니가."

수줍은 천 하사가 비명을 질렀다. 네 개의 침대가 커튼으로만 건성 나뉘어져 있었다. 천정 한가운데에 달아 놓은 선풍기 바람에 커튼자락이 이리저리로 펄럭거렸다. 침대 하나에는 흑인이 자기 몸의 반쯤 밖에 안 되는 소녀를 엎어 놓고 뒤로 타고 있었다. 소녀는 시트자락을 움켜쥐고 땀을 흘리며 소리를 질렀다.

"유 베이비 허리업, 허리업(새끼야 빨랑 빨랑)"

소녀는 훠킹을 하는 게 아니라 아기를 낳는 것 같았다. 박 상병과 천 하사는 흑인이 돌아볼 것 같아 간이 조마조마 하면서도 눈길을 떼지 못했다. 따라온 꽁까이들이 옆구리를 꼬집었다. 우리도 장사를 시작하자구.

천 하사는 다리가 후들후들했다. 계집은 제 옷부터 홀랑 벗고는 천하사의 상의 단추를 끌렀다. 가마이 있거라. 내가 하마. 계집은 살색이 까무잡잡하고 아랫배에 살집이 올라 있었다. 땀 때문에 목에 건 금속 메달이 젖무덤 사이에 찰싹 붙어 있었다. 천 하사가 텍스를 보이자 그녀는 익숙하게 입으로 훅 불어 기둥에다 씌워 주었다. 천 하사가 올라가자 다리를 쩍 벌렸다가 조개처럼 단단히 물었다.

"유 무브(움직여봐)"

"뭐라카노?"

"무브, 무브."

이년아 움직이지 말아라. 내가 할 테이. 니가 움직이믄 금방 나온다카이. 천 하사는 울상이었다. 니 증말 이렇게 움직일테가…… 아이고 천 하사는 스타트 선에서 그만 무릎이 까지고 말았다. 계집의 푸른 입술에 냉소가 떠오르더니 그의 가슴을 탁 밀치며 발딱 일어나 앉았다.

"박 상병, 난 돈만 비릿다."

"내가 뭐라고 그랬오. 이런 데 올라면 미리 핸드푸레이를 치고 오라고 안 그럽디여, 나는 아까 보러 올 때 미리 딱 빼고 왔습니다. 아이고 좋은 것. 요년아 넌 오늘 호강헌다. 돈 벌고 구름 타고."

천 하사 짝은 옷을 걸치자 자 슬리퍼를 짝짝 끌고 뒤도 돌아보지 않고 나가 버렸다. 무정한 년. 천하사는 담배를 꺼내 물었다. 흑인은 마지막 몸부림을 치는지 침대가 마구 삐걱대고, 소녀는 죽는다고 소리를 질렀다. 흑인이 경련을 하고 쓰러지자 소녀는 일어나서 악을 썼다.

"유 싸나가 비취. 마더 휘킹. 네버 껌 빽(가, 이 개새끼야. 니 엄마나 붙어라. 다신 오지 마)"

"닐리리야, 니나노. 네 구멍 속으로 내가 들어간다."

박 상병은 노래를 부르고, 밑에 있는 년은 실눈을 뜬 채 힝힝 웃고 있었다. 천하사는 아주 비참하게 꾸겨져 울고 싶었다.

재민은 홀에서 맥주를 홀짝거리고 있었다. 미군부대 뒷산에서는 여전히 콩 볶는 소리가 나고 조명탄이 오르면서 홀 안의 명도가 밝았다 흐려졌다 했다. 그때 입구의 발을 들치고 카키복 차림의 월남군이 들어섰다. 손에는 납작한 가죽가방을 들고 있었다. 좀처럼 보기 드문 월남군 장교—군청이나 성청쯤에나 가야 볼 수 있는—대위였다. 그는 홀 안을 쓱 훑어보고는 카운터 뒤로 돌아갔다. 마담이 반색하며 난짝 일어나 마구 호들갑을 떨었다. 마담이 미제 깡통 소다수를 따 주자 한 모금 마시고는 거만스럽게 시가를 꺼내 물었다. 그리곤 가방에서 장부 같은 걸 꺼내 마담과 마주 앉았다.

재민은 아까부터 누군가가 자기를 보고 있는 것 같은 따가운 시선을 느끼고 있었다. 그렇다. 카운터의 흰 커튼 사이에서 반짝이는 눈알이 홀 쪽을 쏘아보고 있었다. 그 시선은 재민과 마주치자 커튼을 밀치고 서서히 정체를 드러냈다. 마담 또래의 여인이었다. 몸에는 장신구 하나 없이 신선한 느낌을 주는 여인이었다.

"왜 여자를 안 사세요?"

여자는 담배를 피우고 있었다. 아주 또렷한 영어였다.

"앉으시오."

"전 마담 친구예요. 퀴논에서 놀러 왔어요."

"퀴논 어디 사시요?"

"비행장 안에 살아요."

"오호라, 파일럿 부인이시군."

"쉿, 조용히 말하세요. 마담은 내가 홀에 나오는 걸 싫어해요. 하지만 혼자 있는 남자를 보니까 마음이 이상했어요."

그 여자는 보석같이 화려한 눈을 가지고 있었다. 적당한 물기를 머금은 커다란 눈망울이 써취라이트의 불빛이 돌때마다 현란하게 빛나고 있었다. 써취라이트의 불빛이 커다란 보석 컷팅 단면에 부딪혀 산산이 부서져 내리고 있는 것 같았다.

"부인은 아름답소."

"아항, 듣기 싫지 않군요."

그녀 손끝에서 타들어가는 켄트 냄새가 향긋했다. 만약 이런 여자가 남자를 휘감는다면 그 남자는 향내에 취할 것이다. 이 여자는 비밀스러운 혀끝도 가지고 있을 것이다. 남자의 땀구멍과 피부의 여린 곳을 핥아내는 간지러운 브러쉬 같은, 그리고 음악같이 감미로운 속삭임도 있을 것이다. 이 여자의 손이 남자의 어깨에 얹힐 때부터 그 손엔 흡반이 생길 것이다. 남자의 신음을 힘껏 빨아내는 흡반이······ 그녀는 탁자 밑으로 해서 재민의 손을 잡았다. 알콜솜처럼 부드럽고 서늘한 손이었다. 그리고 재민의 눈을 곧바로 들여다보았다. 대담하고 타는 듯한 눈길이었다. 재민의 관능을 쓸어내리고 그것들을 한곳에 모아 불길을 당기는 듯한 뜨거움이 그 속에서 활활 일렁이고 있었다.

"커튼 뒤에 방이 있어요. 내가 먼저 들어가면 적당한 때 뒤따라 들어오세요."

그 여자는 바람처럼 일어나서 커튼 뒤로 사라졌다.

대위는 가방을 챙겨 문 밖으로 나갔다. 마담이 옆에 와 있었다.

"웬 대위요?"

"이 바아의 관리예요. 이 바아뿐이 아니죠. 이 거리 전체의 관리자지요."

"아니, 군인이 어떻게?"

"이 거리 전체가 저 다리 옆의 훈련소 소장님 가게예요. 하지만 그들도 나누어 줄 데가 많겠죠. 방첩대, 헌병대, 경찰, 성청위생과, 뭐 걸리는 데가 한두 군데겠어요? 우리로선 한 군데와 상대하는 게 훨씬 편해요."

써취라이트 불빛이 홀 안을 한 번 더 훑고 지나갔다.

"내 친구 멋있죠? 그 아이가 오늘 저녁은 소위님을 찍은 모양이군요. 들어가 보세요. 돈은 필요 없어요. 그냥 즐기기만 하면 돼요. 아주 멋있는 아이예요."

그때 샛문이 열리고 천 하사랑 박 상병이랑 이 중위와 선임하사가 나왔다. 박 상병은 포식한 때처럼 얼굴이 번들번들 익어서 나오고, 천 하사는 휴지처럼 구겨진 채였다. 이 중위랑 선임하사는 취해 있는 사람들처럼 흐느적거리고 있었다.

"소위님은 더 놀다 가시지."

마담이 눈짓을 했다.

"아니, 가겠소."

재민은 정글모를 집어 들었다. 밖에는 총소리도 멎고 스콜이 지나간 파초숲처럼 조용하기만 했다. 그는 골치가 욱신거렸다. 퀴논 쪽에서 몇 줄기의 신호탄이 오르고 하늘은 깜깜했다.

그날 밤 재민은 꿈속에서 땀을 흘리며 애를 썼다. 처음에는 알록달록한 꽃뱀들이 바나나무 사이로 들락날락하더니 그것들이 점점 더 커지면서 하얀 문어 다리가 소위의 어깨와 허리를 감고 흡반을 내어 빨기 시작했다. 젖꼭지와 겨드랑이를 빨 때 소위는 소스라치게 놀라 모기장을 차면서 야전침대 아래로 굴러 떨어졌다. 그는 땀을 닦으며 천막 밖으로 나왔다. 교통호 벽에 오줌을 갈기며 몸서리를 쳤다. 그것은 아프게 팽만한 채 좀처럼 사그라들지 않았다. 건너편 정글 속에서 원숭이 울음소리가 들려왔다. 처음엔 아기 우는 소리 같더니 차츰 여인의 호곡처럼 커지고, 한 놈이 울자 줄지어 울부짖기 시작했다. 끽, 꺄옥, 끽, 아흐흐…… 창자를 후리는 듯한 섬뜩한 울부짖음이었다. 정글의 나뭇가지에 척척 걸리는 소리, 열대 관목의 가지를 잡고 흔드는 소리, 차가운 달빛에도 불구하고 계곡 전체는 캄캄하게 죽어 있었다. 그 죽어 있는 고지의 머리 위에서 칼끝처럼 차가운 하현달이 계속 음산하게 웃고 있었다.

1세기, 데이(Day) 강변의 절벽에서 후한의 광무제가 보낸 노장 마원에게 쫓겨 강물에 몸을 던진 여왕 쯩짝, 쯩니(TRUNG TRAC, TRUNG NHLAD, 40년에 중국군을 물리치고 잠시 베트남의 여왕이 되었던 자매)의 울음소리, 중국의 압제에 항거한 여장 트리우 아우의 앙칼진 소리, 우엥(구엔) 왕조의 포악한 쇄국주의자 투덕 왕에게 잡혀 독사가 끓는 강물에 던져진 프랑스 신부들의 기도 소리.

모케 성당 전투에서, 호아 빈 전투에서, 6번 도로와 19번 도로 위에서, 디엔 비엔 푸의 능선 위에서, 로켓포와 네이팜에 타죽은 그 수많은 월맹군 병사와 프랑스 병사들의 함성, 디엠 정권의 초기 토벌작전에 죽어간 빈 슈엔 일파와 호아호아 교단의 군인들, 카오다이 종파의 사병들이 내뱉는 숨 막히는 신음소리, 베트민에게 잡혀 죽은 가톨릭 신부, 불승, 지주, 학자, 상인들의 항의소리, 그리고 콘툼, 플레이쿠, 나트랑, 속트랑, 박리우, 반매투오, 그 어딘가에서 포탄의 불빛과 기관총 소리에 깔려 지금 죽어가는 흰둥이, 검둥이, 노랑이, 그들의 몸뚱이, 영혼, 그리고 우주가 파괴되는 막대한 소모의 소리.

재민은 자리에 돌아와 누웠지만 좀처럼 잠이 오지 않았다. 그는 머리께를 더듬어 플래시를 찾았다. 모기장 위에 걸어 논 상의 속에서 수첩 사이에 끼워 놓은 지숙이의 사진을 꺼내 비춰보았다. 지숙이는 여전히 웃고 있었다.

물 속에 잠긴 발가락에서부터 스커트 속으로 뻗어 올라간 그녀의 다리를 그는 벗기기 시작했다. 지숙이를 처음 벗긴 것은 그해 4월이었다. 학생들이 중앙청을 돌아 경무대 쪽으로 몰려갔을 때 콩 튀는 듯한 총소리가 울려오고 있었다. 그는 아무 집에고 뛰어 들어갔다. 왜식 목조 건물이었던 듯한 그 집의 부엌에는 이미 남녀 학생들이 머리를 맞대고 엎드려 있었다. 주인아주머니만 용감하게 왔다갔다 하면서 큰소리로 떠들고 있었다. '아이고, 나쁜 놈들. 학생들에게 총을 쏘다니, 얼마나 오래 부귀영화를 누리겠다구 저 지랄을 해대나!' 총소리가 뜸해지자 학생들은 뿔뿔이 흩어졌다. 누군가가 외쳐댔다. '우리 선배가 죽었다. 손 선배가 죽었다구!' 그는 하늘색옷에 검붉게 붉은 핏자국을 보고 있었다. 의과 대학생들이 담가에다 손 선배를 담고 내달리고 있었다. 그는 담가 뒤를 따라 뛰다가 그만 중앙청을 도는 모퉁이에서 쳐지고 말았다. 그는 후들후들 떨면서 아현동 고개를 넘고 있었다. 지숙이가 자취를 하고 있는 여자대학 앞 골목집에 다다랐을 때 라디오에서는 통금을 알리고 있었다. 해가 다 지지도 않았는데도 사람의 발걸음은 뜸해지고 있었다.

"오실 줄 알았어요."

땀에 젖은 그의 양말을 벗겨 주며 지숙이는 떨고 있었다.

"저도 새문안 교회 앞까지 갔다가 무서워서 돌아왔어요."

그날 밤, 한방에 있던 사범대학 여학생은 안집으로 들어가고 없었다. 그날 저녁 밥상에서 먹었던 김 냄새가 지숙이의 입술을 빨 때마다 향긋하게 묻어 나오고 있었다.

"지난 여름이었던가? 지숙이의 가슴에 얼굴을 묻었을 때 난 울고 싶었어."

"저도 울었어요."

두 사람은 안방으로 소리가 샐 것 같아 숨소리를 죽이면서 옷을 벗었다. 지숙이의 몸 전체가 끈끈하게 땀으로 젖어 있었다. 두 사람의 손끝이 닿는 곳마다 떨리는 활줄처럼 흔들리고 있었다. 밖에서 희미하게 스며드는 불빛인데도 지숙이의 몸을 눈부시게 빛내고 있었다. 재민이 지숙이의 젖꼭지를 물었을 때 그녀의 온 몸이 빠르게 휘면서 재민의 어딘가에도 그녀의 혀가 닿고 있었다.

"아, 아, 우리가 살아있다는 사실에 대해 감사하자."

"전 지금 당신에게만 감사하고 있어요."

"우리가 앨 가지면 어떻게 하지?"

"전 갖고 싶어요. 아주 빨리요."

"그건 안 돼. 우리가 졸업을 할 때까지는."

"전 졸업 못 해요."

"그게 무슨 소리야?"

"아, 아, 그냥 이렇게 오늘밤은 암말하지 말아요."

"우리 우선 이런 방법으로 하자."

재민이 지숙이의 탄탄한 두 다리를 그냥 오므리게 했다. 대퇴부 사이에는 땀방울과 함께 적당한 점액이 모이기 시작했다.

"더더 꼭 조여만 줘. 불완전하지만 이렇게 해야 돼."

"재민씨 좋으실 대로 하세요. 전 당신을 떠나서는 살 수 없어요."

"아, 아, 지숙아, 더 꼭 끼어 봐. 더, 더."

그 밤은 뜨거운 밤이었다. 4월의 열기가 문 밖에서 마구 뒤엉키고 이따금 울리는 총소리가 두 사람의 가슴을 방망이질 치게 하는 그런 밤이었다. 다음날 새벽, 지숙이는 차분한 목소리로 얘길 꺼냈다. 자기 엄마의 임박한 죽음과 자기 아빠에게는 전부터 여자가 있다는 사실. 엄마의 가슴은 회복 불능의 상태로 거의 임종과 맞닿아 있다는 것과 새엄마 밑에서는 대학을 다닐 형편이 아니라는 것을.

"전 엄마가 돌아가시면 꼭 당신 어머님 곁에 가서 교회 일을 돕겠어요. 오르간도 치고 성가 지도도 하겠어요."

"중대장님, 저 사람들 뭐하는 사람들입니까."

늦잠을 자고 나온 재민이 중대장에게 물었다.

"응, 뉴스 촬영반이래. 거 있잖아. 영화 시작하기 전에 짠하고 나오는 리버티 뉴스 대한 뉴스."

그리고 보니 그들은 복잡한 촬영기재들을 들고 있었다. 군복에 정글화까지 아주 폼나게 차려 입고 있었다.

"심 중위, 연기 잘 해. 삼천만의 눈앞에 나타나는 거야."

중대장은 촬영을 위해 차출된 3소대장을 향해 소리쳤다.

"제 애인이 뉴스를 보면 깜짝 놀라겠지요. 정글을 누비는 멋진 제 모습을 보면 말입니다. 야, 로포, BAR, LMG, 화염방사기, 느들은 제일 눈에 띄는데 있어야 해. 내가 신호하는 대로 나가란 말이야. 유탄 발사기 너도 쏘라고 할 때 쏴."

고보이에서 부비트랩에 걸려 후송된 이 윤구 소위 후임으로 월남에 갓 건너온 중위는 지금 전쟁놀이를 준비하는 중이었다. 갑자기 그는 PX에서 산 선글라스를 꺼내 썼다.

"촬영 중 선글라스는 곤란합니다."

사진기사가 말했다.

"능선 저쪽으로 넘어가서 촬영하시오. 이쪽에서 지지고 볶다간 비씨들이 오해하고 그러면 문제가 좀 복잡해지니까."

중대장이 주의를 주자, 촬영반은 3소대를 끌고 능선을 넘어갔다.

"우리나라 기자 양반들. 정말 웃기는 친구들이야. 미국 기자들을 보라구. 여기자도 최일선까지 나가 현장을 잡잖아, 현장을."

"대대급 이상의 막사나 찾아다니며 먹을 거나 얻어 처먹고 맨날 높은 분들, 훈장 타는 친구들 얼굴이나 찍어대고……."

"아, 세트야 좀 좋아. 아무데나 야자수에다 정글 아닌가. 그 사이를 누비면서 총만 갈겨대면 용감한 맹호용사가 되는 거지. 구태여 위험스럽게 소총소대에 나갈 게 뭐요."

"왜 저렇게 얄팍하게 구는거야. 전쟁터에까지 와서 쇼를 찍어가다니, 저널리즘이 팍 썩었어."

222

소대장들은 그들이 넘어간 능선 쪽에다 대고 인상을 썼다.

"아니, 쟤는 왜 저렇게 허겁지겁 달려오나."

능선 위의 막사에서 재민의 무전병 성길이가 달려 내려오고 있었다.

"보좌관님, 사이공 휴가 특명 나왔습니다. 내일까지 준비해서 대대로 들어오시랍니다."

1966년 〈전우신문〉에 났던 한재민과 베트남 상인들

사랑의 꽃

"중대장님, 준비도 할 겸 하이 데리고 퀴논엘 좀 다녀오겠습니다."

중대장은 선선히 허락해 줬다. 재민은 하이를 찾으러 막사로 올라 갔다. 그는 교통호에 쳐놓은 개인 천막 속에서 엎드려 있었다.

"하이!"

그는 대답도 없이 그대로 엎드려 있었다. 그의 머리맡에 놓인 소니 트랜지스터에서는 노래가 왕왕대고 있었다. 멀리 필리핀의 슈빅만 기지에서 흘려보내는 감도 흐린 미군방송이었다. 찍찍하는 잡음 속 에서 쉬어리스가 떠돌고 있었다.

……윌 유 러브 미 투모로우, 그대 내일이면 날 사랑하겠는가…… 내일이 되면……

"하이, 자나?"

"들어와."

그는 앓고 있었다. 덫에 걸린 짐승처럼, 재민은 그의 마음을 읽을 수 있었다. 그 여자, 사이공에 있다는 아포린느 때문일 것이다. 소식이 없는 여자, 입술을 다물고 열대 꽃잎 속으로 숨어 버린 여자. 그 여자가 지금 하이를 아프게 하고 있는 것이다.

"나 사이공 다녀오게 됐다. 아포린느에게 전할 게 있으면 전해."

하이는 얼른 고개를 들었다. 그는 이제껏 울고 있었다. 어두운 교통호의 천막 속에서.

"아니, 울고 있었잖아…… 남자가 울다니."

"사이공!"

하이는 계곡 밑에 펼쳐 있는 1번 공로를 내려다 봤다. 송카우 쪽으로 해서 곧장 사이공에 닿는 그 1번 공로를 그는 눈이 부신 듯 넋을 놓고 바라보고 있었다.

"요번 기회에 마이여인 건도 해결해주고 싶어. 마이 어머니가 아직도 사이공에 살아 계시면 마이를 어머니에게 돌려보내야 할 것이고, 그렇지 못하다면, 하이 자네네 집에라도 데려다 주자."

"그야 어렵지 않은 일이지. 하지만 일단 마이가 태도를 확실히 결정해야지."

그들은 잠시 마이여인에 대해 생각을 해봤다.

지난 크리스마스 새벽, 마이여인은 몇 가지 사실만을 얘기했다. 원래 그녀의 계획은 소위와 하이를 한꺼번에 독살하고 그들의 기지 푸카트산으로 도주하는 것이었다. 그러나 독살에 실패하고, 그동안 이모님 내외가 외롭게 사는 모습도 지켜봤고, 이놈의 전쟁 자체가 누구에게나 무차별하게 아픔을 나눠준다는 그 속성을 깨달으면서 그녀는 갈등에 사로잡힌다는 비교적 솔직한 얘기를 했었다. 특히 그녀는 퀴논으로 나온 후, 늘 눈에는 짙은 색안경을 끼고 외출을 삼가면서 자신의 정체를 감춰 왔다고 말했다. 왜냐하면 비씨들은 마이의 실종 후에 그녀를 백방으로 찾을 것이기 때문이었다. 그날 백린 연막탄 속에서 온 동네가 지척을 분간할 수 없는 순간을 택해 마을을 빠져 나온 것은 자신의 두 아이를 당장 살릴 수 있는 방법은 외과적 의술을 가진 한국군 쪽이 유리하리라는 순간적인 모성의 판단 때문이었다. 하지만 탈출의 보람도 없이 아이들은 죽어버렸고 이미 푸카트산에서 보낸 비씨들의 첩자가 두 번이나 약방을 다녀갔었다고 한다. 첫 번째 첩자는 마이가 털어놓은 기밀의 한계가 어디까지인가를 확인하러 온 것이었다. 다행히 마이가 귀순을 하지 않았고 단순한 피해자로 보호를 받고 있다는 점을 믿고 그는 돌아갔다. 두 번째의 첩자는 푸카트산의 책임자가 직접 보낸 사람이었다. 명령은 간단했다. '전리품을 가지고 속히 돌아오라'는 것이었다. 그 전리품이 한재민의 목숨과 하이의 목숨이었다. 그 두 개의 전리품이 그동안 그녀가 엄한 콩들의 질서를 일탈한 면죄부가 될 것 이라는 것이었다. 그 사내, 푸카트산에 버티고 있는 사내는 마이를 사이공에서 데려온 남자였다. 지아오라는 이름의 그 사내는 중부지역 베트공의 총사령관 격이었고 어림잡건데 마이는 그의 애첩이거나 고등첩자였으리라. 아무튼 크리스마스 새벽의 대화는 대충 그 선에서 끝났다.

두 사람은 마이에게 귀순을 권했다. 월남 MIG쪽보다는 한국군의 군사정보대나 보안부대쪽에 귀순하는 게 나으리라는 점도 재민이 얘기를 했다. 어차피 한국군은 푸카트산을 점령할 것이고 그러기 위해서는 그쪽 정보가 필요한 때니까 마이를 정중히 대할 것이라는 것을 알아듣도록 설명해줬다.

부대에 돌아와서는 재민이나 하이나 마이여인에 관한 대화는 의식적으로 피했다. 제발 여인의 결단이 빨리 내려지기를 기다리면서…… 그러나 하이가 퀴논의 이모집을 다녀올 때마다 들려주는 소식은 느린 속도의 얘기들뿐이었다. 마이가 이모님 내외를 따라 성당엘 열심히 다닌다는 얘기와 퀴논 서남쪽에 있는 해안가의 나병환자 요양소에 정기적으로 봉사활동을 다닌다는 소식이었다.

재민과 하이가 퀴논의 지아롱약국에 들어선 때, 마이가 보이지 않았다. 약국에는 낯선 중년남자 약사가 일을 보고 있었다. 재민이 사들고 간 담배와 후르츠칵테일의 깡통을 하이의 이모님 내외에게 내밀자 이모는 마이의 행방을 알려줬다.

그 처녀가 이상하게 우리집에서는 불안해하고 밖에 나가는 걸 겁내는 것 같아 신부님과 상의해서 그 나환자요양소에 간병원으로 취직시켰노라고.

"재민, 좀 쉬었다 떠나지 그래."

하이가 말렸지만 재민은 지나가는 시클로(월남식 인력거)를 불러 탔다.

"하이 넌 그동안 아포린느에게 전할 편지나 써 둬라."

시클로는 천주교 묘지와 해안 창녀촌을 지나 곧장 고개 쪽으로 향했다. 시가지는 가수상태에 빠진 거인이었다. 늘어진 빈랑수 아래에서 모자로 얼굴을 덮고 자는 시클로 운전사들, 돗자리에 손자들을 껴안고 자는 노인네들, 그늘이란 그늘은 눈감은 사람들로 가득차고 시청을 지나칠 때 샌드백 옆의 흰 제복을 입은 보초도 겨우 잠을 쫓는 표정이었다. 그들의 황색 깃발도 태양 아래 완전히 녹초가 된 듯 늘어져 있고 상가의 철제 셔터도 모조리 닫혀진 채였다. 시에스타, 한낮의 잠... 이것은 이 나라 사람들에게는 열대의 기후를 이기는 필수적인 보약인지 모르나 국민 전체의 활동력을 매일 묶어놓는 이놈의 행사야말로 이 나라를 끝내 후진국 수준에 묶어 놓는 말뚝노릇을 하지 않을까?

재민은 고개 밑에서 내렸다. 쏟아지는 잠을 이기면서 억지로 페달을 밟는 허약한 월남인의 뒷모습을 계속해서 볼 재간이 없었다. 더구나 앞은 가파른 고갯길이었다.

"얼마요?"

"피푸티 피아스터"

이 사람들은 언제나 티인(Teen)과 티(ty)를 정확히 구분할 줄 모른다.

"휘후티?"

재민은 50 피아스터라는 것을 확인한 다음에 선선히 100 피아스터를 주고 돌아섰다.

헉 하는 지열과 함께 끓는 햇볕이 그를 기다렸다는 듯이 달려들었다. 고개는 아득했다. 소위는 개울물에다 손수건을 적셔 정글모 속에다 집어 넣고 걷기 시작했다. 그때 문득 보급차량을 타고 달리던 홍천과 원주간의 아스팔트길이 생각났다. 검문소를 벗어나면 곧장 산허리를 끼고 마냥 내 뻗힌 무미건조한 군용도로였다. 매일 매일 똑같은 풍경의 그 진절머리 나는 도로 위에서 재민은 유치한 장난을 고안해 냈다. 보급품 수령을 마치고 돌아가는 그 도로 위에는 가끔 가뭄에 콩 나듯 아가씨들이 지나쳤다. 대개 홍천에 있는 군납용 된장공장이나 콩나물공장에 다니는 순박한 아가씨들이다. '빵빵' 운전병이 클랙슨을 눌러준다. 그러면 적재함의 보급품 위에서 두부조각을 뜯어 먹고 누워있던 일종계와 수령계들이 발딱 일어나 두부조각을 움켜쥐고 조준을 시작한다. 차는 속도를 늦춘다. 이윽고 날아간 두부조각이 아가씨들의 가슴이나 머리통 위에서 박살이 난다. 아가씨는 악을 쓰며 서 있다.

찍-.

차가 멈춘다. 운전석 옆의 소위가 뛰어 내려간다. 깍듯한 거수경례.

"아가씨, 무슨 사고라도 당했습니까?"

"글쎄, 저 군발이 새끼들이 이걸 내게 던졌어요. 이 꼴 좀 보세요."

"내려와 새끼들아."

그들은 한껏 풀이 죽어 내려온다.

"차렷, 열중 쉬어 차렷. 너희들이 정말 던졌나?"

"네, 던졌습니다."

"음 그렇다면 잘 했어. 어서 타!"

차는 휭 떠난다. 아가씨들은 약이 올라 뒤에서 쑥떡을 먹으며 길길이 뛴다.

"가다가 차나 흙땅 뒤집혀져서 뒈지거라 이놈들아!"

고개 위에서 재민은 아찔한 심정으로 멈춰 섰다. 황홀했기 때문이다. 아주 낭만적이면서도 사실적인 화풍의 화가가 자기집 벽면을 장식하기 위하여 새 물감을 곱게 개서 그린 듯한 그런 깨끗하고 선명한 그림이었다. 희디 흰 포말이 깨끗한 백사장을 쓸어 주고 황홀한 남옥색의 파도가 맹그로브와 빈랑수의 그늘 밑으로 파고드는 해변에 그 요양소는 서 있었다. 네모반듯한 벽면에 갓 칠한 흰 페인트를 자랑하

면서, 도대체 싸움하는 나라의 구석에 이런 비현실적인 적막함과 정
결함이 숨어 있다니,

"!"

입구의 사무실에는 할머니 한 분이 앉아서 성경을 보고 있었다. 갈
색 아오자이에 땋아 올린 머리로 봐서 멀리 통킹에서 간난을 무릅쓰
고 신앙을 위해 내려온 피난민임을 알 수 있었다. 그러나 그 노파는
이미 너무 아픈 천형의 고통을 몸에 아로새기고 있었다.

일그러진 눈으로 재민을 보고 일어서서 나올 때 다리는 절고 있었
다. 그렁그렁하게 쉰 목소리로 뭐라고 할 때 재민은 흠칫 한 발자국
을 물러서고 말았다.

"또이 리 디 끼엄 마이, 마이. (난 마이를 찾으러 왔어요)"

할머니는 웃는 건지 우는 건지 알 수 없는 표정을 짓고 몽땅 손을
들어 맹그로브 우거진 건물 끝을 가리켰다. 노파는 까맣게 칠이 된
이 사이로 간간히 검은 야자수 물을 길에다 뱉었다. 건물은 가까이서
도 지나치리만큼 깨끗했다. 해변의 백사장도 채로친 듯 고왔다. 퀴논
항구 근처의 모래처럼 깡통도, 콜라병 깨진 것도 월남인의 인분도 없
었다. 흰 벽에 얼룩진 나무의 그림자와 연한 크레졸 냄새가 이상하게
마음을 위축시킬 뿐이었다. 재민은 문득 피아노 소리를 들었다. 피
아노 소리는 할머니가 가리킨 건물 쪽에서 울려 왔다. 간소한 제대가
있는 성당 안에서 마이는 피아노를 치고 있었다. 귀에 익은 쇼팽의
곡이었다. 관현악 파트가 시원찮게 작곡됐다고 비판을 받은 협주곡
이었다. 한재민은 정글모를 벗고 윗단추 하나를 땄다. 그리곤 모자로
가슴을 부치면서 듣고 있었다. 창문 유리는 상단부만 색깔 있는 모자
이크이고 아랫부분은 모두 우유빛이었다. 단조의 서정적인 그 곳을

그녀는 무대에서 연주하는 사람처럼 흐트러짐 없는 자세로 곧바로 앉아 치고 있었다. 곡은 카텐자 부분인 듯 갑자기 빠르고 기교가 심하게 변하다가 악장이 끝났다. 다음 악장을 위해 호흡을 가다듬고 건반에서 손을 떼었을 때 재민이 박수를 쳤다. 짝짝짝.

"오 튜위!(아, 소위님)"

그녀는 손바닥으로 건반을 눌러 꽝하는 소리를 냈다.

"언제 오셨어요?"

"지금 금방."

그녀는 비틀거리면서 통로를 뛰어왔다. 재민도 조금 걸었다. 둘은 엉켰다. 둘이서 중심을 잃고 장궤틀에 부딪히자 둔탁한 나무소리가 났다.

"마이, 보고 싶었소."

"……."

재민은 움켜쥔 그 여인의 어깨가 흔들리자 손아귀에 힘을 주며, 타는 듯한 목마름으로 마이의 까만 눈동자를 들여다봤다. 월남 여인들의 큰 눈망울보다 더 크고 투명한 그 눈동자는 그가 이제 빠져야 할 깊은 물길이라는 것을 분명히 알 수 있었다. 이미 그 눈동자에는 눈물이 고이기 시작했다.

"사랑해 마이."

"…… 당신을 죽이려 했던 제가 두렵지 않으세요?"

"천만에, 천만에."

여인이 고개를 옆으로 돌리자, 흐드득 뜨거운 눈물방울이 재민의 손등을 적셨다. 재민은 그녀를 힘껏 껴안고 입술을 찾았다. 그녀의 입술은 알칼리의 비누처럼 아리고 향그러웠다.

"나는 당신의 큰 눈망울에 빠져 죽을 수도 있어, 마이."

"…… 저두 당신이 좋은 사람이라는 것을 알고 있어요."

정말 이상한 형상이었다. 그리고 그것은 이상한 교감이었다. 한때 죽이고 죽임을 당하려 했던 사이, 아직도 피차에 대해서는 전혀 아는 게 없는 상태에서 둘은 부딪히고 있는 것이다. 그들이 밖으로 나왔을 때 남지나해의 그 푸른 물결은 아득하게 수평선 너머로 주름치마처럼 접혀졌다가 아코디언처럼 풀려 나오고, 햇빛을 타고 모두 증발했다가 일시에 비둘기떼처럼 내려앉곤 했다.

"제가 여기 있는 줄은 어떻게 아셨죠?"

"지아롱 약방엘 갔었지. 하이는 약방에 있소."

"제가 징그럽지 않으세요?"

샌들로 모래를 싸각싸각 밟다가 갑자기 마이가 한 말이었다.

"저는 당신을 죽이려 했던 여자예요."

"나는 이미 당신의 두 아들을 죽인 남자요."

"우리 여기 앉아요."

"근데 여긴 왜 이렇게 사람이 없소?"

"오늘은 모두 농장으로 나갔어요. 농장에서 신년농사를 위해 축성미사를 보고 거기서 밤을 새고 오는 날이에요. 그렇잖아도 혼자 있으니까 두렵고 쓸쓸해서 피아노를 쳐 봤어요."

"대단한 솜씨였소. 어디서 배운 거요?"

"사이공에서 곱게 자랄 때 배웠던 거죠."

갑자기 바닷바람이 시원해지면서 맹그로브의 그늘이 짙어지기 시작했다.

"오늘은 당신에 대해 진심으로 알고 싶소. 난, 난 당신을 쭉 생각해

왔소."

　이 말은 재민이 미리 준비한 말은 아니었다. 아니 오늘 마이를 보기 전까지도 예감하지 못했던 돌발스런 고백이었다. 아무튼 마이는 이제 재민에게는 흉칙한 베트콩 여인이 아니다. 쇼팽을 연주하는 화사한 여인일 뿐이다. 재민, 너는 왜 흔들리기 시작했나? 아름다운 해변의 요양소 풍경 때문인가? 아니면 지숙이보다 더 훌륭한 피아노 솜씨 때문인가? 여인의 아들을 둘이나 죽였다는 보상심리 때문인가? 모른다. 아직은 모른다.

　"당신의 코가 월남 여인들처럼 옆으로 퍼지지 않아서 다행이야."

　"튜위, 당신도 키가 너무 크지 않고 뚱뚱하지 않아서 다행이에요. 우리 월남 여인들은 키 큰 남자, 그리고 살찐 남자를 그렇게 좋아하지 않아요."

　"우리 둘을 위해서 모두 다행이로군."

　"호호……."

　둘이는 다시 엉키고 맹그로브 그늘 밑에서 긴긴 입맞춤을 했다. 재민이 그녀의 상의 속으로 손을 밀어 넣자, 그녀는 꿈틀하면서 그의 목을 그러쥐었다. 그녀의 가슴은 지숙의 그 솜털 난 가슴보다 훨씬 원숙한 것이었다.

　"절 안아주세요. 다시 한 번요."

　재민이 그녀를 끌어안고 아직 온기가 남아 있는 모래 위에 눕히자, 여인은 그를 밀어내며 짧게 말했다.

　"사실은 당신이 죽인 그 두 아이는 엄밀히 말해서 내 자식이 아니었어요."

　산그늘이 백사장으로 내려오면서부터 마이는 입을 열기 시작했다.

"제 고향은 원래 하노이었어요."

이렇게 운을 뗀 그녀는 고해성사를 하듯 어두워 오는 해변가에서 긴 이야기를 시작했다.

마이의 아버지는 지주였다. 그리고 프랑스 식민지 시절엔 그의 해박한 고미술에 대한 지식 때문에 프랑스극동학술원(EFEO)의 정식회원이 되었으며 북베트남에 있는 탄호아성 동손에서 실시한 발굴사업에 참가해서 베트남의 고대문화가 인도의 고대 문명과 손잡고 있음을 증명한 베트남 고대사의 권위자였다. 아버지는 통킹만 일대의 고분연구에도 열심이어서 이 지역에서는 중국 고대문화의 영향이 우세했음을 증명했다. 아버지는 동손 고분과 통킹만 고분군의 발굴 결과로 베트남에서는 이미 1세기경 청동공예와 요업이 높은 경지에 있었다는 사실을 프랑스 사람들에게 강조했다.

그러나 1954년 5월 7일 디엔 비엔 푸의 함락으로 베트남에서 프랑스의 삼색기가 사라지고, 그녀의 아버지는 지주요, 프랑스인의 앞잡이었다는 이유로 처형당했다. 그녀와 그녀의 어머니는 하노이 남쪽 아름다운 호안 키엠 호숫가―구 시가지의 가운데쯤에 있었다―의 저택을 빼앗기고 남쪽으로 향했다. 하노이 앞바다에 정박한 미군 수송선을 타고 남으로 내려왔다.

사이공에서는 60학급에 학생수가 3천 명이나 되는 지독하게 시끄러운 우엥 타 이 혹 초등학교에 다녔다. 학교가 끝나면 쵸론(Cholon:提岸, 사이공의 차이나타운) 야시장에서 게튀김 장사도 하고, 일요일이면 미 대사관이 있는 함니 거리에 나가 고양이 장사도 했다. 마이는 언제나 사육제 같은 기분을 내주는 이 거리 각종 조류와 개, 고양이 같은 집짐승, 원숭이, 사슴 같은 산짐승 심지어는 인도산 방울뱀까지 파는 이 애완동물시장이 좋았다. 하지만 중학교에 들어갈 때쯤 해서는 어머니를 졸라 좀 더 깨끗하고 멋있는 장사를 해보자고 했다. 그녀가 카우 옹 란 지구의 유명한 불교학교인 보데중학교에 들어갔을 때 어머니는 저 밴탄 시장에다 근사한 꽃집을 열었다. 그 때부터 마이는 프랑스 유학을 다녀 온 여선생에게서 피아노를 다시 배우기 시작했다. 하노이 시절 어려서 프랑스 여교사에게 배웠던 피아노를 다시 시작한 셈이다. 사실 그녀는 원래 마리 퀴리 같은 프랑스 계통의 학교엘 가고 싶었다. 그러나 아버지의 사후 어머니는 이상하게 프랑스풍의 옛것을 두려워했고 굳이 그녀에게 불교 계통의 여학교를 택하도록 했다. 우엥 우에거리, 그 거리엔 언제나 아나니스, 그즈마니아 같은 귀여운 꽃으로부터 안스러움, 페페로미아 같은 열대관엽식물에 이르기까지 형형색색의 아름답고 향그러운 꽃들이 가득 차 싱싱한 남국의 혼이 언제나 요정처럼 살아있었다. 물론 포인세티아같은 크리스마스 기분을 내주는 식물들도 있었다. 시내 어딜 가도 꽃들이야 흔하지만 이 우엥 우에의 꽃거리야말로 동양 제일의 열대 꽃시장이라고 꽃을 사러 온 외국인들이 찬사를 아끼지 않았다.

여고 1학년 때에는 내년에 있을 1차 바칼로레아(Baccalaueat I, 대학 예비고사, 7학년 졸업 때 BA II를 치름)가 걱정이 됐지만 머리에다 처음 꽃핀도 꽂아 보고 유행하던 고 딘 누식 아오자이(보트 라인이라고 앞가슴을 동그랗게 팠다)를 입고 친구들이랑 어울려 유명한 카이루옹 극단(Caluong : 월남 제일의 현대극단)의 '노틀담의 꼽추'를 보고 쵸론 입구의 광동장에서 중국음식도 사먹었다. 영어학원에 다녀오는 길에 밤늦도록 노천 바에 앉아 '포'나 '후띠우', '뽕'같은 국수나 계튀김도 사먹고 킨토 영화관이나 다이남(大南)극장을 들락거리기도 했다. 2학년 때 1차 바칼로레아 시험을 무사히 치루고 나서 식물원 앞에 있는 미술관에 들러 앙코르와트의 유품이랑 캄보디아 고예술품, 그리고 코틴챠이나의 옛 문물을 보면서 문득 아버지를 생각했다. 엄마는 사이공강 건너편에 시커먼 연기가 피어오르고 자딘성(사이공 외곽섬)에서 쿵쿵 포소리가 나면 으례껏 찔끔거리셨다.

"아이고, 저 공산당들, 사람만 잡아. 웬수 놈의 공산당 놈들. 학자가 무슨 죄가 있다고 죽였누."

설이 되면 차례상 앞에서 우시고, 사월 초파일에는 안쾅사의 탑 앞에 가서 우시고, 쯧옌제(中元祭:7월 15일 故人의 法養을 행하는 제일)에는 공양물을 싸들고 쫑 고트 트안가의 비엔 호아 다오 탑까지 가서 아버지를 생각하고 우셨다.

2학년 때의 가장 큰 즐거움은 독립궁 앞 꽁리가와 통리옥(통일로)이 만나는 길거리 옆에 있던 불란서식 건물 미농 음악실에 들러 고전음악을 듣는 거였다. 그녀는 거기서 브람스와 멘델스죤, 그리고 바그너를 만났다. 하지만 그녀에게 가장 큰 인상을 준 것은 바그너였다. 바그너에 관한 책이라면 다 사다가 독파했었다. 그녀는 그를 사랑했다. 불같은 사내, 플레이보이 바그너 선생을.

그런데 모든 일은 3학년, 그러니까 졸업반 때 일어나고 말았다. 그해는 유난히 덥기도 했고 사이공 강가에서 불어오는 바람마저 언제나 습습하고 끈적거렸다. 마이는 얼른얼른 2차 대입 예비고사도 치루고 그저 빨리 졸업이나 하고 싶었다. 여자의 취업이 어려운 사이공의 사정을 잘 알고 있었기 때문에 그녀는 1학년 때부터 틈틈이 카이민 영어학원에 다녀 두었던 것이다. 취직을 하고 싶었다. 졸업만 하면 어디든 들어갈 수 있을 것 같았다. 미군부대든, USIS든, 구호병원이든, 사실 그녀의 본디 소원은 사이공 사범대학에 입학하는 것이었다. 그래서 의젓한 선생님이 된다면 좀 좋으랴. 하지만 그건 시간을 요한다. 자그만치 4년을, 그건 할 수 없었다. 엄마가 너무 불쌍했다. 나는 불쌍한 엄마를 좀 잘 모시다가 군의관이나 기술자하고 결혼할 것이다. 엄마하고 같이 살자는 마음 착한 젊은이도 있을 수 있을 것이다. 나는 남편을 잘 모실 자신도 있고 용모도 썩 미인은 아니지만 남에게 빠지지 않는다. 홍콩에서 살다온 영어 선생님은 늘 말했다.

'너는 홍콩 여자처럼 늘씬하구나. 키도 크고, 눈도 크고, 피부도 희고, 하지만 넌 코가 아주 조금 낮지…… 하지만 그건 베트남 여인의 코로서는 오히려 높은 편이야, 호호.'

일은 왕도 후에에서 벌어졌다.

그해 1963년 5월 8일, 음력으로는 사월 초파일 부처님 오신 날이었다. 월남 불교의 총본산이며 영광된 구황도인 후에시의 신자들은 이 날을 전통적으로 화려하게, 그러나 엄숙하게 보내왔었다. 집집마다 불기를 게양하고 꽃등을 내건다. 거기마다 단을 만들고 한 자나 되는 시나몬 향나무를 사서 태우며 경건히 발원한다. 여인들은 깨끗한 아오자이 차림으로 딸들을 데리고 가까운 절을 찾아간다. 시내 한 가운데를 가로지르는 흐웅강(외국인들은 향기라는 뜻으로 퍼훔강이라고 불렀다) 양쪽에 늘어선 열대관목 가지에는 독지가들이 매단 꽃

등으로 밤에는 찬란한 불꽃이 강물 위에 꽃잎처럼 떠내려가고, 거리
마다 피워놓은 시나몬 향기 때문에 정말 시가 전체는 시공을 초월하
여 불타의 니르바나로 고요히 흘러들어 가는듯한 유현한 열락에 빠
지곤 했었다.

그러나 이 날은 이상한 징후로 사람들의 가슴이 떨렸다. 며칠 전부
터 후에 방송의 뉴스를 통해 정부가 강력히 내린 포고령 비슷한 조치
때문이었다.

'불교도들은 불기를 게양해서는 안 된다. 국기 외의 어떠한 깃발도
거리로 들고 나와서는 안 된다. 종교라는 명목의 어떠한 난동도 정부
는 용납하지 않을 것이다.'

뉴스를 전하는 아나운서의 목소리도 떨렸다. 도대체 왜 이러는가,
불교도들이 전통적으로 내거는 불기조차 걸 수 없다니, 도대체 왜 이
러는가. 그러나 불교 신자들은 그 이유를 쉽게 알 수 있었다. 그날 후
에시에 있는 여러 가톨릭 성당에서는 화려한 종소리가 울리고 하얀
신사복과 색깔 있는 아오자이, 그리고 시원한 물방울무늬 투피스 차
림의 신사숙녀들이 모여들기 시작했다. 그 날은 후에의 작은 교황 고
딘 툭(디엠 대통령의 형) 대주교의 서품 25주년을 축하하는 은경축
미사가 거행되기 때문이었다. 성당에서 미사를 마친 천주교 신도들
은 거리로 나왔다. 복사를 앞세운 그들의 행렬은 화려했다. 황금색과
백색 바탕의 찬란한 바티칸 기와 대주교의 깃발, 그리고 성체를 모신
성합과 높이 들린 십자가, 행렬 중간에는 툭 대주교의 대형 초상화.
캐섹 자락을 펄럭이는 신부들, 수녀들의 행렬, 그 뒤를 따르는 서구
식 교육을 받은 깨끗한 선남선녀들의 성가소리.

그 행렬을 바라보는 불교도들의 눈엔 처음은 아릿한 선망이, 다음

엔 걷잡을 수 없는 분노가 채워지고 있었다. 불교 신도들은 아침 불공 이 후 그들의 절로부터 도보로 걸어 시내로 들어오고 있었다. 흐응강 왼쪽의 티엔무 사원으로부터 투담, 쿠옥 사원에 이르는 수많은 절로부터 그들의 싸구려 샌들에 먼지가 앉도록 타박타박 걸어서 시내로 모여들고 있었다. 많은 꼬마들은 신발도 없는 맨발이었다. 그들이 흐응강 다리를 건널 때 공교롭게도 천주교 신자들의 행렬과 마주치게 되었다. 천주교 신자들은 그들의 본거지인 신시가지(프랑스식의 신도시)로 들어가는 중이었고 불교도들은 안남식의 구식 집들만 즐비한 구시가지를 향하고 있었다. 후에대학의 불교학생회 회원들은 일부러 목청을 돋우어 찬불가를 외쳐댔지만 천주교 미션스쿨 아이들이 부르는 4부의 화려한 찬미가와, 이어지는 로사리오 교성에 밀려 그 찬불가의 끝은 그만 흐지부지 되고 말았다. 천주교 신자들은 불교 신자들을 쳐다보지도 않았다. 목을 꼿꼿이 세우고 앞만 보고 걸었다.

그날 뙤약볕 아래서 외쳐대는 티치 트리 쾅(덕망 높은 船若이라는 뜻)스님의 연설은 더없이 격렬하고 비통했다. 마이크는 성능이 나빠 가끔 찢어지는 소리를 냈다. 아이들은 칭얼대며 울었다. 햇볕은 불길 같이 뜨겁기만 했다.

"오늘 여러분은 오면서 봤을 겁니다. 천주교 신자들의 손에 무엇이 들려 있었는가를, 그것이 월남 국기였습니까? 국기 외엔 아무것도 없었습니까? 우리 불교도들의 손이야말로 빈손이었습니다. 정부는 손에 들 수 있는 자유까지 구분했습니다. 누가 우리를 이렇게 신앙의 행사까지도 차별을 받게 만들었습니까? 우리는 긍지 높은 후에의 시민입니다. 후에는 시(詩)의 도시이며 월남문화의 남상입니다. 이태리인이 피렌체를 자랑하고 일본인들이 교토를 자랑하듯, 우리는 후에를 자랑하고 사랑합니다. 저 아름다운 성곽과 성루 찬란한 왕궁과 저 아름다운 주발 형상의 반궁을 보십시오…… 그럼에도 정부는 우리에게 야만의 길을 강요하고 있습니다."

트리 쾅의 불쑥 튀어나온 광대뼈는 햇빛에 번쩍번쩍 빛이 났다. 움푹 들어간 갈색 눈은 분노로 타고 있었다. 그는 울고 있는 여신도들과 젊은 후에 대학생 쪽을 향해 손을 들었다.

"우리는 북부인보다 약하고 남부인보다 가난하지만, 우리는 이 땅에서 가장 탁월한 우월감을 가지고 있습니다. 이 후에는 1918년 이래 민족 대학의 터전이 되어왔습니다. 우리는 프랑스인들과 대항해서 싸웠으며 민족을 억압하는 어떤 힘과도 싸워왔습니다. 우리는 반공주의자들입니다. 여러분이나 나나 가족 중 한두 사람은 공산주의자들에게 핍박을 받은 사람들입니다. 그러나 오늘날 우리의 정부는 공산주의자들과 싸우면서도 또 우리를 갈라놓고 있습니다…… 여러분, 울지 마십시오. 지금은 울 때가 아닙니다. 투쟁할 때 입니다."

그는 오른손을 높이 들었다. 그의 손끝에 있는 딸기 모반이 햇빛과 땀으로 얼룩져 이상한 모양을 하고 있었다. 그의 가죽 샌들 위에는 먼지가 앉아 있었다. 드디어 그는 피곤한 듯, 젊은 스님들에게 둘러싸여 투담사로 향했다.

신도들은 각각 흩어져 소속 사원으로 가기 시작했다. 빨리 가서 방송국에서 재방송 해 줄 트리 쾅 스님의 연설을 똑똑히 다시 듣고 싶었다. 성능 나쁜 마이크와 어린애들의 악다구니 때문에 못 들었던 그 고승의 연설문을 시원한 사원의 등나무 그늘 아래에서 차분히 듣고 싶었다. 관례에 의하면 후에 방송은 초파일날 불교도들의 축제를 언제나 오후에 재방송 해왔기 때문이다. 그런데 스파트 뉴스가 나왔다.

'방송국 사정에 의하여 불교도 축제의 재방송을 못하게 되었습니다.'

사정이라, 사정이라, 드디어 불길은 올랐다. 후에 시의 외곽에서 방송국으로 가는 모든 포장도로가 불교도들의 다급한 발걸음으로 울리기 시작했다. 후에 대학생들은 어느새 대형 불기를 준비하였다. 깃발을 올려라. 누가 우리의 신성한 깃발을 금지했는가. 불교 대학생들의 고함소리와 찬불가가 방송국 스튜디오 안까지 쩌렁쩌렁 울리고, 방송국 앞은 각색 아오자이 자락과 후에 대학생들의 흰 와이셔츠와 청색바지로 출렁거렸다. 경찰의 최루탄이 터졌다. 이어 소방대의 호스가 세찬 물줄기를 뿜어대기 시작했다. 대열의 후미에 누군가가 써서 들고 온 구호는 전부에게 비장한 각오를 하게하고 있었다.

"람 옹 직 중또이!(우리 모두를 죽여라!)"

뒤늦게 달려온 성장 당 씨 소령은 군중을 향해 험악하게 고함을 질렀다.

"해산하라, 이후의 사태에 대해서 본관은 책임질 수 없다. 해산하라!"

그는 속이 거북하여 트림을 했다. 고딘 툭 대주교와의 점심식사가 채 내려가지 않았기 때문이었다. 그는 가톨릭신자였고 대주교 앞에서의 식사는 거북했기 때문이었다. 그는 사태가 심상치 않음을 깨닫고 방송국 안으로 들어갔다. 사이공의 고딘 누를 불렀다. 계시를 기다렸다.

"모든 것은 귀관의 판단에 맡긴다."

군중 앞에 다시 나온 그는 펄럭이는 플래카드를 보았다. 그는 햇빛 아래 번득이는 독사의 이빨처럼 하얗게 웃었다. 죽여 달라고? 그래 너희들 소원대로 해주마.

이 소식을 학생들에게 전해 준 사람은 젊은 교장 쾅 리엔 스님이었다. 그는 운동장에 모인 학생들에게 이 소식을 전하면서 후에 시에서 죽은 9명의 영혼이 극락왕생하도록 빌었다. 그는 말했다.

"우린 죽은 이와 수백 명 부상자를 위해 독경하는 것 이외에 다시 뭔가를 해야 한다."

교장스님은 금테안경을 벗고 햇빛 아래에서 흐르는 땀인지 눈물인지를 훔쳤다. 예일 대학 졸업생, 때로는 냉소적이고 너무 현학적으로 번득이는 젊은 교장, 학생들은 그 젊은 스님이 제안한 '무엇'이 무엇일까를 천착하면서 그건 그분이 가끔 특강시간에 말하던 간디의 아힘사 같은 것인지 그 이상의 것인지를 가늠하기 시작했다.

학생들은 술렁거렸다.

후에에서 트리 쾅 스님이 내려왔다는 소문이 돌았다. 사로이 사원에서 추도식이 열렸다. 대웅전은 물론 사원 입구의 석등 아래에까지 신도들은 발을 들여 놓을 틈도 없이 들어찼고, 사회스님의 주재로 모두 꿇어앉아 명상기도를 시작했다. 마이도 친구들과 같이 그 추모법회에 참석했었다. 마이 일행이 자리한 곳은 대웅전이 보이는 부속건물의 처마 아래였다. 그들이 무릎을 꿇고 명상할 때, 누군가가 일어나서 대웅전 쪽에서부터 전단을 뿌리기 시작했다. 전단은 마이의 아오자이 자락 앞에도 떨어졌다.

"살인마 고딘 누는 우리의 핏값을 물어라. 중국을 망친 송미령보다 더욱 더 철저하게 월남을 망치는 마담 누는 자숙하라. 민족을 분열시키는 만행을 그쳐라."

폭풍은 잠시 후에 불기 시작했다.

수 분 후에 들이닥친 사이공 경찰본부에서 온 보안경찰과 특수부대원들은 우선 승복을 걸친 스님부터 잡기 시작했다. 가슴에는 수류탄을 달고 모두 토미건이라 불리는 자동소총으로 무장하고 있었다. 그들의 반짝이는 워커발길에 채인 스님들이 가랑잎같이 나뒹굴었다. 그들은 걸리적거리는 여신도들의 젖가슴과 국부를 교묘한 방법으로 골라 찼다. 개구리처럼 뻗은 스님들을 그들은 질질 끌어다 철창이 쳐진 호송차에 쓸어 넣었다. 아주 빠르고 번개 같은 솜씨였다. 트리 쾅 스님은 뒷문으로 빠져나가 미대사관으로 숨었다. 날쌘 젊은 스님들은 담을 넘어 근처 유솜(USOM) 건물로 뛰어 들어갔다. 그날 마이랑 친구들은 숨도 크게 못 쉬고 그 숨 막히는 광경을 땅바닥에 엎드린 채 구경하고 있었다.

불교신문 항동은 후에에서의 사이공에서 일련의 사건이 암리처의 대학살 같은 수법이라고 정부를 비난했다.

가톨릭신문 샤이 등은 후에에서의 불상사는 베트콩이 던진 수류탄에 의해서 이루어진 불행한 사건이며, 불교도들의 냉철한 이성회복과 국난극복을 위해 자제해 줄 것을 강조했다. 지금은 싸울 때가 아니며 협력할 때라는 것이었다.

다시 다른 소문이 돌기 시작했다.

스님 중의 누군가가 죽기를 각오했다는 것이었다. 죽음으로 의사를 정부에 전달할 것이라는 거였다. 스님들이 서로 죽음에 앞장서겠다고 해서 제비를 뽑았다고도 하고 또는 트리 쾅 스님이 순번을 정해 줬다고도 하였다.

어쨌거나 그 첫 번째 제단에 오를 분은 나이 많은 티치 쾅 덕 스님으로 알려졌다. 학생들은 처음에는 나이 많은 스님이라는 말에 약간 실망을 하는 눈치였다. 좀 더 충격적이려면 아무래도 미인 비구니거나 잘 생긴 젊은 스님이어야 할 것이 아니냐는 투였다. 하지만 처녀들은 어른들의 설명을 듣고 고개를 끄덕였다. 나이 많은 사람이 생명을 스스로 버리는 일이 얼마나 어려운 일인 줄 아느냐, 창창하게 긴 생명의 줄을 놓는 건 쉬운 일이나 얼마 안 남은, 끝이 보이는 끈을 놓는 일은 두 번 죽는 거나 같다. 얼마나 수많은 늙은이들이 일생동안 곧게 지켜온 지조를 마지막 고비에서 더러운 육체 때문에 훼절하는 줄 아는가?

그날 1963년 6월 11일.

사이공의 번화가인 레반 두에트와 판 딩 풍거리가 만나는 네거리에는 아침 일찍부터 어린애들과 부녀자들이 모여들기 시작했다. 사이공강 강둑에서 한줄기 시원한 바람이 불어오고 햇빛은 가로수 잎사귀를 피해 포도 위의 딱딱한 콘크리트 바닥에 살며시 내려앉았다. 가로수 그늘 때문에 농라를 벗어 든 여인들의 머릿단이 한층 풍성해 보였다. 아이들은 서로 앞자리에 앉으려고 싸우고, 외국 카메라맨이 좋은 촬영 각도를 잡으려고 이리저리 뛰는 모습도 보였다. 하얀 제복을 입은 월남 경찰은 이런 경우에는 어떻게 해야 하는지를 몰라 저만치 비켜서서 담배를 피우고 있었다. 이윽고 남부 승려들이 전통적으

마이의 산   245

로 입는 황금빛 승복으로 위엄있게 차린 쾅 덕 스님이 젊은 스님들의 부축을 받으며 나타났다.

그는 잠시 서서 조용한 말로 주위 사람들에게 말했다.

"만약 내가 하는 이 행위가 옳고, 이 정부가 분명히 불의한 정권이라면 나는 뒤로 반듯이 누울 것이다. 그리고 나의 몸은 다 타도 심장만은 타지 않고 남을 것이다."

그는 길상좌로 결가부좌하고 조용히 눈을 감았다. 천천히 54개의 참나무 씨로 만든 염주알을 세면서 가만가만 그의 마지막 독경을 시작했다. 시끄럽고 악한 중생들의 훤화가 그의 귓가에서 점점 멀리 밀려가고 있었다.

오전 9시 조금 넘은 시각.

둘러선 신도들은 찬불가를 부르고 여인들은 일제히 통곡하는 가운데 두 사람의 젊은 스님은 네모난 플라스틱 그릇에 휘발유를 담아 들고 들어섰다. 머리로부터 부어진 휘발유 양은 5가론쯤이었다. 뒤쪽에 선 스님이 불을 켜대자 퍽 하는 소리와 함께 불길이 타올랐다. 키 큰 외국기자는 셔터를 요란스럽게 누르고 보안경찰들이 호각을 불며 달려왔다. 하지만 불교 청년회원들이 경찰의 접근을 완강하게 막으면서 몸이 완전히 타도록 기다렸다. 73세의 이 노스님은 그의 몸을 지펴 5주간 동안 계속되어 온 불교도들의 항의 깃봉에 찬란한 불꽃을 만들어 달아 주었다. 그리하여 무식하고 광기에 차 있다고 서구 사람들과의 배운 사람들로부터 매도되어 온 월남불교가 세계의 정수리에 시원스럽게 못을 박도록 해 주었다. 스님은 10분쯤 꼿꼿이 앉아 있다가 뒤로 조용히 누우셨다. 시끄러운 이 사바에 조용한 계(戒)한 조각을 남기고…… 시커멓게 탄 그 노불의 왼쪽 가슴 부위에 타지 않은 심장이 고스란히 남아 있었다.

　그날 가로수 밑에서 학교를 빠진 채 친구들과 처음부터 그 광경을 지켜본 마이는 손수건이 흥건히 젖도록 울었다. 휘발유 냄새와 살타는 냄새 때문에 며칠 동안 밥도 못 먹었다. 하지만 마이는 뭔가를 본 듯했다. 인간은 자기 목숨을 던져 스스로 날개를 달 수 있다. 내려다보면 한없이 어둡고 아찔한 그 죽음의 계곡도 홀연히 황홀한 동작으로 뛰어 넘을 수 있는 그 선택권, 빙벽 같은 절대의 언덕에 스스로 피켓을 꽂고 오를 수 있는 자유의지의 승리, 평범한 여자가 소박하게 도모하는 작은 생활 옆에 다른 중생들과 동참할 수 있는 보다 큰 또 하나의 삶이 있다는 것을, 그것은 1차원의 동물이 바로 인접한 평면 위에 2차원의 세계가 붙어 있다는 것을 깨우친 최초의 각성과도 같은 것이었다. 그날 기자 말콤 바라운이 잡은 천연색 사진 '불길 속의 불타'는 전 세계의 이목을 뜨거운 월남의 길거리로 끌고 왔다. 트리 쾅 승은 외치고 또 외쳤다. 사로이 사원에서, 비엔 호아 다오 사원에서, 안쾅 사원에서.

　"오늘날 월남에는 세 가지 무리들이 있다. 베트공과 베트공과의 투쟁을 우려먹는 무리. 그리고 대중이 있다. 우리는 이 반공을 이용하는 무리들에게 반대한다……. 나는 공산주의자도 반대한다. 공산주의는 인류의 이상이 될 수 없다고 굳게 믿고 있다. 인류에겐 좀 더 높은 이상이 있으니까."

　학생들도 거리로 나왔다. 아열대 지방 8월의 햇빛은 질기고 따가웠다. 여학생들이 아오자이 아래 숨기고 있는 흰 속살과 남학생들이 흰 와이셔츠 속에 묻어둔 건강한 피부를 동시에 태우면서 그 속의 소금기마저를 빨고 있었다.

진리가 없는 날, 힘센 놈이 없는 놈을 사정없이 타고 앉아 누르는 짐승의 나라, 입에서 시작하여 생식기로 끝나는 나라, 사이공 부둣가에 쌓인 산더미 같은 원조물자가 그야말로 '아샘블리'로 끈도 풀리지 않은 채 암시장을 거쳐 곧장 비씨들 손으로 넘어가는 조화 속. 고관대작의 아들들은 프랑스나 미국으로 생쥐처럼 빠져 달아나 버리고 가난한 집안의 자식들만 이 전선에서 저 전선으로, 참호에서 일어나 참호에다 코를 박고 죽는, 도착되고 강요되는 애국심. 싸우다 다친 놈이 헬리콥터를 타고 후송되는 데도 돈을 먹여야 되는 막판의 모습. 군인이 죽으면 미망인이 어린것을 들쳐업고 사망수당을 타러 가서 관리에게 뼁땅을 떼어놓고야 귀 떨어진 돈봉투를 들고 나올 수밖에 없는 부패의 나라. 누가 누구를 위해 목숨을 걸고 싸워야 한단 말인가.

8월의 태양은 학생들의 피를 더욱 뜨겁게 달구고 있었다. 거리거리마다 물결처럼 모여 들기 시작했다. 합창처럼 거대하게 외쳐대기 시작했다. 그들은 그동안 금지되었던 금기의 단어를 목구멍 너머로 서슴없이 쏟아내면서 사정할 때의 기분 같은 기막힌 황홀경을 대낮의 네거리에서 맛보고 있었다. 그것은 집단 엑스타시였다. 억압되었던 정치적 리비도가 혈관을 타고 거꾸로 흐르는 현대판 굿거리였다. 사이공 대학의 여대생 메이 쩌 도안은 사로이 사원 본당 앞에서 디엠 대통령과 고딘 누 여사에게 보내는 공개 탄원사를 읽고 그녀의 오른손에 든 도끼로 왼팔을 잘랐다. 피가 튀고 불꽃이 날랐다. 마이의 동급생 꽉시창은 중앙시장 로터리까지 달려 나갔다가 경찰의 총탄에 맞아 죽었다. 열아홉도 안 된 어린 나이였다.

눈부신 백색 유니폼의 특수보안군과 전투경찰들이 거리로 달려 나왔다.

그들은 일당 몇을 할 수 있는 무술 특기자에다 뛰어난 사격술의 소유자들로서 언제나 빳빳한 달러로 봉급을 타고 각종 명목의 특수수당을 받는 선택된 인간들이었다. 명령의 본질이야 어쨌든 명령 자체를 존중하는 외인부대같이 잘 훈련된 집단이었다. 지휘관은 누의 총애를 받던 꽈 툰 대령이었다.

그때 마이도 잡혔다. 중앙시장 근처에서였다. 다이남 극장쪽에서 몰려온 지아롱 고등학생들과 어울려 신나게 외쳐대고 있을 때였다. 그녀는 키가 커서 제일 앞줄에서 깃발을 들고 있었다.

햇빛을 반사하는 흰 군복과 잘 닦여진 검은 워커가 눈앞에서 번쩍하더니 국부에 엄청난 통증이 오면서 정신을 잃고 말았다. 그녀가 호송용 맹꽁이 차에서 눈을 떴을 때 차 안은 숨 막히는 한증탕이었다. 오물과 핏물로 범벅인 채 남자와 여자의 구분도 없었다. 어린 여학생들은 울고 남학생은 신음 소리를 냈다. 누군가가 밖을 보고 말했다.

"팜 누 라오를 지나 꽁 호아로 달리고 있군."

처음 이틀간은 내리 굶었다. 식수와 빳짱 떡을 들여놓아 주었지만 받아먹는 학생들은 없었다. 아무 소리도 없이 그들은 그릇들을 치워 갔다. 슬슬 웃기까지 하면서 밤에는 잠을 잘 수가 없었다. 옆방에서 울부짖는 스님들의 소리를 들을 수가 없었다. 둔탁하게 얻어맞는 소리와 비명과…… 사흘째 되던 날, 기아와 탈진으로 혼미해진 그녀들

을 끌고 놈들은 옆장을 구경시켰다. 처음엔 끌려온 스님들을 개 패듯
두들겼다. 단단한 대나무 몽둥이로 사정없이 두들겼다. 숨을 몰아쉬
던 스님들이 옆으로 쓰러지고 대나무 몽둥이의 끝이 다 피어 너덜대
면 새 몽둥이와 새 손님으로 시작했다. 남자들의 울부짖는 소리는 여
자들의 것보다 훨씬 전율스러웠다.

"차라리 우릴 죽여다오."

어느 젊은 스님의 절규였다.

"죽여 달라고? 죽는 건 여기선 호강이야. 여기선 맘대로 죽을 수
없는 게 특징이지, 히히힛."

"입 열은 놈을 벗겨!"

치모와 힘없이 늘어져 있는 남성이 드러났다.

"여학생님들, 거룩한 스님의 그것이 어떻게 변하는가를 봐두도록."

그들은 그 스님의 남성을 집중적으로 난타했다. 그것은 꿈틀거리
면서 빳빳하게 부풀어 올랐다. 끝에서 피가 흐르기 시작했다. 그래도
멈추지 않았다. 스님이 거품을 물고 쓰러지자 옆의 스님에게 말했다.

"너도 시작해 볼까?"

"아닙니다. 제발."

"그럼 이것이 너의 부처라고 하자. 여기다 공손히 입을 맞춰라."

놈은 스님의 턱밑에 워커 끝을 내밀었다. 스님은 다가가 무릎을 꿇
고 군화등에 입술을 댔다. 잘 닦여진 군화등에 피거품이 찍혔다.

"새끼, 더럽게 살고는 싶어서."

그는 잽싸게 그의 턱을 후려 찼다.

"귀여운 여학생 여러분, 구경 잘 하셨나?"

놈은 울부짖는 여학생들 쪽으로 얼굴을 돌렸다. 독한 술냄새가 확 풍겨왔다.

"자, 이젠 여러분들의 차례야 잘 대접해 올리지…… 이년들 옷을 다 벗겨."

갑자기 놈은 독물이 뚝뚝 듣는 목소리로 외쳤다.

"저 덩치 큰 년 이리 데려와."

마이가 놈의 앞에 불려갔다.

"옷 벗은 몸매가 제법인데, 벌려 봐 더, 더."

낮도 밤도 없는 시간. 나라카(Naraka:지옥)로 연결된 희미한 일방로. 오직 영혼이 파괴되는 소리만 들리는 구부러진 회랑과 어두운 그 방속에서 16세, 17세, 18세, 19세의 속살들이 몽땅 벗기어져 갔다.

"살아 나가고 싶지. 엄마 아빠 얼굴도 보고싶고…… 암, 암 살아서 나가야지, 그래야 좋은 신랑 만나서 시집도 가지."

놈들은 느닷없이 그녀의 귓볼을 만졌다.

"고 귀걸이 한번 이쁘다."

그렇다. 그건 중학교에 들어가던 해 엄마가 입학 기념으로 꽁리가의 화려한 금은방에서 제일 예쁜 것으로 골라 달아 주었던 귀걸이였다.

"예쁜데."

놈들은 웃으며 거기에다 전깃줄을 감았다.

"너무 황홀해서 혀를 깨물면 곤란하지."

이번엔 입을 벌리고 고무재갈을 물렸다. 그리고는 이내 뇌수의 갈피 갈피를 아주 빠르게 지지며 지나가는 하얀 불빛을 그녀는 보았다. 얼마 후, 그녀가 하얀 타일이 박힌 샤워장에서 눈을 떴을 때 얼굴이

다른 놈이 그녀의 하복부를 타고 앉아있었다.

일주일 후, 그녀가 경찰 본부의 뒷문으로 나올 때 그녀의 우주는 사라지고 없었다. '악마는 마술사보다 더 강하다'라는 베트남 속담이 햇빛 아래에서 그녀가 제일 먼저 떠올린 생각이었다. 그녀는 울지 않았다. 눈물 따윈 나오지 않았다.

"아니, 마이야! 침을 흘리다니."

오리알 미음을 쑤어 오던 엄마가 놀라서 소리를 질렀다.

"아무것도 아녜요. 곧 나을 거예요."

그녀는 어기적거리며 걸었다. 그녀가 앉았다 일어나는 곳엔 한 웅큼씩의 머리칼이 흩날렸다. 엄마는 쵸론의 중국인 한의사에게 보약과 경기에 먹는 약을 지어 오셨다. 뒷마당까지 가득히 한약 다리는 냄새가 퍼지고 밤에는 엄마가 피우는 시나몬 향내도 같이 피어올랐다. 마이는 밤이 무서웠다. 꿈속에까지 악마들은 웃으며 따라붙었다. 엄마가 불단 옆에서 불경을 외는 때만 조금씩 눈을 붙였을 뿐이다.

마이의 어기적거리던 걸음걸이가 조금씩 정상을 되찾을 때, 이번 엔 악마가 배 아래에서 싹트고 있었다. 헛구역질이 시작된 것이었다. 열여덟의 나이에, 그것도 낙태가 법으로 금지된 월남에서 미혼모가 슬기롭게 행동할 수 없다는 것을 이 악마는 처음부터 계산한 것일까. 마이는 죽음을 생각하기 시작했다.

사이공강 하구에는 임자 없는 시체가 언제나 떠오르던 시절이었으니까.

마제스틱 호텔에서 강둑을 따라 왼쪽으로, 그러니까 붕타우로 내려가는 강줄기를 따라 천천히 걷고 있을 때였다. 강둑에 얼크러진 트란 풀과 히비스커스 덤불이 칙칙한 강물 위에서 그녀는 손짓하고 있었다. 강둑 위에서 나부끼는 맹그로브의 잎사귀도 속삭였다. 은은하게 죽음의 밀어를…… 마이, 눈 딱 감고 뛰어 내려라. 지금이다. 지금……

하지만 죄 없는 엄마, 늙어서 이빨이 빠지기 시작한 엄마. 내가 없으면 엄마는 누굴 위해 하루하루를 견딘단 말인가. 저 쓸쓸하고 어두운 마지막 노후를.

마이의 아랫배가 아오자이의 꼭 끼는 허리부분을 조금씩 압박해왔다. 조금 있으면 동네사람도 내 아랫배를 쳐다 볼 것이다. 그리고 수군댈 것이다. 하지만 다행스럽게도 엄마는 밥 못 먹는 마이를 보고 그 무서운 곳의 후유증이러니 생각하는 눈치였다. 소문에는 10월에 있었던 유엔 총회에서 지난 8월의 그 야만적인 살상을 베트남 문제의 첫째 의제로 삼았다느니, 어떤 이들은 조금 있으면 새 세상이 온다느니 말들이 많았다. 사이공 포스트지도 그 사건을 처음으로 야수적(Brutal)이라는 표현으로 언급했다.

그녀는 가게에 핀 그 수많은 꽃을 보지 않고 길 건너 앞집 담에 매달린 호아 푸엉 꽃잎을 바라보고 있었다. 이제 시들어 자주색으로 변한 꽃잎은 서서히 떨어지고 있었다. 그 꽃잎이 넓고 붉은 꽃. 학생들은 그 꽃을 푸엉 비라고만 불렀다. '학생의 꽃'이라는 애칭이었다.

그 꽃은 3월 말이면 피기 시작하여 여름 내내 교정과 담장과 길거리 모퉁이에서 학생들과 속삭이며 싱싱하게 웃는 열대화였다. 그 꽃이 피면 학생들은 언제나 학기말 시험을 연상했다. 골치 아픈 학기말 시험과 바칼로레아, 하지만 그것은 긴 여름방학을 상징하기도 한다. 시험을 끝낸 홀가분한 머리로 어떤 학생은 자딘성 가까이에 있는 흠 롬 지구로, 어떤 애는 쵸론 너머로 푸람 지구로 고향집을 찾아 훌훌 떠나는 것이었다. 방학이 시작될 때는 불길한 대포소리를 들으며 그 녀들은 인사했다.

"잘 지내거라. 방학 후에 보자."

"제발 몸조심 하거라. 다시 만날 수나 있을런지."

2학기에 만나는 학생들의 머릿수는 언제나 모자랐다.

"녹융이는 왜 안 보이니?"

"철교 폭격 때 파편에 맞아서 그만……"

"짐 끼우는?"

"까마우 반도의 시골 부자한테 후취로 갔데."

마이는 호아 푸엉을 바라보면서 뱃속의 악마하고 싸우고 있었다. 어느 날 꽃가게 앞으로 사람들은 정신없이 뛰어갔다.

"그놈들이 죽었다."

"독사가 잡혀 죽었다."

고딘 누가 잡혀 죽은 것이다. 그의 어리석은 형, 가톨릭 신부가 되 었어야 했던 디엠 대통령과 함께 쵸론의 성당에서.

사람들은 포도 위를 마구 찍으면서 달렸다. 베트남에서 새 태양이 뜰 거라고 외쳐대면서.

하지만 마이는 거기 그대로 앉아 있었다. 이미 꽃잎이 다 떨어진 호아 푸엉 꽃덤불을 바라보면서 그녀는 생각해 보는 것이었다. 여자 가 소망하는 그 조그만 우주, 남편과 따스한 불빛과 아침의 식탁, 아기의 기저귀, 그런 것도 아무나 가질 수 있는 것은 아니구나. 그렇다고 여자의 힘으로 악마와 정면으로 맞붙어 싸우기는 힘이 너무 벅차다. 일찍이 베트남의 잔 다르크 쯩짝, 쯩니 자매는 북에서 내려온 악마와 싸워 이긴 때가 있다. 잔 다르크가 오를레앙 성을 탈환한 것 같이 잠시 동안. 하지만 그들은 곧 그 거대한 악마에게 물려 죽었다. 잔 다르크가 불타 죽은 것처럼.

그때 그녀 앞에 한 사내가 다가섰다. 허우대가 엄청나고 얼굴이 검은 사내였다.

"레 티 마이?"

"왜 그러세요?"

언제나 죽음을 생각하고 사이공 강둑을 걸을 때도 먼발치에서 묵묵히 따라붙던 사내였다.

"어디로 가고 싶지 않소? 당신의 분노를 불태울 수 있는 곳으로 말이요. 당신은 언제까지 꽃만 바라보고 있을 수는 없지 않소. 우린 젊은이들을 훈련할 줄 알고 있소."

그렇다. 어디론가 가긴 가야 한다. 무언가를 못해도 좋다. 그냥 가기만 해도 좋다. 그 남자는 마이가 카이민 영어학원에 다닐 때 같은 반에서 배운 사내였다. 영어나 배워 미군부대쯤 취직하려는 약삭빠른 사내로 알았는데, 그 혁명의 날. 다이남 극장 쪽에서 몰려오던 기술고등학교 학생들의 맨 선두에 섰던 그를 본 기억이 있었다. 그후 사이공 강변에서 그를 스쳤을 때 그는 지나는 말처럼 그렇게 말했었다.

"난, 마이 당신에 대해서 알고 있소. 당신은 키가 커서 데모대의 제일 앞에 섰었지. 그리고 중앙시장 로터리에서 잡혔고…… 하긴 나도 그 후 잡혀 갔었소만…… 아무튼 죽어선 안 되오."

"당신은 신분이 뭐예요?"

"난 낮에는 푸토에 있는 국립기술본부에 기사로 나가죠."

그 남자는 말수가 적었고 발걸음도 빨랐다. 검문소를 피하는 요령도 익히 알고 있었고 무엇보다도 여자를 편안하게 해줄 줄도 알았다. 그림자처럼 조용하게 그냥 그늘을 드리워 쉬게 해 주었다. 그들은 쉴새 없이 걸었다. 마이가 숲 속에서 바지를 내리고 쉬하는 동안에도 그는 묵묵히 정중하게 기다려 주었다. 1번 국도로 나가 비엔 호아 쪽으로 조금 가다가 왼쪽으로 꺾어져 안남 산맥이 내려오는 고원 쪽을 바라보며 국경 쪽으로 사뭇 걸었다. 1964년 초 마이는 자딘성과 하우 기아성의 경계에 임하여 있는 망고나무 숲이 우거진 소택지로 들어갔다. 마이는 놀랐다. 거기는 소위 민족해방전선(NLF)의 사이공 지역 본부였다. 거기는 그 사람들의 공화국이었다. B52와 헬리콥터들은 사실상 눈 먼 장님들이었다. 그들이 미로처럼 파놓은 동굴과 정글 밑의 요새는 잠자리처럼 떠다니는 헬리콥터나 부엉이 같은 B52가 눈치 채기에는 너무나 자연스럽고 교묘했다. 거기다 사이공을 싸고 도는 길고 긴 사행천과 끝없는 녹색의 정글은 인간의 힘으로는 결코 벗길 수 없는 견고한 철옹성이었다. 거기서는 하루 종일 공산당 남부 월남 중앙본부(COSVN)의 지하 방송이 나무에 매달아 놓은 옥외 스피커를 통해 떠들어대고 있었다.

"베트남 인민 여러분, 우리민족해방 전선의 의장은 사이공의 저명한 민족 변호사 우엥 후토 씹니다. 그 외에 50인의 의원들이 이 땅의 멀고 가까운 곳에서 모여 들었습니다. 그들은 위로는 17도선에서부터 남으로는 카마우 반도의 끝에까지 해안지대나, 벌판이나 삼각주, 정글, 일선지구, 또는 농촌이나, 임시적으로 적에게 점령당한 도시에서 뽑힌 고명하신 분들입니다. 그리고 그분들은 사회 각계각층을 망라하고, 모든 종족 정치 · 문화 및 직업단체를 대표해서 선출된 분들입니다. 우리는 현재 프라하, 알제리, 동베를린, 쿠바에 대표단이 나가 있습니다…….”

그곳에는 놀랍게도 8월 학생혁명 때 부상당한 학생들이 와서 치료를 받고 있었다. 또 마이 같이 배부른 여학생들도 상당수 모여 있었다. 그들의 조직은 그만큼 치밀하고 용의주도했다. 그네들은 낙태수술을 받았다. 그러나 마이처럼 수술시기가 늦은 여학생들은 그냥 부른 배를 안고 그들의 부상병을 돌보면서 밤늦게 정치학습을 받기도 했다. 낙태 수술이 끝난 여학생이나, 열 달 학습이 끝난 남학생들은 반이 짜여 지고 각 지구별로 출발을 서둘렀다. 카마우 반도의 키엔지 안성, 안남산맥이 내려오는 타이닌성, 남쪽 해안의 박리우성에까지 그들은 골고루 파견됐다. 하지만 마이는 빈딩성 내의 푸카트산으로 왔다. 1964년 3월, 만 7개월의 무거운 몸을 끌고서였다. 그건 순전히 그녀를 데리고 온 사내 지아오 때문이었다. 그는 그녀를 자기 아내 취급을 했고 그녀도 슬그머니 그 점을 인정했다. 그는 빈딘성 투이폭군 출신으로 원래는 지주의 아들이었다. 어떤 연고에서 비씨쪽 사람으로 변했는지는 모르나 하여튼 그는 자기 고향에 가서 투쟁하기를 강력히 원했다. 그는 꽤 오랜 시일을 노력한 결과, 사이공 지구의 비씨책임자와 중부지역 책임자 간에 적당히 절충을 한 끝에 그곳의 정치담당관으로 가게 됐다. 그것은 상당히 이례적인 조치였다. 따라서 그녀도 그의 부인 자격으로 그곳까지 왔던 것이다.

동굴에 누워 땀을 흘리며 애쓰는 마이를 보면서 그들은 적개심을 불태웠다.

"동지들, 마이 자매의 뱃속에서 자라는 저 불의의 씨앗을 보십시오. 저것이야말로 우리 월남이 안고 있는 비극의 산 표본이며 저 악마 같은 제국주의 앞잡이들이 민중을 다루는 방법을 단적으로 보여주는 예입니다. 싸웁시다. 끝까지 싸우다 죽읍시다."

이를테면 마이는 그들의 적개심과 전의를 불러일으키는 산 교재였다. 8월 혁명 때 부상당하여 불구가 된 퀴논 출신의 어느 남학생도 마찬가지로 그들의 교육용 시청각 기재로 사용되고 있었다. 마이와 같이 동굴에 올라온 그 남학생은 왼쪽발이 불구가 된 사이공 대학교의 문과 대학생이었다. 마이의 배는 유난히 불렀다. 그럴 수밖에 없었다. 아이들은 쌍둥이였으니까. 사내아이들이 고추를 달고 나왔을 때 동굴 안은 잠시 축제처럼 떠들썩했다. 사내라고, 쌍둥이라고.

마이는 돌아누워 한없이 울었다. 그리고 사이공에 남아있는 엄마를 생각했다.

마이가 몸을 추스르고 쌍둥이 아들놈 둘을 안고 퉁장 마을로 내려와서 한 일은 농사를 위해 남아 있던 마을 사람들을 교육시키고 소위 닥 콩부대원(특수 활동부대, 주로 테러를 담당함)들이 밤에 활동지역으로 오갈 때 중간 거점으로서 편의를 제공해 주는 일이었다. 마이의 직책은 지역간사였다. 푸카트산에서 콩들이 내려올 때는 출발하는 마을부터 북을 쳐준다. 일단 북소리는 릴레이식으로 퉁장 마을까지 오고, 마이는 상황이 안전하다고 파악되면 안전 신호의 북소리를 되돌려 보낸다. 콩들이 오면 바나나 잎에 싸 놓은 주먹밥을 챙겨준다.

퀴논이나 안온 쪽으로 빠지는 닥 콩대원들은 먼 길을 걸으니까 밤참이 필요한 것이었다.

그들의 세계에서는 혁명과업에 있어 경쟁이란 것이 있었다. 어느 지역의 닥 콩대원들이 위대한 과업을 이루었다 하면 이 지역에서도 그만한 과업, 아니 그 이상의 빛나는 과업을 이뤄야 한다는 강박관념이 작용한다. 64년 11월 1일, 사이공지역 닥 콩대원들이 비엔호아 미군 기지를 공격, B57형 폭격기 27대를 파괴하고 다수의 미군들을 처치했다. 중부지역의 닥 콩대원들도 드디어 행동을 개시했다. 플레이쿠 지역의 닥 콩대원들이 65년 2월 7일 미군 캠프 할로웨이를 급습하여 미군 8명을 죽이고 비행기 5대를 파괴했다. 이런 혁혁한 전과가 푸카트의 동굴에 들어오자 드디어 푸카트 닥 콩대원들도 일어섰다. 그날은 마이가 주먹밥을 만들고 북 신호를 하느라 한숨도 못 잔 날이기도 했다.

1월 10일. 퀴논 시내에 있는 미군 숙소로 쓰이던 호텔이 TNT에 의해 완전히 주저앉고 미군 23명 사망, 21명 부상이라는 근래에 없던 커다란 전과를 세울 수 있었던 것이다. 그리하여 푸카트의 동굴에서는 틱보고(쇠고기 전골)와 썬능(돼지갈비 구이)으로 자축연이 벌어지고 마이도 오랜만에 포식할 수 있었다. 그리고 그 축제날 밤, 마이는 그 사내 지아오의 품에서 눈을 붙였다.

"참 이상하지요. 그 아이들 말예요. '풍'과 '푸'라는 이름을 붙였지만 그놈들이 고추를 달고 끼득끼득 웃고 즈들끼리 어울려 딩굴고 아장아장 걸을 땐 정말 깨물고 싶도록 귀여웠어요."

"당연한 일이겠지. 배를 가르고 난 자식이 아니오?"

"그것을 보면 사람은 애당초 동물이었던 게 분명해요. 그 아이들이

커가면서 나는 저 애들만을 위해서도 살 수 있다는 생각도 들데요."

마이는 다시 힘없이 웃었다.

"그날 아침 그 아이들이 죽던 날은 내가 새벽에 콩들에게 주먹밥을 챙겨 주느라고 피곤해서 깜박 잠이 들었던 모양이에요. 아이들이 땅굴 계단을 기어서 마당으로 나가는 줄을 몰랐지요. 늘 땅굴생활을 하니까 그 아이들도 답답했을 거예요. 첫발에만 맞지 않으면 끌고 들어오면 안전한 건데, 그날은 원체 피곤해서 두 번째야 나갔더랬지요. 연막탄 때문에 지척을 분간할 수도 없었구요. 참 이상해요. 소위님하고 이렇게 마주 앉아 있다니요. 내 자식을 죽인 분하고 말이에요."

잠시 마이여인은 재민을 물끄러미 쳐다봤다. 재민은 그녀의 어깨를 뜨겁게 안아 주었다.

"저는 늘 밤에는 잠을 못 자니까 신경이 날카로워져 있지요. 언젠가 제가 북을 치니까 한국군들이 나팔을 불고 교회 종을 쳐대더군요. 그러다가 안 되니까 대포도 쏴대구요. 제발 대포 좀 쏘지 마세요. 젊은 사람들은 괜찮지만 나이든 노인들은 땅굴 속에 엎드려 있다가 충격 때문에 목구멍으로 피를 넘겨요. 아무 죄도 없는 사람들이 말예요."

"한 가지 묻겠는데요. 마이, 그처럼 위험한 곳에 왜들 한사코 붙어 사는 거요?"

재민이 물었다.

"베트콩들은 추수 때 세금을 받기 위해 농부들이 자기 농토에 사는 걸 장려하고요, 무엇보다도 월남 농민들의 제 땅에 대한 애착을 소위님은 아셔야 할 거예요. 제 농토를 버리고 난민수용소로 갈 사람은 아무도 없구요. 또 그들이 농부들을 놔 주지도 않아요."

날이 완전히 어두워졌다. 모래 위에 서 있는 나무들이 전부 웅크리고 슬금슬금 기어오는 베트공의 특공대원들처럼 보였다.

"마이, 나 요번에 사이공 가게 됐소."

"사이공? 전근이에요?"

"아니, 열흘간의 특별휴식이지."

"오 사이공!"

마이는 하이와 또 다른 떨림으로 그 도시이름을 되뇌고 있었다.

"정말 어머니는 어찌되셨는지 ……"

마이는 떨리는 목소리로 탄식처럼 말했다. 저음계의 피아노 건반이 단조의 즉흥곡을 연주해낼 때처럼 울림이 길고 쓸쓸한 소리였다.

"사실은요, 쾅들에게 사이공에 계신 엄마의 안부를 알아달라고 부탁했던 일이 있었어요."

"그랬더니?"

"두 번쯤 안전하게 잘 계신다는 대답이었어요."

"그럼, 그러실 테죠."

"하지만 쾅들의 말은 믿을 수가 없어요. 잡념 없이 일 잘하라는 뜻으로 적당히 속이는 수가 많거든요."

"내가 이번에 가서 확실히 알아다 주겠소. 만약 살아 계시다면 우리가 모시고 삽시다."

"우리가 라뇨?"

"당신하고 나…… 난 당신하고 결혼하고 싶소."

"오우 튜이, 아니 한째민, 그건 말이 안돼요."

"내가 외군인이라서?"

"아니아니, 그런 뜻이 아니구요……"

"그럼 뭐야?"

"째민은 날 동정하는 거죠?"

"나는 동정과 사랑을 구분할 줄 아는 사람이야. 이리 와요!"

그는 다시 마이를 어두워진 모래밭 위에 뉘었다. 모래는 낮의 지열을 간직한 채 따뜻한 온기로 두 사람을 맞아 주었다.

"째민, 내가 더럽지 않아요?"

"마이, 그런 소리 다시 하면 이 칼로 이번엔 내가 찌를 거야."

그는 생각난 듯 크리스마스 때 마이에게서 빼앗았던 단검을 내보였다.

"오오! 그거! 이리 좀 주세요."

재민이 단검을 건네주자 마이는 잽싸게 그걸 가지고 돌팔매놀이 때처럼 오른쪽 팔에다가 힘을 줬다가 바다 쪽에다 힘껏 던졌다. 금속 조각은 가벼운 소리를 내며 바닷물에 잠기고 말았다.

"째민."

"마이, 발음을 제대로 해봐. 재, 민."

"재, 민."

"됐어 바로 그거야."

"재민, 이제 우리 옛날을 잊어요. 서로 줄 것은 주고, 받을 건 받은 셈이잖아요? 제발 저 같은 여자의 일은 잊어버리세요."

"마이 난 과거 때문에 당신을 사랑하는 게 아냐. 난 지금 당신에게 반했어."

"사실은요, 저두 첨부터 당신이 좋은 분이라는 걸 알고 있었어요. 다만 서로의 처지가 우릴 이렇게 엉망진창으로 만나게 한 거죠 뭐, 재민, 정직하게 말하자면 저도 당신을 사랑하게 됐어요."

호흡이 끊어질 듯한 입맞춤이었다. 파도소리도 맹그로브의 서그럭거리는 잎사귀소리도 그리고 두 사람의 심장소리도 들리지 않는 순간이었다. 그것은 정말 이상한 충동이었다. 지숙이에게서는 한 번도 못 느낀 동물적이고도 원초적인 관능의 열망이었고, 상대를 꼭 갖고 싶은 욕망이었다. 그들은 모래밭에서 일어나 맹그로브에 기댄 채 다시 긴 입맞춤을 했다. 파도가 뒤에서 재촉했다. 어서 너희들의 밀실로 들어가라고.

"여기가 마리아 수녀님하고 같이 쓰는 제 방이에요."

"수녀님 방에다 남자의 냄새를 남겨서 되겠소? 그리고 정문에 계시던 할머님은 괜찮을까?"

"괜찮아요. 여기 계신 분들은 남의 일에 간섭할 여력이 없는 분들이에요. 재민, 잠깐만 기다리세요. 그 할머니께 저녁 좀 챙겨드리구요. 우리들의 저녁도 준비해야죠."

"난 별로 먹고 싶은 생각이 없는데."

"그럼 우선 샤워나 하고 계세요. 옆에 쪽문을 열어 보세요. 샤워꼭지가 있을 거예요."

마이가 나가자 재민은 서둘러 샤워를 시작했다. 샤워꼭지는 수세식 변기와 나란히 붙은 붙박이었다. 하지만 벽면과 바닥만은 사치스런 프랑스식 모자이크 타일이었다.

한참 만에 마이가 들고 온 것은 PX에서 나온 듯한 후르츠칵테일의 깡통과 오리알 스프였다. 그녀는 깡통 따는 군용 칼과 은으로 된 스푼을 챙겨 주고는 이렇게 말했다.

"스프는 제가 먼저 시식할게요. 한번 죄를 졌던 여인의 자격지심이라고 생각하서요."

마이는 정말 삼분의 일쯤 스프를 먼저 마시고는 살짝 웃으며 샤워장으로 들어갔다. 그녀는 오늘 아오자이 차림이 아니었다. 위에는 가벼운 반팔 블라우스에 밑은 흰색 바지였다. 샤워의 물소리와 함께 그녀의 목소리가 울려왔다.

"램프의 불을 켜세요. 오른쪽 입구에 있어요."

램프는 라이터로 불을 붙이는 수동식이었다. 하지만 일단 심지에 불이 붙자 불빛은 너무나도 안온하게 방안 전체를 비춰주었다. 해안에서 다시 바람이 불어오는 듯 방충망 안에 쳐 놓은 얇은 망사커튼이 가볍게 흔들렸다. 마이는 머리칼을 빗으면서 천천히 걸어 나왔다. 고보이의 중대본부 아래층에서 사흘을 굶고 처음 돌아서서 머리를 빗던 그녀가 퍼뜩 생각났다.

"재민, 나 영세 받았어요."

"정말이야? 세례명은 뭔데?"

"테레사!"

"테레사, 테레사, 카르멜 수녀회의 신비주의자 아니오?"

"전 아직 천주교에 대해선 잘 몰라요. 그냥 음악이 좋고, 남에게 봉사하는 전통이 좋아보여서 개종했을 뿐예요."

"오, 테레사…… 갑자기 당신이 성녀처럼 보여서 안기가 미안한데?"

재민이 그녀를 끌어안자 그녀는 살짝 빠져나가 도어를 잠그고 방충망을 점검하고 커튼을 제대로 친 뒤 램프의 불을 줄였다. 재민이 다시 그녀를 끌어당기자 그의 손을 가만히 떼어 놓았다.

새벽, 재민이 퍼뜩 눈을 떴을 때 마이는 어느새 옷을 말끔히 챙겨 입고 마리아의 고상 밑에 엎드려 있었다.

"테레사!"

"더 주무시지 그러세요?"

"나만 정신없이 자서 미안하오."

"원체 피곤하셨던 것 같았어요. 더 주무시지 그러세요."

그녀는 울고 있었다.

"재민, 우리 어머님이 살아 계시면 이걸 좀 전해 드리세요."

그녀는 꼬깃꼬깃 접혀 있던 10불짜리 달러를 펴면서 말을 이었다.

"이 돈은요, 제가 오랫동안 간직했던 비상금이에요. 여기 퀴논에서 사이공까지 에어 베트남기로 가는 비용이 꼭 10불이거든요. 전 언젠가 위조증명서라도 구할 수 있으면 비행기로 어머님께 달려가고 싶었어요."

그녀는 다시 깨끗한 월남 피아스터와 사진 한 장을 내줬다.

"이 월남돈은 지아롱 약국 아주머니가 그동안 수고했다고 주신 돈이에요. 제가 난생 처음 노동을 해서 번 돈이죠. 이걸로 엄마 선물 좀 사드리세요."

"내가 사이공에 다녀온 후, 우리 새롭게 시작해 봅시다. 당신은 자수를 하면 자유인이 될 거요. 내가 당신의 보증인이 되겠소. 아니 결혼 이상 확실한 보증이 어디 있겠소. 요번에 어머님께도 우리의 결혼 의사를 말씀드릴 작정이요."

테레사는 얼굴을 붉히고 있다가 사진을 가리키며 이렇게 물었다.

"우리 엄마 인상이 어때요?"

"머리를 땋아 올리신 걸 보니 통킹만의 전형적인 부인이시고, 하이의 이모님처럼 인자하시군."

"하지만, 우리 엄마는 치아에다 쩌우까우의 락카칠을 하셔서 보기에 민망할 거예요."

"우리 한국에서는 처가 예쁘면 그 집 말뚝에다 대고 절을 한다는 속담이 있소. 당신이 좋은데야 뭐가 문제겠소?"

"어서 떠나셔야죠."

마이, 아니 테레사는 그에게 다가와 아주 부드럽게 머리를 싸안았다. 그녀의 가슴 뛰는 소리가 재민의 귀에 똑똑히 전달되었다. 재민도 힘껏 그녀의 가는 허리를 끌어안았다.

오 사이공

색소폰 주자는 몸을 틀면서 아주 느리게 대니 보이를 불고 있었다. 척척 엿가락처럼 늘어지던 그 곡이 저음에 가서는 제대로 소리가 나지 않았다. 그 캄보밴드의 구성은 색소폰 외에 앰프 기타와 전자 오르간 그리고 드럼이 전부였다. 그들은 카키색의 군복차림이었다. 멜로디를 이끄는 색소폰 주자는 준위 계급장이었고, 기타는 중사, 그리고 나머지는 계급장이 보이지 않았다. 조명이 바뀌고 드럼이 빠른 템포를 때리자 준위는 발끝으로 짧은 6박자를 밟으며 새 곡을 리드했다. 귀에 익은 곡이었다. 하이가 노랫말을 알려 준 사이공 찬가, 반이라는 젊은 작곡가의 작품으로 하이가 사이공을 눈가에서 지울 때, 그리운 아포린느를 그의 가슴으로만 만질 때, 언제나 흥얼거리던 노래였다.

사이공 그대는 아름다워라/사랑과 웃음이 넘쳐흐르는 거리/명랑하고 홍조된 삶의 군상들이 시적 향기에 젖어 난무하는 곳/랄라라 랄랄

랄라……

하지만 색소폰은 정작 섬세하게 연주해야 할 부분에 이르러서는 호흡이 짧아 엉기고 있었다.

"저치들 월남군 군악대 소속이갔지."

"그렇겠죠."

"솜씨가 씨원찮구만 그래. 째끼래 소리가 안 나오니끼니 몸만 배배 틀고 있어. 나가자우."

"수송관님, 쵸론 야시장이나 구경할까요?"

"한 소위, 난 처자식이 있는 몸이야. 내 모가지가 떨어지면 생과부 생기고 애비 없는 새끼가 네 명이나 생긴다는 걸 알아 두라우. 난 일찍 자고 내일 PX에 가야겠어. 내 다시 경고해 두겠는데, 나 꼬부랑말 못한다고 괄시하문 부대에 돌아가서 읍써, 정말 읍다구."

재민은 웃었다.

"아이 제가 왜 수송관님을 괄시하겠습니까. PX에는 너무 자주 가시지 마시구요 하루에 한 번씩만 가세요. 제가 없을 때는 이정훈관님하고 다니세요."

"에이, 이 예수쟁이는 너무 재미가 없어."

"정훈관님은 쵸론 구경 안 가실래요?"

"나는 죄악이 바글대는 밤거리는 싫소."

그들은 홍콩 호텔을 나왔다. 수송관과 정훈관은 곧장 숙소인 중앙 호텔로 들어가고 소위만 쵸론 시장 쪽으로 걸었다. 아까 오후에 PX에서 사서 걸친 남방이 헐렁해서 자꾸 혁대를 비집고 나왔다. 시장 쪽으로 꺾어지는 모퉁이 건물의 그늘 속에 누군가가 몸을 감추고 서 있었다. 걸음을 늦추고 호흡을 재면서 걸었다. 소위는 워커 속의 단검을 생각했다. 왜 PX에 들르는 미군들이 가죽케이스에 든 예리한 나이프부터 찾는지 그 이유를 알 것 같았다. 그늘에 붙어 있는 사내는 월남군이었다. 기관단총을 겨드랑이에 바싹 끼고 철모를 깊숙이 눌러쓴 채였다. 소위가 그를 지나칠 때 그는 짧게 경고했다.

"유 다이항. 쵸론 해브 비씨. 부꾸부꾸. 갯 백 투 유어 호텔(한국군, 쵸론엔 비씨가 많다구 호텔로 돌아가)"

"아이 씨."

소위는 고개를 끄떡해 주고 지나쳤다. 백열등이 꽃송이처럼 쭉 매달린 야시장이 시작되었다. 좌판이 늘어서 있고 식용유가 소리를 내며 끓고 있었다. 두 손바닥을 합친 것보다 훨씬 큰 꽃게가 집게에 집혀 이리저리 익어가고 있었다. 마이가 북에서 내려와 처음으로 엄마와 함께 장사를 시작했다는 곳. 여인들은 웃고 떠들며 게다리를 뜯고 있었다. 동대문 시장의 좌판 옆에서 다리를 벌리고 앉아 순대를 먹는 한국의 여인들이 생각났다. 여인들이란 남자들 앞에서는 화장한 얼굴과 향수 내음과 손끝의 붉은 색깔을 자랑할 줄 안다. 싸늘한 눈매와 쌜쭉한 표정도 지으면서. 하지만 맘 편한 자리, 적당한 어두움과 여인들끼리라면 게트림과 함께 입을 함지박만큼 벌리고 쑤셔 넣기, 퍼질러 앉기, 침방울을 튕기며 떠들기, 시장 구석의 어두움 속에서 바지를 걷어 올리고 한쪽 다리를 벌린 채 쏴 소리도 서슴없이 내는 것이다. 월남 여인들이나 한국 여자들이나.

쭈오이(바나나) 썩는 냄새, 망고, 냥(조그맣고 단 열매), 비엔호안산 버이(수박만한 열대과일) 등의 향기 …… 그것들은 남국의 여신이 그녀의 농밀한 여심을 지각의 뜨거운 열정과 마음껏 간음하여 다산해 놓은 땅의 자식들이었다. 그 풍요로움과 넘침, 그 산더미 같은 과

일들 너머로 정미소 뒷마당이 보였다. 거긴 시멘트 바닥부터 쌓아 올린 안남미가 거대한 피라미드처럼 불빛 속에서 일렁이고 있었다. 끝없이 돌아가는 정미소의 모터소리 …… 이 소리와 함께라면 베트남들의 창자는 안전하다. 싸우면서도 결코 굶주림을 두려워할 필요가 없는 나라. 당신들의 저 푸른 들판은 한 다스 이상의 새끼들을 쏟아 놓는 당신네 나라 여인들의 아랫배만큼이나 다산성(多産性)이다. 과일, 쌀, 고무, 옥수수, 사탕수수, 감자, 콩, 낙화생, 차, 코프라, 담배, 면화, 카포크(솜털 같은 보온제: 홍팡야 나무 열매에서 남) …… 무엇이든 쏟아 놓는다. 그런데도 당신들은 그 푸른 들 위에 코를 박고 쓰러져 죽어가고 있다. 그 땅 위에다 씨앗 대신 포탄과 철편을 심으면서, 그리고 화약과 고엽제로 못된 장난까지 하면서 말이야. 허기야 고엽제를 뿌리는 사람은 당신들이 아니지만.

"당신은 한국 군인인가?"

시장관리인인 듯한 중국 신사가 묻고 있었다.

"그렇소. 퀴논에서 휴가차 왔소."

"실은 요즘 쵸론의 야시장이 조금 덜 붐비오. 낼 모레가 테트(음력설)라서—일꾼들이랑 상인들이 일손을 많이 놓았소. 한창일 때는 밤이 없는 곳이라오. 이곳은 아시아 제일의 야시장이자 싸전(米穀集散地)이지요."

"쳐다만 봐도 배가 부릅니다."

"너무 늦게 다니지 마시오. 저기 야바위 시장만 잠깐 구경하고 불빛 밝은 보석상 쪽으로 가시오. 그리고 혹 테트에 잘 곳이 없으면 저의 집으로 오십시오. 기꺼이 맞겠습니다."

털이 굵고 둥근 그 신사의 거동은 그의 광동식 영어만큼이나 기름졌다. 그의 손끝이 가리키고 있는 그의 집은 조그만 중국식 사원과 나란히 붙어 있는 정원수가 울창한 저택이었다. 야바위 시장은 거리 전체가 침침했다. 신년 신수를 점쳐보는 호복의 중년여인, 새해엔 시집을 갈 것인가. 깔깔거리며 복채를 얹는 양장의 아가씨들, 눈 밑의 점을 빼주겠다는 관상쟁이, 횃불을 들고 펄쩍펄쩍 뛰는 십팔기의 명인, 풍각을 불고 구걸하는 선글라스의 가수, 장기판을 두드리며 목청을 돋우는 야바위꾼들……

소위가 밝은 보석상 쪽으로 건너갈 때 터반과 샤리의 인도인 부부가 진열장을 들여다보고 있었다. 눈길이 그와 부딪히자 여인은 웃고 남정네가 말했다.

"아름답고 풍요로운 도시로군요. 없는 게 없어요. 우린 프롬펜을 구경하고 오는데요. 역시 사이공이 부자 동네예요. 보세요. 인도 샤리로부터 타이실크, 중국비단, 스위스제 자수, 프랑스제 네글리제, 온 세계의 천과 보석들이 다 모여 있군요."

그가 말하는 동안 이마에 빨간 곤지를 찍은 여인은 줄곧 남자의 팔을 끼고 있었다. 불빛에 비친 그들의 피부는 아기 코끼리의 가죽 같은 회색이었다.

"재미 많이 보시고 좋은 물건 많이 사세요."

소위는 돌아설 때 그를 따라잡는 날렵한 그림자를 보았다. 그가 걸음을 빨리하여 도로를 건너자 그것도 재빨리 다가왔다. 소위는 어둠 속에서 그것을 기다렸다. 불빛을 등에 지고 달려오는 자그마한 소년이었다.

"유 다이항. 바이 디즈 나이스 픽쳐. 넘버원 꽁까이. 비엣남 넘버원 무비스타(이 사진들 좀 사세요. 월남 제일의 배우들이에요.)"

소년이 팔락팔락 넘기는 사진은 눈이 큰 베트남의 여배우 탐 튀항 큐 리미 등의 모습이었다. 하지만 소년이 정작 팔려고 하는 건 그게 아니었다. 시리즈로 엮어진 암컷들의 벌려진 성기, 그리고 호모 사피엔스라 불리는 동물들의 잡스러운 교미의 형태, 백색 암컷의 혀 위에 떨어지는 흑색 수컷의 우유빛 액체들이었다. 지나가는 차량의 불빛에 소년의 눈동자는 열대어의 비늘처럼 반짝거렸다. 열 살에다 두 서넛을 얹었을 그 소년의 주머니 어딘가에는 담배꽁초도 있을 것이다.

사이공 강 쪽에서 바람이 조금 불어왔다. 밤은 익은 술독처럼 알싸한 부패의 냄새를 풍기며 옅은 안개 속으로 아득하게 가라앉고 있었다.

"탐 튀항의 사진 한 장만 다오."

소년이 걸친 회색 티셔츠는 땀과 때가 엉켜 바랬지만 원래는 깨끗한 순백의 색깔이었음을 재민은 알고 있었다.

호텔로 들어오면서 그는 사변 때 고향의 여중학교 철조망 가에서 서성이던 소년을 떠올리고 있었다. 그때 그 소년은 호두를 팔고 있었다. 주머니 속에서 달그락달그락 소리를 내는 그것들을 미군들은 꽤나 좋아했었다. '유 바이 넛! 유 바이 넛(you buy nuts)' 하루 종일 철조망 가에서 주머니를 흔들고 있으면 어떤 이는 후하게 사주고 어떤 이는 이를 드러내며 쫓았다. 때로는 철조망 위로 소년의 몸을 반짝 들어 올려 따 놓은 깡통을 먹여주기도 하고 알록달록한 색사탕을 한 봉지씩 주기도 하는 맘씨 좋은 할로도 있었다. 처음에 그 여중학교는 포로수용소로 쓰였다. 인민군 포로들의 그 파랗게 깎인 머리는 뭔가 풀리지 않은 독기를 내뿜으며 햇빛 아래 번득이고 있었다. 어느 날인가는 아주 어린 소년병이 미군 심사관 옆에서 울고 있었다. 열대여섯쯤 먹어뵈는 그 소년이 볼 위로 눈물 이랑을 만들고 서 있을 때 통역관인 듯 싶은 사내가 말했다.

"임마, 너 그 키에 장총은 어떻게 메고 다녔냐? 느이 엄마 젖이나 더 빨다 오지 그랬어?"

엄마라는 소리에 그 소년병은 더욱 서럽게 울었다.

삐익 삑 …… 찌익 찍 ……

"한 소위, 한 소위 고만 일어나라우. 내 뭐라고 했어. 잠을 푹 자둬야 일찍 PX에 갈 수 있다고 했지. 왜 잠 안 자고 싸다녀. 베트콩 소굴로."

수송관은 녹음기를 조작하며 소위를 깨웠다.

"저 조금만 더 자게 해 주세요."

"보라우. 어제 사온 아까이 소리가 기 막히다구. 우리 아들놈 목소리 좀 들어 볼래? 내가 테이프를 가지고 왔지."

테이프가 스르륵거리고 돌아갔다.

……아버지, 자랑스러운 우리 아버지. 그동안 덥고 더운 월남 땅에서 악독한 공산 베트콩과 싸우시느라 얼마나 수고가 많으십니까. 저는 어머님 모시고 잘 있습니다. 동생들도 다 잘 있구요. 학교 성적도 올랐습니다. ……

"짜슥. 기특한 짜슥. 목소리가 이젠 굵직해졌구만."

……어머니는 식사 때마다 아버지 생각을 하신답니다. 김치 깍두기를 드시면서, 된장찌개를 드시면서 언제나 아버지만 생각하신답니다. 저희 학교에서도 월남에 계신 국군 아저씨들께 위문 편지도 많이 쓴답니다. 그때마다 저는 아버지를 생각합니다. 그리고 친구들에

게 '우리 아버지는 월남에 계신단다. 그리고 태권도로 몰려오는 베트콩을 마구 때려잡고 훈장도 많이 타실 거'라고 자랑했어요. 그러면 아이들은 모두 나를 부러운 눈초리로 쳐다봅니다. '아버지. 베트콩은 어떻게 생겼나요. 자유 월남 국민들과 어떻게 다른가요.'

"한 소위, 베트콩들은 대개 인상이 나쁘잖아. 월남군 MIG부대에 후송되어 오는 용의자 몇 놈을 구경했는데 기 쌍판들 더럽게 생겼두만."

재민은 수송관의 북새 때문에 자기는 글렀다고 생각했다.

"수송관님. 식사하러 나갑시다."

"가만, 조금만 더 듣고."

…… 어머니는 아버지께서 수송관이시기 때문에 혹시 베트콩 소굴로 차를 몰고 다니시지 않으신가 늘 걱정하십니다.

수송관도 그쯤에서 녹음기 스위치를 껐다.

"한 소위, 마누라 상이 내가 수송관이니끼니 노상 달구지만 끌구 다니는 줄 아는 모양이지. 나야 만고 땡이지. 차야 고장나문 부속 재깍 나오것다 휘발유 무진장 주것다 뭐가 걱정인가. 사단 PX나 왔다갔다 하는 게 고작이고, 요는 쇳가루가 벌려야 하는데 이놈의 덴 휘발유값이 똥값이라 엔진 오일도 흔하고 한국 같으면사 휘발유 이렇게 주문 금방 부자되게. 베아링이나 공구박스를 아셈부리로 빼돌려야 돈이 될까 원."

'저 장미꽃 위에 이슬 아직 맺혀 있는 그때에/귀에 은은히 소리들리니/주 음성 분명하다…….'

정훈관은 베란다에서 골목 쪽을 내다보며 찬송가를 부르고 있었다.

"자, 정훈관님 식사하러 갑시다."

"벌써 시간이 그렇게 됐소?"

깨끗하게 면도를 끝낸 정훈관의 턱이 싱싱해 보였다.

"물건 좀 대충 사 놓고 경제적으로 오입도 좀 해야지. 그 뭐니뭐니해도 스팀배스인가 뭔가가 제일이라두만."

수송관은 계속 떠들었다. 재민은 홍콩 호텔의 식당으로 가면서 수첩을 꺼내어 이 도시에서 꼭 찾아가 봐야 할 주소 세 곳을 확인했다.

1) 후녕구 우엥 원 덕가 209/1(아포린느) 해안통으로 나가 강둑을 타고 동쪽으로 가서 시가의 동쪽 끝.
* 시클로로 갈 것. 30센트 들것임.
2) 쵸론 끝 쿠아카프가 223/4
웨스트모어랜드 장군 공관과 안꽝 사원 중간 주택가 불란서식 2층 양옥. 하이의 아버지댁.
* 도보 또는 택시 : 20센트 정도 주면 됨.
3) 중앙구 우엥 후에가5(호안 키엠)
꽃집. 레 토롱 통 할머니(마이의 어머님)
* 시가지 중심지니까 어디서나 택시로 30센트면 됨.

하이와 마이의 설명에 따라 메모해 놓은 것까지를 다시 한 번 읽어 두었다.

"유어 ID카드!"

PX현관에 앉은 뚱뚱한 백인 여자가 사람소리 같지 않은 쇳소리로 말했다. 재민과 수송관과 정훈관, 그들은 아랫주머니에서 주섬주섬 카드를 꺼내 보였다. 백인 여자는 싸늘하게 웃으면서 엄지손가락을 제껴 들어가라는 표시를 했다.

"지가 안 들여보내고 어떡하겠다는 거야. 늙은 계집년이!"

수송관은 깨끗한 타일 바닥에다 침을 찍 갈겼다. 뒤에 따라오던 미군이 퍽킹 어쩌고 하면서 침 떨어진 자리를 피해 갔다.

"쩨끼. 거 티껍게 구느만. 저는 침없나. 조까튼 새끼."

"사야 할 품목 좀 보여주세요."

수송관은 메모지를 내밀었다.

아사이팬텍쓰미 1, 카메라 후레쉬 2, 로렉스 시계 1, 미놀타 1, 다이아3푼짜리 2, 전기 아이롱 2, 아까이 녹음기 2, 파카 만년필 3, 지포 라이타 5, 조니 워커 블랙 1, 레드 1, 슬라이드 1, 무비 카메라1, 니비코 FM 라디오 2밴드짜리 1, 냉장고 탈취제 ……

"한 소위 카드로도 사야겠지?"

"그래야겠네요. 너무 많군요. 오늘 다 못 사겠어요.

몇 번에 나누어 사지요. 아까이 하나는 어제 샀지요?"

"그렇지. 그리고 우리 방 당번 있잖아. 거 중국년 말야. 나보고 한 코 줄 테니 양담배 두 보루, 양주 두 병만 사달라고 하던데. 버터랑 치즈하고. 여기 돈 받아 왔어."

"그런 심부름은 하지 마세요."

재민은 돌아서며 물었다.

"근데 이거 다 수송관님 겁니까? 왜 이렇게 많죠?"

"거 한 소위는 그런 것 몰라도 돼. 유능한 참모가 될라문 대대장 그것도 잘 닦아 줘야 되는 거야. 또 본부 대장이 대대장 동서잖아. 그치도 괄시할 수가 없다구. 다 그렇고 그런거지 뭐."

수송관은 싯누렇게 웃었다. 그렇게 웃는 그의 모습은 얼간이 같은 연기를 할 때의 안소니 퀸을 닮고 있었다. 그는 진열장 쪽을 바라보고 입맛을 다셨다. 가짓수를 알 수 없는 수백 종류의 상품들이 대낮인데도 유리 안쪽에 켜 놓은 형광등 불빛으로 해서 더욱 요사스럽고 찬란한 빛을 발하고 있었다. 수송관과 정훈관은 진열장 사이로 들어갔다. 아주 빠른 걸음으로 마치 그 속에 빠져 죽을 사람들처럼.

한재민도 자기 몫으로 몇 가지 샀다. 워커대신 신을 해군 단화 한 켤레, 리처드 트래가스키스의 '베트남 다이어리'(월남에서 당시 널리 읽히던 월남 종군기) 그리고 마이와 하이를 위한 선물 몇 가지.

"이게 무슨 소리야?"

타타타, 탁탁탁, 탕타타타……

그것은 쵸론의 중앙호텔을 에워싼 적의 소화기들이 일제히 불을 뿜는 소리 같았다. 수송관은 사 모은 아까이 녹음기 박스와 침대 사이로 재빨리 몸을 숨기고 정훈관은 기도하는 자세로 엎드렸다. 재민이 창문 쪽으로 달려가자 현관 입구의 월남 경찰이 샌드백에 기댄 채 창문 쪽을 올려다보며 웃고 있었다. 그는 외쳤다.

"테트, 테트, 노 프러블럼. 돈 워리."

(걱정 마슈. 구정놀이 때문이오)

그렇구나. 오늘이 음력설 잡귀를 쫓아낸다는 폭죽의 연속 폭발음. 집집마다 추녀 밑에 수십 발, 수백 발씩 달아 놓고 터뜨리는 화약의 폭발음이었다. 수송관은 박스 사이에서 일어나며 멋쩍게 씨부렁댔다. 정훈관은 표지가 빨간 포켓 성경을 꽉 움켜쥐고 있었다.

"개놈의 새끼덜. 사람 간 떨어질 뻔 했잖아."

"아 음력설이면 설이었지 왜 화약을 터뜨리고 지랄들야. 옌병할!

베트콩 총소리하고 저거하고 어떻게 구별하가서."

"잡귀를 내쫓는 소리래요. 온갖 잡귀야 물러가라 이거죠."

"이런 때 의미 없이 죽는 사람들이 많겠소. 온 시내가 탕탕 소리에 정신 못 차리는 판에 한방 갈기고 달아나믄 맞는 사람만 억울하겠지 …… 주여!"

정훈관은 느닷없이 '주여!'를 말끝에다 갖다 붙였다.

"그렇기도 하겠군요."

"한 소위, 이런 땔수록 몸조심 하라우. 난 오늘 홍콩 호텔에서 밥 사먹고 하루 종일 방구석에 있을거야. 몸조심이 제일이야…… 헤헤 실은 말야. 한 소위 나가믄 고년 좀 만나 보겠어. 우리 방 당번 말야. 물건 사온 거 주고 한코 조져야지. 히힝 중국말 한번 타 봐야지."

"수송관님. 죄악이 관영(貫盈)할수록 우리 근신합시다. 수송관님도 예수를 좀 믿으세요."

"여봐, 그 개똥같은 소리 작작 하라우. 정훈관은 꼭 예수 같은 소리 로 남 무드를 깬단 말야. 당신이나 많이 믿고 천당 많이 가."

재민은 쿡쿡 웃었다. 어쩐 일인지 그는 수송관 편이었다. 어쨌거나 오늘 하루 그는 수송관과 떨어지는 사실이 즐거웠다. 가벼운 어깨로 사이공의 테트를 즐길 수 있다. 운이 좋은 날이다.

재민은 빨강과 검정색의 줄무늬 남방에 옅은 하늘색 바지 차림으 로 중앙호텔을 나섰다. 어제 산 산뜻한 해군 단화가 아스팔트를 디딜 때마다 가벼운 탄력을 발바닥에 전해 왔다. 발목 속에는 어제까지 숨 겨 다니던 단검도 없었다. 꼬마들은 담배꽁초같은 화약에다 불을 붙 여 길거리에 내던졌다. 꽁지에 타들어 가던 심지가 화약에 닿을 때마다 그것들은 콩 튀듯 보도 위로 소리내며 튀어 올랐다. 중국문화권의 축제 테트……. 호적과 풍악을 울리면서 사람들은 줄지어 지나갔다. 울긋불긋한 깃발과 십팔기의 명인들이 검무를 추며 죽장창, 기창, 예도, 월도, 쌍검들을 휘둘렀다. 그중의 어떤 젊은이는 기계체조 선수처럼 길 위에서 팔짝팔짝 뒤로 재주넘기를 했다. 밝은 햇살 아래 얼룩얼룩 내려앉은 가로수 그늘이 포도 위에 모자익 화를 그리고 있었다. 자딘성 쪽에서 울려오던 포 소리도 들리지 않았다. '구우구우'비둘기 우는 소리가 들려왔다. 번화가 투도의 삼거리에서 오른쪽으로 꺾어지는 해안통까지는 택시를 탔다. 사이공 강가에서 택시를 내렸을 때 부두에 정박해 있는 산뜻한 한국해군 LST813호를 보았다. 햇빛에 번쩍이는 포신과 갑판사관의 흰 유니폼이 눈부셨다. 거기서부터 시클로를 불러 탔다.

시클로는 강변로를 따라 시원하게 달리고 있었다. 페달을 밟는 운전사가 젊어서인지 강변 둑을 따라 우거진 맹그로브 숲이 빠른 속도로 뒤로 도망갔다. 강 건너 푸른 정글에서는 날개 넓은 새떼들이 푸드덕거리며 하늘로 치솟고, 강물은 흐리게 꿈틀대며 붕타우 쪽으로 흐르고 있었다. 마이가 죽음을 생각하며 걷던 둑길, 바로 그 거리었다. 이렇게 푸른 나뭇잎과 싱싱한 트란풀 숲으로 덮인 언덕길을 죽음만을 생각하며 걸었다니, 이렇게 뜨거운 햇살 아래에서 그녀는 틀림없이 추위를 느꼈을 것이다. 시클로가 둑길에서 왼쪽으로 내려서자 거기서부터는 지저분한 바라크촌이 시작되었다. 골목길 위에 팬티만 걸친 꼬마들이 동전치기를 하며 바글거렸다. 운전사는 재민이 준 쪽지를 보며 꼬마들에게 소리를 질렀다. 꼬마들은 마을의 맨 끝 쪽을 손가락질했다. 그 집은 잡화가게와 살림집이 붙어 있는 단층 슬라브

집이었다. 테드 때문인지 가게 문은 닫혀 있었다. 집 앞에는 미끈한 검은색의 크라이슬러 한대가 버티고 있었다. 쪽문을 두드리자 꼬마 사내애가 빠끔 얼굴을 내밀었다.

"아포린느, 아포린느, 린 다이항 라이," (한국 군인 왔어)

꼬마는 재민의 짧게 깍은 이머리와 외국인 같은 거동을 노려보다가 안에다 대고 소리를 질렀다.

"찌이 찌이.(누나 누나)"

"따이싸오?(왜 그래)"

샌들을 짝짝 끌고 나오는 여자를 보는 순간 재민은 어디선가 많이 본 듯한 얼굴이라고 생각되었다. 그렇구나, 이 여자는 나탈리웃을 닮았다. 그 동양여자처럼 작은 배우.

"어떻게 오셨는지요?"

"전 퀴논에서 온 한국 군인이구요 하이와 같이 있어요."

하이라는 이름을 듣고 그녀는 잠시 핼쑥하게 질렸다. 그리고 푸른 하늘 쪽을 망연히 우러러 보다가 경황없이 눈길을 거두면서 그에게 말했다.

"아무튼 들어오세요. 테트날이라서 집안이 어수선하군요."

그녀의 영어 표현은 명료했다. 거실 쪽에는 사람들이 우글거렸고, 그녀는 걸음을 재어 자기 방으로 소위를 안내했다. 거실 쪽의 사람들이 일제히 소위 쪽을 바라보았다. 그녀의 방에는 이미 선착객이 있었다. 월남군 공군 복장에 목에는 자주색 머플러를 한 사내였다. 사진에서 본 키 수상과 아주 흡사한 모습이었다. 게다가 그는 키 식의 콧수염마저 기르고 있었다. 월남인의 평균 키보다 훨씬 큰 후리후리한 멋쟁이였다. 이 친구는 키를 흠모하는 청년 조종사일 것이다. 그는 모자를 집어들고 그녀에게 월남말로 가겠다고 하는 모양이었다. 그러나 그녀는 그를 붙잡아 앉히고는 소위 쪽으로 돌아섰다.

"멀리 오시느라 수고하셨지만 오늘은 손님이 계시니 우리 내일 시내에서 만나면 어떨까요. 아침 10시에 노트르담 성당 앞에 있는 성모상 밑에서 기다리고 있겠어요. 택시를 타시고 노트르담 성당을 물으면 바로 대줄 거예요. 아주 유명한 데니까요."

그녀는 차를 준비하고 있었다.

"차는 그만 두시오. 내일 만납시다."

재민은 일어섰다. 그 조종사가 재민에게 말을 걸려는 눈치를 보였으나 일부러 시선을 비켜 나오고 말았다. 노트르담이라 좋아하네. 베르사유는 어때, 이왕이면 루브르 앞에서 만나자고 하지 그래. 테트의 한낮을 지지고 있는 태양은 신경질적으로 아무데나 닿는 대로 노여움을 태우고 있었다. 사이공 강가에 정박중인 LST의 철갑판도 지글지글 끓고, 레로이 광장의 아스팔트도 눅진눅진 하도록 녹고 독립궁 앞의 철책도 뜨겁게 달아오르고 있었다. 노트르담 성당 앞의 흰 성모상은 실물보다 훨씬 큰 입상으로 광장의 한 가운데에 우뚝 세워져 있었다. 키 큰 열대나무 숲을 등에 지고 있는 성당은 고딕탑이 쌍둥이처럼 양쪽으로 버텨서 있는 대칭건물이었다. 광장 앞에는 시내 어디에나 굴러다니는 낡은 레노르(엔진이 뒤에 있는 프랑스제 승용차)들이 잠자고 있고, 구두닦이 소년들이 보도 바로 옆에서 손님을 기다리고 있었다.

테트 다음 날의 거리는 더없이 한산했고 손님들은 오지 않았다. 독립궁에서 날아온 비둘기 떼들만 광장에 내려 앉아 빠른 입놀림으로 모이를 줍고 있었다. 소위는 광장을 서성거리며 명동 성당의 언덕보다 훨씬 멋이 없어 보이는 성당 주변의 전체적인 분위기에 실망하고 있었다.

"좀 늦었지요?"

그 여자는 햇빛 아래에서 웃고 있었다. 화사한 웃음이었다. 노슬리브로 햇빛 아래 드러난 그 여자의 팔과 어깨의 선은 맑고 물 속에서 갓 씻어낸 과일 같았다. 엷은 갈색의 레이 밴이 반짝이는 입술과 함께 여자를 돋보이게 하고 있었다.

"사이공에 며칠이나 계실 거예요?"

여자는 몇 걸음 걷다가 물었다.

"앞으로 일주일요."

"참, 장교분이세요?"

"세컨드 루테넌.(소위)"

"그런데 왜 머리를 그렇게 짧게 깎았어요. 월남군 장교들은 머리를 소중하게 가꿔요."

"간수하기가 어렵고 전쟁터니까요."

"내일 모레까지 테트 휴가예요. 루테넌의 안내역을 해드리죠."

"어딜 나가시요?"

"네, 미군 USO(미군 휴식처)에 나가고 있어요. 프론트에서 접수일을 보고 있죠. 가시기 전에 한번 들르세요. 각종 오락시설이 다 있어요."

거리는 온통 꽃으로 싸여 있었다. 집집마다 담장 위에는 붉은색의 열대꽃이 흔하게 피어 있었다. 아침 햇살을 가르며 달리는 여학생들의 혼다 오토바이 행렬이 날카로운 소리를 내고 있었다. 가로수의 그

늘에서 나올 때 그녀들의 금속 안경테가 번쩍번쩍 빛을 냈다. 여자들
은 대개 환 아오자이의 앞자락을 혼다의 손잡이에 척 걸치고 뒷자
락은 요트의 깃폭처럼 바람결에 신나게 나부끼도록 내버려 두고 있
었다.

"여기 좀 앉을까요?"

아포린느는 길거리에 나앉은 노천식 바의 의자를 가리켰다. 선플
라워라는 이름의 바였다. 아침 커피를 들고 있는 외국 사람들이랑 말
끔한 사무원 차림의 사내들이 조간신문을 펼쳐들고 있었다.

"커피 둘!"

그녀는 카운터 쪽에다 손가락을 펴 보이고 갑자기 자리에서 벌떡
일어 섰다.

"루테넌, 신문 좀 사 가지고 오겠어요."

바둑무늬의 콘크리트길을 건너 맞은 편 신문대 쪽으로 달려가는
그녀의 뒷모습은 몹시 차가운 느낌이었다. 신문을 들고 건물의 그늘
에서 햇빛 쪽으로 나올 때 그녀의 몸에서는 여러 개의 모조보석이 번
쩍이는 듯 한 착각에 눈이 부셨다. 하지만 재민의 옆에 앉은 그 여자
는 실제로 몸에 장신구 하나 걸친 게 없었다.

"사이공 모이지예요. 저는 지금 뉴스를 보는 게 아네요. 무언가를
찾고 있다고요. 행운을 빌어 주세요."

그녀는 신문 뒷면에서 번호판을 훑고 있었다. 그러다간 '쿡'하고 짧
게 실소하며, 옆 의자에다 신문지를 팽개쳤다.

"언젠가는 들어맞을 때가 있을 거예요."

"뭐 말인가요?"

"복권이었어요. 테트 전날 다섯 장이나 사 뒀었는데."

그녀는 얇은 금속제 담뱃갑을 꺼내서 담배 한 대를 맵시 있게 피워 물었다. 담배를 입에 물기 전에 그것을 케이스 위에다 몇 번인가 두들기기도 했었다. 아주 골초 같은 매끄러운 솜씨였다.

"피시겠어요?"

"그만 두겠소."

담배는 팔말이었다.

하이가 즐겨 피는 담배. 틀림없이 이 여자는 하이와 마주 앉아 이렇게 요사스런 모습으로 연기를 뿜어댔을 것이었다.

꽃잎 같은 입술 사이로 난해한 암호문처럼 빠끔빠끔. 재민은 무언가가 두려워서 하이의 이야기를 좀처럼 꺼낼 수가 없었다. 여자도 무언가를 기피하는 사람처럼 자꾸 시선을 비켰다.

"루테넌, 저 앞의 건물이 국립 베트남 은행이구요."

저 뒷 건물이 프랑스 은행, 그 옆이 방콕 은행.

"말하자면 여기는 베트남의 월스트리트군요."

"그런 셈이죠. 하지만 그렇게 딱딱한 곳만은 아니에요. 저 모퉁이만 돌아서면 온갖 동물을 파는 진귀한 동물시장이 있어요."

그렇구나 나는 지금 마이가 소녀 시절을 보냈던 그 꿈 많은 거리의 모퉁이에 앉아 있는 마이, 지금 곁에 있는 이 작은 여자보다도 훨씬 절박하고 불쌍한 여자, 소위는 잠자코 길 쪽을 내다보고 있었다. 길을 지나는 사람들은 그저 분주하게 걷고 있을 뿐이었다. 가령 시내의 배꼽을 가르는 사이공 강둑에 베트콩이 엎드려 있을 거라거나 비엔호아 쪽 국도 위에 그들이 지뢰를 묻을 거라는 시름 같은 건 아예 접어두고 말이다. 그들에겐 테트의 연휴가 즐거울 뿐이었다. 그들은 꽁리가에 있는 인터내셔널쇼와 프랑스 요리가 외국인들에게 독점되는 것이 불만이며 지아롱가에 있는 메이페어 레스토랑에 백인여자들이 거드름을 피우는 것만이 못마땅할 뿐이었다.

"소위님, 식물원으로 안내하겠어요."

재민은 따라 일어섰다. 서울에 온 시골 사람들이 김밥 싸들고 제일 먼저 가는 곳은 창경원 원숭이 우리 앞이듯이 이 도시의 일번지가 거기인 듯했다. 랙스호텔에서 곧바로 바라보이는 광장에는 초대형 선전탑이 서 있었다. 젊은 남녀가 깃발 아래 전진하는 자세로 서 있는 그림이었다. 그녀는 그림 밑의 구호를 읽어 주었다.

'베트남의 젊은이여, 성전(聖戰)에 나아가 우리의 피를 흘리자, 내 조국과 내 민족을 위해'

독립궁의 철책을 보며 식물원으로 돌아서기 전에 그녀의 손가락 끝이 도움 형의 둥근 지붕을 이고 있는 건물을 가리켰다.

"프랑스 시절의 오페라 하우스예요. 독립 후엔 국회의사당, 지금은 월남 문화원이지요. 프랑스 시절엔 드레스와 백색 싱글의 신사 숙녀들이 저 문을 나설 때 거지 차림의 독립군들이 수류탄을 던졌다는군요. 모든 건 변하고 또 변하죠."

"마치 이 거리 이름이 루 까띠나에서 두옹 투도로 바뀌듯이 말이요?"

둘이는 햇빛 아래 흰 이를 드러내며 마주 웃었다.

식물원 입구에서 그녀는 5 피아스터를 주고 종이로 아로새긴 모조관(冠)을 사서 머리 위에 얹었다. 그 종이관은 그녀의 짧은 머리칼 위에 얹히자 금새 값비싼 장식용 금관으로 둔갑하여 버렸다. 짧은 머리칼을 나풀거리며 걷는 그녀는 실상 옆을 지나는 다른 아가씨들과는 상당히 다른 모습이었다. 대개 처녀들은 꼬실하게 파마를 하고 아오자이를 입거나 블라우스에 느슨한 슬랙스 차림이었다. 그리고 신발은 대개가 샌들이었다. 하지만 아포린느는 귀 밑까지 찰랑거리는 생머리에 앞쪽에다 가볍게 웨이브를 넣었을 뿐이었다. 팔 없는 원피스는 짙은 하늘색 바탕에 흰 점박이. 아주 활발하게 걸을 때마다 속치마의 흰색 레이스가 조금씩 내보였다.

그녀는 하이힐을 신고 있었다. 발목을 슬쩍 돌아가는 가느다란 가죽 끈이 하얀 발등에 선명한 선을 긋고 있었다. 아무튼 그녀의 모습은 귀골의 옹주가 가는 세공의 금관을 하늘거리며 왕궁의 뜰을 걷는 것처럼 턱없이 사치스러워 보였다.

"우리 신년신수나 보고 갈까요. 소위님 ?"

머리에 빵떡모자를 눌러쓰고 호복(胡服)을 한 점쟁이들이 향로 옆 그늘 밑에 일렬로 앉아 있었다. 미리 복채를 낸 아오자이 여자들은 턱을 괴고 쪼그리고 앉아 그들의 지아비, 연인들의 안부와 재회의 날짜를 초조하게 기다리고 있었다…… 할아버지, 우리 그인 꽝트리에 간 지 1년 반이 됐는데 소식이 없어요. ……응, 금년에 중사로 승진해서 데리러 올 거야. 6월 달쯤이면 …… 가만 있거라. 목발은 짚지만 그건 꺼떡 없응께 자식 낳는 데는 지장 없어 …… 아저씨, 전 그이가 3월에 결혼하자고 하는데 본 마누라가 강짜나 세지 않을까요? …… 거 진복이로고. 본 마누라가 천성적으로 남자를 싫어하닝께 아가씨가 낭군을 독차지할 상이구먼 ……

저만큼 떨어진 그늘 밑에서 아가씨들이 빙 둘러앉아 수건돌리기를 하고 있었다. 그네들의 웃음소리가 넓은 파초 잎을 간지럽게 건드리고 있었다.

"소위님의 음력 생년월일을 적어보세요."

아포린느는 얇은 손지갑 속에서 메모지를 꺼내 볼펜과 함께 내밀었다. 재민은 한자로 간지와 함께 생시까지 적어 주었다. 달필의 한자를 보고 노인이 재민을 올려다보았다. 곁의 여인들도 키득거리며 보고 있었다.

소녀들이 좌판에 올려놓은 오이(사과처럼 푸른 과일)와 반마이 빵을 사 먹느라 옹기종기 모여 선 오솔길을 지나 코끼리상 앞에 왔을 때 아포린느는 살그머니 점괘에 대하여 말해 주었다.

"제 금년의 운수는 사랑하는 이와의 이별이에요. 그리고 소위님은 금의환향이에요."

"우리 한국에서는 꿈이나 점괘를 거꾸로 해석하는 수가 많죠."

"우리 베트남 사람들은 남녀를 불문하고 점괘에 약해요. 특히 여인의 경우엔 점괘 자체가 자기 암시가 돼 버리지요."

"교육받은 사람답지 않은 소리군."

"어쩔 수 없어요."

그녀는 아주 단호하게 그 거지같은 점괘에 매달려 버리는 것이었다. 아포린느는 점쟁이가 적어 준 점괘 내용을 부적처럼 손지갑 속에 집어넣었다.

"소위님, 이 식물원의 가장 걸작은 어느 코너인지 아세요?"

"그야 난초 코너겠죠. 세계 제일의 컬렉션 아닙니까."

"누구에게 들었어요?"

"하이에게 서요."

"하이……"

그녀는 발걸음을 조금 빨리 해서 걸었다.

"좋은 분이었어요. 참 좋았던 분."

재민은 난초의 정원으로 향하면서 말머리를 돌렸다.

"프랑스인들은 베트남인들에게 몇 가지 선물을 남기고 갔죠? 일테면 식물학자 피에르의 작품인 이 식물원, 의사 옐신 박사가 개척하기 시작한 목가적인 시(詩)의 도시 달라트, 그리고 신부 알렉상드르 드로드(Alexandre de Rhodes)에 의해 고안된 당신들의 문자 구옥구(Quoc Ngu:국어)……."

"대단하군요. 우리 역사에 관한 그런 지식들은 모두가 하이가 가르쳐 준 것인가요?"

"대부분이 그렇죠. 하지만 그동안 몇 권의 베트남 역사책을 읽었소. 당신의 칭찬을 더 기대해 볼까요…… 예를 들면 프랑스 통치 이전 우엥 왕조시대에는 두 가지 세금밖엔 안 물던 것이 불란서 침략자들 밑에서는 무려 열여덟 가지로 됐으며, 그 중에는 그 악명 높던 창녀세도 있었다는 사실. 그래서 관리들이 세수액을 늘리려고 베트남의 어린 소녀들과 과부들을 교묘하게 창녀로 만들었다는 사실, 또는 죽은 독재자 고 딘 디엠이 집권하기 전에는 알 카포네 같은 바이 디엔이 그 푸른색 셔츠를 입은 깡패 조직을 이끌고 아편 공장과 도박장, 하선대와 매음굴을 경영하며 이 아름다운 사이공을 더럽혔다는 사실도 알고 있소."

"훌륭해요!"

그 여자는 잠시 난초 정원의 석등을 붙잡고 있었다. 그리곤 다른 생각을 하는 눈치였다. 그녀가 돌아설 때 눈의 흰자위에 실핏줄이 서고 눈물이 맺혀 있었다.

"하이 씨는 건강하던가요?"

"몸은 괜찮소. 그의 가슴이 문제지."

코끼리의 우리 앞엔 '동물들에게 먹이를 줍시다'라는 팻말이 걸려 있었다. 재민은 그녀가 입구에서 산 땅콩과 사탕수수를 서둘러 던져 주며 그녀에게 물었다.

"피곤하죠?"

"그래요."

녹색의 난초, 파초, 빨갛고 노란 열대화의 강렬한 원색들이 그들의 시선을 피곤하게 만들고 있었다.

해질녘, 그들은 마제스틱 호텔에서 월남군 해군본부 쪽으로 가는 강변로를 걷고 있었다. 가로수 밑으로 키 큰 미군 헌병 순찰조가 발을 맞추어 걷고 있었다. 흑인과 백인의 한 조였다. 카키색 정장에 흰 정모, 가죽 벨트, 권총과 방망이, 하지만 신발은 워커였다.

"저건 무슨 기념비가 섰던 자리 같은데"

"기념비가 아니라 동상이었죠. 유명한 쯩짝, 쯩니 자매의 ……"

음력 2월 6일 하이바쯧 절에는 향과 예물을 들고 사이공 여인네들이 모이던 성지였었죠."

"동상은 어디로 갔소?"

그녀는 웃으며 말했다.

"8월 혁명 때 분노한 군중들이 끌어 내렸어요. 이유는 그 동상 중의 하나가 마담 누를 닮았다는 것이었죠. 아마 그 동상의 제작자는 예술을 통해서 아부하고 싶었던 모양이에요."

분노한 군중들은 어디서든 같다. 한국의 4월 혁명 때에도 남산과 파고다 공원에 서 있던 동상의 머리와 다리들이 밧줄에 끌려 다녔었다.

부두에는 강둑을 따라 쇠 난간이 이어져 있었다.

"저 여인들을 보세요. 부두의 철책에 걸터앉은 여인들 말예요. 아침에 나와서는 점심도 안 먹고 하루 종일 턱을 괴고 앉아 있어요. 하염없이 강물과 건너편 숲만 바라보면서 말예요. 저도 하이 씨가 떠난 후론 저 여인들을 지켜보면서 몸서리를 쳤어요. 저 여인들은 처음 만난 사람들끼리도 곧잘 이야기를 나누죠. 전 그 여자들을 언제나 미깐의 의자에 앉아서 바라보곤 했지요."

"미깐이라뇨?"

"지금 우리가 가는 수상(水上) 음식점이에요."

그들이 사이공 강물 위에 뜬 호화로운 미깐의 의자에 앉았을 때 해군본부 뒤의 푸른 나무 숲 위로는 불타는 석양이 내려오고 있었다. 그 새빨간 노을은 쵸론과 자딘성으로 넘어가는 철교를 연결하는 환상선 위에서 활활 타고 있는 포탄은 불빛처럼 처연하게 일렁이고 있었다.

"여기서 보는 노을은 언제나 아름답지만 지독히 슬프기도 해요."

그녀가 말했다. 주위가 어두워지자 한국군 LST와 미군 순시선들이 내쏘는 서치라이트의 어지러운 불빛이 강 건너 정글 숲을 핥고 있었다. 월남군 해군본부에서도 촉수 높은 탐조등을 강물위에 띄우기 시작했다.

이윽고 무대 위에 조명이 들어오고 가수가 걸어 나왔다. 무대는 15분마다 바뀌면서 조명의 색상도 조금씩 달라졌다. 아포린느가 시켜 준 마요네즈 친 새우회는 일미였다. 하지만 게튀김만은 몹시 짰다.

그녀는 냅킨으로 입술을 훔치면서 나오는 가수 이름을 대줬다.

"옌뷔, 란 후옹, 곡니, 투이후옹, 모두 베트남의 일급 가수들이에요. 하지만 조금 기다려 보세요. 그 여자가 나올 거예요. 베트남 제일의 여가수 박옌(Bach Yen) 말이예요. 흰 제비라는 뜻이지요.

강물은 이제 완전히 어두웠고 붕타우 쪽으로 흘러가는 그 물줄기 위에서 불빛들이 물고기 비늘처럼 춤추고 있었다.

"얼마 전까지만 해도 이 배 위에서 미국인들이 동전을 저 강물 위에 내던졌어요. 그러면 기다리고 있던 월남 꼬마들이 자맥질을 해서 그 동전을 입에 물고 나오는 거예요. 그런 모습이 너무 식민지적이라서 월맹의 난단지가 떠들고 미국의 워싱턴 포스트도 때렸다나 봐요. 그래서 그런지 요즘은 그런 장면이 없어졌어요. 참 이 미깐이 작년 6월 25일에 베트콩 테러분자에 의해 폭파됐던 사실을 아시나요?"

"들었던 것 같소."

"지금 이렇게 천연스럽게 앉아 북경 오리고기를 먹는 저 신사나 비둘기구이를 먹는 저 아가씨들을 보니까 참 이상해요…… 살아 있다는 건 신기하지요."

"지금 게다리를 뜯고 있는 우리도."

"그래요 호호…… 누군가가 말했지요. 삶은 너무나 경이롭다(Life is too wonderful)고요."

그녀는 손으로 입을 가리고 웃었다. 손끝에 묻은 식용유가 불빛에 반짝 윤을 냈다.

"작년 그 폭발사고 때 가수였던 제 친구는 저쪽 코너에서 식사를 하다가 죽었어요. 푸옹 다오라고 참 예쁘고 아름다운 목소리를 가졌던 애였는데 ……. 그 폭발 사고 후 하노이 방송은 우리 애국전사의 거사로 미제국주의자들에게 복수했다고 떠들어댔죠. 하지만 그때 죽은 미군은 스물여덟 명이었구요. 나머지 구십여섯 명이 베트남인이었다구요. 꽃팔이 어린 소녀와 땅콩장수 아줌마까지 합쳐서 말이에요.

그때 밴드의 팡파르와 함께 조명이 바뀌었다.

"나왔어요. 저 여자예요."

순백색의 드레스를 입은 그 여자는 거만하였다. 잠깐 강물 쪽을 일별하고는 이내 눈을 내리깔고 조용히 노래를 부르기 시작했다.

"저 여잔 작년에 미국의 에드 설리번(Ed Sullivan)쇼에도 참가하고 왔대요."

아포린느가 계속 속삭였다. 여자의 노래는 존 레논의 예스터데이였다. 처음엔 월남어, 그리고 나중엔 영어였다. 불빛에 파르르 떠는 검은 수면을 바라보면서 여자는 한숨 쉬듯 노래했다. 강물 쪽 어둠을 등지고 있는 아포린느의 담뱃불이 인광석처럼 타들어 가고 있었다.

지난 날 모든 시름 그처럼 아득하더니/이젠 기쁨 가고 시름만 남아/모든 건 홀연히 사라지고/그녀 가버린 지금 나 초라하기만 해/지난 날 그 사랑 그처럼 즐거웠건만/나 지금 어디론가 사라지고만 싶네/아, 알수 없어라 사랑이여/왜 가야만 했나, 말도 없이/무언가 잘못 됐겠지/나 옛날만 그리고 있네.

"난 변했어요. 하지만 소위님, 베트남 여인들이 다 나처럼 천박하다고 생각하진 마세요."

아포린느가 갑자기 빠르게 말했다.

"뭐라고 했소?"

재민이 미처 못 알아듣고 반문을 했다.

"지금부터 제가 하는 얘길 들으세요. 여자 중엔 깨끗하게 한 남자를 위해 목숨이 끊이는 날까지 집요한 사랑, 끈질긴 사랑을 줄 수 있는 여자, 그런 여자도 있어요. 하지만 난 달라요. 사이공의 이 공기같이 …… 옛날엔 이 도시가 프랑스적 향기에 가득 차 있었죠. 하지만 지금은 미국의 버터 냄새로 말끔히 바뀌었어요."

드디어 그녀는 본격적으로 담배를 피워 물기 시작했다.

"아버지의 사업이 그럭저럭 될 때 마리 퀴리 여고에 다닐 만큼 여유도 있었죠. 하지만 여덟 남매나 되는 집안이 시끄러워 강변의 한적한 저택 이층에서 유유자적하는 하이의 하숙에 들락이면서 바칼로레아 시험공부를 하게 됐었죠. 그때 만난 하이, 그이는 멋있고 지적인 남자였어요. 언제나 시와 형이상학으로 내 영혼을 일깨워 주었죠. 인생의 우수와 이 우주의 불합리한 그림자, 일테면 잎사귀에 반짝이는 햇빛과 바로 그 밑에 매달려 있는 그늘의 슬픔에 관해 눈을 뜨게 해주었어요. 언제나 책을 들고 있던 그는 해박한 예언자처럼 이 큰 전쟁의 모습과 그 속에 엉클어진 복잡한 음모까지도 속속들이 분석해 주었지요. 가령 나트랑 해군사관학교를 졸업하고 해군 소위가 된 그는 친구가 미군들의 통킹 만 사건이 있기 전 이미 북베트남의 통킹 만 깊숙이 있는 홍메와 홍게의 두 섬을 그가 탄 어뢰정으로 공격한 일이 있었음을 알려 줬을 때 그는 그 후에 일어난 월맹 해군에 의해 미 해군 매독스 호의 피격보도와 뒤이어 감행된 북폭의 의미를 사냥꾼이 사냥할 때의 몰이법과 기막힌 덫 놀이에 비유하며 설명해 주었어요. 하지만 그는 대학의 휴교와 언제나 눈물을 철철 흘리게 하는 거리의 최루탄 때문에 서서히 실어증 환자처럼 말수가 적어지더니 드디어는 밝음을 무서워하는 야행성 동물처럼 어둡게 변해 버렸지요. 어둠 속에서만 이상한 교리를 강요하는 사교의 교주처럼 자주 난폭해졌어요. 그는 나만 보면 벗겼어요. 분명히 말하지만 처음의 그인 아주 남성답고 멋졌어요. 그가 늘 즐겨 타던 90cc 혼다의 꽁무니에 날 달고서 1번 국도가 뚫리는 곳까지 내달렸었지요. 베트콩의 초소로 막히는 곳을 빼놓고는 말이에요. 미토의 그이 집 농장은 물론 비엔호아, 붕타우까지 쏜살같이 달렸어요. 그이는 어디서든 절 껴안았어요. 투도 뒷골목에 있는 인도사원 채티즈의 나무 그늘에서, 비엔호아의 브우슨 사원의 샴석상 아래에서, 아 그때 나는 그 분의 손마디 위에서 교묘하게 소리를 낼 줄 아는 정교한 악기였어요. 언제 어디서나 그 분이 원하는 최상의 절대음을 내주는……

그녀는 잠시 호흡을 멈췄다가 소리쳤다.

"여보세요. 여기 시바스 리걸 더블로!"

"이미 마티니를 했잖소?"

"제가 술 잘 마시는 건 하이도 알고 있어요. 소위님은 슬로우진 한 잔으로 얼굴이 붉어지니 참, 딱한 분이군요. 이분에게는 페퍼민트 한 잔, 아니 비버리스 오렌지 소다수를 갖다 줘요. 호호."

"하이의 삼촌이 사는 달라트로 가는 때였어요. 에어 베트남기가 지링 계곡을 지날 때 그는 날 껴안고 말했죠. …… 아포린느, 널 껴안고 저 퐁구르 폭포, 구가 폭포, 리엔쿠옹 폭포, 저기 어디든 뛰어내리고 싶다. 네 영혼을 파라슈트처럼 달고 떨어져 죽고 싶다. 그럴 때 전 이렇게 말했어요…… 왜 죽어요 살기에도 아주 짧은 이 세월의 줄을 왜 애써 우리 손으로 끊어요. 그러면 그는 웃으며 말했어요…… 넌 너무 아름답다. 그 아름다움이 언젠가는 날 찌를 것이다. 그 분 삼촌댁의 이층에서는 탄트어 호수가 내려다 보였어요. 호수 위에 달이 뜨던 날 밤, 그이는 날 껴안고 또 말했어요…… 아포린느, 우리 달라트에 온 기념으로 저 호숫물에 빠져 죽을까,"

"왜 우시오?"

"여인이 행복했던 과거를 회상할 때는 늘 눈물이 나온다는 걸 모르세요?"

그녀의 눈물은 조명을 받아 잠시 현란한 빛을 발하곤 볼을 타고 떨어졌다. 술잔을 어루만지며 이따금씩 담배를 빨아대는 그녀의 손가락은 희고 작고 사치스러워 보였다.

"그이는 빛과 어두움이었어요. 내 눈빛을 들여다 볼 때는 그처럼 조용하고 애기 같던 이가 미운 사람들 앞에서는 병적일 만큼 가혹했지요. 가령 달라트 시내 어디에고 있는 테니스 코트를 쳐다 볼 때나 베트남 제일의 골프장에 드나드는 그 살찐 사람들을 쳐다보면 늑대처럼 이를 드러내놓고 으르렁댔어요. 자기의 외삼촌, 아버지까지를 포함해서 잘사는 사람에 대하여는 도에 지나친 혐오감을 표현했지요. 난 말했어요…… 하이, 당신도 있는 집 자식이 아니에요. 아버지 덕분에 기피까지 하면서 …… 그러면 그는 이렇게 말했죠. '그런 나까지를 포함해서 미워하고 있는 거야.'"

그녀의 요설은 끝이 없을 것 같았다. 재민은 손을 들어 세븐업 하나를 더 시켰다.

"그이의 집은 어머니가 돌아가신 후로 망했지요. 아버지가 사이공 경찰서 유력자에게 대주던 돈줄기가 끊기자 하이는 ARVN(월남군) 군복을 입고 입대했어요. 사실 전 그이가 아무리 이놈의 전쟁이 의미 없는 전쟁이며 싸울 가치가 없는 전쟁이라고 떠들어대도 푸른 군복

한번 걸치지 않는 그이 모습이 조금씩 싫어지고 있었어요. 그이의 지나친 민감성, 연기 같은 형이상학의 어지러움, 내 자궁 속에만 매달리는 유아근성 등이 역겨웠지요. 하이가 입대한 직후 저의 집도 아버지가 갑자기 뇌졸중로 쓰러져 이내 뒤죽박죽이 되었지요."

그녀는 술기운이 돌기 시작하자 마음껏 떠들기 시작했다. 재민에게 들으라는 건지, 멀리 있는 하이에게 떠들어대는 건지, 신부에게 고해성사를 하는 건지 아무튼 그녀는 계속 말을 이어갔다.

"그때 꽁리 가의 인터내셔널 레스토랑 앞에서 그 미군 상사를 만났어요.……사이진 테리 브라운 USO관리 하사관이었어요. 그는 자기 사무실 테이블을 보여 주고 나에게 흥정을 시작했어요…… 너를 채용하겠다. 네 영어는 쓸 만하니까 하지만 하룻밤 나하고 지내줘야겠다. 단 하룻밤만이다. 그는 털이 많은 사내였어요. 짐승같이 완강한 사내였죠. 하지만 그는 뱀처럼 지혜롭기도 했어요. 그날 밤 나는 타는 듯한 위스키를 목구멍으로 마구 넘겼어요. 스트레이트로요. 그 독한 액체가 목구멍을 지지며 내려갈 때 내 영혼의 껍질도 확 타들어간다는 걸 이미 알고 있었죠. 그는 소파에 비스듬히 기대어 기다리고 있었어요. 노리끼리한 마티니에 얼음으로 적당히 온 더 락스한 술잔을 흔들면서. 이윽고 그는 나에게 담배를 권했어요. 그도 내 눈동자를 마주 들여다보면서 피우더군요. 그의 동공이 점점 풀어지는 걸 보는 순간 내 머리는 어지럽기 시작했어요. 내가 헛구역질을 몇 번하고 담배를 집어 던지자 그는 낄낄 웃으면서 다가와 날 안아 침대에 눕혔지요. 그리곤 내 옷을 벗기고 돌아서서 책상서랍에서 무언가를 꺼냈어요. 네, 그건 목욕용 타월처럼 생긴 밍크 털이었어요. 그는 그것으로 내 몸을 쓸기 시작했어요. 아주 천천히, 부드럽고 리드미컬하게,

처음엔 꿈틀댔지요. 하지만 난 이윽고 소릴 질렀어요. 내 몸이 허공으로 떠올라가고 있기 때문이었어요. 깃털처럼 가볍게 중력을 이기고 부유하면서 서서히 위로 위로 오르고 있었어요. 천장에 매달린 샹들리에가 내 젖꼭지에 부딪혀 산산이 깨지는 환상을 보는가 하면, 내 삼각주의 털 위로 꽃잎이 무수히 퍼져 나가는 걸 느끼곤 했어요. 나는 그의 털 많은 가슴에 매달려 울부짖었어요……. 날 어서 짓밟아라!"

그녀는 술을 홀짝이다가 목이 타는 듯 담배를 피우고, 따분한 듯 또 술을 마셔댔다. 그녀는 어쩌면 술과 담배를 거꾸로 즐기는 듯했다. 담배를 술로, 술을 안주로.

"그 밤이 지난 다음 취직했고, 첫 주말에 하이를 면회 갔어요. 투덕 보병학교 면회장의 빈랑수 그늘 아래서 만난 그이는 왜 그때 그렇게 낯설던 지요. 그가 내 자궁 속에 들어와 서식하는 동안 나도 그의 영혼에 매달려 그 많은 나날을 울고 웃었던 것이 분명한데 그날 그는 아득한 곳에 선 신기루처럼 현실감 없이 그곳에 서 있기만 했었어요. 푸른 군복과 연병장에 내려앉은 햇빛, 햇빛에 그을려 벗겨지고 튼 그의 야윈 얼굴과 새하얀 이빨, 나는 그날 그에게서 무슨 말을 했던지조차 기억이 없군요. 그날 돌아오는 람브레타 속에서 하염없이 울기만 했죠. 옆에 탄 아주머니가 묻더군요……. 아가씬 애인이 죽었소? 나는 대답했지요……. 네 그이가 죽었어요 아주 죽었어요……."

여기서부터 아포린느는 완전히 환상조로 읊조리기 시작했다.

"……차가 1번 국도로 나오기 직전에 나는 내렸어요. 비엔호아쪽으로 가는 국도 옆에는 삼각형의 녹지대가 있어요. 그곳도 하이와 주말이면 자주 놀러가던 곳이었지요. 그 녹지의 벤치에 앉아 북쪽으로 떠가는 전투기의 편대와 국도 위를 씽씽 내닫는 군용 차량을 보며 또 울었어요. 그때 검은색의 크라이슬러가 멈췄죠……. 아가씨, 사이공으로 가겠소? 그는 파일럿용 레이 밴을 꼈고 왼쪽 손가락에는 알이 굵은 반지를 끼고 있었어요. 사복이었지만 자주색 스카프에 어딘가 군인 같은 구석을 지닌 힘찬 사내였어요. 그가 액셀을 밟고 차가 탄력 있게 앞으로 나갈 때 한마디 하더군요. …… 아가씬 울었군. 눈이 부었소. ……

어머! 난 부끄러워 콤펙트를 꺼내고 부랴부랴 얼굴을 고쳤어요. 내가 담배를 꺼내 물자 한 손으로 재빠르게 불을 붙여 주더군요.…… 난 비엔호아 미군 비행장에 나가 있는 연락장교요. 공군 중위입니다. 원래는 F100 선더치프를 몰았지요. 집은 사이공에 있어요.…… 장교님은 우엥 카오 키 장군을 많이 닮았군요.…… 사실 그는 나의 우상이요 그는 멋있는 군인이거든요. 진주 손잡이의 쌍권총으로 부관이 던져주는 트럼프 카드를 쏘아 맞출 만큼의 사격술도 있죠. 하지만 정작 내가 부러워하는 건 그이 부인복이요. 스튜어디스 출신인 그의 두 번째 부인은 정말 미인이더군. 요전에 우리 기지에 동부인해서 왔던데 아가씨만큼이나 예쁩디다.…… 어머 ! …… 참 이상하지요. 내가 그 남자에게 빠지기 시작하며 느낀 것은 여자란 육체를 따라 영혼도 움직이는 편리한 동물이라는 것이었어요. 내게 그런 즉물성(郎物性)의 창녀 같은 기질이 있는 줄을 미처 몰랐었죠……. 소위님은 내가 하이를 진실로 사랑한 게 아니어서 그처럼 쉽게 변심했다고 말할지 몰라요. 하지만 그건 아니에요. 내가 하이를 사랑할 때는 그때대로 여자로서 할 수 있는 최선을 다했어요. 지옥까지 따라 내려가서 그의 발가락까지 핥고 그를 왕으로 섬겼어요. 한데 왜 그럴까요. 나는 하이를 따라 퀴논이나 전방구석으로 가고 싶진 않아요. 갈 수도 없구요. 한 다스나 되는 집 식구들을 반쯤은 제가 책임을 져야 하구요. 그렇다고 킴반큐 전(傳)에 나오는 투이 끼에우(Thuy Kieu)처럼 가족을 구하기 위해 사랑하는 이와의 결혼을 포기하고 창녀로 전락했던 슬픈 여인의 이야기는 더더구나 아니에요. 다만 뭔가 이제는 하이와의 끈이 끊어졌다고 생각될 뿐이에요. 언제나 하이를 생각하면 그냥 눈물이 나요. 지난 연말에도 자딘성의 주엣장군 사당(주:이 사당앞에는 월남 제일의 점쟁이들이 모여 있다)까지 가서 그 앞에 있는 유명한 점쟁이에게 제 미래를 점쳐 봤어요. 그 점쟁이는 이렇게 말하더군요……. 미인박명이라, 어쩌면 이리도 풍파가 심하노. 첫 남자는 머리는 좋으나 네게 면사포는 못 씌워주고 요절하겠다. 두 번째 남자는 하늘에서 죽을 것이고, 세 번째로는 무서운 사내가 검을 가져와 널 강제로 끌고 가겠다…….

"전 다음 달에 결혼해요. 이분이 공중에서 죽는다고 할지라도 전 그냥 결혼해 보겠어요. 너무 떠들었더니 머리가 아프네요. 이 공기 때문일거예요. 사이공을 덮고 있는 이 공기를 마시면 제 아무리 싱싱한 폐라도 마구에 썩고 말 거예요."

재민은 곤혹스러웠다. 그의 남방 윗주머니에는 하이의 편지가 들어 있었다. 도대체 이걸 전할 것인가? 다음 달이라면 …… 한 달도 못 남은 시간이다. 이미 운명의 저울(錘)은 기울어져 버렸다는 이야기가 아닌가? 재민은 그냥 일어섰다.

다음 날 그들은 호안키엠 꽃집을 찾았다. 마이와 엄마가 그리운 하노이의 옛집 곁에 있는 망향의 호수를 기념하여 붙인 그 이름은 그대로 걸려 있었지만 나온 사람은 뚱뚱한 중년 부인이었다.

"여기에 계시던 레 토롱 통 부인은 어디로 가셨는지요?"

아포린느가 묻자 그 여자는 자기는 내용을 잘 모르겠고 옆집에 가보라고 했다. 자기는 동회 사무실과 임대 계약을 맺고 꽃집을 인수했을 뿐이라고 했다.

옆집 부인의 설명은 길지 않았다. 마이가 떠난 후 부인은 6개월쯤 버티다 세상을 떴다. 남편을 북에서 잃고 내려와 잘 키우던 외동딸마저 행방불명이 되었을 때 부인은 이미 죽어가고 있었다. 하루에 한 끼도 제때에 찾아 먹지 못했다. 손님에게 꽃을 터무니없이 많이 싸주기도 하고 더러는 받은 돈을 깜빡깜빡 잊고 있었다. 부인은 늘 길 건너 담장 위에 새로 피어오른 호아푸엉 꽃잎만 온종일 바라보고 있었다. 마이가 좋아하던 그 꽃을. 그러다가 날씨가 유난히 건조하던 어느 날 부인은 호아푸엉 꽃잎이 지듯 가버렸다. 그래서 연고가 없는 가게는 동회에서 접수했고 시신은 화장되어 사로이 사원에 안치되었다는 것이었다.

"아포린느, 학생의 꽃이라는 열대화를 아시오?"

소위는 앞집의 담장 쪽을 보며 물었다.

"호아푸엉 말예요? 아직은 필 때가 아녜요. 삼월 말에나 필거예요."

앞집 담장에는 꽃은 보이지 않고 담쟁이 넝쿨만 윤나는 잎사귀를 총총히 달고 번들거리고 있었다.

"이왕 수고하던 길이니 하이 아버님 댁까지도 좀 데려다 주시오."

그녀는 잠시 생각에 잠겼다. 그로부터 풀려 나오려고 하는 사내의 아버지를 만나야 한다는 사실은 고역일 것이다.

"맘이 내키지 않으면 그만두시오."

"아니에요. 가겠어요."

재민은 사이공에서 봐야 할 용무는 빨리 끝내고 싶었다. 그들은 택시를 잡았다. 안꽝 사원의 노란 벽돌담과 원통형 기둥, 그리고 빨간 지붕 사이에 뒤엉킨 열대 활엽수의 푸른 잎사귀 사이로 희디흰 햇빛이 쏟아지고 있었다. 그들이 탄 택시 앞에서 요란한 사이렌 소리가 들렸다.

"무슨 소리지요?"

"VIP차량의 에스코트 소릴 거예요."

그녀가 대답했다.

"아, 웨스트모어랜드 장군 숙소가 여기 어디지요?"

그녀는 집을 쉽게 찾았다. 디미 여인, 그러니까 하이 아버지의 일곱 번째 부인은 상상했던 것보다 나이가 들어 보였다.

"파파, 손님이 오셨어요. 퀴논에서 하이 소식을 가지고 왔네요."

그녀는 남편을 파파라고 불렀다. 이제 갓 스물을 넘긴 나이에 목소리는 삼십쯤 먹은 중년의 것이었다. 나이 많은 남자와 사는 젊은 여인의 조로증, 그녀는 흐느적거리며 걸었다.

"어서 오시요 한국군인."

쇠잔해 보였지만 어딘가에 관록 같은 것을 숨기고 있는 노인이었다. 그들은 이층 방으로 안내되었다. 발코니와 접해 있는 그 방은 넓고 밝았다. 집 전체에 엷은 먼지가 앉은 것같이 알 수 없는 어수선함이 여기저기 널려 있었다. 모든 걸 그냥 버려둔 채 방기한 듯한 산만함이었다.

"애는 잘 있소? 어떻게 아는 사이요?"

그는 불어식 영어가 답답하여 아포린느가 중간에서 통역을 했다.

"하이는 통역관으로 좋은 일을 많이 하고 있어요. 월남인들에게도 우리 한국 군인들에게도 꼭 필요한 사람이지요."

"몸은 어때요?"

디미 여인이 물었다.

"요즘 좀 잘 먹질 않아서 그렇지 괜찮습니다."

"갠 위장이 좀 약하지."

노인이 말했다. 잠시 무료하게 침묵이 흐르자 디미 여인은 음료수를 내왔다. 건포도와 얇게 썬 치즈 조각, 그리고 얼음을 넣은 마티니였다. 아포린느는 술잔 대신 콜라잔을 집어 들었다.

"그런데 아가씨는 낯이 많이 익은데요?"

디미 여인이 아포린느 쪽을 보고 말했다.

"하이와 같이 미토 농장에 한 번 갔었지요."

"네, 맞아요. 그때 모터사이클을 같이 타고 오셨지요."

"그러구 보니 나도 본 듯 하구려."

하이 아버지는 술잔을 잡고 나서부터는 기운을 내기 시작했다. 아이도 없는 그 큰 집은 네 사람이 웃을 때마다 동굴처럼 소리를 울려 퍼지게 했다. 방구석에 간편한 진열장이 있고 양주병이 줄줄이 세워져 있었다. 커티샥, 래미 마틴, 그랜츠, 나폴레옹 등의 흔한 라벨들이었다. 티크장 위에는 거북이 세공과 상아로 된 코끼리 상이 올려져 있었다. 자개로 난초를 새겨 넣은 검은 칠기 상자가 약간은 고풍스럽게 분위기를 살리고 있었다.

"그래 한국군인 양반, 우리나라에서 어디어디를 다녀 봤소?"

"퀴논 빼놓고는 여기가 처음입니다."

"아이고 저런. …… 우선 후에를 들려야 하는 건데, 거기엔 지아롱 황제의 능이 있지. 또 오봉루와 태화전과 여섯 능이 있어."

그는 여섯 능의 이름을 줄줄이 외었다. 지아롱, 민광, 튜트리, 튜 덕, 롱칸, 카이딘. 소위는 갑자기 피곤함을 느꼈다. 노신사도 피곤한 듯 갑자기 하품을 싸악 했다. 디미 여인은 부엌 쪽으로 향했다. 그때 아포린느가 서둘러 말했다.

"참 저희가 시에스타 시간에 왔군요. 피곤하시겠어요."

"아니요. 놀다가 천천히 저녁이나 같이 듭시다."

"괜찮습니다."

재민이 서둘러 일어설 뜻을 비치자 주방 쪽을 향하던 디미 여인도 다시 자리에 와 앉았다. 그녀는 뜻 맞는 노인과 단출하게 살아온 게 으른 타성이 몸에 젖은 듯했다. 몸이 도무지 민첩하지 못했다.

"하이에게 전해 주시요. 너무 담배 많이 피우지 말고 건강을 좀 생 각하라고."

"하이가 잠시 다니러 올지 모르겠습니다. 사람 하나를 데리고 말예 요."

"어떤 사람인데?"

"피난민이예요. 여자지요."

하이가 올지도 모른다는 말에 외면하고 있던 아포린느의 얼굴이 잠시 하얗게 질렸다. 재민은 발코니 아래의 뒷 뜰을 내려다 봤다. 잘 가꾸어진 잔디와 열대 꽃과 관목들이 싱싱하게 어우러진 정원이었 다. 하지만 그곳에도 이상한 적막감이 스며들어 있었다. 재민은 하이 가 왜 아버지와 같이 살 수 없는지 그 이유를 알 수 있을 것 같았다.

그 집 분위기는 이미 영락해 있었고 방안 가득히 잠겨 있는 공기마저 노쇠해 가고 있었다. 재민은 의례적인 몇 마디의 얘기를 하이 아버지에게 더 건넨 뒤에 서둘러서 그 집을 빠져나오고 말았다.

"소위님, 퀴논으로 돌아가시기 전에 다시 만날 수 있을까요?"

"그럴 필요가 있겠어요? 하이와의 관계가 끝난 이상 다 피곤한 짓이지요."

"그렇군요.…… 하이에게는…… 소위님이 보고 들으신 대로 전할 수밖에 없겠군요. 그인 퍽 맘이 약한 분인데. ……"

그들이 큰길가로 나왔을 때 쵸론에서 사이공 번화가 쪽으로 들어가는 6차선 도로 위에서 전쟁이 벌어지고 있었다. 그것은 전쟁이라고 말해야 옳았다. 쵸론 쪽으로 방금 떨어지는 불타는 저녁노을 때문에 거리는 온통 핏빛이었는데, 올망졸망한 새끼들을 주워 싣고 달리는 그 많은 차량의 행렬—포드, 폴콘, 폭스바겐, 링컨, 스테이션 웨건, 앙증맞은 레노르, 딱딱한 피아트, 갓 나온 도요타, 칠 벗겨진 군용 지프, 2인용 일제 오토바이, 3인승 독일제 오토바이, 심지어 시클로까지 가지 수를 알 수 없는 탈 것들—이 도도하게, 연신 불어 댔지만 제 몸 하나를 못 피해서 차량 사이로 도망 다니고 있는 형편이었다.

"도대체 어디 가는 행렬들입니까?"

"외식하러 가는 거지요. 저녁은 웬만하면 나가 먹지 구질구질하게 지어 먹지 않아요. 식민지시대부터의 습관이니까."

차량의 물결을 바라보는 아포린느의 눈빛이 다시 생생하게 살아나고 있었다. 아까 마이네 가게, 하이네 집을 찾을 때 보이던 그런 피곤한 눈빛이 아니었다. 공군 중위가 가지고 있는 늘씬한 검은 색 크라이슬러를 생각하는 것일까. 차들은 저마다 먼저 나가려고 대가리를 내밀고 있었다. 차선이고 법이고 안전이고 안중에 없는 신나는 무질서의 소용돌이였다. 학생인 듯한 소년 하나가 자전거를 타고 행렬 사이로 들어가고 있었다. 빵빵! 신경질이 난 폴콘의 신사가 클랙션을 누르자 옆의 레노트 아가씨가 뺑하고 또 누른다. 꽝 피아트도, 뚜뚜 폭스바겐의 금테 여인도 ……. 노을은 화염처럼 피어오르고 호각소리, 클랙션 소리가 엇갈리며 서로 물고 뜯었다.

"아포린느, 테트의 휴가를 이런 식으로 다 없애서 미안하오. 그동안 고마웠소."

"소위님, 몸조심 하세요. 하이 그분도.…… 참 좋은 분이었는데. …… 그리고 그분하고 지낸 시간은 정말 행복했어요. 이 말만은 꼭 전해주세요."

때마침 들어온 거리의 수은등이 그녀의 눈망울을 비추고 있었다. 후드득 빠르게 내비친 그녀의 눈물을 재민은 보고 있었다. 그녀가 빠르게 테트가 끝나가는 거리의 어두움 속으로 빨려 들어갈 때 그는 이상한 허탈감을 느끼고 있었다. 그렇다. 그녀는 모두를 뒤에 남겨둔 채 버리고 가는 것이었다. 하이와 재민과 마이와 어두움 쪽에 서 있는 모든 사람들을 모른 체 하고 떠나는 것이다.

아포린느와 헤어진 그는 짱홍다오의 대로를 따라 천천히 걷고 있었다. 주월 한국군 사령부가 보이는 네거리의 스낵바 앞에서 우연히 정훈장교와 만났다.

"정훈관님 웬일이세요?"

"사령부의 선배님을 좀 만나 보느라고 ……. 귀국 후의 보직 문제도 있고 해서."

"낮에는 뭘 하셨어요?"

"사진도 찍고 PX에도 좀 들르고, 참 시내 다니면서 교회 못 봤소?"

"교회라면 시내에 뾰쪽 솟아 오른 게 다 교회죠 뭐."

"아니 우리 프로테스탄트 말이요."

"캇망가에 침례교회가 있단 말은 들었어요."

"캇망가……."

"독립궁 앞에 꽁리가에서 오른쪽으로 꺾어져 쭉 나가나 보더군요."

그들이 들어선 스낵바는 노천식이었다. 안에서는 식용유가 끓고 월남산 빨간 꽃게가 그 속에서 익고 있는 중이었다.

"정훈관님 게다리 좀 들어 볼래요?"

"아이고 사양하겠오. 난 월남 놈들 거라면 질색이야."

옆자리의 십대들은 손가락 끝에 번들번들 기름을 묻히면서 열심히 게다리를 뜯고 있었다. 그들의 입 놀리는 소리들이 가게 가득 부서져 흩어지고 있었다.

"이거 안개 아냐?"

"사이공 강 쪽에서 몰려오고 있군요."

안개 자락은 가볍게 노천에 나와 있는 의자 끝을 스치고 있었다. 가게 안의 소음들이 스펀지 같은 안개 끝에 조금씩 묻어 나가고 있었다.

"아, 조또이 목 버마이바(난 버마이바 한 병)"

"난 세븐업으로, 양키들은 이걸 언콜라(UNCOLA : 콜라 성분이 없다는 뜻)라고 부르더군."

"정훈관님, 이런 때 좀 외롭지 않아요? 두렵기도 하고."

"아니, 조금도! 난 기도를 하니까 주님이 계시면 두렵지 않소."

재민은 정훈장교의 그 완강함 때문에 무슨 얘기를 더 끌고 나갈 수가 없었다. 정훈장교는 그와 헤어지면서 이렇게 말했다.

"조금만 놀다 들어 오시요. 죄질 생각도 말고……. 월남 여자들은 대개 폐병쟁이 아니면 문둥병이 있답디다. 게다가 매독까지."

그는 손바닥을 쫙 펴 보이더니 엄지와 검지 사이의 근육에 힘을 주어 보였다.

"이렇게 해서 말이요 손등의 근육이 우리처럼 툭 튀어 올라오지 않으면 문둥병이랍디다. 또 여자들에게 담배를 피워보라고 해서 목구멍에 연기가 걸려 캑캑거리면 영락없이 매독이랍디다."

재민이 정훈장교와 헤어져 대로를 따라 조금 올라갔을 때 수은등 아래에서 노란 머리의 소녀들이 하얀 깃털 공을 치고 있었다. 가볍게 튀어 오르는 그 날씬한 깃털의 꽁무니가 예쁜 포물선을 그리고 있었다.

"쳐보시겠어요?"

"난 이런 건 처음이요. 테니스는 해봤소만."

"배드민턴이라는 거예요."

재민이 공을 너무 세게 쳐서 깃털공은 수은등을 넘어가고 말았다.

깔깔깔, 소녀들이 허리를 꺾고 웃었다. 같이 웃는 재민 쪽으로 하나가 다가와 속삭였다.

"둘이서 기쁘게 해 드리겠어요. 웨스턴 스타일로 말이에요."

여자의 입술이 수은등에 비쳐질 때마다 은회색으로 빛났다.

"난 자신이 없소."

"피—!"

다음 골목에서 만난 것은 중국여자들이었다. 덩치가 큰 그 여자들은 허벅지가 터진 차이나 드레스를 입고 있었다.

"황홀한 담배를 피우면서 한 탕 하시지."

뚱뚱한 포주가 그의 팔뚝을 잡았다.

"나 바빠!"

그는 계속 걸어서 월남구역에까지 왔다. 오밀조밀하게 붙어 있는 판자집 골목에서 이들이 흥정을 하고 있었다.

"원 나이트에 20불이라구? 좋아하네 15불에 얼마든지 오케이야."

"넌 몇 살이냐. 열셋? 맙소사 내 손녀하고 자는 게 낫겠다. 그리고 덩치가 너무 작아서 안돼."

"괜찮아요. 아저씨 난 잘 돌린단 말야. 콜록콜록."

그 정구공처럼 작은 소녀는 연신 기침을 하고 있었다.

"저리가 이년아, 마른기침을 하는 것 보니 폐병쟁이군."

미군이 그녀를 탁 밀어냈다.

"너 이리 와봐!"

"오우 린 다이항."

소녀는 떼구루루 굴러 재민 앞으로 왔다.

"올라가요."

소녀의 방은 이층이었다. 나무토막을 질러 만든 계단을 오르면서 또 한마디 했다.

"나만한 친구가 또 하나 있어요. 같이 와서 더블로 해드릴까요. 레즈비언도 할 줄 알아요. 우린 서로 잘 빨거든요. 콜록콜록……."

"됐어 됐다구."

바닥에 출렁거리는 판자로 깐 그 이층에선 아래층의 요지경 속이 훤히 내려다 보였다.

"나 피곤해."

얇은 매트리스가 깔린 바닥에 누우면서 재민이 말했다.

"돈 주셔야지."

"얼마라고 했지?"

"12불."

"아래 바지에서 15불만 꺼내 가져."

"아이 내가 어떻게 꺼내요. 꺼내 주세요."

돈을 꺼내 주자 소녀는 전등을 껐다.

"오빠가 좋아. 콜록콜록……."

"거 이층 계집년 기침 좀 그치지 못해!"

아래층의 미군 하나가 소리를 질렀다.

"아이 엠 쏘리다 새끼야. 콜록콜록……."

"손수건을 물에 적셔 물어 봐."

소녀는 얌전히 하라는 대로 했다.

"넣어 보세요. 그건 깨끗해요. 쿡쿡."

소녀가 수건을 빼고 말했다.

"자라 피곤할 테니. …… 나도 피곤해."

소녀는 고맙다는 인사를 보낸 후 잠시 후에 콧등에 땀방울을 달고 녹아 떨어졌다. 소녀가 잠드는 모습을 바라보며 재민은 천천히 계단을 내려왔다.

처음 시야에 들어온 것은 흰 상아 뼈로 된 교각이었다. 그것은 서서히 융기하면서 커다란 형태를 갖추기 시작하였다. 그 모양은 이제 사람의 이빨 모양이 되었다. 그것은 더 커지고 거대한 탑처럼 솟아오르기 시작했다. 그 상아 뼈의 밑 부분은 네 개의 다리를 가지고 있었다. 그 네 개의 다리는 쵸론의 시장과 자딘성으로 넘어가는 철교 위와 식물원과 사이공 강둑에다 각각 부리를 내리고 서 있었다. 그 큰 어금니 모양의 흰 상아뼈는 갑자기 누렇게 삭기 시작하더니 드디어는 헐어 떨어지기 시작했다. 그때 어금니의 외곽에서 무슨 소리가 들리기 시작했다. 그러나 조금 후에 그것은 말발굽 소리로 변했다. 누군가 그건 압살롬 군대의 발굽소리라고 말했다. 그 소리가 울릴 때마다 어금니는 조금씩 헐어 떨어지며 주저앉기 시작했다. 압살롬의 군대는 보이지 않는데도 그 어금니는 흔들거렸다. 말발굽 소리가 절정에 달했을 때 그 큰 형태의 어금니는 폭삭 썩어 주저앉았다. 그런데 갑자기 그 밑에서 아우성 소리가 들리기 시작했다. 울부짖은 여자와 아이들의 소리였다. 그 중에서 제일 높은 쇳소리는 아포린느의 것이었다. 아포린느 아포린느! 재민은 아포린느를 부르며 그쪽으로 달려갔다. 하지만 그가 만난 것은 뜻밖에도 피 흘리는 두 아들들을 안고 있는 마이였다. 머리칼은 마구 흩날리며 입에 거품을 문 그녀의 양 옆구리에 매달려 있던 사내아이들이 입을 벌려 말을 하고 있었다. 피 흐르는 조그만 입을 벌려 영어로 말을 하고 있었다. 세상의 뒤끝이라고 월남은 이 세상의 뒤끝(Vietnam is the rear end of the world)이라고. 그건 재민이 PX에서 샀던 리처드 트래가스키스의 베트남 다이어리의 한 구절이었다.

　"이봐 이봐, 한 소위, 어디 아파? 웬 잠꼬대야."

310

"선풍기가 안 돌아간다구. 정전인가봐. 엊저녁에 어디 갔다 왔어? 재미 봤지?"

수송관은 재민을 흔들어 깨우면서 천정에 매달린 날개형 선풍기를 올려다봤다.

"시팔 더럽게 덥네. 내가 비용은 댈 테니 우리 스팀 배스나 하러 갈까?"

"전 쉬겠어요."

"응, 전 기분 내고 난 알바 아니다 이거지. 안 할라문 그냥 안내나 좀 해줘 양놈덜만 득시글거리는 델 나 혼자 어드러케 가나, 꼬부랑말도 못하는데,"

ㄷ자로 구부러진 통로였다. 들어서는 유리문엔 영문으로 선전문귀가 적혀 있었다. '단 1불로 당신께 극상의 쾌락을' 화분에 담긴 잎 넓은 열대 식물들이 일렬로 죽 늘어서 있었다. 입구는 점잖은 응접실 같았다. 첫 번째로 꺾어졌을 때 후끈한 열기와 함께 긴 벤치 위에 이들이 일렬로 앉아 기다리고 있었다. 그들은 버드라이스, 쉬리츠, 피비안같은 맥주 깡통을 들고 홀짝이고 있는 중이었다. 껌 쩝쩝 이는 소리, 맥주깡통 부딪는 소리 ……. 그들은 옆의 사람과는 한마디의 대화도 하지 않고 있었다. 차례를 기다리기가 지루한 듯 흑인 하나는 하체를 뒤틀면서 맞은편 벽면에 붙어 있는 핀업 걸의 벌거벗은 몸뚱이를 핥고 있었다. 그 여자의 노랗게 곱슬거리는 치모 위에는 허연 맥주의 거품이 붙어 있었다. 그림 밑에 안내문이 또 하나 있었다. '1불로 스팀욕, 1불을 더 내면 마사지'

"넥스트 유아 턴(다음이 네 차례야)"

레슬링 선수처럼 근육이 발달된 월남 사내가 엄지손가락으로 수송관을 불렀다. 그는 창구에 1불을 디밀고 옷을 벗었다. 사내는 우악스럽게 스팀 룸의 문을 닫고 스위치를 눌렀다. 사방에서 칙 소리를 내며 뜨거운 김발이 세차게 달려들었다. 수송관은 문득 이러다가 심장마비라도 생기는 게 아닌가 싶어 황급히 창문을 두들겼다. 레슬링 선수가 큰 타월로 몸을 싸주면서 흰 이빨을 드러내고 웃었다. 그 한국놈 빨라서 좋다. 그는 수송관에게 침대 위에 반듯이 엎드리도록 했다. 솥뚜껑 같은 손으로 등짝을 몇 번 쓸었다…… 야, 이놈아, 이걸 안마라고 하냐, 그만둬라, 그만둬, 월남놈 중에도 이렇게 큰놈이 있나 순종이 아닐 게다. 옆의 커튼이 열리고 흰 블라우스의 처녀가 세면대 쪽으로 달려갔다. 그녀는 급히 입속에 든 흰 액체를 토해내고 있었다. 왝왝 욕지기까지 하면서 흰 세면기의 모서리를 잡고 몸을 틀었다. 목구멍에 걸린 끈적한 점액질, 그것까지를 토해내고는 컵에 물을 받아 입 속을 헹궜다. 불빛 아래 돌아서는 여인의 얼굴엔 몇 개의 마마자국이 찍혀 있었다. 옆의 커튼이 열리고 중년 여인이 달려 나왔다. 그 여인도 세면기 위에 흰 정액질의 액체를 토해내고 있었다.

"마사지 오카이?"

레슬링이 묻고 있었다.

"오케이 오케이."

수송관은 무조건 고개를 주억거렸다.

"휘치 두 유 웡?(어느 걸로 할래)"

레슬링이 두 여인을 가리켰다. 누구야 골라잡아라 이 거지. 그는 마마자국이 싫어서 중년 여인 쪽을 손가락질했다. 여인이 씽긋 웃으며 수송관의 손을 잡아끌었다. 그를 커튼 속으로 밀어 넣고 침대 위에 반듯이 눕도록 했다. 형광등 불빛 아래 그녀의 푸른 입술이 번들거렸다. 방금 씻은 물기 때문에 입술은 유난히 두툼해 보이고, 그의 벗은 몸뚱이를 훑는 눈길은 늙은 창녀답게 음란하고 달짝지근했다. 그녀는 잠시 쉴 겸 허리를 펴고 잔주름이 진 눈 끝으로 빳빳하게 선 수송관의 그 끝과 겨드랑이 안쪽을 훑었다. 그리고는 서서히 손을 내려 양쪽 겨드랑이 밑의 털을 만졌다. 사내가 활처럼 허리를 구부리자 손끝이 옆구리를 타고 젖꼭지로 돌아오면서 나머지 한손은 벌써 그것의 주위에 흩어진 치모를 건드리고 있었다. 그러나 그녀는 서두르지 않았다. 분초를 가늠하는 연기자처럼 손이 이번에는 아래로 내려가 배꼽 쪽을 서서히 간지르고 있었다. 사내는 수컷의 소리를 내며 여인의 둔부를 움켜잡았다. 까만 비단바지 속에서 아무것도 걸치지 않은 맨살이 물컹 잡혔다.

"카만 이지 이지, 베이비 베이비."
여인은 칙칙한 소리를 내며 드디어 그것을 움켜잡았다. 간호원이 약병을 흔들듯 아주 가볍게 몇 번 흔들곤 이내 입을 벌려 그걸 물었다.
"희한하구먼. 이런 걸 모르고 오입하러 다니는 놈들은 골빈 놈들이라구! 아 싸고 얼마나 좋아, 한 소위도 한번 해볼걸 그랬어."
큰길로 나서면서 수송관은 환한 얼굴을 위로 젖혔다. 재민이 대답이 없자 그는 혼자 더듬거렸다.
"하기야 총각 때 이런 재미 알믄 장가는 다 든다고."
쵸론 입구의 중국 음식점 앞에서 수송관은 말했다.
"사지 가 노근 노근한 게 걸을 수가 없구만. 난 호텔로 돌아가 목욕이나 하고 한숨 푹 자가서."

"여기서 택시를 타세요. 곧바로 가다가 왼쪽으로 꺾어지면 돼요."

수송관이 떠나자 재민은 투도 쪽을 향해 걸었다. 인도인이 정장을
하고 서 있는 호텔 옆에서 대학생 풍의 여인이 이젤을 받쳐놓고 풍경
화를 그리고 있었다. 껌을 짝짝 씹으면서 오일 페인팅을 하고 있는
중이었다. 나이프를 쓰는 폼이 썩 민첩하고 훈련이 된 솜씨였다. 언
뜻 봐선 붓끝으로 다듬어 놓은 듯싶게 화폭은 이미 세밀한 구석까지
손이 가 있었다. 구성은 사실 풍이었지만 색상 처리는 아주 비현실적
이었다. 가로수 잎은 실제보다 훨씬 더 짙고 푸르렀다. 하늘은 방금
불타오르는 노을 색깔이었고, 길은 아주 샛노랗게 환상적인 처리를
하고 있었다.

"오, 도시가 불타고 있군 그래."

재민의 뒤에서 어떤 사내가 비웃는 듯한 영어로 씨부렁거렸다. GI
머리가 아닌 장발에 사복의 서양인이었다. 그는 어두운 색깔의 남방
을 걸치고 있었다.

"여봐, 당신은 락아미인가?"

재민이 뒤돌아보자 물었다.

"그래."

"그럼 퀴논이나 캄란베이나 붕타우에서 기어왔겠군."

"퀴논이야."

"오우 타이거 디비전, 어쩐지 온순해 뵌다고 했지. 당신네 마린(해
병)들은 너무 거칠더군. 난 캄란 근처에서 왔어."

"당신은 군인인가?"

"아냐, 난 군인이 아니고 AID(미국 원호처)직원이야. 군청에 나가

있는 민간인이라구. 당신은?"

"소위."

"아카데미 출신인가?"

"아냐. ROTC 출신이지."

"오우, 한국에도 그런 제도가 있던가……. 당신은 어쩐지 지쳐 뵈는군. 내가 한잔 살까?"

"좋을 대로."

여자는 화폭을 꼬나보면서 천천히 담배를 피우고 있었다. 옆의 사람을 개의치 않는 차갑고 거만한 태도였다. 캔버스 속의 도시는 계속 불타오르고 땅은 노랗게 질식되어 가고 있었다.

"저 뒷골목으로 들어가 보자. 아이고, 추워!"

"춥다니? 이 날씨에"

그는 어깨를 흔들며 춥다는 표현을 썼는데 그 영어의 표현을 놓치고 말았다.

"지금 당신 뭐라고 했소?"

"수녀 그것보다 추운 날씨(It's colder than nun's cunt)라고 했지."

"핫핫! 수녀 그것보다 차가운 날씨라고!"

재민은 하늘 쪽을 향해 웃었다. 마제스틱 호텔 쪽 하늘 위로 커다란 고무풍선 하나가 둥둥 흘러가고 있었다. GI들이 더러 '죽은 무당 젖꼭지보다 뜨거운 날씨'(It's hotter than a dead witch's tit)라고 툴툴거리는 소리는 들어봤지만 수녀 그것보다 추운 날씨라니. 둘은 강변 쪽으로 나가다가 왼쪽으로 꺾어졌다.

"처음엔 흔한 뎅기(Dengue:열대 열병)열인 줄 알았소."

"며칠 지나면 나을 줄만 알았더니 악성 말라리아 라누만. 오웃 추워!"

그는 어깨를 연신 움츠리고 바의 문을 밀었다. 간판이 '몽마르트'였다. 손톱을 만지작거리고 있던 아가씨들이 발딱 일어섰다.

"웰컴므."

AID 앞에는 반짝이는 보랏빛 매니큐어가 앉고, 재민의 앞에는 은백색손끝이 앉았다. 스탠드 너머의 그녀들은 미니스커트 아래에 꽤 예쁜 다리들을 가지고 있었다.

"하이 버마이바 비어(버마이바 맥주 둘)"

AID가 짧게 말했다. 맥주가 컵 위에 거품을 내고 가라앉자 그는 입을 벌리고 바지에서 꺼낸 분홍색 크로로킨 알약을 꺼내 황급히 털어 넣었다. 그의 손끝이 떨고 있었다. 재민 쪽을 바라보는 눈자위에 빨간 실핏줄이 그물처럼 퍼져 있었다.

"몇 잔 마시면 추위가 가실 거요. 그래 당신은 어느 대학 출신이요?"

재민이 묻자 역겹다는 듯 웃었다.

"예일에서 역사학을 했고, 여긴 자원해서 왔고, 많이 배우고 있지."

"뭘 배웠는데?"

그는 아까보다는 덜 떨리는 손으로 땅콩을 집고 있었다.

"월남 농민들이 가난하다는 사실, 우리 사무실에서 나누어 주는 밀가루나 식용유로는 도저히 구제할 수 없는 가난에 시달리고 있다는 사실."

"그래도 군청이 있는 부락쯤에 선풍기도 있던데."

"그건 다 월부로 들여 놓은 거지. 60%이상의 농민들이 고리채를 쓰고 있소. 농촌 고리채는 대개 5푼 내지 1할의 악성 사채요. 여인들은 돈이 궁하면 그들의 유일한 외출복인 아오자이까지 잡히더군. 그걸 잡히면 30피아스터를 줘요."

"유 쏠져, 바이 미 사이공 티(군인들 사이공차 좀 사 주세요)"

앞에 앉은 아가씨가 무료한지 스탠드를 탁 치며 애교를 떨었다. 그래, 팁 대신 사이공 티를 사야 한다는 말을 들었다.

"자, 여기에다 먼저 세 개의 마크를 나란히 그린 사람이 이기는 거예요. 지는 사람이 차를 사기로 해요."

"오케이."

그녀는 스탠드 위에 메모지를 꺼내 놓고 #자형의 고누놀이 줄을 그었다.

"자, 제가 먼저 시작하겠어요."

그 여자는 바둑판 안에다가 O표를 하나 했다. 소위가 옆 칸에다 X표를 했다. 하지만 곧 그녀가 세 개의 O표를 나란히 그렸다.

"자, 사이공 티 한 잔 하겠어요."

여자는 씽글 잔에다가 병아리 월경만큼이나 찔끔 페퍼민트 같은 파랗고 향내 나는 음료수를 따랐다. 그리고는 병아리처럼 입술을 위로 벌리고서 꼴깍 단숨에 삼켜 버렸다. 세 번쯤 소위가 졌을 때 AID가 웃으며 거들었다.

"그 게임은 먼저 시작하는 사람이 이기는 거요."

"!"

재민은 버마이바 한 병으로 이미 얼굴이 벌게졌다. AID는 세 병째였다. 그는 이제 떨지 않았다.

"소위, 당신은 존 바에즈, 제인 폰더, 알렌 긴즈버그란 이름을 들어본 적이 있소?"

"잘 모르겠는데, 제인 폰더는 배우가 아닌지. ……"

"안됐소, 미국 영화밖에는 아는 게 없구만. 그들은 우리를 비웃는 사람들이요. 바로 여기 월남에 와 있는 우리들을 말이요. 아직 그들의 소리는 미미하지만 미국이 전쟁을 확전하는 만큼 그들의 소리도 커질 거요. 존 바에즈는 노래를 부르는 여자, 알렌 긴즈버그는 언제나 거지와 문하생들을 끌고 공원과 거리에서 짖어대는 털보 시인, 그 중에서도 가장 극렬한 여자는 그 여자배우지."

"이 전쟁은 앞으로 점점 더 커져갈 공산이 크잖소?"

"그만큼 그들도 크게 짖어대겠지. 미국은 미구에 둘로 갈라질 거요. 이 전쟁에서 본전을 뽑자는 쪽과 보따리를 싸자는 쪽으로, 당신은 교육을 받았으니까 버트란드 러셀쯤은 알겠지?"

"영국 철학자 말이요?"

"그렇소. 하기야 그는 1차 대전 때부터 반전주의자였소만 아무튼 그도 입을 열기 시작했소. 미국은 이제 로스토우에서 시작하여 맥나마라를 거쳐 이 땅에 마구 뿌려 놓은 그들의 씨앗을 거둘 때가 됐소. 아마 감쪽같이 보따리를 싸들고 저 바다로 내뛸 거요. 아무튼 미국 어딘가에 또 다른 색깔의 소리를 지를 수 있는 합창단이 숨겨져 있다는 사실은 신나는 일이야. 핫핫핫!"

그는 바의 천정에다 대고 힘껏 웃어 젖혔다. 사람을 마구 깔아뭉개는 듯한 차가운 웃음이었다. 아가씨들은 웃음소리에 놀라 눈을 동그랗게 뜨고 재민은 술값을 내기 위해 주머니에 손을 넣었다. 하지만 그는 재민보다 훨씬 빠른 솜씨로 그린 백을 계산대 위에 던졌다.

"대만해협을 건너 온 우리의 동맹군 소위, 부디 DEROS까지 목숨이나 잘 건사하오."

"디로스라니?"

"오우, 그건 주월 미군의 암구호같은 거야. 데이트 오브 에스티메이티드 리턴 오버 씨(Date of Estimated Return Over Sea:귀국 예정일)라나."

"고맙소."

그는 털이 무성한 커다란 손을 내밀었다.

"가서 당신의 원자탄을 껴안고 붐붐이나 하구려. 난 김샜소. 날 건드리지 말라구! (Go Fuck yourself with your atom bomb. I don't feel good. Don't bother me) 소위, 화 내지 마오. 이건 털보 시인 긴즈버그의 시 아메리카(AMERICA)의 일부니까."

그는 휘청휘청 상체를 흔들면서 아편굴과 창녀촌의 얽혀 있는 투도 뒷골목 쪽으로 사라져 갔다.

1966년 한재민이 베트남 농촌에서 소년에게 얻었던
유일한 선물-그의 그림

이별과 이별

엔진 소리가 유난히 덜덜거리는 C47이었다. 창밖에 끝없이 펼쳐지는 남부 델타지역의 녹색하고는 너무나 대조적인 삭막함이었다. 캔버스 천으로 된 의자 밑으로는 수없는 알루미늄 파이프들이 가로질러 있고 그 파이프들은 기계냄새와 함께 시끄러운 소음을 내고 있었다. 맞은편에는 대위 계급장의 미군이 피곤한 듯 동체에 어깨를 기대고 눈을 감고 있었다. 그의 넓은 가슴에는 낙하산 위에 날개가 그려진 휘장이 새겨져 있고, 목에는 하얀 로만칼라를 하고 있었다. 재민은 언젠가 101공수여단에서 만난 명랑한 종군신부를 생각해 냈다. 그는 자기 가슴에 달린 낙하산과 별표지를 가리키면서 아주 자랑스럽게 말했었다.

…… 난 말예요, 이래 뵈도 200회 이상 점프를 한 마스터란 말이에요. …… 하지만 우리 부대장은 날보고 권총을 차라고 하더군. 신변 보호용으로, 하지만 신부가 권총을 차면되겠소? 난 권총대신 수통을

차고 다닌다오. 소위, 한잔 줄까? 여긴 브랜디가 들어 있는데 ……
아주 화끈한 놈이야…… 그때 재민이 손을 내젓자 그는 씽긋 웃으며
이렇게 덧붙였다. …… 난 말이오, 비행기에서 가슴에 성경을 안고
수통의 브랜디를 생각하며 뛰어내리면 아주 행복하지 …… 그래서
난 일류 공수부대원이란 말이야…….

재민의 앞에 앉은 신부는 로만칼라도 허리에 권총을 차고 있지도
않았다. 그는 피곤한 듯 이따금 감은 눈을 떠서 하품을 했다. 그 옆에
는 플레이보이지를 적당히 뒤적이는 이들이 껌을 질근거리고, 그들
옆에는 또 월남군 공수부대원들이 조용히 앉아 있었다. 그들은 표정
이 없었다. 다만 그 대열 한 가운데에 중사 계급장을 단 여군이 이따
금씩 실성한 듯 창밖을 내다보며 히죽거리고 있었다. 암갈색 얼굴에
입술이 유난히 두터운 여인이었다.

군용기는 랑비앙산(달라트 북쪽의 고산)을 비켜 브온브랭 비행장
을 지나쳤다. 이어서 므낭산을 곧장 넘어 이윽고 털털거리던 고물 군
용기는 플레이쿠의 활주로에 바퀴를 내렸다. 재민이 안내장교에게
퀴논 행을 묻자 그는 잠시 기다렸다가 퀴논으로 가는 캐리보(C701:
미육군용 정찰기)를 갈아 타라고 일러줬다.

재민이 활주로 끝에 있는 간이 화장실에서 소변을 보고 진저리를
치고 있을 때, 고원 쪽에서는 건조한 바람이 아주 빠르게 불어오고
있었다. 그 고원의 바람은 활주로 끝에 매달린 풍향기를 매섭게 때
리면서 계곡 쪽으로 아주 빨리 달려가고 있었다. 재민은 모자를 벗어
땀을 닦으며 바람 때문에 가지런히 눕고 있는 계곡의 트란풀들을 바
라보고 있었다. 그것은 슬픔이었다. 지상의 어느 후미진 뒤끝, 그 황
량한 계곡에서 무성히 자라 소리 없이 나부끼고 있는 저 열대의 키

큰 풀들은 도대체 얼마나 슬픈 존재들인가? 그리고 나, 한재민이라는 존재는 저것들에 비해 얼마나 위대하단 말인가? 나도 너희들과 똑같이 슬퍼…… 그리고 무서워, 짱홍다호의 뒷골목, 노천 바아의 휜화 속에서 느끼던 아득한 두려움, 사이공 강둑에서 밀려오던 안개의 슬픔…… 지금 나는 세상의 제일 뒤끝에 있는 게 틀림없다. 얼마 뒤에 만날 마이와 하이 그리고 고국의 경기도 끝에 두고 온 어머니와 지숙이 우리는 어쩌면 다시는 못 만나게 될지도 몰라, 다시는.

…… 흐드득!

문득 군화 끝에 눈물방울이 떨어지고 있었다. 제기랄, 내가 왜 이러지? 그가 모자를 고쳐 쓰고 있을 때, 스피커가 울리고 있었다.

"캐리보를 타실 장병들은 2번 활주로로! 5분 후에 출발합니다."

"오이 메어이! (아, 불쌍한 우리 엄마.)"

크리스마스날 새벽에 외던 그 짧은 탄식을 그녀는 외치고 있었다. 마이의 그 큰 눈망울에 큼직한 눈물이 방울방울 맺히면서 그것은 이내 볼을 타고 빠른 속도로 흘러 내렸다. 그녀가 안간힘을 쓰며 고개를 수그리자 뜨거운 모래바닥에 눈물방울들이 뚝뚝 듣고 있었다. 그녀는 손지갑 속에서 손수건을 꺼내 황급히 눈물을 훔쳤다. 고보이에서 아이들이 죽었을 때보다 훨씬 격렬하게 슬픔과 싸우고 있었다. 하이는 묵묵히 바다 쪽만 보고 있었다. 그의 손끝에 들린 담배꽁초가 계속 흔들리고 있었다.

"두 사람에게 나쁜 소식만 전해 줘서 내가 죄 지은 것 같구나."

재민이 떠듬거리며 말했지만 두 사람은 반응이 없었다. 벤치 위에는 그들이 마시다 남겨 놓은 코카콜라의 작은 병이 목 속에 빨대를

걸치고 덩그마니 놓여 있었다. 왕파리 몇 놈이 날아와 나일론 빨대
의 주변에서 윙윙대고 있었다. 바다 위에서는 햇빛이 파도를 타고 신
나게 번득이고 있었다. 삼각형의 흰 돛을 단 한 떼의 어선들이 랑마
이 만쪽으로 빠른 속도로 달려가고 있었다. 뒤에서 몰아치는 바람을
받아 돛은 활처럼 휘어진 채 선복을 때리는 파도 때문에 조금씩 뒤뚱
대면서 시원하게 미끄러지고 있었다. 그것들의 꽁무니에는 흰 포말
이 비행운처럼 따라붙고 있었다. 짙은 남옥색 바다 위에서 번득이는
흰 깃폭들의 율동은 분말 같은 햇빛 때문에 약간은 몽롱한 모습이었
다. 배들이 향하고 있는 랑마이 만 끝에는 깨끗한 모래밭이 누워 있
고, 그 모래밭을 따라 맹그로브와 야자수의 행렬이 일렬로 늘어서 있
었다. 재민이 처음 미군 수송선을 타고 이 항구에 들어설 때 아침 햇
빛에 맑게 씻기고 있던 그 백사장의 모습은 퍽 사치스러운 인상이었
다. 야자수 숲 뒤에서 드문드문 고개를 내밀고 있던 불란서식의 빨간
색 지붕들을 바라보면서 여긴 전쟁터로선 적당치 않다는 생각을 했
었다. 책에서 읽었던 남프랑스 해안의 니스나 깐느라는 이름의 아류
(亞流)들. 그리고 해안을 지배하고 있던 지독히 게으르고 안락한 분
위기들.

"바싸울림!(나쁜 년) 난 그녀를 도저히 이해할 수가 없어, 날 이렇
게 어두운 곳에 팽개쳐 두고 저 혼자 날아가 버려? 결혼을 한다고?
어떻게?"

이번엔 하이가 울부짖었다. 그는 바다 쪽을 그냥 향한 채였다. 재
민은 마이 쪽을 바라보았다. 저런 여자라면, 그렇다. 하이를 버리지
는 않았을 것이다. 그러나 사이공의 여자들은 달랐다. 달콤하게 부패

하던 그 사이공의 밤에 강물 위에서 듣던 아포린느의 넋두리는 상당히 그럴 듯했었다. 그 사이공의 공기는 여기하고는 다르다. 그 거리에 넘치던 세련된 아가씨들의 눈빛은 저기 앉은 마이처럼 저렇게 슬픈 게 아니었다. 아포린느를 비롯하여 길거리에 흘러넘치던 아리따운 아가씨들은 슬픔보다는 기쁨 쪽을 택하고 있었다. 이미 서구의 멋에 속속들이 중독이 된 그 여자들, 이데아를 팔아 번쩍이는 현상(現象)을 사버린 여자들, 그녀들은 본디 태어날 때 가지고 나온 수줍은 영혼 속의 알맹이를 속 시원히 던져 버리고 이제는 편안하게 알록달록한 장신구와 찬란한 보석들 속에 안주하기를 원했었다. 디올 레이벤, 브라질산 악어백, 프랑스제 네글리제와 향수와 그리고 샴페인, 미제 자동차, 시집갈 때 가져갈 일제 전자제품들과 당장 타고 다닐 혼다 오토바이, 투도의 화려한 진열장과 꽁리가의 레스토랑, 그네들은 이런 보이는 것들로 보이지 않는 가슴 속의 번거로움을 이기고 있었다.

이런 화려한 선물과 열락을 줄 수 있는 용사라면 그녀들은 언제고 그 용사의 눈앞에서 이 속의 세븐데이즈 칼라팬티(7색 팬티:요일마다 갈아 입게 된 것)를 벗어 버릴 수도 있었다. 그 용사의 정체가 매점매석을 일삼는 쵸론의 악덕상이거나 투도 뒷골목의 깡패 두목이라도 굳이 따질 필요가 없는 것이다. 얼마 전 사이공 중앙시장에서 공개 처형된 강철 부로커 타원(화교 출신의 거상)은 얼마나 멋진 사내였던가, 마이다스의 축복을 받기 위해 변칙적으로 몸부림친 사람이 어찌 그 사내 하나뿐이었으랴, 이놈의 전쟁은 성전(聖戰)도 아니고 처음과 끝이 있는 것도 아니다. 저 햇빛 아래 늘어져 있는 빠빠야, 망고의 나뭇잎들도 제 등줄기를 지져대고 있는 것이 날마나 똑같은 남국의 불볕이라는 것쯤은 알고 있다. 언제나 똑같은 포성, 거리마다 넘치는 풀색 유니폼, 전사 통지서, 멸공대회, 희망 없는 데모대의 함성들, 결국 그네들은 지치고 만 것이다. 제 아무리 똑똑한 사이공대학의 문과생이라도 미구에 이마에 꽃모양의 소위 마크를 붙이고 카마우 반도의 늪 속이나 안남산맥의 등줄기, 플레이쿠의 고원쯤에다 코를 박고 죽어갈 것이다. 요행히 그들이 수천 대 아니 수만 대 일의 확률을 뚫고 진급도 하고 혁혁한 공훈을 세운다면 키나 티우처럼 될 수도 있을 것이다. 그들의 젊고 윤기 나는 얼굴에 주름살이 잡힌 뒤에 말이다. 그렇다면 그네들은 지금 그네들 앞에 있는 키나 티우의 분신들을 잡는 편이 훨씬 현명한 것이다. 사이공 거리에 의사나 변호사 간판을 걸고 있는 사내를 지금 붙잡는 것이 중요한 일이다. 포탄이 날아와 모든 것을 앗아가기 전에 빨리 붙잡고 오르가즘(Orgasm)의 헐떡임을 맛봐야 되기 때문이다. 아포린느가 하이를 떠난 이유, 크라이슬러의 꿈을 따라 쵸론의 수은등 아래에서 어두움 속으로 재빨리 사라지던 그녀의 뒷모습을 이곳에 남아 있는 사람들은 이해하기가 힘들 것이다.

"사이공은 여기서 그렇게 먼 곳도 아닌데 결국 엄마를 못 보고 말았군요."

마이는 울어서 부은 눈으로 재민을 건너다보았다. 오늘 그녀는 예의 그 레이 밴을 쓰고 있지 않았다. 울어서 부은 눈을 가리기에는 좋은 그 색안경을 마이는 어디다 치워 버렸는지 처음부터 쓰지 않고 있었다.

"마이, 사로이에 모신 어머님 위패라도 뵈어야지."

마이는 대답이 없었다.

그들은 여전히 바다 쪽을 향하고만 있었다. 재민은 어색한 분위기를 깨기 위해서 사이공에서부터 들고 온 캔버스천의 여행가방을 집어들었다. 맹그로브 숲 사이로 전에 셋이서 들렀던 미 쵸우 식당의 이층 창문이 언뜻 보였다. 그는 지퍼를 열고 가방 속에서 작은 선물 꾸러미를 두 개 꺼냈다.

"마이, 이건 사이공 PX에서 산 손목시계요. 당신에게는 시계가 없더군. 그리고 이건 꽁리 가에서 산 건데…… 월남제 귀걸이요. 제일 좋은 걸로 샀어요. 전기가 통하지 않은 절연체로 만든 비취귀걸이지."

"아이, 재민, 이런 것들은 이제 제겐 너무 걸맞지 않는 거예요. 전 마음이 늙어버린 여자잖아요."

하지만 선물을 받아든 그녀의 손은 분명히 떨고 있었다.

"그리고 하이, 네겐 팔말 담배하고 티셔츠다."

재민은 하이의 선물을 벤치 위의 콜라병 옆에다 슬그머니 놓았다.

"재민, 선물 고맙다. 우리 이모네 집으로 가자. 골이 너무 아프다. 약이라도 먹어야 할 것 같다."

하이가 일어서자 마이는 더듬거리며 자기 손가방 속에서 뭔가를 꺼내고 있었다.

"이거 받아 주세요. 별 거 아니에요. 전에 약방에서 얻은 거예요. 비타민예요. 전 늘 받기만 하고 하도 드린 게 없어서……."

그녀는 하얀 종이에 얌전하게 싼 알약 병을 내밀었다.

"고마워, 마이."

마이는 또 울고 있었다. 흰자위 사이로 어지럽게 일어선 실핏줄 사이로 눈물이 금세 괴고 있었다. 재민은 두 사람의 손을 잡고 모래밭을 성큼성큼 걸었다.

"하이, 우리들의 슬픔을 위해서 한잔 하자."

재민이 모래밭을 거의 다 나와서 건의했다.

"좋을 대로."

"미 쵸우로 가시죠."

마이의 의견을 따라 세 사람은 미 쵸우의 이층에 자리 잡았다. 그날 그 양식집은 의외로 조용했고, 아래층 구석에서 누군가가 피아노를 치고 있었다. 아주 익숙한 솜씨로 즉흥곡을 엮어가다가 이윽고 마음이 잡혔는지 뜨레네의 바다(La Mer)를 느릿느릿 치기 시작했다. 하이와 마이는 그 곡에 신경을 쓰고 있는 것 같았다. 제기랄 왜 하필이 시간에 저런 감상적인 곡을 칠까? 재민은 가방 속에서 죠니워커한 병을 꺼냈다.

"우리 한국 군인들이 젤 즐기는 술이지. 둘이서 대작해라. 난 술이 약하니까 버마이바 맥주로 할 거다."

식탁 위에는 재민의 주문대로 야채샐러드 안주와 건포도가 놓여있었다.

"온더락을 해서 마셔라."

"괜찮아."

하이는 찻잔을 시원하게 스트레이트로 비우고, 마이는 얼음을 넣어서 조심스럽게 마시기 시작했다. 아래층의 음악은 다시 알 수 없는 빠른 재즈로 바뀌고 있었다.

"비가 오려나 봐요."

마이가 내다보고 있는 바다가 갑자기 흐려지고 있었다.

"아아, 시원하게 한 줄기 쏟아지기라도 해라."

그때 재민이 재빨리 하이 쪽을 향해 말을 건넸다.

"하이, 네게는 얘기하기가 미안한 때다만…… 나 마이하고 결혼하겠다. 가능한 한 빨리."

하이는 상당히 충격을 받은 듯 잠시 멍하고 있다가 빠른 월남말로 마이에게 확인을 하는 모양이었다. 마이는 짤막하게 대답했다.

"예스, 아이 쎄이 예스."

그때부터 하이는 그 긴 양주병에 든 노란 액체를 정신없이 퍼마시기 시작했다.

"좀 천천히 마셔라."

"노스윗, 돈 워리. 루테넌."

하이는 목이 마르다면서 이제 깡통맥주까지 곁들여 마셨다.

"하이 씨, 너무 마시는 거 아녜요?"

마이도 걱정이 되는 듯 조심스럽게 말했다. 그때 하이는 마이에게 얼굴을 들이밀며 이렇게 물었다.

"푸카트 산속에 있는 그 친구가 기다릴 텐데……,"

재민이 그의 말을 막았다.

"우리 그 얘긴 다음에 하자. 오늘은 이모님 댁에 돌아가 쉬도록 하자."

"소위 두려운가? 산 속에 있는 그 친구도 만만한 친구가 아니야. 마이를 이곳까지 데려와서 순순히 자네 손에 넘겨 줄 것 같은가? 한국의 육군 소위 하하하…… 그친 그쪽 계급으로 치자면 별이 두 개쯤이야. 이 베트남 중부지역의 사령관이라고."

"그만 해둬요. 하이."

마이가 단호하게 하이의 말허리를 자르면서 자리에서 일어섰다.

"그럼 나도 가야지."

하이가 일어서면서 테이블 구석을 잘못 짚어 테이블이 기우뚱하더니 와르르 술병과 안주 그릇들을 바닥에 기어이 쏟아버렸다. 아래층 음악이 뚝 그치면서 웨이터가 황급히 올라왔다. 계산은 마이가 잘 알아서 하는 것 같고 재민에게 그릇값으로 따로 5불만 더 달라고 했다.

셋이 밖으로 나오자 갑자기 빗방울이 쏟아지기 시작했다. 하이는 감기 든 사람처럼 몸을 떨었다.

"하이, 감기 걸린 거 아냐?"

"아무러면 어때."

"약방에 가서 아스피린 두어 알 먹고 푹 자라."

"안 돼요. 술 마신 다음에 아스피린은 안 돼요, 제가 따로 약을 지어 드릴게요."

마이가 제법 약사처럼 엄숙한 태도로 말했다.

그날밤 비는 줄기차게 내렸다. 하이는 아래층에서 나가 떨어졌고, 마이와 재민은 방이 없다는 구실 아래 하이 이모의 눈치 빠른 배려로 이층에서 오붓하게 하룻밤을 보내게 됐다. 이층으로 두 사람이 올라오기 전에 마이는 수줍은 표정으로 하이 이모에게 빠른 월남말로 뭐라고 속삭였다. 그랬더니 그 부인은 갑자기 재민의 목을 끌어안고 양 볼에다 가볍게 입맞춤을 해줬다.

"…… 결혼 축하한다구요."

마이가 손바닥으로 입을 가리고 웃으며 말했다.

"고맙습니다. 이모님."

재민은 한국어로 얘기하면서 부인을 가볍게 안아 드렸다.

군용트럭들이 로터리를 돌 때마다 물살 헤치는 소리. 차바퀴에서 물보라가 이는 소리들이 시원하게 들려왔다. 마이는 전등을 아주 꺼 버렸다. 방안의 불빛이 없어지자 이따금 멀리서 번개 치는 불빛과 크리스마스 때처럼 요란하지는 않지만 미군부대의 불빛, 뉴질랜드 의무대의 불빛들이 방안을 적당히 밝혀 주고 있었다. 재민이 군복을 벗을 때 요대의 금속 버클소리와 마지막 목에 걸린 인식표 줄에서 나는 소리가 유난히 크게 방안을 울렸다. 마이는 커튼 뒤에서 옷을 벗고 재빨리 침대 속으로 들어왔다.

"사랑해요!"

"사랑해 마이."

그렇다. 지금은 말을 아낄 때다. 사랑함을 확인하는 것 외에 무슨 다른 말이 필요하겠는가…… 마이의 유두는 아이를 낳아 본 여인답게 선명하고 육감적이었다. 하지만 그녀의 미끈한 두 다리는 사이공 식물원에서 봤던 파초의 줄기처럼 싱싱하고 신선했다. 재민이 그녀의 몸위에서 서서히 자맥질을 시작할 때 마이는 한 손으로 그의 가슴을 안고 나머지 손으로는 그의 머리칼을 더듬었다.

"재민, 머리칼을 기르도록 하세요."

"그래, 내가 월남에 정착을 하게 되면 월남 청년들처럼 멋지게 머리를 기르지."

"아아, 머리 기른 당신의 모습을 보고 싶어, 아아."

"기뻐?"

"네, 기뻐요. 내가 원해서 드리는 순간이니깐요. 더 깊이 들어오세요. 더 깊이."

재민이 깜박 잠이 들었을 무렵, 그녀가 뭐라고 하는 것 같았다.

"뭐, 뭐라고?"

"피곤하시죠?"

"아냐, 할 말이 있으면 해봐."

그녀는 하얀 면타월로 재민의 상체를 닦아주면서 띄엄띄엄 이런 말을 이어갔다.

"사실 그 사람은……."

"그 사람이라니?"

"푸카트 산에 있는 지아오 말예요."

"으음."

"그이는 말예요. 사실은 임포턴트(Impotent)였어요."

"그 무서운 장소의 후유증이었죠. 그래서 전 그 사람과 자는 밤이 괴로웠어요. 언제나 그는 땀을 뻘뻘 흘리며 절 할퀴고 때리고 새벽녘까지 잠을 못 자게 했죠. 이런 얘기 불쾌하세요?"

"아냐, 계속해 봐."

"알고 보면 그가 유난히 푸카트의 요새를 잘 지키고 이 지역에서 전과를 잘 올리는 이유도 그 증오심 때문일 거예요. 불쌍한 사람이죠, 재민?"

"응?"

"푸카트를 점령하면 그이만은 죽이지 마세요."

"난 일개 중대에 소속된 포병장교야, 그가 내 대포알에 맞아 죽을지 비행기의 에어스트라이크에 얻어맞을지 어떻게 알겠어. …… 다행히 우리 중대가 그를 잡는다면 절대로 죽이진 않아. 우리 중대장은 포로를 관대히 대해 주지."

"재민, 우리 그런 얘긴 그만해요."

마이는 어둠 속에서 큰 호흡을 한 다음에 또 말을 이었다.

"재민은 저하고 결혼한 후에 어떻게 할 거예요. 군에 계속 남아 있을 거예요? 아니면 이곳에서 일자리를 구해 볼 거예요?"

"글쎄, 그것도 아직은 잘 모르겠어. 우리나라 트럭들이 퀴논 항구에서 풀레이쿠까지 미군 군수물자를 나르는 것을 보면 우리나라 업체들이 이미 들어와 있다는 얘긴데……. 군복을 벗으면 그런 곳에라도 취직이 되겠지……. 하지만 우선 첫째로 할 일은 마이가 귀순을 하고 자유인이 되는 일이고, 사이공엘 가서 꽃가게랑 어머님 위패랑 모든 문제를 처리하는 일이야. …… 가능할지 모르지만 이런 문제를 우리 중대장과 내가 소속된 포병부대 상관들에게 보고를 해서 나도 특별휴가를 얻든가 빨리 제대를 해보겠어."

"고국에 계신 어머니랑 애인은요?"

"글쎄……. 우리 어머님은 원래 신앙으로 사시는 분이니까……. 문제는 그 여자 지숙이라는 그 아가씨 일이지."

"복잡하군요."

"복잡? 복잡함이 문젠가? 마이는 죽음 같은 것도 넘어 온 여자가 아니었어?"

"글쎄요, 죽음은 죽음이고…… 여자는 사랑에 관한 한 단순해요."

그들은 다시 엉켰다. 창밖의 빗줄기가 더욱 세차게 창문을 두들겨 댔다.

새벽의 기습

사탕수수 밭을 헤치고 나가는 중대의 행렬은 뱀처럼 길었다. 희끗한 하현달이 인색하게 수수깡 끝에 가냘픈 빗줄기를 던지고 있었다. 수통 마개 덜그럭거리는 소리, 대검이 탄띠를 두드리는 소리, 목 짧은 정글화에 스며든 물기가 질벅이는 소리, 그런 것들이 재민의 뾰족해진 신경을 줄곧 예리하게 건드리고 있었다. 그는 앞서 걷고 있는 무전병의 등 뒤에 꽂힌 안테나 끝을 바라보며 걷고 있었다. 하이는 재민의 등 뒤를 바싹 따라잡고 있었다. 행렬은 구렁이가 풀숲을 누비는 소리를 만들면서 계속 앞으로 가고 있었다. 군복자락에 잘린 사탕수수 잎들이 정글화 밑에서 마구 짓밟혔다. 행렬은 잠시 멈췄다. 중대장 무전기의 축음이 세 번 울렸다.

"말하라."

중대장은 목소리를 낮추어 받았다.

"비씨 척후병 같다고? 처치해 버려. 소리 안 나게."

잠시 수수밭에 쪼그리고 앉아 기다렸다. 수수밭의 지질은 모래땅 같이 푸석거렸다. 재민은 흙을 한 움큼 그러쥐었다가 손아귀 사이로 스르르 흘려 보았다. 이윽고 전방에서 일이 끝났다는 신호가 오자 중대는 다시 움직였다. 총이 없는 하이는 맨손으로 허리를 잔뜩 웅크리고 한기를 느끼는 사람처럼 가끔 손을 부비면서 따라왔다.

중대가 멈춘 곳은 강변이었다. 사이강과 탄안강이 갈라지는 물살이 센 곳이었으나 물살이 센 대신 수심이 얕아 도하지점으로 결정된 듯했다. 중대장은 소대장들을 모았다.

"현재 시간 03시 20분, 우리가 한 시간쯤 행군해 온 셈이다. 4시에 도하 개시, 도하 완료 4시 30분, 강둑에서 30분간 휴식하고 5시에 일출과 함께 공격 개시다. 우선 여기서 휴식하겠는데, 개인호를 파고 휴식하도록. 달빛이 있으니까 삽질할 때 가만가만히 해. 저쪽 강둑에서 무슨 소리가 나고 있어."

중대장은 아주 낮은 소리로 말했다. 소대장들은 기어서 돌아가고, 이어서 야전삽으로 모래 긁는 소리가 여기저기서 들리기 시작했다. 건너편 강둑에서 월남말 소리가 들려 왔다. 누구를 부르는 소리였다. 중대장이 하이를 손짓했다.

"저치들 뭐라고 하는 거야?"

"네, 교대시간 됐다고 하는군요."

중대장은 달빛 아래에서 씩 웃었다. 하이의 얼굴은 하얗게 질린 채였다. 개인호에 들어간 사병들은 벌써 코를 고는 치도 있었다. 1소대장이 포복으로 기어가 코고는 병사의 가슴을 내질렀다.

"새꺄, 뒈지고 싶어서 그래, 저 강둑에 적 보초가 있단 말이야."

강둑 너머에서 비씨들의 무전소리가 다시 들려왔다. 갈라지는 강물 소리가 의외로 커서 웬만한 잡음은 잘 잡아먹고 있었다. 중대장이 하이에게 또 물었다.

"저건 무슨 소리야?"

"뭐 내일 보급품 수령하러 가도 되느냐는 내용 같군요."

중대장은 입술 위에다 침을 발랐다. 소위와 하이는 천 하사가 파 놓은 구덩이에 등을 대고 사탕수수밭쪽을 쳐다보았다. 이슬이 내려 손에 잡히는 모래알이 축축했다.

"하이, 좀 쉬지 그래."

그는 어린애처럼 고개를 끄덕였다. 수수잎들은 희미한 달빛 아래 에서 머리를 산발하고 춤추는 무당의 쾌자자락처럼 마구 너풀대고 있었다. 린 다이항(한국군인들) 잘들 싸워라. 열심히 싸워라 많이 죽 이고 많이 죽어라. 너희들 중에 재수 없는 놈들은 네 나라에 돌아가 지 못한다. 우리가 너희 발목을 꽉 틀어잡을 걸, 그래서 이 뜨거운 땅 위에서 네 육신이 푹푹 썩도록 해주지. 네 뼈와 살이 썩어 우리의 거 름이 되도록 말이야. 히힛.

하이가 소위를 흔들어 깨웠다. 첨병이 허리에 로프를 감고 물살을 헤쳐 건너고 있었다. 그는 입에 대검을 물고 있었다. 엄호사격조가 강 건너 둑에 총구를 지향하고 있었다. 첨병은 헤엄을 썩 잘 쳤다. 그 의 머리는 이따금씩 수면 위로 올라왔다. 그의 머리가 수면 위로 오 를 때마다 입에 물린 대검 끝이 달빛에 번쩍였다. 이윽고 로프가 팽 팽히 당겨지면서 건너오라는 신호가 왔다. 먼저 엄호사격조가 건너 고, 건제순(建制順)으로 1소대부터 건너기 시작했다. 소위는 중대장 조 뒤에서 무전병을 보내고 하이와 함께 건넜다. 강 한가운데에서는 수심이 깊어 로프에 매달려 발로 헤엄을 쳤다. M2카빈을 물 위로 치켜들고 지도는 화이버의 천장에 끼운 채였다. 하이는 두 번쯤 소위의 어깨를 짚었다. 아까 둑 위에서 걷고 있는 줄 알았던 비씨보초는 실은 둑 밑에 붙어 있는 마을 어귀에 있었다. 중대원 전원은 강둑에 붙어 륵네 마을을 내려다보았다. 마을 입구에 서 있는 오렌지 나무 밑에서 비씨보초는 어슴푸레 밝아오는 동편 하늘을 올려다보고 있었다. 그는 지겨운 듯 기지개를 켰다. 손에는 카빈을 들고 있었다. 그런 그의 모습을 보고 이편에서 누군가가 쿡쿡 웃었다. 마을 끝은 밥 짓는 연기로 푸르스름하게 물들기 시작했다. 애 우는 소리, 그릇 덜그럭거리는 소리, 닭이 홰를 치며 목청을 뽑는 소리, 돼지들이 꿀꿀대는 소리들로 마을은 서서히 깨어나고 있었다.

쿵!

들판 후편으로 포탄이 떨어졌다. 중대장은 황급히 시계를 보고 언덕 좌우의 소대장들에게 완수신호를 보냈다. 첨병이 언덕을 넘어 오렌지나무 옆으로 빠르게 다가가고 적 보초가 포탄 소리에 놀라는 순간 그의 목에는 대검이 꽂혔다. 와! 사이강 언덕을 넘어 중대원은 일제히 마을로 뛰어들었다. 어슬렁대던 똥개와 돼지들이 소리를 지르며 뛰고, 부녀자들은 아이들을 들쳐 안고 마당으로 뛰어 나왔다. 밥그릇이 엎어지고 침대다리들이 부러졌다. 비씨들은 날렵하게 키 작은 선인장담을 뛰어넘어 오렌지숲 쪽으로 내달리고 있었다. 날카로운 M2카빈의 연속음과 둔탁한 M1소리가 그들의 발뒤꿈치를 따라갔다. 부녀자들은 소리 죽여 울고 개들은 요란하게 짖어대었다. 소위는 중대장과 함께 일단 마을 끝까지 나가 건너편 오렌지숲 쪽으로 뛰는 비씨들의 다리를 지켜보고 있었다. 훨씬 위로 올라 온 아침 햇살이 노란 오렌지숲 위에서 어지럽게 흔들리고 있었다. 팬티 아래에서 빠르게 교차되고 있는 비씨들의 맨다리는 타조의 다리처럼 깡마른 것들이었다. 하지만 속도만은 믿을 수 없을 만큼 빨랐다. 추수가 끝나 탄탄하게 굳은 논바닥을 마구 찍으며 달리는 그들의 등판을 향해 BAR, LMG들이 미친 듯 총구를 떨고 있었다. 그러나 지그재그로 뛰고 있는 그들은 총탄 피하는 방법을 이미 터득하고 있었다. 가장 효과가 있는 것은 M79 유탄발사기였다. 퍽 소리와 함께 싱겁게 날아가지만 산탄총알처럼 퍼지는 효과 때문에 비씨들이 풀썩풀썩 거꾸러졌다. 하이는 소위 옆에 엎드려 턱을 덜덜 떨고 있었다. 마지막으로 오렌지 숲에다 포로 한 방을 갈기고 중대장은 일단 병력을 점검했다. 마을 끝의 초가들이 타고 있었다. 매캐한 연기 내음이 목에 걸려 재민은 뒤를 향해 가래를 두어 번 뱉었다.

"이상하단 말이야. 분명히 새벽까지 새끼들이 무전을 쳤는데 무전기도 없고, 무기든 놈들도 없고, 귀신이 곡할 노릇이구먼. 지금까지 화기 주은 건 뭐야?"

"칼빈 1정, 시모노프 장총 1정, 7.62밀리 저격용 소총 1정뿐입니다. 실탄 조금 하구요."

김지영 화기소대장이 대답했다. 얼굴에 까맣게 야간위장까지 한 2소대장 최인수 중위가 헐떡이며 중대장 앞으로 왔다.

"중대장님, 놈들이 사이 강 쪽으로 도망간 게 분명합니다. 벙커의 통로가 모두 강 쪽으로 나 있어요."

"그래서 무전기랑 소총이랑 감쪽같이 없어졌구먼. 할 수 없지. 우린 앞으로 나가야 돼. 공격 방향이 강하고는 정반대라구."

그때 재민은 월남인 초가 뜰 앞에서 허리를 구부리고 뭔가에 열중해 있는 천 하사를 발견했다. 그는 불타고 있는 초가의 뜰 앞에서 무언가를 뽑고 있었다.

"천 하사, 뭘 하고 있나?"

"마늘입니다. 요게 작긴 해도 알큰하지예. 보좌관님 김치 담가 드
릴려고……"

"버리지 못해!"

"……?"

"거기다 놔."

재민은 얼굴이 시뻘게지며 소리를 질렀다. 연기가 너무 자욱해서
눈을 뜨기가 어려웠다. 천 하사도 연기 때문에 연신 눈물을 흘리면서
뽑았던 마늘 대궁이를 던졌다. 아까운 듯 아주 천천히.

중대가 오렌지밭을 지나면서 만난 것은 너절한 시체 몇 구뿐이었
다. 나뭇가지에 걸쳤거나 그루터기에 코를 박고 쓰러진 것들이었다.
그때 2중대 선임하사가 난데없이 월남 소년의 멱살을 움켜잡고 중대
장 쪽으로 오고 있었다.

"이놈 뭔가 있는 놈입니다."

"어디서 잡았어?"

"아 글쎄, 논바닥 물속에 엎드려 있길래 죽은 줄 알았지요. 근데 잘
보니까 어깨가 들썩거리지 않아요. 이상하다 싶어 대검으로 찌르려
니까 벌떡 일어나는 거예요. 요걸 입에다 물고 말입니다."

선임하사가 내미는 건 조그만 대나무 대롱이었다.

"이걸로 숨을 쉬었군. 나무대롱 얘기는 많이 들었지만 실제로 보니
까 맹랑하군 그래."

중대장은 대롱을 신기한 듯 이리저리 살폈다.

"그리고 이걸 가슴에 안고 있었습니다."

비닐주머니에 든 문서였다.

"하이, 좀 읽어 봐."

흙탕물로 얼룩진 문서엔 이름 같은 것이 일렬로 적혀 있었다.

"마을 비씨명단이예요."

"이놈 직책은?"

"우선 놈에게 무기고가 어디 있느냐고 물어 봐."

하이가 물었다. 놈은 들은 체도 안 했다. 다시 다그쳤다. 역시 입술도 달싹하지 않았다.

"요것 봐라."

화기소대장이 다가섰다.

"노이!(말해)"

따귀가 올라갔다. 놈은 눈만 말똥하게 뜬 채 미동도 안했다.

"요 새끼가……!"

정글화를 신은 발이 옆으로 날랐다. 놈은 지푸라기처럼 논가로 풀썩 나가 떨어졌다. 중위는 목덜미를 잡고 일으켰다.

"노이, 크옴 노이 티, 비젯.(말해, 말 안 하면 죽인다.) 하이, 말하라, 다음 투안라! 마을 갈 때까지 말 안 하면 거기서 죽인다고."

놈은 논둑을 따라 고개를 숙이고 묵묵히 걸었다.

"머이 뚜오이?(몇 살이냐)"

재민이 물었다.

"무어이 싸우 뚜오이.(열여섯)"

이놈아 넌 정규포로가 아니다. 제네바 협정이고 나발이고 적용이 안되는 상황이라구. 죽이면 영락없이 죽게 돼 있어. 소년은 논바닥만 쳐다보고 걸었다. 그때 중대장 무전기로 2중대장하고 대대장이 통화하는 내용이 들렸다. …… 넌 새꺄, 전진속도가 빨라. 넌 거기가 육사 운동장인 줄 알아 임마. 개새꺄, 좀 천천히 걸어. …… 네, 개새끼 알아들었습니다.

중대장이 쿡쿡 웃었다. 2중대장은 능글능글했다. 욕을 하는 대대장이나 되받는 중대장이나 장군 명군이었다. 육사 때 럭비팀 포드였다는 2중대장은 사실 공격하는 걸 무슨 단독 대시하듯 멋대로 하고 있었다. 인접중대와 전진속도를 맞추고 자시고도 없었다. 마구잡이로 달리고 있었다. 대대장은 교회의 장로라고 했다. 그는 대대 작전회의 때에는 장교들 앞에서 곧잘 설교도 했다. 특히 중대 규모의 작전 때에는 출동에 앞서 장사병을 모아 놓고 경건하게 기도까지 해주었다. 그의 기도 첫머리는 항상 이런 거였다.

"만군의 여호와 아버지시여, 무소부재하시고 전지전능하옵신 하나님 아버지시여, 나팔 소리로 여리고 성을 무너뜨리고 돌팔매로 골리앗을 치게 하신 여호와 아버지시여, 우리 병사들을 여호수아처럼, 다윗처럼 담대하게 하사……."

그러나 그는 일단 작전만 시작하면 싹 안면을 몰수했다. 무전기를 들면 우선 첫마디가 나간다. …… 야이 개새끼야. 너 조인트 좀 까져야 알겠어. 빨랑빨랑 나와 개새끼야 !

이번엔 2중대장이 대대장을 부르고 있었다. 이번 작전 때문에 새로 바뀐 호출부호로 부르고 있었다. …… 혜산진, 혜산진, 여긴 영산강. ……말하라. …… 전과 보고 드리겠습니다. 적의 소화기와 공용화기 다수를 노획했습니다. ……음, 만진이 수고했어, 보고 하라.

개새끼 운운하던 때의 대대장이 아니었다. 하늬바람처럼 나부끼는 목소리였다. …… 적탄총 B41, B40 MAS36 소총 2정, AK56 소총 5정, 모시나칸트 소총 3정, AK47 소총 4정, 시모노프 소총 2정, 7.6밀리 소총 2정, 7.62밀리 경기관총 1정, 7.6밀리 프랑스제 기관총 1정, 중공제 수류탄 2개, 수제 부비트랩 2조, 펀지스틱 다수 이상입니다. …… 다시 한 번 반복하라.

중대장 장자업 대위는 맥이 풀리는 눈치였다. 화기소대장이 그를 위로했다.

"중대장님 걱정 마십쇼. 우리도 이 새끼를 족치면 뭔가 쏟아져 나올 겁니다. 빨리 걸어 새꺄!"

투안래 마을엔 적정이 없었다. 부녀자들 몇 명, 깨진 늠멈장독 사이로 임자 없는 돼지들이 온 동네를 누비고 다닐 뿐이었다. 김지영 중위는 소년 비씨에게 다시 한 번 물었다.

"무기고는 어디 있나?"

"또이 꽁비약!(난 몰라요)"

"에라 새끼, 뒈져 봐라."

M2카빈 개머리가 좌우로 날랐다. 놈은 팔랑개비처럼 팽글팽글 돌다가 폭 꼬꾸라졌다. 목을 잡아 일으켜 세울 때 턱 밑으로 핏물이 떨어지고 있었다.

"이 새끼를 여기다 묶어."

놈이 마을 입구의 정자나무에 동굴 수색용 로프로 묶여졌다. 하이가 다가갔다.

"야, 고생하지 말고 말해라. 너 몸 상하면 어쩌려고 그러니?"

순간, 놈은 입 속에 모았던 피 섞인 가래침을 하이의 얼굴에다 힘껏 뱉었다.

"이 더러운 놈, 제국주의자들의 앞잡이!"

놈은 피 묻은 이빨을 악물면서 하얀 눈총으로 하이를 쏘아보고 있었다.

"하이, 비켜서라."

중대장은 M2카빈의 노리쇠를 후퇴시켰다. 총구가 흔들리며 땅 위에서 먼지가 튀고 화약 냄새가 확 풍겼다. 놈은 하얗게 질려 바르르 떨었다. 하지만 어금니는 힘껏 악문 채였다. 이번엔 총구가 머리 위로 올라갔다. 타, 타, 타, 나뭇가지가 마구 분질러지면서 나무껍질이 벗겨져 내려왔다. 30발들이 탄창이 비자 중대장은 총을 내렸다.

"독한 놈, 어린 것이 독종이군…… 풀어줘!"

김 중위는 놈에게 군용 배낭을 주고 중대본부 요원들의 중식용 레이션을 몽땅 짊어지게 했다. 곧 죽은 것처럼 늘어졌던 놈은 노루새끼처럼 거뜬하게 따라붙고 있었다. 햇빛은 철모 위에 씌운 위장포를 태워버릴 듯 맹렬히 지져대고 있었다. 무전병들의 등짝과 무전기 사이에서 소금기가 허옇게 밴 물줄기가 흘러내리고 있었다.

"탄안강만 건너면 점심을 먹자."

중대장이 말했다.

"빨리 와 새끼야."

김 중위가 비씨소년을 돌아보며 소리를 질렀다. 놈은 중대본부의 제일 후미에서 어기적거리고 있었다.

"아까는 노루새끼처럼 거뜬히 걷더니 왜 이 지랄이야."

놈이 사이 강의 지류 트란 풀숲에 잠시 멈춰 서는가 싶더니 휙 몸을 날렸다.

"어렵소, 물속으로 들어갔어."

"놈이 튄다."

트란 풀과 수련잎들이 수선스럽게 흔들거리더니 수면은 금세 입을 다물었다.

"갈겨!"

중대본부 요원들은 수면에 대고 일제 사격을 시작했다. 수면은 빗방울처럼 떨어지는 총탄으로 마구 튀어 올랐다. 그런데 수면 위에는 핏방울 하나 올라오지 않고 있었다. 중대본부 요원들의 중식용 C레이션까지 몽땅 짊어지고 들어간 이놈은, 아아 우리를 마음껏 우롱하고 있었다. 목 잘린 수초 잎새와 연꽃잎들이 어지럽게 수면위에서 떠돌고 칙칙한 물거품과 수초로 꽉 덮인 그 개울물은 시침을 뚝 따고 흐르고 있었다.

D+2일

모두들 어지간히 지쳐 있었다. 팔과 다리가 각각 제멋대로 흔들리고 있었다. 조임새가 풀린 부속들 모양 햇빛 아래 모두들 헐겁게 돌아가고 있었다. 볼따구니를 타고 흐르던 땀줄기가 입술새를 찝찝하게 비집고 들어왔다. 재민은 목에 걸린 수건으로 땀줄기를 훔쳤다. 위문대 속에 들어 있던 분홍색 수건이었다. 목표 15번, 포탄에 한쪽 귀가 떨어져 나간 마을은 아주 텅 비어 있었다. 가축 한 마리 없이 을씨년스런 거리와 가옥들이 영화 세트처럼 뻣뻣이 선 채 죽어 있었다. 노란 벽돌담에 드리운 야자나무 그늘의 흔들거림, 컴컴한 집안에서 펄럭이는 불기의 손짓, 정글화 끝에 밟히는 깨진 옹기조각, 대나무담 옆에 기대어 놓은 우기에 타고 다닐 카누 같은 보트들…… 마을 모퉁이를 돌아설 때 갑자기 왕파리 떼들이 확 몰려 왔다. 시체들이었다. 팔 잘린 늙은이, 내장이 터진 어린애, 만삭인 듯한 여인은 눈을 부릅 뜬 채 하늘을 보고 있었다. 아이의 내장 속에서는 구더기들이 노랗게 득실거렸다. 냄새, 아아, 세상에 존재하는 냄새 중에서 사람 살 썩는 냄새보다 더 역겨운 게 있다면 말해 보라. 꾸몽 고개의 상인들이 들 고 오던 끓는 생선 젓국물도 그렇게 역겹지는 않았다. 같은 유기물 이 부패하는 과정에서 그렇게 다른 냄새가 나는 것은 이상한 일이다. 마을을 지나자 중대장은 담배를 피워 물었다. 재민은 예의 분홍색 타 월로 코끝을 훔치면서 걷고 있었다. 그 냄새는 거의 들판 끝까지 따 라 왔었다.

"최 중위, 미군들도 우리처럼 이렇게 쉽게 지치던가, 봉손 작전얘 기 좀 해봐."

목표 16번 마을을 바라보면서 중대장은 냄새를 잊으려는 듯 2소대 장 최인수 중위에게 말을 시켰다. 최 중위는 얼마 전 봉손 계곡에서 있었던 미군들의 화이트윙 작전에 파견 갔다 온 일이 있었다. 일테면 전투견학인 셈이었다.

"그놈들은 육식 동물이라 그런지 도무지 지칠 줄을 모르더군요. 16 일 동안 정글 속으로 패트롤 나갔다 온다는 놈들이 이웃집 마실 갔다 오는 것처럼 싱싱하게 걸어 들어 오더라니까요. 뭐 우리처럼 이렇게 흐물거리는 게 없었어요."

"그래? 고등학교 교과서에 우리 민족의 특성을 뭣이냐 은근과 끈 기라고 한 거, 그거 아무래도 이상해, 싸울 때 흥분 잘 하고 사흘만 수렁을 쑤시고 나면 곤죽처럼 확 풀어지는데 무슨 놈의 끈기야."

"아무튼 미국놈들은 대단한 놈들이에요. 제1기갑사단의 헬기 200

대가 한꺼번에 뜨니깐요 하늘이 새까만 게 천지개벽하는 것 같드만 요. 비씨훈련손가 뭔가를 덮치는데…… 비씨들도 대단했어요. 수풀 처럼 위장하고 엎드려 있다간 헬기가 랜딩 하자마자 일어나서 갈겨 대는 거예요. 역시 소대장, 중대장, S3 등이 제일 많이 가더군요. 제 가 견학하던 중대장은 웨스트 포인트 출신이었는데요. 머리를 빡빡 깎은 치가 아주 악바리였어요. 돌격할 때는 나팔까지 불면서 일본놈 들 도쓰께스식으로 무식하게 막 밀고 들어가는 거예요. 글쎄 1개 중 대가 90명 남았다면 말 다한 거지요."

"전투 손실은 꼭 절반이라는 결론이군."

"근데 제가 잊을 수 없었던 광경은요…… 봉손 계곡을 다 점령한 뒤에 피난민들을 후송시키는 광경이었어요. 조그만 샛강이었어요. 월남 꼬마들은 미군들이 일렬로 서서 릴레이식으로 받아 넘기는데, 거기다가 스나이퍼가 숨어서 총질을 하더라 이거예요. 첫발에 사병 하나가 맞아 쓰러지자…… 우리 같으면 쫙 산개해가지고 즉시 반격 할 텐데, 그냥 하던 일을 계속하는 거예요. 또 총알이 날아와 흑인아 이가 월남 꼬마를 안고 개울로 고꾸라지자 그제야 수색조가 나가고 그래도 하던 일을 계속하는 거예요. 나 참 징해서……."

16번 마을 탄호이에서 중대는 잠시 쉬었다. 마을은 역시 텅 비어 있었다. 쏟아지는 햇빛 아래 왕파리 떼들만 윙윙거렸다. 어디선가 늘 멈 썩는 내가 풍겨 오고 망고나무 끝에서 매미종류들이 울고 있었다.

"보좌관님 점심 드세요."

천 하사가 C레이션을 따들고 왔다.

"하이 좀 들어라."

그는 허연 닭고기와 붉으죽죽한 햄통을 들여다보다간 갑자기 헛구역질을 했다.

"봐라, 몸을 조심해야지. 넌 몸이 많이 약해져 있다."

하이는 입술 위에 여기저기 물집이 나 있었다. 그는 핏발선 눈으로 벌판 쪽을 멀거니 바라보고 있었다.

"농가 안으로 들어가 좀 쉬자."

그들이 들어간 농가의 안방 흙벽에는 그집 꼬마의 솜씨임이 분명한 앙증맞은 크레용 그림이 붙어 있었다. 수양버들처럼 늘어진 열대나무 아래에 남녀가 손을 잡고 서 있는 뒷모습이었다. 그 그림의 색깔은 사이공 길거리에서 여대생의 그리던 화폭의 색상과 닮은 데가 있었다. 아주 환상적인 원색, 초록과 노랑의 강렬한 대비, 하이는 그림 옆에 나란히 붙어 있는 달력을 보고 있었다. 불교의 제일(祭日)이 표시된 날짜 옆에서 서툰 월남어로 무언가 꼼꼼히 적혀 있었다. 하이가 그걸 읽어 주었다.

2월 7일 : 뚜쿵 마을 사촌 기에트 생일.

3월 1일 : 캉네가 오리알 세 개 꿔 감.

3월 7일 : 포탄으로 우리집 물소 2마리 죽음.

3월14일 : 폭격으로 수엉이네 일가족 몰살.

"이거라도 좀 먹어 봐라."

하이는 월남인의 나무 침대에 누워 재민이 따 주는 복숭아 두 쪽을 목구멍으로 넘기더니 괴로운 듯 눈을 내리감았다. 마을 끝에서 병사들이 이따금씩 심심풀이로 갈겨대는 총소리에 그는 깜짝깜짝 놀라고 있었다. 하이를 위해서라면 그 마을에서 숙영하는 것이 딱 좋을 성싶었다. 그러나 중대는 그날 4km쯤 더 나아갔다. 목표 18 하오레 마을에서야 숙영을 위해 멈추었다.

저녁 보급품을 나르던 헬기에 난데없는 미친놈이 타고 있었다. 미해병대 소속 헬기였다. 스페어깡에 든 식수랑 C레이션통을 던져주고 꽁무니를 쳐들던 헬기 좌측에서 불빛이 일었다. 보급품을 나르던 병사들은 질겁하고 땅을 엎드리고 가옥 속에 들어가 있던 병력들도 일제히 밖을 내다보았다. 기관총의 총신을 거머쥔 사수놈이 땅 위의 한국군을 내려다보며 신나게 그어대고 있었다. 놈은 뻘건 잇몸을 몽땅 드러내 놓고 소리 높여 웃기까지 했다. 실상 총탄은 마을 끝 숲 쪽을 향해 날아가고 피해는 없었다. 하지만 괘씸한 건 놈이 총신을 흔들어대는 동안 조종석에 앉았던 조종사 두 놈도 따라 웃고 있었다는 점이었다. 모두들 이상하게 취한 듯 들뜬 목소리로 소리 높여 웃기만 했다. 그 미친놈들은 망루를 한 바퀴 여유 있게 돌면서 마을 가에 빙 둘러 자란 야자수 끝에도 정확한 솜씨로 사격을 가했다. 놈들이 불타는 노을을 뚫고 퀴논 쪽으로 사라지고 난 다음에도 핏빛 노을 속에 놈들이 흘린 오싹한 웃음소리는 언제까지나 매달려 있었다.

"개노므 새끼들. 환각제 처먹고 쌈하러 다니다니."

중대장은 허공에다 대고 이를 갈았다.

그날 밤 하이는 몹시 앓았다. 재민의 손을 잡고 임산부처럼 몸을 뒤틀며 헛소리까지 했다. …… 날 제국주의자들의 앞잡이라구? …… 그래 난 그런 놈이다 …… 그놈이 날 쓰레기 취급했어 …… 그놈이 내 속을 있는 대로 긁어 놨다구…… 아포린느의 자궁이 날 배신했어. 그년이 날 버렸다구 …… 그래, 난 쓰레기다. 내 얼굴에 가래침을 뱉어라. 이 연놈들아…… 재민이 위생병에게 얻어온 에이피씨를 4알이나 넘긴 다음에야 그의 열은 조금씩 내렸다. 그는 쩍쩍 갈라진 입술로 더듬거렸다.

"그놈 말이야……. 어제 내 얼굴에 침을 뱉으며 욕한 소년 비씨말이야.

난 그놈 앞에선 생쥐 같았어. 놈은 이 투이폭 들판 깊숙이 뿌리를 내리고 있는 수련처럼 질기고 의젓했어. 하지만 난…… 그놈 앞에 서 있던 난 말이야…… 뭐랄지 어디다 붙일 데 없는 너절한 쓰레기 같았다고. 아 니, 먹이를 찾아 요리조리 헤매는 생쥐였지."

"하이, 눈 좀 붙여라. 내일도 하루 종일 걸어야 해. 참 우리 이것 좀 먹어보자."

재민은 걸어둔 군복 상의에서 봉지에 싼 연분홍색 알약을 꺼내 왔다.

"이거 마이가 퀴논에서 준 비타민이다. 내가 좀 싸가지고 왔어."

"아냐, 난 안 먹겠어. 그 대신 내 얘기 좀 들어 줘……."

그는 힘들어 하면서도 계속 말을 하고 싶어 했다. 재민은 마이 여인을 생각하면서 알약 2알을 목구멍으로 넘겼다. 한국제 비타민보다 조잡하게 제조된 알약이었다. 하이는 열이 조금 내렸지만 손에는 여전히 열기가 남아 있었다. 그는 손을 뻗어 재민의 오른손을 그러쥐었다.

"재민, 난 지금까지 내 알량한 주둥이와 대갈통으로만 살아 온 셈이 야. 대갈통으로는 '이 전쟁은 명분 없는 전쟁'이라면서 기피자 신분을 정당화하는 이론이나 만들고, 주둥이로는 계속 유식한 체 떠들기 만했단 말이야. 아포린느의 젖가슴과 그것이나 빨면서……. 아니, 내게 또 발달된 기관이 또 하나 더 있지. 남방인의 왕성한 생식기야……. 난 아포린느 뿐만이 아니고 소년시절부터 고무농장에 딸린 소작인들의 열댓살짜리 딸들을 잘도 해치웠지. 마치 제왕이 궁녀를 해치우듯……. 재민, 난 그런 놈이야……. 사실은 나는 싸운다는 것 자체가 무서워 기피를 해왔던 거야. 내가 정말 지성인이었다면 사이공을 지키면서 자본주의 이데올로기를 제대로 소화해 보든가, 아니면 어제 그 소년처럼 반대편에 서서 무작정 행동으로라도 대결해봐야 했을 게 아닌가……. 난, 전쟁의 와중에서 겨우 계집년 그것이나 빨다가 결국 그것에 채인 것이지, 흐흐흣……. 콜록, 콜록…….”

“그만해 둬. 넌 지금 지쳐 있다. 자세한 얘기는 베이스로 돌아가서 하자. 우선 눈 좀 붙여.”

재민은 하이 중사의 손을 떼어 그의 가슴 위에 얹어놓고 이마를 짚어봤다. 열이 한결 내려 있었다. 그때 하이는 다시 한 번 재민에게 외쳤다.

“재민, 그래도 아포린느 그년이 보고 싶은 걸 어떻게 하지?”

“작전이 끝나면 중대장에게 얘기해 보자. 그는 말이 통하는 사람이니까.”

“하지만 그때는 너무 늦어……. 그년의 결혼식은 이미 끝났는지도 모르지. 지금쯤 그 공군 장교놈 하체 밑에서 즐거운 악기 소리를 내고 있겠지. 내게 들려주던 그 소리 그대로.”

“입 닥쳐!”

재민은 처음으로 하이에게 역정을 내고 그 월남 민가를 빠져 나왔다. 그 월남 초가의 입구 장독대 옆에서는 무전병 성길이와 천 하사가 정신없이 코를 골고, 어두운 푸카트산 쪽에서는 이따금씩 자동소총 소리가 들려오고 있었다. 그러나 퀴논 쪽 하늘은 전기 불빛 때문인지 훤하게 틔어 있었다. 마이의 희디흰 속살처럼 그리고 그녀의 옥색 아오자이처럼 밝고 선명하게. 마이는 그날 밤 떨며 얘기했었다. '재민, 날 빨리 데려가 줘요. 사이공이든 당신네 부대 근처이든, 난 지금 두려워요. 그들이 마지막 통첩을 보내왔어요. 일주일 내에 돌아오라고……. 하지만 재민, 난 당신에게 정말 고마워하고 있어요.' 재민이 왜 그러냐고 반문했을 때 그녀의 눈물을 반짝이며 다시 속삭였다. '당신이 처음으로 날 여인으로 만들어 줬으니까요. 처음 느껴본 기쁨이에요. 여인이 남성에게만 맛볼 수 있는 이 희열을 정말 감사하게 느끼고 있어요.' 마이는 그 얘기를 마치면서 그를 대담하게 껴안았었다.

D+3일
자, 저놈의 21번, 22번 목표만 점령하면 철수 코스다.
그때 1소대장 이 중위가 중대본부에 전과보고를 해왔다.
'비씨용의자 두 명 체포, 오버!'
중대장은 신중하게 대답했다.
'용의자라면 묶기만 하고 부대 후미에 달고 다닐 것. 가혹행위 금지, 오버!'
해가 푸카트산의 정수리쯤에서 이글거리며 타고 있을 때 중대장은 진절머리가 나는 목소리로 말했다.
"오브젝트 21, 안쾅마을만 지나면 철수다!"
월남 농촌마을의 이름은 다 그렇다. 안쾅, 탄광, 륵네, 록네, 안호아, 틴호아, 마을 모양새도 언제나 같다. 입구의 트란풀숲, 그 옆에 개울, 마을가에 무성하게 자란 바나나 숲이나 대나무 숲. 그리곤 마을가의 물매 빠른 초가집들 마을 한가운데 들어앉은 프랑스식 빨간 벽돌집, 뭐 언제나 똑같은 공식인 것이다. 키니네처럼 쓴 전쟁, 스팀 배츠처럼 징그러운 햇빛, 푸타이의 창녀처럼 푹푹 썩는 시체들, 도무지 실감나지 않는 남의 나라 전쟁, 그리고 그림자 같은 시간들.

재민은 아까 마셨던 물 때문에 욕지기를 올리고 있었다.

안호아 마을을 지나서였다. 아침에 넣고 떠난 수통 2개가 깨끗이 바닥나 있었다. 마침 개울가였다. 별 생각 없이 수통에 개울물을 채워 넣었다. 탄띠 앞의 소독약을 풀어 흔들었다. 앙금이 가라앉기를 기다리며 걸었다. 월남 개울치고는 유난히 깨끗해 뵈던 시냇물이었다. 수면 위에 떠 있던 수초 잎사귀 사이로 결이 고운 모래가 환히 들여다보였다. 그는 수통의 앙금이 가라앉자 천천히 목을 뒤로 꺾고 마시기 시작했다. 물을 마시며 무심히 개울물을 내려다보던 때였다. 위로부터 무언가가 떠내려 오고 있었다. 까만 농민복을 입은 사내의 몸뚱이였다. 상체의 반쯤이 뭉텅 잘려 나간 반쪽 주검이었다. 센 물살에 떠밀려 서서히 통나무처럼 구르는 그 주검의 불규칙하게 잘린 부패 부위 위엔 허연 고자리 떼들이 엉겨 붙어 있었다.

딱, 딱, 딱……

판자때기를 칠 때처럼 얄팍한 소리였다.

"엎드려, 비씨닷!"

아주 빠른 연발음이 마을가의 숲 속에서 튀어 오르고 있었다. 자기를 향해 날아오는 총탄은 '핑'하는 청각이 아니다. 코밑으로부터 훅 치밀어 오르는 화약 냄새, 즉 후각이 먼저인 것이다. 성(省) 직속 정규 비씨50 중대가 틀림없었다. 사단 G2에서 배부해 준 적정 사항을 너무 믿지 않았던 게 탈이었다. 놈들은 야간 행군으로 잠입하여 마을 가의 숲 속에서 깜박 잠이 들었던 모양이었다. 선두를 섰던 2소대 병력이 다 통과하도록 모르고 있다가 중대본부와 조우한 것이었다. 숲 속에 뾰족 내민 적의 30밀리 기관총구가 이쪽을 핥고 있는 중이었다. 엎드린 중대 본부원들의 눈앞에 실개천이 흐르고 있었다. 트란풀로 뒤덮인 낮은 그 개천 둔덕이 그들의 머리를 겨우 덮어 주고 있었다.

"한 소위, 난 움직일 수가 없는데."

첫번째의 사격에 맞은 사람은 부중대장 김실근 중위였다. 재민은 기어서 그곳으로 갔다. 총탄은 움직이는 그의 발끝을 따라왔다.

재민이 위생병을 부르려고 고개를 들 때, 개울 건너에서 화기소대장 김지영 중위가 들 가운데를 정신없이 헤매는 모습이 보였다. 그는 덜렁덜렁 빠진 안구를 매단 채 술 취한 사람처럼 비틀거리고 있었다.

"김 중위, 엎드렷 마!"

중대장이 그를 향해 악을 쓰며 일어서는 순간, 건너편 숲속의 30밀리 기관총구가 번쩍 들렸다. 중대장의 M2 카빈 총구가 그쪽으로 향할 때, 이미 적의 총구에서 불꽃이 일었다. 중대장은 마치 문짝이 떨어지듯 반듯한 자세로 뒤로 나가 떨어졌다. 위생병은 태클하는 럭비 선수 같은 몸짓으로 김 중위를 덮쳐 안고 개울 아래로 숨었다. 재민이 이번엔 중대장 쪽으로 기어가자 아직 의식을 안 놓친 중대장이 하얗게 변색한 손으로 지도를 넘겨줬다.

"상, 황, 좀, 처리해 줘……. 최 중위를 불러서 중대를 지휘시키도록…….."

"2소대, 2소대 뒤로 돌아와. 중대본부가 당했어. 놈들은 21번 입구에 있어."

재민이 무전기로 앞서 간 2소대를 불렀다. 재민의 넓적다리 쪽에 중대장의 어깨에서 흐른 피가 뜨뜻하게 묻어왔다. 재민이 받아 든 중대장의 비닐 씌운 지도도 이미 피에 젖어 그 선명한 핏방울들이 들 위로 뚝뚝 떨어졌다.

"한…… 소위 …… 헬기를 부르고…… 적들을…… 놓치지 마! …… 그리고 대대 좀 불러줘……. 대대장님께 보고를……."

재민이 대대본부가 나온 송수신기를 중대장에게 넘겨주었다.

"비씨와 정면 조우중입니다…… 제가 지금 몸이 성치 못합……."

"장 대위, 장 대위, 부상인가? 현 위치는 현 상황은?"

무전기속의 대대장 목소리가 더 황황했다.

"중대 지휘권을 최 인수 중위에게 인계합니다. 돌아가서 보고를……."

"장 대위, 장 대위!"

끝까지 버티던 중대장은 이미 의식을 잃고 있었다. 그때였다. 지금까지 무전병 성길이 옆에서 둔덕에 고개를 쳐 박고 있던 하이가 벌떡 일어섰다. 그는 재민을 향해 희미하게 웃는 것 같았다. 분명히 그는 재민에게 제법 큰소리로 무슨 말인가를 했었다. 그러자 재민이 알아들은 말은 '아포린느', '마이'등의 두 여자 이름뿐이었다. 그는 준비했던 사람처럼 개천을 훌쩍 뛰어넘어 30밀리 기관총좌를 향해 힘껏 내달고 있었다. 재민이 하이의 이름을 부르며 일어서자 천 하사와 성길이가 완강하게 그를 덮쳐눌렀다.

"놔, 새끼들아."

"일어서면 죽습니더."

하이는 들판의 중간쯤에서 모로 잠깐 섰다가 풀썩 꺼꾸러졌다. 그가 쓰러질 때 그의 가슴에서는 여러 장의 사진들과 편지 그리고 노트 같은 것들이 들판 위로 쏟아졌다. 팔랑팔랑 사진 한 장이 느리게 개울 쪽으로 날아갔다.

들판에 하얗게 피어오른 백색 스모그 위로 적십자 마크를 단 HUIA 후송용 헬기가 날아들었다. 마을 가에 남아 있던 비씨들이 헬기를 향해 여전히 총질을 해댔다.

"내려와, 씨바들아. 안 뒈져."

밑에서 악을 써대는 한국군 병사들은 조급했지만 붉은 신호등을 번쩍대며 어슬렁거리는 미군 파일럿은 월남전에 처음 나온 최신형 제트 앰뷸런스의 안전을 더 생각하는 것 같았다.

"더 내려와 양돼지들아."

우선 중대장과 붕대로 눈께를 동인 화기소대장, 대퇴부를 움직이지 못하는 부중대장을 먼저 실었다. 그리고나서 이미 숨을 거둔 하이는 제일 늦게 힘들게 올려졌다. 허둥대는 미군 위생병들 때문에 하이의 발은 완전히 올려지지도 못하고 퀴논 쪽으로 달아나는 그 헬기의 옆구리에 비죽이 나온 채였다. 중대본부가 기관총좌가 있던 언덕으로 올라갔을 때, 비씨기관총 사수는 멍석으로 반쯤이나 돼 보이는 뇌수를 언덕 바지에 널어놓고 있었다.

"이 새끼 좀 보세요."

누군가가 기관총 사수 옆에 엎드려 있는 시체를 발로 굴리면서 말했다.

"아니, 이 새끼가 누구야. 요전에 도망했던 그놈 아냐!"

기관총좌 옆에서 배창자를 내놓고 쓰러져 있는 놈은 작전 첫날에 중대 본부원들의 점심용 C레이션을 몽땅 짊어지고 도망쳤던 그 녀석이었다. 사이강의 지류 속으로 사라졌던 열여섯 살짜리 소년 비씨, 지독했던 놈. 그의 등에는 그때 짊어지고 간 배낭이 그대로 매달려 있었다. 그러나 내용물은 C레이션 대신 바나나 잎으로 덮인 주먹밥과 흰쌀 봉지들로 바뀌어져 있었다.

"요게 비씨중대를 안내하고 온 모양이죠? 좌우간 비씨 종자들은 크나 작으나 징그러운 놈들이야."

사병들이 소년 비씨를 내려다보며 떠들자 2소대장 최 중위가 핏발을 선 눈알을 굴리면서 소릴 질렀다.

"입 다물고 시체들 대충 치워!"

언덕을 내려오다 재민은 하이가 쓰러졌던 곳에서 하이가 떨어뜨린 편지와 일기장과 사진들을 주웠다. 그리고 맨 나중에 개천가로 날아갔던 사진 한 장도 주웠다. 그것은 사이공의 식물원에서 옹주처럼 화사하게 걷던 아포린느의 웃는 모습이었다. 재민은 그 사진을 든 채 트란풀 사이에 외롭게 피어오른 빨간 열대화를 보고 있었다. 그것은 언젠가 고보이 강둑에서 하이와 마이도 같이 보았던 꽃잎이 넓은 열대 야생화였다. 그 꽃잎들은 들판을 건너오는 바람결에 이따금씩 한가롭게 흔들리고 있었다. 뒤따라 내려오던 최 중위가 그의 어깨를 건드리며 말했다.

"우리 소대 애들도 당했어. 아까 기관총 까부시면서 말이야."

그의 몸에서 비린내가 났다.

"몇 명이나?"

"전령 길수하고 김천만이야. 부상도 세 명."

"아아, 그 애들."

2소대 전령은 재민이 가면 꼭 냉커피를 정성스럽게 타다 주었었다. 그리고 김천만이는 소위가 눈에 띄면 벌쭉 웃으면서 전축 자랑을 하곤 했었다…… 보좌관님, 한국에서 부쳐 온 최신판이 있어유, 들어보실래유?

"실은 말이야, 내 전령하고 천만이가 거꾸러지니까 뵈는 게 없더라구. 나두 개머리판으로 몇 놈 해치웠어."

그는 카빈 개머리판 끝을 트란풀 위에다 쓱쓱 문지른 후 바지에서 담배를 꺼내 물었다.

"피울래?"

재민은 최 중위가 내미는 야전용 팔말을 받아 불을 붙였다.

중대는 밤새 그 탄쾅 마을에 그냥 머물러 있었다. 개울 건너 틴호아 마을엔 퇴로를 잃은 비씨들이 그대로 엎드려 있었다. 달빛이 스러지자 퀴논에서 날아온 AC 플레어 쉽(조명 항공기)에서 조명탄이 내려오기 시작했다. 낙하산에 매달려 내려오는 30만 촉광의 그 불빛들이 정확히 3분을 타고 꺼졌다. 조명탄의 불빛이 어둑어둑 해질 때마다 개울 건너 틴호아 마을에서 비씨들이 빠른 동작으로 곡괭이질을 하고 있었다.

"새끼들이 시체를 묻고 있군. 그래."

최 중위는 지친 듯 심드렁하게 말했다. 그들의 곡괭이 끝이 조명탄 불빛에 조금씩 번득였다. 재민은 서서히 눈송이처럼 가볍게 내려오는 조명탄을 바라보면서 이상하게도 낮에 트란풀숲 사이에서 언뜻 보았던 빨간 열대화를 떠올리고 있었다. 아주 싱싱하던 그 꽃잎의 윤기와 핏빛보다도 더 진하던 색상, 그 풍성한 꽃잎들을 바라보며 그는 이상하게 움츠러드는 자기 자신을 보고 있었다. 아주 형편없이 초라하게 위축되는 모습이었다. 꽃잎보다도 못한 자신의 목숨, 그 야생화는 자신보다 훨씬 강한 자긍감을 내뿜고 있었다. 서두르지 않고 그냥 바람결에 흔들리면서 인간들의 야수 같은 투쟁들을 그냥 지켜보면서.

차가운 산

　비가 쏟아지고 있었다. 잿빛 하늘 어딘가에 구멍이 뻥 뚫리고 그 사이로 누군가가 양동이로 물을 붓듯 그렇게 미친 솜씨로 내려오고 있는 중이었다. 따갑고 힘찬 속도로 떨어진 빗물은 말랐던 지각 틈새로 다투듯 빨려 들어가고 남지나 해의 습습한 몬순에 밀려 멀리서부터 파상적으로 달려오는 맹렬한 그 빗줄기는 몰려오는 검은 농민복을 연상케 하고 있었다. 물안개 속을 뚫고 팬티와 수류탄만으로 우군 벙커의 턱 밑까지 기어 들어오는 검은 그림자들.

　연합군의 거대한 야포와 APC(장갑차) 그리고 탱크 따위들은 적어도 이 기간에만은 고철뭉치에 불과하다. 지반을 누르는 무거운 탱크의 캐터필러는 늪속에 빠진 코끼리의 발목일 뿐이며, B52의 둔중한 날개 소리는 두꺼운 구름 위에서 으르렁대는 이 빠진 호랑이의 울음일 뿐인 것이다. 겨우 헬리콥터와 캐리보기들이 구름 밑을 엉금엉금 길 수 있지만, 그나마도 장님의 지팡이가 보도블록을 두드리는 솜씨에 그치고 마는 것이다.

"보좌관님, 포대에서 무전입니다."

성길이가 이쪽에다 고개를 돌리고 말했다. 기상 상태 때문에 감도가 흐린 P10이 지글지글 끓고 있었다.

"말하라."

"귀소, 귀소 올빼미장인가, 나 포대장이다."

"맹, 호."

"……금일 오후……잠자리 편으로 대대 CP출두하라……. 축하한다……. 훈장을 받을 것이다. …… S1(인사장교) 앞으로…… 알아들었는가?"

"양호."

"그리고…… 가기 전에…… 귀국 순위를 결정…… 몇 제대로……."

"감도 불량."

"몇 제대(梯隊:군대 단위)로…… 귀국할 건가…… 순위를 결정하라."

귀국, 귀국이라…… 그는 송수신기를 던지고 천막 밖에서 신나게 후려치고 있는 빗줄기를 바라보고 있었다. 빗줄기는 하늘로부터 긴 꼬리를 달고 운석처럼 내려오고 있었다. 은회색의 가는 낙하산줄 같은 물줄기들이었다. 빗줄기가 개인 천막을 후려칠 때마다 가운데의 지주가 몸서리치듯 꿈틀대고 있었다. 잎 넓은 파초들이 빗속에서 신나게 몸을 흔들고 있었다. 언젠가 고보이에서 양키들이 빗속에서 그렇게 신나게 흔들리고 있었던 것처럼.

그는 판초 우의를 뒤집어쓰고 2소대 쪽으로 달려갔다.

"최 중위, 포병대대에서 들어오래, 갔다올께, 근데 어디 아파?"

"몸살이야, 신관사또는 아주 공명심에 불타는 사내가 아닌가배. 어젯밤에도 우중에 매복을 했다고, 구관이 명관이여."

그는 신임 중대장에 관하여 말하고 있었다. 신임 중대장은 중대원들의 입에서 늘 옛날 애인처럼 전임 중대장의 이름이 애틋하게 오르내리는 것을 못마땅해 했다. 그는 빨리 윗사람들에게나 아랫사람들에게 자기 얼굴을 세우고 싶어 했다. 그래서 전과에 몹시 급급한 편이었다.

하염없이 울고 싶네/영원히 잊지 못할 사랑의 추억 남기고/떠나버린 그대는 어느 곳에/외로워 울며 모든 것을 다 잊으려 해도 /부베 부베 나의 사랑/영원히 내 마음 사로잡은 그대 추억 이 ……

막사 구석에서 빨간 전축의 턴테이블이 돌아가고 있었다.

"저건 누구 꺼야?"

한재민이 물었다.

"응, 죽은 김천만이꺼야."

"아, 그 상으로 탔던 15불짜리로구먼"

"자, 그만 전축은 박스에 넣고 판도 깨지지 않게 포장해 봐라"

최 중위는 야전침대 위에 비스듬히 누워 끙끙 앓으면서 턱으로 지시하고 있었다.

"약 좀 먹지 그래"

"에이피씨 좀 얻어 먹었어."

"이 노래도 다 들었군, 아침저녁으로 굳세게도 틀어 대더니."

누군가가 말했다.

……부베, 부베 …… 영원히 ……

재민도 그 노래를 기억하고 있었다.

부베의 연인이라는 노래, 죽은 김천만이 아침저녁으로 그처럼 열심히 틀어대던 노래, 2소대 지역에 올 때마다 그놈의 노래 소리가 귀청을 때렸었다.

천만이는 왜 그 판만 그처럼 열심히 틀어댔을까?

저렇게 이미자의 판도 있고 성재희의 '보슬비 오는 거리'도 있었는데.

"하도 존나게 볶아대니까 죽은 아이 유품은 이제사 정리한다고……."

최 중위는 열이 심한지 얼굴이 벌겋게 달아 있었다.

김천만의 주요 재산품목은 예의 그 야외전축 외에 30불짜리 캐논 카메라, 배낭 속에 깊이 넣어 둔 일제 전기곤로가 전부였다. 그 외엔 지포라이터에다 미제 볼펜과 함께 몸에 지니고 다니던 낡은 수첩 하나 뿐이었다.

"자식, 사나이는 물건이 커야 한다고, 오줌 누고 털 때마다 재더니만."

유품을 챙기던 병사가 말했다.

"배낭 속에 들었던 것은 하나도 빼지 말고 챙겨 봐라. 그리고 C레이션 큰 거 한 박스도 같이 넣어줘."

유품 중에 있던 편지 하나를 최 중위가 재민에게 넘겨주었다.

천만이 오빠, 이발소집 정옥이가 늘 자기 오빠 자랑을 했어요. 붕타우에 있다는 비둘기부대로 오빠보다 먼저 파월된 정수 말예요. 요전에 빨갛고 예쁜 야외전축이랑 국수 끓여 먹는 일제 전기곤로를 보내 왔어요. 정옥이는 시집갈 때 가져갈 거라고 얼마나 뻐기는지 눈꼴이 실 정도였다구요. 근데 요번엔 오빠가 노래자랑에서 1등하고 야외전축을 탔다는 소식을 들으니 앓던 이가 빠진 것처럼 속이 시원해요. 국내에서 유행하는 판을 보내니 듣다가 가져 오세요. 그런데 오빠가 언제 그렇게 노래 솜씨가 늘었는지 그게 좀 이상해요……

충남 대덕군 유천면 도마리 2구 김옥분.

편지 봉투는 끝이 피고 낡아 있었다.

허허, 옥분양, 오빠는 노랠 잘 했다오, 그날은 너무 신이 났었으니까. 그리고 그는 아주 용감했소. 물건이 큰 사내는 사나이 중에 사나이니까.

지난번 전투 끝머리, 21번 마을에서 소대원 쪽을 향해 수류탄을 던지려는 비씨를 껴안고 뒹굴었다오. 강재구 소령이 부하를 위해 몸을 던진 것처럼.

옥분양, 죽음이란 누구에게나 느닷없이 옵니다. 돌팔매가 날아오듯 아니면 하룻밤 새에 도둑이 들 듯 말이요. 그리고 전혀 엉뚱한 방향에서 날아옵니다. 사실 모든 것은 이놈의 눈먼 돌팔매질 때문에 엉망으로 뒤틀리고 있다오. 당신 오빠처럼 억울하게 그리고 하이처럼 안타깝게.

헬리콥터는 빠른 속도로 달렸다. 한재민이 애써 찾아본 것은 그날 하이가 쓰러졌던 21번 탄항 마을 앞 들판이었다. 하지만 그 들판은 헬기의 속도 때문에 후딱 스치고 말았다. 그리고는 이미 헬기는 낮게 푸강을 건너고 있었다.

강물은 그냥 뿌옇기만 했다. 찬란하던 열대꽃도 찾을 수가 없었다. 짙푸른 대나무 숲도 빗줄기 속에서 크림빛으로 죽어 있었다. 고보이 마을은 아주 이상하게 변모해 있었다. 담쟁이덩굴로 덮여 있던 노학자의 집은 흔적도 없이 사라지고 그 자리에 628포대의 거대한 은빛 포신들이 푸카트산 산허리를 향하여 아가리를 험상궂게 벌리고 있었다. 로프를 매고 고무보트로 건너던 그 자리에는 튼튼한 부교가 놓이고 흐린 강물줄기가 다리 밑창을 핥고 있었다. 사막처럼 널찍이 닦여진 그 마을 한가운데에는 중대본부로 쓰이던 이층 벽돌집만 딱 하나 덩그마니 남아 있었다. 그 집은 차리포대의 FDC(포대 화력지휘소)로 쓰이는 중이었다. 늑범을 푸러 왔던 땀이란 여인의 집…… 그 여자는 또 지금쯤 어떻게 변해 있을까. 재민이 생각에 잠겨 있을 때, 앞에 앉은 기관총 사수가 1번 공로 쪽을 손가락질했다.

"헤이, 루테넌, 저것 보시오. 처음엔 지프가 빠졌었는데 드리쿼터가 덤볐다가 저도 빠지고 포차가 끌다가 안 되니까 월남군 APC까지 덤볐드랬소."

진수렁으로 변한 1번 공로 옆 들판에 어쩌다가 지프 1대가 고개를 쳐 박고 나서 연쇄적으로 끌려 들어간 그 탈것들의 머리 위에서 치누크로 불리우는 CH47 헬기가 붕붕거리고 있는 중이었다. 헬기에서 던진 강철 레펠이 APC의 허리를 감고 바야흐로 용을 쓰고 있는 중이었다.

"와! 드디어 들렸군, 이놈의 갓뎀 나라에서는 촤퍼(chopper:헬기의 속어)가 없다면 말짱 헛 거라구."

GI는 유쾌한 듯 어깨를 흔들며 웃었다.

헬기는 빠르게 군청을 지나 회색 유리처럼 반듯하게 누워 있는 퀴논 바다를 왼쪽으로 끼고 날고 있었다. 랑바이 만도 감비르 섬도 물안개에 덮여 보이지 않았다. 짙푸르게 쩔쩔 끓던 바다가 아니었다. 서슬 푸른 남옥색의 삼각파도를 가슴 속에다 잠재운 채 조용히 휴식을 취하고 있는 바다였다. 마이의 뜨거운 눈물이 들던 모래밭과 하이의 허탈한 한숨이 맴돌던 쓸쓸한 벤치도 바닷물과 빗물에 잠겨 보이지 않았다.

마이, 그리운 마이, 너는 이 빗줄기 속에서 어디쯤 있는 거냐?

지금쯤 그 바닷가의 수녀님 방에 있는 걸까? 나처럼 고요히 숨쉬고 있는 저 잿빛바다를 바라보고 있나? 묵주의 알을 헤면서 망사너머 바다 위로 떨어지고 있는 이 빗줄기를 헤고 있는 걸까? 기다려라, 기다려 다오.

"어서 와. 한 소위, 아니 이젠 한 중위지."

"맹호, 진급 신고도 못 드렸습니다."

"응, 앉아. 고생 많았어."

대대장은 한재민의 손을 잡아 주고는 벽에 붙은 거울을 들여다보고 있었다. 헤어크림을 발라 머리손질을 하고 있는 중이었다. 키가 큰 그는 거울을 보기 위해 허리를 구부리고 궁둥이를 조금 뒤로 빼고 있었다.

나이 든 사내가 거울 속에서 옆으로 눈을 치떠서 자기 머리 모양새를 보고 있는 중이었다. 빗이 가는대로 손바닥도 따라가고 있었다.

"이젠 나도 한물갔어. 머리만 감으면 머리칼이 한 움큼씩 빠지니……. 사내새끼는 치맛자락만 보면 그것이 발딱발딱 서야 일이 된다구. 아직 새치는 없는데 안 그래?"

"아, 네······."

한재민은 포탄 박스로 만든 의자에 앉아 모자를 만지작거리면서
어색하게 대꾸했다.

"야"

"네!"

색시처럼 새하얗게 생겨먹은 당번병이 옆방에서(실은 텐트 자락으
로 칸막이를 한 것에 불과하지만) 뛰어 나왔다. 그는 대대장의 45구
경을 수입(군대 용어:닦는다는 뜻)하던 중이었다. 수입포와 권총은
든 채였다.

"여기 냉커피 내오고 S1 보고 한 중위 훈장 가지고 오라고 해. ······
자네는 좋은 경험했어. 젊었을 때 사선을 넘어 보는 것도 좋지. 아직
우리 포병 F·O 중에서도 다친 사람은 없는데 한 중위가 까딱했으면
갈 뻔했었지. 중대장 대신 상황 처리를 잘해 줬다고 보병대대장이 칭
찬을 하더구만. 그러면서도 한 가지 좌표를 잘못 불러줘서 포 지원을
제때 못했다고 투덜대기도 했어."

"아, 예 워낙 정신이 없어서 지도를 보고도 영 위치를 알 수 없었습
니다."

대대장의 군복 상의는 빳빳하게 풀이 먹여져 있고 가슴 부분에 두
줄 다림자국이 선명하게 나 있었다. 새 군복과 미제 정글화가 썩 잘
어울렸다.

"들어."

대대장은, 냉커피 잔을 들면서 샌드백 너머로 햇빛이 쏟아지고 있
는 연병장을 내다보고 있었다. 그렇게 억척같이 쏟아지던 비는 도대

체 언제 왔냐싶게 그쳐 있었다. 안케 고지 쪽에서 포 소리가 은은하게 울려오고 도로 쪽에 붙은 월남인 마을에서 개들이 한가롭게 짖고 있었다.

"훈장 건에 대해서는 말이야 섭섭하게 생각하지 마. 인헌으로 그친 건 아무래도 자넨 초급장교고, 장기 복무할 사람도 아니잖아. 자네 대신 포대장하고 S2에게 충무하고 화랑으로 올렸어. 그 사람들이야 훈장이 장래문제하고 관계되는 사람들이 아닌가?"

"잘하셨습니다. 훈장 같은 거야 제겐 별로 소용이 없으니까요."

S1은 학자 같은 느낌을 주고 있었다. 옅은 색의 플라스틱 안경에 약간 구부정한 허리, 부드러운 얼굴 윤곽 때문에 그의 군복은 어딘가 번지수를 잘못 찾은 것 같았다.

그는 한재민의 전투복 왼쪽 가슴에 두 개의 약장을 달아 주었다. 보랏빛의 인헌무공훈장 약장과 초록색 월남 참전기장이었다. 대대장은 재민의 상의 주머니 뚜껑에 대포가 그려진 남색 훈장을 달아 주었다. 핀을 다 꽂고 난 그는 새삼스럽게 한 재민의 손을 잡고 흔들었다.

"한 중위가 월남에 더 있겠다면 우선 나하고 대대 CP에서 할 일이 있어."

"?"

"저 61대대장 양 중령 말이야, 요즘 본국에서 히트를 치고 있는…… 거 뭐라드라 월남의 하늘 아래서든가 뭔가 하는 책을 냈다구. 인기가 대단한가 봐. 군 관계 인사들은 물론이고 일반 서점에서도 대인기라는 거야. 그래서 말인데 나도 뭔가를 써야겠어. 마침 한 중위가 남겠다면 나하고 그걸 해 보자구."

"뭘 쓰시려구요?"

"일테면 아오자이라든가, 꽁가이, 야자수 등으로 일단 독자들의 호기심심을 싹 끌어 놓고…… 베트콩이나 적에 대해선 한 중위가 잘 알테니까 그 부분을 써넣고, 나는 후방의 군수지원 체제라든가 포병 운용상황 그렇지, 휴가 갔던 방콕 이야기도 써 넣고, 뭐 하여튼 근사하게 꾸며 보자구."

대대장의 천막을 나서면서 그는 가슴에 단 훈장을 떼어내어 주머니에 넣었다. 걸을 때마다 그것이 덜렁거렸기 때문이다. 식당 쪽에서 A레이션의 싱싱한 날고기 냄새가 바람결에 묻어왔다. 역겨운 미제 양념냄새가 아닌 한국 된장 끓는 냄새도 함께 풍겨왔다. 그는 군수과 천막 쪽으로 향했다.

"맹호! 보급관님 많이 타셨습니다."

"잘들 있었어?"

"보급관님 소식은 듣고 있었어요. 태풍 작전 때 혼나셨다죠. 보병 장교들은 와장창 나갔다면서요? 아무튼 무사하셔서 다행입니다."

그래도 일종계 광덕이는 보급차를 타고 원주행 고갯길을 1년 가까이 같이 다닌 정을 표시하고 있었다. 그는 한재민을 아직도 보급관이라고 불렀다.

"아무튼 고생 많았시다. 광덕아 냉커피 좀 가져와."

S4(군수장교)가 재민을 반겨줬다.

"아닙니다. 방금 대대장님 막사에서 마셨습니다. 그것보다 보급품 대장 좀 보여 주십시오."

"오오라, 한 중위는 그게 걱정이겠구면."

"양 중사, 그것 좀 가져와."

보급하사관인 양 중사가 보급품 대장을 두 손으로 들고 와서 한재민 앞에 펼쳐 놓았다.

"보쇼, 깨끗이 끝나 있소. 여기선 매일 전투니까 알파, 부라보, 차리 순서로 까내려 가면 그만이야. 그 뒤쪽을 보라구. 새 아이템이 수없이 나오니까 그것을 수령하기도 바쁘다구. 그까짓 한국에서 끌고 온 보급품들이야 이곳에선 완전히 고물딱지들이지."

어디선가 헬리콥터 뜨는 소리가 한가롭게 들려왔다. 그는 갑자기 시장기를 느끼며, 자리에서 일어섰다.

그날 밤, 보병연대 연병장에서 영화 상영이 있었다. 한재민은 그곳에서 뜻밖에도 화기소대장 김지영 중위를 만났다. 천연색 화면이 노랗게 변하면서 아라비아 원주민 복장을 한 로렌스가 모래 위로 게릴라 부대를 이끌고 터키군 철도를 폭파할 때쯤 폭음 저편에서 밤인데도 옅은 색안경을 끼고 서 있는 그를 본 것이다. 아주 창백하고 날카로운 옆얼굴이었다. 그의 얼굴은 달빛에 이따금 번쩍이는 금속 안경테 때문에 잠깐잠깐 으스러지고 있었다.

"김 중위님, 저 한재민입니다."

재민은 너무 반가워 그의 두 손을 잡으려 했다. 하지만 그는 잠시 멈칫 했을 뿐 손을 내밀지 않았다.

"진급했군요, 한재민 씨."

아주 딱딱한 목소리로 그는 말했다.

"병원에 계신 줄 알았는데."

"하도 답답해서 나왔소. 좋은 영화라고 하길래."

"찾아뵙지도 못하고 죄송합니다. 변명 같지만 저도 중대 베이스에서 처음 나온 겁니다. 후임 중대장이 늦어서요."

"어떻게 나왔소?"

"뭐 훈장을 준다고 해서요."

"인헌이구만."

그는 한재민의 가슴에 달려 있는 약장을 보고 묘하게 웃었다. 그는 달빛을 등에 지고 한재민을 똑바로 보고 있는 중이었다.

"하이는 죽었지요?"

이번엔 재민이 물었다.

"네, 그때 바로."

김 중위는 흐르는 화면 쪽을 지켜보다가 고개를 돌리며 말했다.

"이놈의 전쟁은 너무 많은 걸 요구하고 있소. 내 눈깔도 필요하다고 가져가더니 하이 같이 선량한 친구의 목숨까지."

"참 부상은 어떠세요?"

"왼쪽 눈을 완전히 뺐소. 지금 끼고 있는 건 아이볼이요."

이야기를 하는 동안 그는 한 번도 웃지 않았다. 그는 화도 잘 냈지만, 이따금 옆쪽에 해박은 금니를 번쩍이며 잘도 웃었었다. 그리고 그는 노래도 잘 불렀었다.

…… 바람이 불면 산 위에 올라 노래를 띄우리라. 그대 창까지 달 밝은 밤에 호수에 나가 가만히 말하리라 못 잊는다고 …….

로렌스가 고문 틀에 묶이고 터키군 장군이 벗은 그의 여린 피부를 내려다보면서 호모 같은 웃음을 흘리고 있는 중이었다. 갑자기 김 중위는 그의 안경을 벗으면서 씹어 뱉듯 말했다.

"한 중위, 내 눈가 좀 봐 주시오. 아직도 화약 자국이 많이 남았지요?"

달빛 아래지만 퍼렇게 멍든 자국 같은 화약 흔적이 드러나 보였다.

"조금 남아 있네요. 곧 없어지겠죠."

그는 처음으로 차갑게 웃으면서 안경을 도로 썼다.

"참, 중대장님이랑 부관님은 다 후송 되셨다면서요?"

재민이 물었다.

"얼마 전, 나한테 편지가 왔습니다. 병원이 원체 크니까 만날 수도 없었는데 그분들도 우리처럼 야외 스크린 앞에서 휠체어를 타고 만났답니다. 상당히 이상했었다고……. 하나는 어깨에 구리심을 해 박고, 하나는 하반신을 붕대로 감고, 그것도 필리핀 슈빅만의 클라크 병원 연병장에서 말이요. 내 이 아이볼 누가 보내 줬는지 알아요?"

"……."

"중대장님이 필리핀 그 병원에서 사 보낸 거요."

다음날 아침 일찍 그는 S1막사를 찾아갔다. 주위에 아무도 없을 때, 재민이 조심스럽게 S1에게 물었다.

"이곳에서 현지 제대하는 수속은 어떻게 되는지요?"

S1은 놀란 듯, 안경을 고쳐 쓰며 물었다.

"아니, 한 중위가 여기서 제대를 하려고?"

"네, 사정이 좀 생겨서요."

"사정이라면, 여자? 월남 여잔가?"

"네, 월남 여잡니다."

"야, 이거 사건인데, 역시 한 중위는 일류대학 출신답게 멋진 데가 있단 말이야. 가만, 하지만 그건 복잡한 일일거야. 사단민사처랑 월남성청이랑 여기저기 알아봐야 할 거야. 아직 선례가 없는 일이니까……. 잘하면 한 중위가 한월가족 1번이 되겠는데,"

"뭐 비둘기부대나 사이공에서는 이미 선례가 있던데요, 뭘."

"아, 그래? 그럼 내가 알아보지……. 근데 와이프감은 어떤 여자야? 거기 군수 딸인가? 아니면 퀴논사장 딸인가?"

한재민이 씩 웃고 말자 S1은 더 캐묻지 않고 캐비닛에서 전통 한 장을 꺼내 줬다.

"MIG에서 이게 와 있어"

"MIG라면 군사정보대 아닙니까?"

"글쎄…… 한 중위에게 자문을 구할 게 있는 모양이지? 역전의 용사니까."

수신 : 60BN 중위 한재민
참조 : 60BN장
발신 : MIG, DIV HQ.
귀관의 빠른 출두를 요망함.
조사과 대위 이 근 칠

아침 식사 후에 곧장 마이에게 달려가려던 재민의 계획은 일단 MIG건으로 제동이 걸린 셈이었다. MIG건물은 사단 구석에 자리 잡은 몇 채의 군용 천막촌이었다. 입구에 새겨진 하얀 팻말이 햇빛 때문에 눈부셨다.

Military Intelligence Group
군사정보대

화살 표지를 따라 곧장 꺾어지자, 조사과는 제일 뒤편에 있었다. 천막 안은 아주 후끈하게 달아 있었고 우선 어두움 때문에 한참을 기다려야 했다.

"어떻게 오셨습니까?"

천막 안이 밝아오면서 입구에 앉았던 하사관이 무뚝뚝하게 물었다. 재민이 전통을 보여 주자 그는 턱으로 안쪽에 앉은 대위를 가리켰다.

"전통 받고 왔습니다."

한재민이 전통을 내려놓고 의자에 앉으려고 하자. 그 얼굴 하얀 대위는 느닷없이 일어나 한재민의 면상을 후려쳤다.

"개새끼, 야 이 새끼야, 너도 대한민국 장교가?"

"왜 이러는 거요?"

"뭐, 어드래? 왜 이러는 거요?"

"박 중사, 침대 마구리 하나 가져와, 내 이 새끼를 그냥."

"이거 보세요. 장교끼리 치게 돼 있어요?"

한재민이 바로 서면서 소리를 지르자 그는 이번에는 발길질로 시작했다. 한재민이 적당히 피하면서 구석으로 몰리자 그는 자기 자리로 돌아가 갑자기 대형 알루미늄 주전자를 재민 쪽으로 던졌다. 그것은 재민을 비켜 천막 천에 맞아 땅바닥에 떨어졌다. 하사관은 꼼짝도 않고 자리에서 그냥 뭔가를 쓰고 있었다.

"앉아, 이리와 앉으란 말이야."

"도대체 왜 이러십니까?"

재민이 걸상 위에 앉자 그는 담배를 권했다.

"한 대 피워."

재민은 주저 없이 주는 담배까치를 받아 들었다. 찰깍 둔중한 지포가 휘발유 냄새를 피우며 커다란 불꽃을 피워 올렸다.

"당신 마이라는 여성 알지?"

"물, 물론이죠."

"이것 봐, 여자를 챙기려면 제대로 챙겨야지. 왜 죽게 만드나? 엉? 그 여잔 죽었어, 일주일 전에 사지가 찢겨 죽었단 말야……."

그 다음 소리는 윙윙하는 환청이 되어 잘 들리지가 않았다. 그렇지 너는 언제나 만사를 쉽게만 생각한다. 그리고 언제나 너한테 편리한 쪽으로만 생각해 왔다. 만사가 잘 될 거라고 언제나 네 팬티 속에 들어있는 네 물건처럼만 만사를 생각해 왔다. 기민하지도 못하고 치밀하지도 못하게 행동해 왔다.

"박 중사, 그년 데려와 봐"

대위가 갑자기 소리를 질렀다.

"그래, 마이는 지금 어디 있습니까?"

"수녀원 묘지에 가매장 했지 뭐, 연고자가 있어야지. 한 중위는 그 여성하고 결혼하려고 했었지?"

"그렇습니다."

"그러니까 트릿했다 이거야 좀 더 서둘러 귀순시키고 좀 빨랑빨랑 조치를 취했어야디."

하사관이 끌고 들어온 여자는 월남 여성이었다. 간이 블라우스에 농민복을 걸친 수수한 여자였다.

"한 중위, 저 여자 알아보겠어?"

"모르겠는데요."

"3중대가 있던 꾸몽 고개로 넘어온 여자야. 위장귀순을 했다고 하더군. 이제 좀 알 것 같애?"

"글쎄요, 얼굴은 기억이 안 나지만 전에 꾸몽 고개에 있을 때 베트콩 여자 하나를 귀순시킨 일이 있었죠. 본인이 넘어오고 싶다는 의사 표시를 해 와서요."

"저 여자가 마이의 행방을 알아내기 위해 일부러 귀순했던 여자야. 저년의 안내로 푸카르 지역 베트콩 사령관 녀석이 직접 내려와서 마이를 살해했다는 거야."

"알만 합니다."

"왜 그런 위험이 있다는 걸 알면서 마이를 좀 일찍 귀순시키지 못했나? 엉?"

"그거야, 어차피 결혼하기 전에는 거쳐야 할 과정이 아닙니까? 전 마이가 자진해서 귀순하길 바랬죠."

"그따위로 생각하는 게 공부 좀 했다는 치들의 어리석은 짓거리야. 뭐 자유가 어쨌다 본인 자유의사가 어쨌다 뭐, 그따위 걸 존중하다 보니까 이 일이 이렇게 엉망으로 되었잖아? 결국 그 자유병이 마인가 뭔가하는 당신 애인을 죽였잖아. 저년 쌍통도 보기 싫어 데려가!"

여인이 천막을 나설 때 여인의 손목에 채인 수갑이 햇빛에 반짝였다. 마치 도금한 팔찌처럼. 그렇다, 언젠가 꾸몽 고개에서 여인은 귀순할 뜻을 비쳤고, 중대장과 한재민은 그 여인의 자유의사를 존중해서 열심히 탈출극을 연출했었지. 결국 그게 그네들의 치밀한 계산이었는지도 모르고 말이다. 그 사내, 마이가 늘 색안경으로 얼굴을 가리고 두려워 떨던 그 사내는 기어이 마이를 찾아낸 것이다. 푸카트산 속에 있다는 얼굴이 검고 키가 크다는 사내. 발기불능의 원한에 찬이 지역 베트콩들의 두목.

"저년이 마이가 숨어 있는 수녀원을 찾아냈단 말이야. 둘이서 수녀원에 들어가서 말이야. 마이는 사지를 절단하는 형식으로 처단했구 한방에 있던 수녀까지 복부를 사정없이 긁어놨단 말이야. 만약 한 중위가 곁에 있었다면 한 스무 조각쯤 냈을 거야 알갔어?"

"그만해 둡시다. 대위님."

그는 언젠가 작전 중에 구더기물을 마신 일이 생각났다. 그 언덕 위에서 방금 퍼온 시냇물을 지켜보며, 수통의 물을 마시고 있을 때, 몸의 반쪽이 무너져 나간 농민복의 사내가 둥둥 떠내려 오고 그 절단부위에 새하얀 구더기가 바글바글 하던 모습.

"담배 한 대만 더 주시죠."

대위는 재민에게 팔말 담배곽을 던져 주고는 캐비닛 속에서 무얼 꺼내고 있었다.

"한 중위, 당신은 물론 군법회의 감이지. 베트콩 여인을 그동안 쭉 숨겨 줬으니까."

대위는 뜸을 들이고 나서는 책상 위에다가 3권의 월남제 노트를 꺼내 놨다.

"마이의 일기장이오."

대위는 처음으로 재민에게 경어를 썼다.

"당신을 군법회의로부터 구해 준 증빙 서류라고 할 수 있지. 그 일기장에 당신과 만났던 상황, 당신을 죽이려고 했던 일. 당신이 자수를 권유한 사실, 그리고 당신과 결혼하리라는 결심. 그리고 자수를 하겠다는 내용이 소상하게 적혀 있었기 때문에 당신은 군법회의를 면하게 되거요……. 그 여잔 대단히 영리했더군. 언젠가 베트콩이 찾아 올 걸 예상하고 그 일기장만은 옷장 밑에다가 교묘하게 숨겨 뒀더군. 그놈이 마이의 다른 소지품도 가져간 것도 같은데 이것만은 못 찾아냈어요. 아무튼 그 여자가 남긴 건 이 일기장 하고 이 돈 10불하고 이 사진 한 장뿐이오."

대위는 마이의 유품들을 건네 줬다. 마이의 일기장은 표지에다 대나무를 그린 풀색 월남제 공책이었다. 용지는 가로 세로로 잔줄을 쫙 그려넣은 그래프 용지 같은 종이였다. 그 위에서 마이의 독특한 글씨체(그에게 몇 통의 뜨거운 사연을 전해 줬던)가 꿈꾸는 고대 상형문자처럼 꿈틀거리고 있었다. 그 월남어 사이사이에 간간이 불어 단어가 보이고.

"당신이 이 여자의 유일한 후견인이니까 그 물건들을 처치하시오."

대위가 흰 종이에 싸서 준 마이의 미화 10불은 바로 그 돈이었다. 언젠가는 사이공 어머니에게 날아가겠다는 항공료, 바로 그 애달픈 돈 10불이었다. 통킹식 머리모양을 하고 있는 마이의 어머니……. 이제는 마이와 저승에서 만나고 있을 그 부인은 사진 속에서 정갈하게 웃고 있었다.

마이의 묘는 쉽게 찾을 수 있었다. 바라크들이 다닥다닥한 해안통 길을 벗어나 수녀원으로 오르는 언덕을 바라보고 오른쪽으로 꺾어지자, 수없는 묘석이 서 있는 카톨릭 묘지가 바로 보였다. 재민은 그곳에 오기 전에 꽃가게에 들러 호아 푸엉꽃을 사보려고 했다. 마이가 사이공 집을 뛰쳐나오기 전 늘 바라봤다는 학생의 꽃이라고 불리는 호아 푸엉꽃 말이다. 하지만 꽃가게 주인은 그런 꽃은 꽃가게에서 취급을 하지 않을 뿐 아니라 지금은 철이 아니라고 했다. 그래서 그는

200 피아스터를 주고 다시 사정을 하자, 그 꽃가게 주인은 자전거를 타고 나가 어디선가 잎이 넓은 푸른 호아 푸엉의 잎새와 줄기만 한 아름 안아다 주는 것이었다.

해안 쪽에서 시원한 바람이 계속 불어오고 있었다. 바람들은 마이의 죽음이나 한재민의 행사 같은 것에는 조금도 관심이 없다는 듯 바닷가의 맹그로브 잎새를 흔들고 종려나무 가지를 흔들면서 내륙 쪽으로 경쾌하게 달려가고 있었다.

'B구역 37열 12번째'

재민은 MIG의 대위가 적어준 위치를 확인하여 묘 사이를 걸었다. 모두 한 평이 될까 말까한 좁다란 묘, 직사각형으로 시신 크기만 하게 잔디를 꾸미고 가에다가 시멘트로 경계를 한 후, 앞에다가 십자가를 그린 묘석을 세운 카톨릭식 묘들이었다. 하나, 둘, 셋, 넷…… 재민은 다리가 후들거려 잠시 쭈그리고 앉았다가 12번째의 묘 앞으로 다가갔다.

…… 맙소사.

마이의 묘에는 가까스로 직사각형의 시멘트 경계는 돼 있었지만 잔디도 묘석도 없는 그냥 흙무덤이었다. MIG에서 세웠는지 포탄박스 같은 나무판대기가 묘비만 하게 잘려져 세워져 있고, 그 위에 검은 페인트로 이렇게 쓰여 있었다.

'MAI THERESA 1944-1966'

한방에서 살해된 마리아 수녀의 시신은 딴 곳에 제대로 묻힌 듯 주변에서는 찾아 볼 수도 없었다. 재민은 천천히 호아 푸엉의 나무줄기와 잎새로 벌거벗은 마이의 잔디 없는 무덤 위를 덮어 나갔다. 작은 잎새와 큰 잎새 줄기와 줄기로 마이의 시신보다 조금 큰 묘지를 덮고 나자, 해안에서 불어오던 바람마저 그치고 따가운 햇볕만이 마이의 묘비판을 쓸고 있었다. 재민은 깡통을 따는 다목적 미제 칼로 무덤 구석을 조금씩 후벼 팠다.

…… 마이야, 이제 이 돈은 필요가 없게 됐구나. 그토록 소중하게 지니고 있던 미국돈 10불, 사이공의 엄마 품으로 달려 갈 수 있는 편도 비행기 삯, 그리고 이 통킹 만의 우아한 아주머니 얼굴도 함께 가져가거라. 언젠가 사로이 절간에 모신 그 어머니의 위패를 찾고 이 사진을 확대를 하겠다던 그 소원도 너는 이제 한꺼번에 이루게 됐다. 재민이 사진과 미화 10불을 묻고 그 위에 호아 푸엉 잎새를 덮어 주자 햇빛은 곧바로 그 잎새들 위에로 내리 꽂히면서 아지랑이가 되어 낭실낭실 춤을 추고 있었다.

…… 마이야 너는 이제야 풀렸다. 메콩 강의 뿌연 강물 위에서 폐선의 철문을 안타깝게 두드리던 그런 악몽은 이제 다시 안 꿔도 된다. 사이공의 뜨거운 8월의 길거리, 그까짓 기억쯤 이젠 버리도록 해라. 우선 너는 눈을 감고 푹 쉬어야 한다. 발을 뻗은 채 쭉 기지개 켜듯 그렇게 편안히 쉬거라.

재민은 중대로 돌아가는 헬기 속에서 이상하게도 어릴 적 생각이 떠올랐다.

1·4후퇴 때의 겨울이었다.

아버지의 죽고 산다는 것에 겁나고 질린 어머니는 소년을 데리고 전라도 이리까지 내려갔었다. 그쯤에서 머무른 것은 대장촌에 있던 이모네를 의식한 처사였다. 사실 그 무렵은 쌀 한 말 얻어오기도 쉬운 때가 아니었지만, 그래도 여차하면 어려운 소리라도 낼 곳이 있다는 믿음 때문에 철길 건너 초가에 짐을 풀었다. 그곳에서 그는 그래도 남자 꼭지라고 신문도 돌려보고 어머니와 함께 타일 벽에 기관총 자국이 어지럽게 나 있던 이리역사 앞에서 고구마도 쪄서 팔아 보곤 했다. 하지만 겨울은 너무 춥고 길어서 고구마를 파는 정도로는 도무지 하루 세 끼를 때울 수가 없었다. 궁리 끝에 메고 나선 것이 구두통이었다. 구두통은 그가 손수 짰고, 구두약도 팔다 남은 고구마에 초도막을 녹여 넣고 염색 물감을 섞어 만든 그의 창작품이었다. 억새풀처럼 질기게도 버티던 시절, 나이는 겨우 열 살의 국민학교 4학년짜리였다. 하기는 3천만이 앓던 시절에 그쯤의 이야기가 문제되는 것이 아니다.

흰 눈이 펄펄 내리던 섣달그믐, 전시의 과세가 뭐 대단할 것도 없던 때였고 손님들이 신은 신발이 대부분 해군 단화거나 군용워커였지만 그날은 꽤 많은 손님들이 구두 등에 광택을 올리고 싶어 했다. 그리고 서투른 소년의 손질에 대해서도 관대했었다.

"손을 보니 구두 닦을 애는 아닌데 안 됐구나, 꼬마야."

약발을 받을 리 없는 그 엉터리 구두약은 빠른 속도와 힘든 손질로서만 겨우 구두 등에 윤을 올렸다. 여하튼 그날 저녁 때에는 어머니가 좋아하는 당엿과 설날 아침 국에 넣을 쇠고기 반근을 손에 쥐었다. 손에 든 꾸러미를 자랑스럽게 달랑거리며 칼끝처럼 얼굴을 때리는 맞바람을 피해 먼 건널목 대신 철길을 가로지르기로 했다. 철로를 두엇쯤 타고 넘었을 때 뒤에서 누군가가 부르고 있었다.

"거기 서 임마, 거기 서 새끼야."

"왜요 아저씨?"

"이리와 봐, 조사할 게 있어."

두툼한 검은 잠바 차림의 사내는 우악스럽게 소년의 덜미를 낚아챘다. ……? 아, 아, 철길은 건너는 게 아니지, 엄연히 건널목이 있는데 말이다. 철로 변에 있는 보선소 사무실이든가, 공안실이든가, 그 건물 속에는 책상도 있었고 난로도 훈훈히 피어 있었다. 문을 덜컹 닫고 나선 사내는 낯색을 바꾸었다.

　"새애끼 바른 대로 대여."

　"무얼요?"

　"너 손에 든 것 뭐야?"

　"네? 갱엿하고 쇠고긴데요."

　"훔쳤지?"

　"아니에요, 오늘 번 돈으로 샀어요."

　그는 왈그락 거리는 구두통을 발길로 열어 보고 봉지도 확인했다.

　"어디 살아?"

　"조 건너 언덕예요"

　"피난민이지?"

　"네."

　"너 정말 바른말 않겠어? 쥐방울처럼 여길 달랑거리고 다니면서 우리가 쌓아놓은 석탄 푸대를 째비해 갔지?"

　"전 그런 것 몰라요."

　"숭물 떨지 마, 새끼야, 어제도 한 푸대가 없어졌어."

　"전 정말……."

　그는 갑자기 책상 위에 있는 펜대를 들었다. 날카로운 펜촉으로 그의 손등을 푹 찍을 듯이 하다가는 대신 소년의 손을 낚아챘다. 소년의 왼손을 잡아당겨 손가락을 폈다. 영문을 모르는 그의 셋째와 넷째

손가락 사이에 펜대를 끼고 그는 소년을 노려보았다.

"너 바른말 못하겠어?"

"난 정말 모른다니까요."

그래? 하면서 사내는 씩 웃었다. 그 웃음은 등줄기를 씻어내는 듯한 웃음이었다. 펜대가 끼여진 두 개의 손가락에다 사내가 갑자기 힘을 주자 그는 외마디 소리를 지르고 몸을 꼬았다. 몸속에 있던 모든 고통이 그 손가락 마디를 통해 소리를 지르며 빠져나가고 있었다. 그 열 살배기 소년이 모태로부터 떨어져 나와 처음 맛보는 종류의 고통이었다. 그가 입술을 달달 떨며 사내의 눈동자를 쳐다봤을 때 사내는 여전히 웃고 있었다. 흰자 위엔 실핏줄이 얼기설기 돋아나 있었다. 사내는 그의 손마디를 죄면서 게슴츠레한 눈동자를 스르르 감기까지 했다.

소년은 풀려 나와 철둑을 넘으며 울었다. 이젠 아파서가 아니었다. 너무 억울해서였다. 밤에 잘 땐 그쪽 손목 쪽에서 화끈화끈 열이 올랐다. 아침에 세수하러 손을 물에 담그니 손가락은 마디가 부어 오무릴수도 없었다. 아침의 밥상머리에서 엊저녁부터 둔하게 움직이던 아들의 왼손을 어머니가 끌어다 보았다. 그는 억울한 점에 대해서만 이야기를 했다. 이야기가 끝나기도 전에 어머니는 목 놓아 울었다. 우는 어머니를 보고 그도 끝내는 울었다. 쇠고기국을 입에 문 채.

"오, 주여, 우리를 이 고통에서 구해주소서"

그날 끝으로 외쳤던 어머니의 기도소리를 재민은 아직도 기억한다.

하느님의 아들 재민 소위. 할렐루야.

우리 먼저 주님께 감사드리세. 우리의 생사회복을 주장하시는 아버지께서 오늘날까지 그 무서운 환란의 땅에서도 우리 재민 소위의 머리털 하나 상하지 않게 하신 은혜 얼마나 감사한지, 또 붉은 무리를 이 땅에서 몰아내기 위해 오늘날에도 역사하고 계신 성령의 은혜에 감사하세. 이 에미는 주님의 주시는 그 힘으로 오늘날도 주 위해 봉사하고 있으니 이 또한 얼마나 큰 은혜인가? 그저 범사에 감사하세. 이 미련한 에미는 한 소위 보내놓고 처음엔 주님을 원망까지 했었지. 어찌하여 하나밖에 없는 아들을 그 험한 곳에 보내셨나이까? 이 믿음 없는 여종이 미련하게도 주님을 원망까지 했었다네. 하지만 결국 깨닫게 되었네. 하나밖에 없는 이삭을 묶어 바친 아브라함의 믿음을 말일세. 연초에 가졌던 부흥사경회는 대성황이었네. 정말 놀라우신 역사였어. 많이들 자복하고 거꾸러졌었네 …….

한재민이 중대기지로 돌아왔을 때 뜻밖에도 어머님의 편지가 기다리고 있었다. 배달이 늦은 지각 편지였다. 힘겹게 써내려간 꼼꼼한 글씨체가 기도소리처럼 살아 움직이고 있었다.

"애 인웅아, 내 더플백에서 성경책 좀 꺼내 와라"

인웅이는 천막 구석에 세워논 풀색 더플백을 뒤져 힘겹게 성경을 찾아냈다. 표지가 가죽으로 된 신구약 합본이었다.

…… 이 에미가 꼭 강조하고 싶은 것은 지금 우리는 말세에 살고 있다는 것일세. 연초의 부흥회에서 이 에미가 은혜 받았던 말씀 두 곳을 소개하네. 우리가 확실히 모르고 있는 말세론의 비밀을 강사 목사님께서 시원하게 설명해 주셨네. 다니엘 2장 32절로 35절 말씀일세.

재민은 늘 성경책을 읽으라고 편지 때마다 강조하던 지숙이와 어머니의 권유를 생각하면서 습기로 눅눅해진 그 책을 미안한 마음으로 펼쳤다.

　그 우상의 머리는 정금이요
　가슴과 팔은 은이요
　배와 넙적다리는 놋이요
　그 종아리는 철이요
　그 발은 얼마는 철이요 얼마는 진흙이었나이다.
　또 왕이 보신즉, 사람의 손으로
　하지 아니하고, 뜨인 돌이 신상의
　철과 진흙의 발을 쳐서 부숴뜨리매
　때에 철과, 진흙과 놋과 은과 금이
　다 부숴져 여름 타작 마당의
　겨같이 되어 바람에 불려
　간 곳이 없었고
　우상을 친 돌은 태산을 이루어
　온 세상에 가득하였나이다.
　……느브가네살 왕이 본 그 우상의 발목 시대에 우리가 살고 있다는 것일세. 그 우상의 발을 만들고 있는 것은 진흙과 철일세. 진흙처럼 약하고 우유부단한 민주주의와 철처럼 단단하고 무서운 공산주의가 함께 엉켜 있는 시대. 이 시대에 바로 우리가 살고 있다는 것일세. 그러니까 이 시대는 이 세상의 끝일세. 할렐루야, 그러나, 우리에게는 소망이 있네. 구원의 소망일세. 다시 요한 계시록을 보세. 7장 2절로 4절, 14장 1절 말씀일세.
　또 보매 다른 천사가 살아계신

하나님의 인(印)을 가지고

해 돋는 곳으로부터 올라와서

땅과 바다를 해롭게 할

권세를 얻은 네 천사를 향하여

큰소리로 외쳐 가로되

우리가 우리 하나님의 종들의

이마에 인치기까지 땅이나, 바다나,

나무나 해하지 말라 하더라.

내가 인맞은 자의 수를 들으니

이스라엘 자손의 각 지파 중에서

인맞은 자들이 14만 4천이니.

재민은 어느새 무릎을 꿇은 채 성경을 읽고 있었다. 가정 예배를 인도할 때 언제나 무릎을 꿇고 엎드려 성경을 넘기던 어머니를 생각했기 때문이었다.

또 내가 보니 보라.

어린양이 시온산에 섰고

그와 함께 14만 4천이 섰는데

그 이마에 어린 양의 이름과

그 아버지의 이름을 쓴 것이

있도다.

…… 한 소위, 우린 성별돼야 하네. 이방인들이 세상 온갖 환락 속에서 제 무덤을 제 손으로 파는 동안 우리가 깨어 있어야 하네, 또 저 붉은 무리들과 이 세상에 낙원을 건설하겠다고 날뛰는 모든 세상의

지혜 있는 자들이 여름 타작마당의 겨와 같이 날릴 때 우리는 구원의 반열에 서야 하겠네. 우리만은 생명의 인침을 받아 14만4천 속에 들어가야 하겠네……

한재민은 어머니의 편지를 성경책 속에다 끼워 넣고 2소대 지역으로 향했다. 오솔길의 대나무 등걸에는 이슬처럼 빗방울들이 투명하게 맺혀 있었다.

"너희 소대장 어디 갔나?"

"맹, 호, 매복 나가셨습니다. 선임하사님 조하고 맞교대를 하니깐요. 요즘은 아주 자주 나가세요."

막사를 지키고 있던 새로 온 당번병이 말했다. 그는 트랜지스터라디오를 손에 들고 있었다.

"나 좀, 여기서 한숨 자고 가자."

그는 최 중위의 야전침대 위로 벌렁 누우면서 발했다.

"뭐, 깡통 좀 따 드릴까요?"

"아니, 조용히만 해줘."

얌전한 당번병은 라디오를 들고 샌드백 담 밖으로 아예 나가 주었다. 그는 오랜만에 지숙이를 떠올렸다. 몸이 오슬오슬 떨리면서 이상하게 신열이 오르기 시작했다. 머리맡의 군용담요를 내려 배만 덮고 모로 누웠다. 샌드백 너머 어디선가 당번병의 라디오 소리가 간간이 울려오고 있었다.

그가 월남으로 오기 직전에 지숙이는 부대 앞의 하숙집으로 와서 그의 짐을 챙겨 줬다. 월남까지 동행할 몇 권의 책과 군복가지, 그리고 서울에서 특별히 구입해 온 두툼한 가죽 장정의 성서만을 제외하고는 말끔히 짐을 꾸렸다. 그리고 방 구석구석에 쌓였던 먼지도 쓸고 닦았다. 그날밤은 하숙집에서 자지 않기로 했다. 하숙비는 한달 전에 이미 계산이 끝난 상태였고 노상 부대에서 기거해야 했기 때문에 사실상 하숙집하고는 이미 끝나 있는 형편이었다. 그렇다고 그 하숙집 아주머니가 하루저녁 둘이 자는 것을 마다할 리도 없겠지만, 국민학교를 졸업한 그 집 딸아이도 있고 주인아저씨도 그렇고 안방과 바싹 붙은 그 방에서 지숙이와 지내고 싶지가 않았다. 둘이는 포사(포병사령부) 영농장이 있는 고개 너머로 걸었다. 그 간이농장에는 농대를 나온 ROTC 동기생이 호박 구덩이를 지키고 있었다. 농장 한가운데에 농가 서너 채가 엎드려 있고 바로 집 옆으로는 개울이 흐르고 있었다. 물줄기가 약해서 돌지는 않았지만, 달빛 아래 멈춰 서 있는 그것은 제법이었다.

"어머, 물레방아잖아요?"

지숙이는 감격하고 있었다.

"돌지도 않는 건데 뭘."

재민이 말하자 그녀는 우겼다.

"아이, 그래도 물레방아가 있다는 게 어디예요. 아유, 멋져."

김 소위는 자지 않고 있었다. 들어서는 두 사람을 보고는 금방 사태를 알아챘다.

"두 분, 편안히 쉬사이다. 소생 안채로 들어가면 되니까."

김 소위는 피곤해 뵈는 두 사람을 위해 신속하게 움직이고 있었다. 두툼한 매트리스 위에 담요를 씌우고 흰 시트까지 깔아 주었다.

"맘 푹 놓고 쉬십쇼. 이거 신방이 누추해서 어쩌죠……."

그는 지숙이의 얼굴을 훑어보면서 조금 끈끈하게 얘기했다.

"죄송해요, 갑자기……."

지숙이는 들어가는 소리로 간신히 말했다. 깊지도 않은 가을인데 창밖에는 시린 달빛이 눈부시게 내려오고 있었다. 그는 밤이 새도록 지숙이의 전부를 확인하고 어루만졌다. 마치 문신을 새기듯 정성스럽게 몸 전체를 완상했다. 지숙이가 그의 아랫부분에다 마주 입술을 대려고 할 때, 그는 완강하게 거부했다.

"됐어, 됐어 거긴 관둬."

며칠 전에 갔었던 원투쓰리 고지와 그 소녀를 떠올렸기 때문이었다.

"절 왜 다 안 가지세요?"

"월남에 갔다와서 우리가 신혼여행 떠난 다음에 정식으로 서로를 소유하도록 해. 새로 가질 게 없는 신혼여행은 뭔가 이상하지 않겠어?"

달군 쇠처럼 뜨거워진 지숙이의 입술이 귀밑에서 속삭였다.

"난 지금 갖고 싶어."

그녀는 어린애처럼 마구 보챘다.

"글세, 늘 하던 대로 해. 자, 다리 오므려!"

대학 2학년 때, 재민은 아주 엉뚱한 일로 동정을 잃었다. 여름방학 때, 가을학기 등록금을 벌기 위해 계속 가정교사 집에 머물고 있을 때였다. 중국어과에 다니는 꼭 중국놈 같이 생긴 친구가 그를 찾아왔다. 그도 등록금 때문에 서울에 남아 있던 괴로운 처지였다.

"야, 나가자. 무덥고 괴롭다."

정말 끈끈하게 더운 여름밤이었다.

"나 오늘 쇳가루 탄 날이야. 내가 살게."

남산을 걸어서 중턱쯤 올라갔을 때 그가 말했다. 둘은 헉헉거리며 돌계단을 거의 다 올라가 큰 바위 있는데서 잠시 밑을 쳐다 보고 쉬고 있었다. 서울의 밤은 언제나처럼 요란스럽고 시끄러웠다. 발밑에 깔린 무수한 불빛을 향해 그는 갑자기 소릴 질렀다. 야이, 씨부랄 놈들아!

그 친구는 서울특별시민들 쪽에다 대고 힘차게 소리를 지른 다음 이번에는 재민을 향해 말했다.

"야, 우리 저 밑에다 대고 오줌 좀 깔기자."

머뭇거리던 재민이 같이 호스를 꺼내서 힘차게 뿜어댈 때 갑자기 바위 밑에서 소리가 올라왔다.

"어떤 놈들이여. 남 장사 망치려고 이러는 거여?"

중년 여인네의 쇳소리였다.

"어라, 저 밑에도 사람이 있나 부지?"

두 사람은 호스 끝을 다 턴 다음 바위 밑으로 내려가 봤다. 중년여인은 씩씩거리며 돗자리를 닦고 있는 중이였다.

"미안하요, 아줌마. 이 밑에서 뭘 하는 거요?"

여인네는 화를 내는 대신 이를 드러내고 웃었다.

"아, 있어유. 쐬주두 있고, 맥주도 있고, 과자도 있고, 땅콩도 있고 조개비도 있고."

"조개비라니?"

중국어과가 잔뜩 호기심 어린 어조로 물었다.

"히히, 몰라서 물어유. 자 돗자리 위에 우선 앉아 봐요."

방금 전 두 사람의 깔긴 오줌방울이 몇 방울 남아 있는 돗자리 위에 둘은 좌정했다. 이윽고 맥주에 거품 가라앉는 소리가 요란스럽게 끊어오를 때 어두운 숲 속에서 난데없이 단발머리의 소녀 둘이 나타났다.

"학생들 같이 좀 마십시다."

흰 블라우스에 검은색 스커트를 받쳐 입은 아가씨가 노리끼리한 목소리로 그들을 향해 말했다. 검은색으로 보였던 그녀의 스커트는 불빛 아래에서 짙은 하늘색으로 변해 있었다. 말하자면, 학생티를 내느라고 입긴 입었는데, 어딘지 어색해 뵈는 그런 차림이었다.

"저도 한잔 합시다."

이번에는 원피스 차림이 중국어과에게 달라붙었다.

"엉, 느그들 잘 만나 뿌렀다."

일부러 사투리를 써가면서 중국어과가 능청을 떨기 시작했다.

"자, 우리 맘껏 취하자고."

맥주 서너 병을 다 비운 후에 아가씨들은 본론을 꺼냈다.

"학생들, 우리 각자 파트너끼리 헤어져 볼까?"

아주 암시적인 말투였다.

"좋아, 좋다구. 재민 임마, 니 신상에 관해선 이 몸이 다 책임을 질 테니까, 맘껏 놀아라. 안심하고 조져삐리라구."

중국어과는 큰 소리를 탕탕 치면서, 원피스를 끼고 등성이 너머로 훌쩍 넘어가 버렸다.

"아, 이쪽도 움직여 봐야지유. 후훗."

돗자리 주인 여인이 입술로 웃음을 누르면서 한마디 했다. 그래도 재민이 가만히 있자, 스커트는 재민의 아랫도리를 더듬어 그걸 꺼내기 시작하고 여인은 슬그머니 돗자리에서 일어났다.

"난 볼일 좀 보고 올테여, 명자야 얼른 끝내여."

취기로 관자놀이가 계속 욱신거리는 가운데 명자의 손아귀에 든 그것은 빠르게 부풀어 올랐다. 여인이 사라지자, 명자는 스커트를 올리고 재빠르게 돗자리 위에 자리를 잡았다.

"빨리욧."

"좋다. 그럼 다리는 꼭 오므리고 있어."

"얼래? 다리를 오므리고 뭘 한대?"

"그대로 그대로 있어봐."

재민이 지숙에게 하듯 흰 넓적다리 사이에다 그냥 밀착시키고 자기 혼자 일을 끝낼 눈치를 보이자, 명자는 다리를 기술껏 벌려 그만 그걸 물고 만 것이었다.

"야, 빼지 못해?"

"촌스럽게 굴지마. 이 뺑때야. 다리에다 비비는 놈이 어딨냐? 푹 들어와."

공교롭게 그런 일이 있은 이삼일 후에 지숙이가 가정교사 집을 찾아 왔었다. 방학이 되어도 내려오지 않은 그를 보기 위해 일부러 올라온 것이었다. 깨끗한 러닝과 팬티를 싸들고 재민이 좋아하는 맛김과 고추장볶음도 들고 왔었다. 하지만 재민은 그녀를 내려가도록 했다.

"오늘밤만 자고 가면 안 돼요?"

"안 돼."

"정말?"

"안 돼, 글쎄."

"왜 그래요."

"어서 타."

기차가 움직이자, 그녀는 백에다 얼굴을 묻고 울기 시작했다.

재민은 배에 얹힌 군용담요를 꼭 끌어안고 지숙이의 알몸을 생각
했다. 그 뜨겁고 뜨겁게 달아오르던 동체, 그의 모든 더러움을 깨끗
이 씻어내 주던 신선한 타액과 모든 불순물을 걸러내서 새롭게 해주
던 그녀의 감미로운 점액질들을.

그날, 월남으로 떠나기 직전의 밤. 물레방아가 돌지 않는 그 산 골
방에서도 형편은 비슷했다. 지숙이는 새벽녘이 되자, 초조하게 돌아
누워서 울고 있었다.

"왜 울어?"

"도대체 왜 절 피하시는 거예요? 왜 늘 불완전한 방법으로 절 다루
시느냐구요."

"……."

"얘기해 주세요."

"실은 나는 지숙이에게 죄인이기 때문이야."

그는 띄엄띄엄 그가 동정을 잃었던 날 밤의 이야기. 며칠전 원투쓰
리 고지에서 있었던 일까지 모두를 털어 놓았다. 재민이 더듬거리는
동안 지숙은 미동도 않고 듣고 있었다. 재민의 얘기가 끝났을 때, 지
숙이는 눈물을 닦고 돌아누웠다.

"이제 됐어요. 전 재민 씨의 사람이에요. 재민 씨가 아무리 더러운
진흙 속에서 올라왔다고 해도 그걸 닦아내고 맞아 줘야 할 사람이잖
아요. 절 완전하게 가져 주세요. 소원이에요."

"지숙아 용서해 다오."

"전 이미 용서하고 있잖아요."

"지숙아, 난 죽으러 가는 게 아냐. 난 꼭 돌아올 거야. 우리 돌아와서 결혼식하고 신혼여행 때 완전하게 서로를 갖자. 난 널 사랑하니까. 이런 식으로 끝내고 싶어. 내가 널 완전하게 가진 다음에 훌쩍 떠난다면, 넌 더 허전할거다. 아침이 올 때까지 이대로 있자."

지숙은 아침이 될 때까지 눈이 퉁퉁 붓도록 울고 있었다.

"야, 당번!"

"네."

트랜지스터를 들고 졸고 있던 당번병이 들어왔다.

"미안하지만, 의무대에 가서 에이피씨 두 알만 얻어다 줄래?"

재민은 잠시 후 당번이 갖다 준 그 흰 알약의 진통제를 목구멍에 털어 넣은 후, 최 중위의 편지지를 꺼내서 엎드린 채 써 내려갔다.

지숙!

세월이 많이 흘렀다. 헤어진 지도 1년이 가까워지고 내 신상에도 의외로 변화가 많았다. 얘기를 줄여서 하도록 하자. 우리는 아마도 부흥 목사님의 말처럼 말세에 살고 있는지도 모르겠다. 무쇠처럼 지독한 공산주의자들과 진흙처럼 어정쩡한 민주주의가 뒤섞여 있는 마지막 시대에 살고 있는 것인지도 모르지. 아무튼 지금 내 머리는 뒤죽박죽이야.

지숙이, 날 도와줘, 지숙이가 날 돕는 방법은 지숙이가 내게 드리우고 있는 사랑의 끈을 끊고 돌아서는 일이야. 어머니 곁을 떠나도록 해. 의외의 얘기겠지만 난 이곳에서 결혼을 할 거야. 월남 여성하고

말이야. 우린 산꼭대기에서 멋진 결혼식을 올릴 거야. 푸카트산이라
는 높은 산이지. 아침마다 뜨거운 태양이 솟아오르는 아득한 산이야.
나보고 열대병이 걸렸다든지, 돌았다든지……. 뭐라고 해도 좋아. 내
겐 지금 사랑하는 여인이 생겼다구. 그 여인은 마이라는 이름의 여
인이야. 늘 열대꽃을 머리에 꽂고 누워 있는 여인이지. 장난이 아냐,
진실이야. 우리 헤어지도록 하자. 난 어쩌면 온대지방인 그곳에 돌아
가지 않을지도 몰라. 어머님께 말씀 전해 드려. 느브가네살 왕의 꿈
처럼 우리 모두가 꿈꾸던 동상 위로 무지막지한 돌멩이가 날아들어
그 동상을 산산이 부숴 버리는 게 사실이라고.

지숙아, 내가 너를 완전히 소유하지 못하고 이곳으로 왔던 것이 마
치 계획적인 계산속처럼 돼버렸구나. 아무튼 제발 우리는 헤어지도
록 하자. 내 소원은 우선 우리가 지금 머물고 있는 평야의 끝에 서 있
는 푸카트라는 산에 올라가 보는 일이야.

고마웠다. 허지만 널 온몸으로 사랑해 주지 못한 죄스러움이 더욱
크구나. 날 알 수 없는 놈이라고, 다리를 오므리게 하고 사정이나
하는 병신이라고 침을 퉤퉤 뱉어버리고 돌아서 버리렴. 난 월남 여
자에게 빠진 얼간이야. 자, 세상에는 억울한 일이 너무 많아. 지숙
이처럼 사랑으로 끝없이 밑진 여자도 있고, 이곳에서 숨지는 병사들
도 있고, 그리고 아무에게도 소리쳐 말 한마디 못하고 죽어가는 사
람들도 있지.

지숙, 우리의 문제를 더 이상 캐묻거나, 시끄럽게 하지 말고 제발
이대로 헤어지도록 하자. 이별이야 어차피 짧을수록 좋은 게 아닌가,
지숙아.

검은 사내

그날밤 중대 본부의 무전기는 내내 열려 있었다. 축음이 3번 울리면 적 출현의 보고, 계속 축음이 칙칙거리고 울리면 적의 근접, 연속 축음과 함께 즉시 조명탄을 울려 주게 돼 있었다. 새벽 2시 조금 넘어서 축음이 울리기 시작했다.

"한 중위, 조명탄 올려 줘."

신임중대장의 들뜬 목소리에 이어 준비된 차리포대 105밀리 곡사포가 2소대장의 매복지점에 조명탄을 피어올랐다. 소총 긁는 소리, 크레모어 터지는 소리가 한동안 뒤엉키다가 이내 소리들이 그치고 무전기로 또렷한 최 중위의 목소리가 들려왔다.

"전과 보고, 적 사살 8명 내지 9명. 후속부대 없음. 야음 때문에 사살자의 정확한 확인은 불가능함."

"수고했소! 전과는 날이 밝는 대로 정확히 확인 보고하시오. 우선 대대에는 8 내지 9명으로 보고하겠소."

중대장은 밝은 얼굴로 당번을 향해 소릴 질렀다.

"대대 불러."

아침에 군복이 흠뻑 젖은 채로 들어온 최 중위는 대충 몸을 씻고 당번병이 내주는 흰 군용 팬티를 갈아입고 있었다.

"수고 했어. 최 중위, 중대장이 어지간히 신나하더군. 사단 정보과에서도 나왔다면서 ?"

"응, 죽은 놈이 거물인가 봐. 월남인들의 동태가 보통 이상이었어."

그는 물집이 잡힌 입술로 떠들거렸다. 그의 얼굴엔 주근깨가 돋아 있었다.

"이제 매복지점을 선정하지 못하고 오후 내내 빙빙 돌아다녔는데 틴빈 마을 제일 끝집에 월남 여자들이 모여 있더란 말이야. 우리 아이들이 호기심에 꽁까이들을 집적거리면서 쉬고 있었는데 무심히 솥에 해놓은 밥의 분량을 보고 놀랐어. 도저히 상식으로 이해하기 곤란할 정도의 엄청난 밥이더라 이거야. 나는 퍼뜩 머리에 잡히는 게 있어서 그 집을 매복지점으로 선정했지. 물론 그 여자들에겐 우리가 부대로 들어오는 것처럼 떠들며 돌아오다가 다시 들어가 마을 어귀에서 매복을 하게 된 거야."

최 중위는 피곤한 듯 하품을 하면서 당번병을 불렀다.

"야, 의무대에 가서 에이피씨 두 알만 얻어 와. 근데 말이야, 어젯밤 총성이 나자마자 마을에 있던 여자들이 대성통곡을 하더란 말이야. 밤참을 먹으러 오던 즈 남편이나 오빠가 걸려서 죽은 모양이라……. 증말 여편네들 우는 소리를 밤새도록 듣고 있으려니까 등줄기에 소름이 쫙쫙 끼치드만, 이러다가 재수 없이 내 명대로 못 사는 게 아닌가 몰라……. 새벽에 날이 밝자마자 초가집에서 여자들이 뛰어 나와 시체들을 확인하고 만지면서 울어쌓는데 정말 죽겠더군. 근데 시체는 전부 일곱 구밖에 안 됐어. 여섯 명은 임자가 있는데 한 명은 없더라 이거야. 덩치가 되게 큰 남자새끼였는데, 그치가 조장이었던 것 같아. 울던 여인들이 그치 시체를 보더니 흠칫하면서 합장을 하고 경의를 표하더란 말야. 그래서 연대 정보과에 확인을 의뢰했어."

"가만, 가만, 그 남자…… 얼굴이 유난히 검지 않던가? 키는 월남 사람 같잖게 덜렁하고."

"모르지, 죽은 시체를 일일이 들여다보기도 김새고……. 어제는 너무 가까이서 쏴가지고 내가 대검으로 찌른 것 같은 느낌이었어."

재민은 일어섰다. 천막을 나오자마자, 곧장 텅빈 마을을 향해 정신없이 달리기 시작했다. 들판 위에는 푸카트산 능선을 비켜서 솟아오르는 아침 햇살이 어지럽게 흩어지고 있었다. 가벼운 현기증 때문에 그는 자꾸 발을 헛디뎠다. 오랜 우기 끝에 수증기 속을 헤집고 올라오는 아침 해의 모습은 도금한 불상처럼 현란하게 번득이고 있었다. 그의 군복 자락이 나뭇가지를 스칠 때마다 물기가 묻어오고 잡목가지에 얽혀 있던 거미줄들이 차갑게 얼굴에 엉켜왔다.

어머님, 우린 확실히 느브가네살이 꿈꾼 그 우상의 발가락 시대에 살고 있습니다. 진흙과 철이 뒤범벅이 된 예언서의 제일 마지막 장에 말입니다. 하지만 우린 이미 돌에 맞고 있지 않습니까? 수시로 날아오는 이 눈먼 돌팔매에 맞아 생식기가 유난히 컸던 김천만이나 아포린느의 물 흐르는 자궁을 유난히 밝혔던 하이도 가버렸습니다. 정말 모르겠습니다. 어머님이나 지숙이 그리고 경건한 우리 교회 교인들과 저만이 14만4천의 반열에 올라 흰 옷 입고 구름 타고 오롯이 구원을 받아야 한다는 이론을 말입니다. 얼굴이 검은 저 지아오, 고문으로 생식기가 파괴된 채 죽을 때까지 증오의 칼을 품고 있었던 저 사내는 그럼 지상에서는 악마였고, 지옥에서는 저주의 불길이 되어 너울너울 타오른다는 얘길까요 ? 만약 불쌍한 마이가 14만 4천 명 속에 들지 못한다면 어쩌시겠니까?

"어이 한 중위. 우리가 대어를 낚았어."
턴빈 마을 어귀에서 키 큰 중대장이 웃으며 말을 걸어왔다.
"이치가 이 지역 비씨 최고 책임자라는 게 밝혀졌어. 이제 우리가 푸카트산을 점령하는 건 시간문제야."
그가 계속 지껄여댈 때, 턴빈 마을의 초가에서는 여자들의 울음 소리가 들려오고 있었다. 불길하고 원한에 사무친 목소리들이었다.
"밥 처먹으러 오던 즈 남편들이 걸렸으니 애통도 할 거야."
사단에서 나온 기자인 듯한 사내가 시체들을 향해 계속 셔터를 누르고 있었다. 한 재민은 사내의 주검 쪽으로 다가갔다. 크레모어의 파편으로 뭉개진 얼굴은 거의 형태가 없었다. 범벅이 된 누런 뇌수가 사방에 널려 있을 뿐 햇빛 속으로 파리 떼들이 소리를 내며 날고 있었다.
"자, 돌아들 갑시다. 시체는 이따가 식사 후에 처리하도록 하지."
중대장이 소리쳤다.
"선임하사, 노획물이 뭔지 정확하게 적어 놔."
그는 2소대 선임 하사에게 전과 보고에 필요한 노획물 리스트를 작성하도록 지시했다.

"자, 식사를 하러 갑시다."

그는 사단에서 나온 기자랑 정보과 사람들을 재촉해서 자리를 떴다. 중대장 일행이 숲 사이로 사라졌을 때, 재민은 비로소 사내를 찬찬히 내려다보기 시작했다. 못이 샌들처럼 단단히 박힌 발바닥, 유난히 큰 키, 오랜 산 생활로 거칠어진 피부, 원한을 끝까지 움켜쥐고 숨진 커다란 손바닥.

"혹시 부비트랩이 있을지 모르니까, 주의해서 뒤져."

2소대 선임하사가 시체를 뒤지고 있는 분대원들에게 주의를 주고 있었다.

"선임하사님, 이게 뭐죠?"

지아오 쪽을 뒤지던 사병이 소리를 질렀다.

"무슨 문서 같은데……. 정보과로 보낼 테니까, 잘 보관해."

병사들은 코를 싸쥐고 침을 찍찍 내뱉으면서 빠른 솜씨로 시체 사이를 누볐다. 재민은 돌아서서 마을 쪽을 보고 있었다. 마을 끝에 서 있는 여인들은 여전히 울면서 시체 인수시간을 기다리고 있는 것 같았다. 불길하고 애절한 호곡소리가 빈 들녘을 계속 흔들고 있었다.

"보좌관님, 이 서류는 암만 봐도 굉장한 서류 같은데요. 훈장감이 아닐까요?"

이번에는 지아오의 서류를 든 병사가 재민에게 다가왔다. 그것은 푸카트산의 주요 경계지점과 평야의 침투로가 상세히 그려진 작전요도 임이 틀림없었다.

"글쎄……. 아무튼 잘 보관했다가 사단에 보내 보지."

"어허, 이건 또 무엇이당가?"

재민이 돌아섰을 때, 선임하사는 지아오의 왼손 약지에 낀 반지 때문에 한번 흥분해 있었다. 그리고 지아오의 팬티에서 나온 비닐봉지 속에는 하얀 아오자이 차림의 여자 사진 한 장이 들어 있었다.

"아이구, 꼴에 손에 반지를 끼고, 사타구니 위에다 애인 사진을 차고 다니고, 독한 비씨대장도 별 수 없네 뭐. 보좌관님, 이 반지는 월남제 옥 같은데요. 굉장히 비싸겠죠? 아주 쌍가락지로 제대로 만들어서 꼈네요. 이 여자가 선물한 반지가 아닐까요?"

이상한 일이었다. 그 사내 지아오는 왜 재민이 마이에게 선물한 귀걸이를 반지로 만들어 끼고 있었을까? 아마 그는 마이에게서 최후로 취할 물건이 없자 그녀를 기념하기 위한 증표로 새로 산 듯한 귀걸이를 챙겼으리라. 사지를 절단한 증오와 귀걸이를 챙겨서, 끝까지 끼고 다닌 그의 두 가지 마음을 알 것도 같았다. 재민은 조용히 선임하사에게 말했다.

"선임하사, 그 여자 사진은 내가 가집시다."

"앗따, 보좌관님도, 월남 꽁까이 사진은 탐나시는 모양이죠? 좋습니다. 이런 사진이야 뭐 중요하겠어요? 가지십시오."

마이가 웃고 있었다. 그 사진은 마이가 사이공의 보데 여고시절에 찍은 것인 듯 아주 앳된 얼굴을 하고 있었다. 하얀 아오자이 차림에 호아 푸엉꽃이 만발한 어느 정원의 벽돌담에 기대선 모습이었다. 눈이 부시도록 현란한 미소를 눈 주위와 입술에 담고 단정히 서 있는 모습이었다. 한재민이 한 번도 본 일이 없었던 앳된 또 하나의 마이였다.

"이 반지도 빼야죠?"

선임하사가 재민을 향해 묻고 있었다.

"그건 그대로 둡시다. 정보에 도움이 될 것도 아니고, 저기 서 있는 월남 여인들이 반지까지 훔쳐 가더라는 소문이나 낼 거요."

"보좌관님, 다 끝난 것 같습니다. 가시죠."

재민과 선임하사조가 자리를 뜨고, 초병들만 시체를 지키기 위해, 그곳에 남을 때쯤 사단 쪽에서 헬리콥터 세 대가 날아오고 있었다. 전과가 워낙 컸다고 보고가 됐는지 VIP들이 또 다시 몰려오는 모습이었다. 재민이 중대기지에 돌아왔을 때 의외로 포병대대의 S1이 와 있었다.

"한 중위, 수고가 많소."

"맹호 부관님이 웬일이십니까?"

"나두 한 중위 덕분에 전방 구경 좀 해 봐야지 …… 근데 한 중위 막사는 어디야?"

"저쪽입니다. 같이 가시죠."

한재민이 텐트로 돌아와 레이션박스를 의자대신 내놓자, 부관은 안경을 벗어서 땀을 닦으며 본론을 꺼냈다.

"한 중위, 기쁜 소식을 전하러 왔어. 대대장님이 말이야, 한 중위가 월남 여자하고 결혼하게 된다니까 말이야, 주례를 포사령관님께 부탁드리고 아주 대단한 홍보 작전을 구상중이야, 리버티 뉴스 촬영반도 부르구, 우리 대대 이름도 피알 좀 하고 말이야."

"언제? 날짜는 언제쯤으로 잡았나?"

"부관님, 그 결혼은 못하게 됐습니다."

"못하다니?"

"여자가 도망가 버렸습니다."

"저, 저런……."

선량해 뵈는 부관은 또다시 수건을 꺼내 이마를 닦았다.

"대신 말입니다. 부관님께 부탁 좀 드리겠습니다. 절 이 중대에 계속 남아 있게 해주십시오."

"곧 저 푸카트산 전투가 있을 거구, 그럼 이런 전방중대 F·O는 위험할 텐데……. 월남 여자가 도망갔으면 귀국하고 말지 그래."

"괜찮습니다. 꼭 절 좀 여기 있게 해주십시오."

"그건 뭐 어렵지 않을 거야. 새로 오는 신삥소위를 대작전에 투입시키기 보다는 한 중위 같은 베테랑을 대대장님도 은근히 기대를 하고 있을 테니까."

"그럼 됐습니다."

헬기 소리가 나자 부관은 이내 자리에서 일어섰다. 이미, 해는 푸카트 산정을 훌쩍 뛰어 넘어 넓고 비옥한 탄캉 마을의 들판 위에서 현란하게 빛나고 있었다. 암벽과 키 작은 열대관목으로 빽빽이 뒤덮인 푸카트산은 한재민을 향해 손짓을 하고 있었다.

……한재민, 올라오너라. 이곳 동굴에는 마이의 흔적도 있을 것이고 얼굴 검은 사내 지아오의 요새도 있느니라. 와서 확인해 보아라. 마이가 용을 쓰며 쌍둥이 사내아이를 낳던 땅의 동굴이 어디쯤인지, 지아오의 끈끈한 땀방울을 닦아 주던 마이의 행적이 어디쯤에 어떻게 새겨져 있는지 찾아보란 말이다. 이 산은 어차피 마이의 산이었으니까. 그 얼굴이 검은 사내 지아오의 공식직책은 푸카트산에 근거를 둔 베트콩 E2B대대의 대대장이었다. 그러나, 그는 호치민루트를 타고 안케고지를 넘어 이 산에 들어 온 북쪽의정규군 베트민 제22연대 1개 대대를 실제적으로 움직이며, 빈딘성 내의 수많은 지방 베트콩들을 훈련시키고 무장시키고 지휘하는 이 지역의 실제적 지휘자였다.

별을 어깨에 달지 않았을 뿐, 그가 하는 일은 사단장급 이상의 역할이었고 계속 증강되고 있는 한국군, 이 지역의 미군, 그리고 전투력은 별거 아니지만 숫자는 억세게 많은 월남군을 그가 이제껏 푸카트산에 숨어 상대해 오고 있었던 것이다.

아무튼, 한국군은 그가 남기고 죽은 작전요도를 정밀 분석해 본 결과, 푸카트산의 주요병참 기지의 위치와 병력배치, 그리고 군사시설 등의 개요를 알아낼 수가 있게 됐다. 게다가 지금까지의 사단장은 전체 주월 한국군의 사령관이 되고, 새로 퀴논 지역의 맹호사단만을 지휘하게 될 사단장이 부임했다. 보다 젊고 야심만만한 장군이었다.

마이의 산

새로 온 사단장은 그의 첫 작품을 서둘러 만들고 싶어 했다. 그것은 드넓은 고보이 평야의 끝에 서서 프랑스 식민지 시절부터 이제껏 한번도 식민지 군대에게나 외국 진주군에게는 문은 열어주지 않으면서, 완고한 민족주의자와 이제는 비씨라고 불리는 베트콩들에게만 그들의 소굴을 제공해 주는 이상한 산, 푸카트를 점령하는 일이었다.

사실상 그 산은 멀리서 보면 볼품없는 민둥산에 지나지 않는다. 뾰족한 봉우리도 없고 울창한 나무숲도 없다. 한재민이 포대경으로 매일 올려다 본 결과에 의하면 비씨 한두 놈이 동굴의 입구에 앉아 평야 쪽을 바라보면서 담배나 피우다가 이쪽에서 105mm 곡사포로 지져대면 날름 동굴 속으로 들어가 버리는 그런 얄미운 산이었다. 말하자면, 점토질로 아기자기하게 빚어진 산이 아니라, 순전히 무지막지하게 생긴 돌과 엉겅퀴와 자잘한 열대관목이 적당히 뒤얽힌 못난이 산인 것이다.

해발 892m의 산, 생긴 것은 촌부의 둔부 같거나, 월남 농부들의 등허리 같은 모습인데, 퀴논 북쪽의 해안을 끼고 광대하게 들어선 산세는 자못 장엄한 것이었다. 그 날렵한 프랑스군 공정대나 악착같은 미군 101공수여단 같은 병력들이 왜 그 산에 내릴 엄두조차 내지 못했을까. 이 산은 겉으로 보기엔 한국 광주의 무등산 비슷하고 높이는 그저 계룡산 비슷한 것이지만, 산의 밑바닥부터 암벽으로 철저하게 축조돼 있고 표고 300m 이상만 올라가면 철조망처럼 꽉 짜인 정글이 계곡을 꽉 틀어막고 그 사이에 수도 없는 동굴이 악마의 아가리처럼 입을 벌리고 화력을 쏟아내기 때문에 이곳에 떨어진 전투요원들은 말하자면 철조망 속에 꼼짝없이 갇혀서 적의 만만한 표적이 되는 꼴이 되기 때문에 사실상 이 산은 17도선 이남의 유일한 적의 성채요, 요새였던 셈이다.

작전은 그해 9월 23일 미명에 시작됐다.

맞거나 말거나 이쪽의 포병들은 일제히 그 산의 중턱을 후려갈기고 헬기들이 그 산의 주봉인 바봉(Nui Ba)을 정찰하고 한국군 4개 대대가 그 산에 일제히 달라붙었다. 재민이 소속된 제1대대 3중대는 그 산 밑을 휘돌아 흐르는 다이안 강을 건너 언덕을 올라서는 동안 재민의 유선병 후임으로 온 사병 하나가 부비트랩에 걸려 일찌감치 후송되고, 재민은 천 하사와 무전병 성길이만을 데리고 계속 계곡 속으로 올라갔다. 한국군의 작전개념은 위에서 훑고 밑에서 쓸어 올리자는 전법이었다. 재민이 소속되지 않은 인근 26연대 병력들이 산의 중간허리인 찬오이니, 토모니 손라이수 같은 고개 목을 헬기에서 내려가지고 목을 조이고, 나머지 보병들은 이잡기식으로 동굴을 뒤지며 올라가고 있었다. 사실상 재민이 이곳에 와서 언제나 느끼는 일이 었지만 전쟁이란 죽지만 않는다면 꼭 규모가 큰 놀이에 지나지 않는 것이다. 헬리콥터의 날개소리가 요란하고 우군의 포탄소리가 꼭 폭 죽 같고 적들은 말하자면, 겨울방학 때 몸을 풀기 위해 한 번씩 해봤 던 토끼몰이의 토끼들이나 노루새끼에 지나지 않는 셈이다.

푸카트산의 적들은 최고사령관을 잃은 탓이었을까, 아무튼 산을 오르기 시작한 지 일주일이 넘어도 동굴에 숨은 몇몇 소수병력들이 응사를 해왔을 뿐 이렇다 할 저항을 보이지 않고 있었다. 사단 G2에 서 내려 보낸 적정개황에 의하면, 이미 적들은 아군들의 공격을 예상 했고 아마도 산의 정상 뒤에서 전열을 가다듬으며 최후의 일전을 준 비하고 있는지 모를 일이었다.

재민의 중대는 작전이 시작된 지 나흘째 되는 날, 조그만 전과를 올렸다. 506고지 능선후면에서 비씨들의 피복창 인듯한 동굴을 발견 한 것이다. 그 ㄹ자 모양의 동굴 속에는 싱거상표가 붙은 검은색 재 봉틀이 십여 대쯤 놓여 있었고 푸른색 군복천이 그 주변에 어지럽게 얽혀 있었다. 재민은 언젠가 마이가 아이들을 낳은 후 피복창에서 일 을 도운 일이 있었다는 얘기를 들은 일이 있었다. 도대체 마이가 발 로 디뎠던 재봉틀은 어느 것이었을까? 재민이 천 하사에게 담배를 하나 얻어 피워 물었을 때 신임 중대장은 더 나은 전과를 얻기 위해 현장 사진만 찍어 두고 전진할 것을 명령했다.

작전이 일주일을 넘기자 병사들은 지치는 대신 터무니없이 난폭 해지기 시작했다. 웬만한 동굴은 수색하기에 앞서 그냥 수류탄이나

TNT로 마구 폭파하기 시작했다. 밑에서 사람 소리가 들려도 아랑곳하지 않고 지져대고 일단 기어 나오는 적군만 잡아내는 식이었다. 어차피 주력부대는 바봉 뒤에 숨어 있을 터이니 쓸데없는 피라미들하고 신경전을 할 필요가 없다는 생각들을 각 중대장들이 하고 있었다.

10월로 접어들자, 퀴논 바다 쪽에서 불어오는 바람이 차고, 밤에는 해풍과 산이슬 때문에 모두들 보급부대에서 지원해 준 두툼한 풀색 스웨터를 껴입기 시작했다. 너나없이 지치고 괴로운 나날이었다. 중대는 작전개시일로부터 보름이 지난 10월 15일이 돼서야 겨우 주봉인 바봉 밑에 바싹 붙게 됐다. 바(BA)라는 월남말은 언년이 정도의 여성을 지칭하는 말이다. 언년이나 순이 같이 순박한 여성을 상징하는 보통명사인 셈이다. 그래서 어쩌면 이 푸카트산 둔중한 인상과 달리 주봉의 이름대로 아름다운 밤의 여신이 지던 산이었을 것이다. 푸카트는 사실상 산이 아니라, 월남의 중부 미옥한 평야 빈딘성에 유일하게 솟은 해안산맥이다. 그 산맥을 사람들은 그냥 푸카트산이라고 부르지만, 그 푸카트의 주봉일대를 그 지방 주민들은 중탄산이라고 불렀고 그 중탄산의 주봉이 이른바 바봉, 곧 우리말로 그럴 듯하게 의역을 해보자면 선녀봉인 셈이다. 그 선녀봉 밑에는 자매봉인 874고지가 동쪽에 붙어 있고, 848고지가 남서쪽에 붙어서 그 산은 서석대나 입석대, 광석대가 나란히 붙어 있는 광주 무등산과 너무나 흡사한 데가 있다. 해안에서 불어오는 바람을 맞으며 재민의 중대가 선녀봉 바로 밑에까지 올라갔을 때, 해는 이미 진 뒤였다. 미구에 벌어질 대대적인 전투 때문에 병사들은 신경이 있는 대로 곤두선 듯 여기저기 마구 총을 쏘아대고 바위 쪽에다 수류탄을 던져댔다. 푸카트산 주봉 위에 초승달이 솟아오르고 있었다.

재민이 막 능선을 넘어 섰을 때 숨이 막힐 듯한 장관 때문에 그는 발길을 멈췄다. 끝도 없는 갈대숲이 퀴논해안 쪽으로 나부끼고 있었고, 그 위로 달빛이 찬란하게 빛나고 있었다. 그 모습은 화려한 파티장에 온갖 장식과 함께 조명등이 비추고 있는 것과 비슷했다. 정말 황홀한 장관이었다. 이제 막 퀴논의 바닷물을 박차고 오른 커다란 보름달이 그 요란한 갈대숲을 찬란하게 비추고 있었다. 갈대들은 그 풍성한 달빛을 받으며 너울너울 춤을 추고 있었다. 참으로 아름다운 군무였다.

"와따마, 내사 이렇게 큰 갈대밭은 첨이라예. 부산 을숙도 갈대밭은 저리가라 아닙니까?"

천 하사가 달빛 속에서 질린 듯 소릴 질렀다.

"오매, 참말로 대단하요잉. 보좌관님, 암만해도 이 갈대밭 속에서 뭔가가 일어날 것 같구만이라우. 요속에다 놈들이 뭔가를 꼭 숨겨 놨지 않았나 싶네요. 아따 이 속에서 일개 사단이 포복 훈련을 받아도 쓰것다, 어허!"

무전병 성길이도 대단히 놀라는 눈치였다. 달빛은 갈대숲을 이리저리 가르면서 퍽도 유유히 정상인 바봉을 향해 봉긋하게 솟아오르는 중이었다. 그렇다. 그녀는 재민에게 말한 적이 있었다. 쌍둥이 사내아이를 낳아놓고 몸을 추스른 동안 그녀가 늘 거닐던 갈대밭이 있었노라고. 그 갈대밭은 웬만한 항공기도 앉을 수 있는 면적이고, 거기서 그녀는 밤마다 얼굴 검은 그 사내의 숨소리도 들었노라고... 풍향이 산정에서 바다 쪽으로 바뀌자 갈대들은 일제히 바다를 향해 고개를 숙였다. 희디흰 무용복을 입은 여인들이 무대 위에 상체를 붙이고 일제히 엎드리는 모습이었다.

"한 중위, 우린 말이야. 동굴을 찾아볼 테니까 우선 거기다가 상황실을 만들어 봐."

느닷없이 등 뒤에서 보병 중대장이 소릴 질렀다.

"천 하사, 벌목도로 갈대를 조금만 치워봐."

재민이 얘기하자, 천 하사는 벌목도를 꺼내들고 갈대를 후려치기 시작했다. 그의 벌목도가 달빛에서 이따금씩 날카롭게 번쩍였다.

"지리산, 지리산, 여기는 소백산. 감 잡았으면 응답하라. 오바."

성길이도 포대를 부르고 있었다. 재민은 천천히 일어섰다. 갈대밭 어디엔가 마이의 비밀이 숨겨져 있을 것만 같았다. 마이가 그렇게 아끼던 보데여고 시절의 순백색 아오자이 한 벌이라도 찾아볼 수 있지 않을까?

재민이 갈대숲속으로 들어서자, 번쩍이던 천하사의 벌목도도 보이지 않고 삐삐거리는 성길이의 무전기 소리도 들리지 않았다. 다만 해풍과 산바람이 갈대밭에서 마주치는 요란한 서걱거림만이 교향악의 후렴부처럼 귓가에 남아있었다. 갈대의 키 때문에 달빛아래 출렁이는 퀴논 반도 앞의 상어 지느러미 같은 물결도 볼 수 없었다.

그때 재민의 몸과 마음은 갑자기 자유로워지면서 마이가 갈대밭을 샌들도 없이 걸어오는 모습을 볼 수 있었다. 그녀는 희디흰 아오자이를 달빛에 오만스럽게 펼쳐 입고 능선에서 바다 쪽으로 서서히 내려오고 있었다. 그녀의 걸음걸이는 황녀처럼 당당하고 옹주처럼 우아했다. 하얀 갈대꽃들은 일제히 시녀들처럼 그녀의 발아래 엎드리는 것이었다.

412

한재민이 갈대밭으로 조금 더 들어갔을 때 달빛 아래에서 부비트 랩의 끝이 반짝하는가 싶더니 이내 불길이 솟아올랐다.

"꽝, 꽈르르……"

그 요란한 불기둥 소리가 차가운 산… 푸카트의 자매봉 세 곳을 고루 울리고 이내 잠잠해졌다.

한재민은 풀썩 쓰러졌다. 폭음 소리를 듣고 천 하사와 무전병 성길이가 달려왔다.

"보좌관님, 보좌관님!"

두 사람이 한재민의 시신을 끌어안았다. 그리고 소리쳤다.

"위생병, 위생병!"

한재민이 1966년 초가을에 숨진 그 산은 퀴논……. 베트남 사람들의 발음으로는 '꾸이년'이라고 불리는 도시의 동북해안에 누워있는 산이었다. 한재민은 천국에 가서야 그 도시의 한자가 歸仁이라는 것을 알게 되었다. '어짐 속으로 돌아가라'는 뜻 깊은 의미의 歸仁이라는 말은 맹자에도 나오고, 논어에도 나오는 단어였다.

일찍이 공자는 어짐으로 돌아가는 일이야말로 인간이 살아가는 도리의 기본이라고 하였다. 한국의 포병장교였던 한재민이 싸우다 죽은 그 항구도시의 이름은 놀랍게도 歸仁이었던 것이다.

〈끝〉

비극이 넘치는 진솔한 목소리

이문구(李文求)

　비로소 이 작품으로 이정표를 세운 김광휘 사백의 문학장정은 믿
건대 다음에 반드시 끝을 볼 날이 있을 것이다.

　이것은 가다가 동행을 만난 수사적 덕담이 아니다. 이 작품이 거둔
성과에 의심할 데가 없어서 하는 장담이다.

　이 작품의 성과는 이른바 '신인적'(新人的)인 여러 양상과 무관한
그 청결성으로부터 말할 수가 있을 것이다. 이 신인적이란 말은 보통
햇내기니 풋나기니 하는 따위의 미숙성에 대한 역성이 아니라 작품
의 남루함을 훨씬 뛰어넘음을 이르는 말이다.

　남루한 작품이란 어떤 것인가.

　우선 꼽을 수 있는 것이 문단적 통폐에 오염된 작품을 말하는 것이
다. 그것도 가령 '신춘문예용'과 같이 한갓 일회성 통과용에 그친 경
우라면 비록 오염도가 있어도 정상을 참작하여 정도껏 접어주던 것
이 그동안의 관례였다. 그러나 혹 남의 눈치에 흔들려 자기 목소리
조차 지니지 못했거나, 혹 지레 주눅이 들어서 지니고 있던 것도 짐
짓 쉬쉬하거나, 혹 주위의 공기에 무게를 느껴 지닌 것을 얼른 버리

고 대세에 붙어 덩달아 시늉할 지경에 이르는 세류가 지금까지의 주된 흐름이었다. 참으로 낡다 못해 남루한 글들이어서 단번에 제쳐놓기가 십상이었다.

이 사회가 종래 음성다중적 다원성과 인간정서의 합의로서 보편적인 가치를 이루어 온 터에, 하물며 저마다의 개성과 독창성을 생명으로 제각기 터를 마련하는 창작의 세계에서, 시작부터 덮어놓고 논리주의를 섬겨 구호제창용의 성대수술에 솔선하거나, 무턱대고 인간정서를 추상적 관념에 종속시켜 섣불리 이념화하기에 힘쓰거나, 줏대 없이 도덕적 구령을 율법적 호령으로 받들어 스스로 박제가 되기를 기꺼이 하는 등, 기왕에 창조된 예술에 꼬리를 내리거나 앞서간 선배들의 교조주의적 논리구조로 자신의 예술이 가공되는 경우도 종종 있었다. 뿐만 아니라, 앞서가는 문단의 대와 오의 열을 맞추기에만 예외 없이 부지런 하는 허약한 후진들의 발걸음이 오죽 많았는가!

남루는 입던 옷을 다시 입는 것이 아니다!

입던 것을 과감히 던져버리고 자신의 새 것으로 갈아입는 것이다. 선배들이 입고 가던 제복을 제식훈련에 걸맞게 다시 입는 것은 집체주의적 수단이며 통제문화의 유산이다.

이 작가는 과감히 자신이 입던 옷으로 그냥 나왔다. 그러므로 남루가 아닌 진솔이며, 기성복이 아니라 천의무봉인 것이다.

작가는 미국이 도급한 전쟁의 일부를 하청하여 '돈벌이 가는' 파월부대의 포병장교 한재민에게 이 옷을 입혀 보낸다. 그리하여 이 옷은 이 작품을 비극미의 완성으로 이끈 작가정신의 상징에 머물지 않고 '전쟁문학이 반공문학'이었던 문단적 통폐와 그로 인하여 훼손된 한국현대문학사에 개정증보(改r增補)의 장을 당당히 요구하기고 있다.

베트남에 상륙한 한재민은 이윽고 무엇을 얻게 되는가.

먼저 한국과 베트남 양국에 상속된 역사가 봉건적인 외세를 경호원으로 하는 제후적 통치 권력의 조작과 왜곡에 의해 불구적으로 사회화 한 그 현실인식에 눈뜬 것이다. 이를테면 왕가의 목민지(牧民地)에서 식민지가 되고, 식민지에서 다시 임대지(賃貸地)로 지목변경이 자행되어 방중국경(邦中國境)과 동족상잔을 결과한 국토, 책임소재 불명의 대리전에 희생된 떼죽음과 개죽음, 앗기고 쫓기고 밟히고 다치는 와중에 양산된 고아, 혼혈아, 사생아, 반공 논리적 독재체제와 군사•문화적 부정부패 및 인성(人性)을 포기하고 문명에 도전한 학살 능욕 고문 등의 만행에 하늘을 부르는 사무친 원한들을 보면서 인간에 절망을 하게 되는 것이다.

베트남의 현실은 바로 조국의 8.15이며 6.25이며 4.19이며 5.16이며 10.17의 번안이었고, 예외가 있다면 군사독재 안보용의 반공국시주의가 미처 개발되지 않은 것 한가지뿐인 것도 알아채었다.

이러한 상황은 한재민으로 하여금 이 참담한 인간에의 절망으로부터 자기 자신의 구원보다 더 치열한 전투가 있을 수 없다는 자각의 촉진제를 얻게 된다. 이 전투는 학생들의 위문편지투로 '무도한 붉은 무리를 용감히 무찌르고 무사히 귀국'하는 용병정신(傭兵精神)의 회복이나, '늪과 정글과 네이팜과 포탄의 폭음 속에서 문득 마주칠 신의 얼굴은 상당히 다르리라는 생각'의 자기 합리적 극복이 아니다.

베트남의 가출아인 통역병 하이의 말처럼 '부패와 증오의 대결'

416

또는 '혁명가(호치민)와 위조된 애국자(티우)의 대결'에 '양키의 친동생처럼 으스대는 한국군'으로서 사이공의 암시장 시세로 권총 한 자루 값보다 10불이나 적은 전투수당을 모아 진급 내지 보직운동 뇌물용으로 미제 생필품이나 일제 사치품을 사들이는 일도 물론 아닌 것이다.

한재민의 눈은 '녹색의 입술로 햇빛을 탐욕스럽게 빨며 햇빛과 요란하게 교미하는 비만한 녹색'의 민간지역과 '화약 냄새, 시체 냄새, 피 냄새뿐인' 작전지역에서나 녹색 국방색과 더불어 숙명적인 삼각관계를 이루면서, 반외세의 상징인 아오자이처럼 종내 보호색으로 물들기를 거부하고 차라리 백기(白旗)가 되기를 자원하는 그 진귀한 현상을 알아차린 것이다.

이 백기는 종래 '힘센 놈이 없는 놈을 사정없이 타고 앉아 누르는 짐승의 나라, 사이공 부둣가에 산더미처럼 쌓인 원조 물자가 끈도 풀리지 않은 채 암시장을 거쳐 곧장 베트콩들 손으로 넘어가는 조화속, 고관대작의 아들은 프랑스나 미국으로 생쥐처럼 빠져 달아나 버리고 가난한 집안의 자식들만 이 전선에서 저 전선으로, 참호 속에서 일어난 참호에다 코를 박고 죽는, 도착되고 강요되는 애국심, 싸우다 다친 놈이 헬리콥터를 타고 후송되는 데도 돈을 먹여야 되는 막판의 모습, 군인이 죽으면 미망인이 어린것을 들쳐 업고 사망수당을 타러 가서 관리에게 뼹땅을 떼어놓고야 귀 떨어진 돈 봉투를 들고 나올 수밖에 없는 부패의 나라, '누가 누구를 위해 목숨을 걸고 싸워야 하는지 모를 땅...' 이 전선에서 숨을 거둘 때 '빽—'하고 절규했던 1950년대의 퇴색한 조국의 영상임도 알게 되었고, '베트남의 젊은이여 성전에 나아가 우리의 피를 흘리자. 내 조국과 내 민족을 위해' 운운한 사이공 광장의 현수막인즉 역사의 패륜아들이 밤에 흉기를 휘둘러 날조한 불법 무허가정권의 만장(挽章)이자, 뒷날 박살정권과 불모정권(不毛政權)이 내걸게 될 '총화유신'이니 '정의사회 구현' 따위 사기 구호와 자모(字母)가 동일하여 우방이니 혈맹이니 자유의 십자군이니 하는 최면에서 깨어나 허위의식의 노리개와 꾸미개로 전락한 자화상을 확인케 하는 인화지이기도 한 것이다.

한재민은 이 백기로 인하여 구원을 받는다.

구원의 여신은 미국을 대부로 하여 밤에 생겨난 정권에 충동시위를 하다가 '모 기관'에 끌려가 매고문, 물고문, 전기고문, 성고문 등 조국의 그것과 똑같은 야수적 고문의 정규과정을 거치면서 '인간은 자기의 목숨을 던져 스스로 날개를 달 수 있다'는 깨달음으로 민족해방전선의 요로가 된 마이이다. 마이는 두 어린 것을 포격으로 무찌른 대가로 한재민의 목숨을 노리다가 오히려 한재민의 뜻에 그녀 자신이 백기를 들어 화답함으로써, 마침내 한재민은 어떤 이민족의 군화 발자국도 용납한 적이 없는 '베트남민족사의 성역이며 자존심'인 푸카트산에 귀의하게 되는 것이다.

이 작품에서 거듭 빛나는 부분은 편집되지 않는 현장성과 작가의 체취가 살아있는 생생한 문장이다. 작가의 체험 세계를 역사의식의 현장으로 재구성하여 무대장치적 의미로 사용하지 않은 것이 작가적 역량일 것이다. 이로써 작품의 깊이가 작가의 체험의 폭과 비례한다는 사실을 그는 우리 앞에 당당히 입증하고 있는 것이다.

문장은 더욱이 신선하다. 이 작품의 문장이 우리의 전통적인 소설 문장의 일맥인 점에 있어서는 자칫 신선할 바가 없다고 하기가 쉬울 터이며 도리어 진부하게 여겨질 소지마저 없지 않은 것이 사실이다. 그러나 오늘날과 같이 다국적 문화형의 번역문체 소설과 소위 문제 작품형의 기록문체 소설들이 풍미하는 상황 하에서, 민족정서의 구체적 표현으로서의 전통적 소설문체는 그야말로 버럭더미에서 발견한 금쪽보다도 소중하고 살벌한 돌너덜에서 자라난 자생란보다 한결 신선할 수밖에 없다.

우리 소설의 문단적 통폐는 주제의 규격성만이 아니다. 자연묘사에 등한하거나 무관심한 풍속도 그중의 하나일 것이다. 자연묘사는 물상적 정조(情調)를 자아내는 것으로 소용을 다하는 것이 아니다. 서경(敍景)은 작가의 의식의 반사체인 것이다. 그러므로 자연묘사의 부실함이나 의도적인 배제는 곧 작가 자신의 우환이며 인생에 대한 편견이라고 해도 지나친 말이 아닐 것이다. 이 작품이 비극미의 완성일 수 있는 것은 자의식의 순교적 옹호로써 자기구원을 택한 한재민의 뒷모습 외에, 언어적 용도폐지로 사전(辭典)에 배열된 재고언어의 절제와 독보적인 현장언어의 구사, 그리고 치열한 묘사를 통해 인류 문명사의 추악한 오류를 정직하게 조명한 까닭이다.

먼 길에 동행을 만나는 것은 즐거운 일이다. 남루하지 않은 동행을 만나는 것은 더욱 행복한 일이다. 한국문학의 앞길에 크나큰 축복이므로!

후문

　이문구 선생님께서는 동갑의 후배 김광휘가 뒤늦게 땀에 젖은 원고를 싸들고 가 그 농가 끝의 마루에 슬그머니 내려 놨을 때, 선생께서는 당신도 밀린 원고에 시달리고 계신다는 사정을 눈가의 미소로만 전해주시며 냉수를 나눠 마시고 일어서는 내 손을 잡아주셨다.

　그리고 자신의 향토적이며 애국적인 글쓰기와는 사뭇 맥이 다른 이 미제 C레이션 같이 남루하고 천박한 원고뭉치의 끝을 챙겨주셨다. 그로부터 계절이 바뀐 가을에 내 집에 찾아오시고 그 어간에 가까운 아파트로 이사 오셨다는 얘기까지도 전해주셨다. 선생께서는 이참에 '김 선생도 나와 같은 가난한 전업작가의 길을 걸어보심이 어떠냐'고 권하셨다. 곁에 계시던 사모님께서는 눈을 흘기셨다. '방송국에 다니시면서 잘 사시는 선생님을 왜 충동질 하세요?' 그제서야 선생님도 '허허. 그냥 해본 소리요. 하지만 글이 아깝잖소.' …… 이런 애매한 상황 속에서 우리는 헤어졌다. 그 후 선생께서 위독하시다는 말이 들려와 명동 백병원으로 황황히 달려갔다. 선생은 고통 중에서도 내 손을 잡고 복도 끝으로 가셨다. 그 복도 끝에는 넘어가는 석양이 걸려있었다.

　'사람은 이렇게 살다 가는 거군요. 김 선생은 나하고 동갑이신데 혈색이 그렇게 좋으시니 나보다 반세기는 더 사시겠소… 반세기면 소설 다섯 권쯤은 쓸 수 있는 시간이오. 콜록콜록… 생명을 값지게 써보시오. 콜록.'

　그때 사모님께서 달려오셨다. 그리고 세월이 갔다.

최근 문득 30년 전쯤의 원고뭉치를 뒤지다가 내가 20대부터 만지작거리던 이 원고뭉치를 찾아내고 그 뒤에 얹혀 있던 선생님의 분에 넘친 옥고를 발견해냈다. 나는 팔순을 바라보는 연치를 잊고 감사의 눈물을 흘렸다. 사부 이문구 선생님이 실로 그립다. 그분의 글에 대한 애정과 글로써 정의로운 세상을 만들려 했던 뜻이 참으로 존경스럽다.

　이 글을 세상에 내놓는 일에 용기를 주신 분은 김정남 선생이시다. 선생에게도 감사를 전하고 싶다.